Enero de 2017. Edicion 2ª

ISBN 978-84-941862-2-6
Depósito legal M-9565-2014

AL SON DE LOS TAMBORES

ÚRSULA LLANOS

BEMASOFT EDICIONES S.L.

A mi hijo Daniel

CAPÍTULO I

℮staba anocheciendo cuando Amanda se detuvo frente al portal. Era un edificio moderno, sito en la Gran Vía, una calle ancha y bulliciosa en pleno centro de Murcia. Pero no se la había imaginado así. Sin saber por qué había dado por supuesto que Mandy viviría en un barrio bohemio y en un ático rezumante de goteras al que habría que acceder por una oscura y empinada escalera. Hasta había creído aspirar en su imaginación su inexistente olor a verduras, mientras Pineda la acercaba con su furgoneta, entre un tráfico ensordecedor, hasta el edificio ante el que se encontraba. Acababa de perderse el vehículo de éste entre los fogonazos intermitentes de los faros de otros automóviles y Amanda se inmovilizó en la acera, como si hubiera echado raíces en el suelo, con una vaga sensación de desasosiego.

Indecisa se apartó de su rostro la larga y lisa melena rubia que le resbalaba hasta media espalda y levantó la cabeza hacia el último piso del edificio. Había luz, por lo que respiró con alivio. Hubiera sido muy propio de Mandy olvidar que le había escrito unos días antes. Le había enviado una carta inquietante de frases entrecortadas, en la que le pedía ayuda sin especificar la razón por la que se sentía amenazada ni qué ayuda esperaba recibir de ella. Pero es que Mandy era así. Tan pronto traslucía la inmadurez de una niña asustada por un mundo hostil que no entendía, como se olvidaba de su petición de auxilio y se marchaba al fin del mundo cargada con su paleta y con sus pinceles.

Al menos cuando eran niñas era así, distraída, ajena a lo que le rodeaba, ausente de toda realidad. Pero habían transcurrido diez años desde que se vieran por última vez, por lo que probablemente habría cambiado. Hasta era posible que no se parecieran ya las dos como dos gotas de agua, tanto como se parecían las madres de ambas, gemelas e idénticas. En su infancia semejaban ser una reproducción exacta de sus progenitoras. Unas fotocopias, como comentaban bromeando las amistades de la abuela. Su cabello, de un rubio clarísimo, era abundante y liso, su cuello largo y esbelto y sus grandes ojos azules, algo oblicuos, destacaban en sus rostros de pómulos altos. Incluso llevaban ambas el mismo nombre, en homenaje a la abuela, aunque a su prima se lo acortaron desde el primer momento con el apelativo familiar de "Mandy", mientras que a ella, que nació dos meses más tarde, le adjudicaron la solemne denominación de "Amanda". Esa decisión de la familia había servido para distinguirlas cuando de niñas convivían en Murcia con la abuela, pues la madre de Mandy no tardó en divorciarse de su marido y poco después se marchó a vivir a París con un cantante de rock. Aunque les aseguró a todos que volvería a por Mandy en cuanto se instalaran, no regresó.

Tampoco los padres de Amanda tenían una residencia estable. Ambos eran músicos y en los primeros tiempos pretendieron llevarse a la niña en sus giras, pero pronto se percataron de que ésta no podía acompañarles. Suponía un estorbo en los teatros donde debían dar el concierto para el que los habían contratado, en las pensiones donde dormían y en los trenes en los que viajaban, por lo que no tardaron en dejarla también al cuidado de la abuela Amanda, en el viejo caserón en el que esta vivía en la Plaza de Santo Domingo de Murcia.

Las dos crecieron juntas. Mandy le llevaba dos meses a su prima, pero nadie lo hubiera sospechado, porque, aunque idénticas, Amanda se comportó durante su niñez como la hermana mayor de la otra. A diferencia de ésta, que era un ratón de biblioteca, a Mandy le costaba asimilar el estudio. Carecía de sentido práctico y parecía vivir en un mundo de fantasía sin conexión alguna con la realidad, por lo que invariablemente la suspendían en junio en los exámenes del colegio, sito en la avenida de Alfonso XII, a escasa distancia de la casa de la abuela. Claro que esos suspensos no les suponían a las dos una dificultad insuperable, ni tan siquiera un disgusto. En septiembre se presentaba Amanda por su prima a la recuperación de la asignatura, con la expresión de despiste en su semblante que caracterizaba a ésta y efectuaba un brillante ejercicio, aunque sin olvidar agredir, como al desgaire, la gramática castellana con alguna que otra falta de ortografía para que no se notara demasiado la suplantación. Por supuesto la abuela no se enteraba de que Amanda se hacía pasar por Mandy cuando les convenía a sus nietas. Hubiera puesto el grito en el cielo y les hubiera obsequiado con un sermoncito que ninguna de las dos tenía interés en escuchar.

Como compensación, Mandy gozaba de un sorprendente sentido artístico, del que carecía Amanda. Emborronaba sus libros y sus cuadernos con retratos a lápiz de las monjas del colegio o de sus compañeros de clase y pintaba a acuarela la plaza de Santo Domingo desde la ventana de su cuarto. Más tarde sustituyó la acuarela por el óleo. La abuela poseía una casa en la costa donde pasaban las tres los fines de semana y Mandy invertía todo su tiempo en plasmar en el lienzo el abrupto paisaje rocoso con el mar a sus pies que se extendía ante su vista, pues la casa de la abuela se hallaba enclavada muy cerca del Cabo Tiñoso, próximo a Mazarrón. Uno de los lugares más hermosos de la costa de Murcia, aunque con un nombre absurdo, según decía la abuela, meneando pesarosamente la cabeza.

— ¿A qué vendrá lo de llamarle "Tiñoso" a este Cabo?— les preguntaba a sus nietas—. Nunca he entendido el motivo por el que los murcianos aplicamos unos calificativos horribles a los lugares más bonitos. ¿Lo entendéis vosotras? Debería llamarse el Cabo Hermoso.

Amanda solía encogerse de hombros y Mandy se limitaba a envolver a la abuela en una mirada ausente, como si el nombre con el que se designaba al Cabo le fuera completamente ajeno. A ella solo le importaba pintarlo y ya tenía a su prima para que le resolviera todo lo que de prosaico tenía la vida. Para que se examinara por ella y para que decidiera por ella.

Desafortunadamente para las dos, su mundo cambió de repente. Cuando ambas habían cumplido ya los quince años, los padres de Amanda renunciaron a su vida nómada y se instalaron en Madrid donde abrieron una academia de piano, por lo que regresaron a Murcia a recoger a su hija. Unos extraños para ésta que se despidió como una autómata de su abuela y de su prima sin soltar una lágrima, aunque hubiera deseado poder anegar el mundo con el agua que se resistía a ascender hasta sus ojos.

Mandy sí lloró. Se le abrazó desconsolada como si se sintiera perdida en un mundo que no entendía, como si perdiera con la marcha de la otra una parte de sí misma.

— ¿Me escribirás?— le preguntó cuándo logró que los sollozos le permitieran expresarse con palabras.

También a Amanda le resultó difícil encontrar su voz.

—Claro. Si en casa me dejan utilizar el ordenador, podemos comunicarnos todos los días por correo electrónico y contarnos lo que hayamos hecho en el colegio. Yo volveré en vacaciones con mis padres o sin ellos. Ya lo verás.

Pero no regresó. Sus padres la enviaron a Londres en cuanto terminó brillantemente los exámenes de ese curso y pasó todo el verano interna en un colegio aprendiendo inglés. El mismo al que la matricularon al año siguiente y al siguiente.

Por esa razón viajó la abuela en varias ocasiones a Madrid para ver a su hija y a su nieta, pero Mandy no. Pese a todo, durante los primeros tiempos las dos primas siguieron en contacto. Por las cartas de Mandy, que no acababa de asimilar la ofimática más elemental y que no era capaz de utilizar el correo electrónico, supo Amanda que su prima no conseguía concentrarse en los estudios y que por esa razón no había terminado el bachillerato. Se había dedicado por completo a la pintura y años más tarde ganó un premio en un concurso. En el presente le llovían los encargos. Ahora disfrutaba de una posición más que desahogada y, según le había contado en una de sus últimas cartas, se había comprado un piso espléndido en la Gran Vía de Murcia, una de sus calles más céntricas y de edificios modernos de mayor nivel.

Amanda, en cambio, no había prosperado en absoluto. Pese a ser mucho más lista, a haber terminado brillantemente la carrera de periodismo y a dominar la lengua inglesa, tan solo había logrado colocarse en un periódico en el que solo le permitían redactar una columna sobre moda, que se publicaba en las páginas interiores. Una columna de la que estaba segura que no leía nadie. La habían contratado además con un sueldo bastante modesto y no llevaba camino de prosperar en su trabajo, lo que no dejaba de resultar paradójico.

Lo consideraba con la mirada levantada hacia la terraza del ático del lujoso edificio en el que su prima vivía, preguntándose si encontraría al cabo de diez años a la chiquilla, calco de sí misma, a la que dejó. Una pareja que deambulaba con prisas por la acera tropezó con ella al pasar por su lado y eso la decidió a salir de su inmovilidad. Empujó con decisión la puerta de cristales y entró en un portal alfombrado. Tras el mostrador de madera barnizada, el portero la saludó deferentemente, bajando la vista hacia la maleta que la muchacha llevaba en la mano.

— ¿Regresa de un viaje, señorita Mandy? No tenía conocimiento de que se hubiera ausentado usted.

Amanda se encogió imperceptiblemente de hombros, en un gesto que el hombre no vio. ¿Para qué explicarle que ella no era la persona con la que la había confundido? Debería haberle puntualizado que era la prima de la chica que habitaba en el ático, pero estaba cansada y en ese momento le resultaba demasiado complicado. Lo que deseaba era alcanzar de una vez el piso de Mandy y… No sabía lo que deseaba en realidad, porque intuía que el pánico que traslucía la carta que había recibido días antes no obedecía a una causa real, pero no le apetecía lo más mínimo perderse en aclaraciones con el hombre que tenía enfrente. Por eso se limitó a sonreírle, mientras se encaminaba hacia el fondo del vestíbulo donde acababa de distinguir la brillante puerta de acero del ascensor. La dejó éste en la planta undécima, en un ancho corredor enmoquetado en color verde, y vaciló un segundo ante la sólida puerta de madera labrada. Sus ojos se detuvieron unos segundos en el rótulo de latón en el que podía leerse:

"Mandy Arévalo, estudio de pintura"

No era esa entonces la vivienda de su prima, se dijo. Ésta le había explicado en su carta que vivía en un dúplex y que en una de las plantas tenía su vivienda y en la otra su estudio de pintura. Debía, por consiguiente, bajar un piso.

Descendió por la escalera, tirando de su maleta, hasta otra amplia galería, también enmoquetada en verde y vaciló un instante frente a la puerta, idéntica a la del estudio, en cuyo rótulo figuraba tan solo el nombre de su prima.

"Mandy Arévalo"

Nunca hubiera podido imaginar que ésta pudiese prosperar tanto. Ni en sus mejores momentos de euforia había llegado a suponer que Mandy lograra abrirse paso por sí misma en ninguna profesión, pese a que poseía un talento artístico innegable. Pero como decía la abuela, no bastaba con nacer con unas cualidades determinadas. Era preciso además la iniciativa necesaria para desarrollarlas y el sentido práctico para saber promocionarse en un mundo tan competitivo. ¿Cómo lo habría logrado Mandy, que, por lo que ella recordaba, carecía por completo de esas aptitudes?

Vacilante oprimió el timbre y aguardó unos segundos. Cuando los segundos se convirtieron en minutos, volvió a llamar con el mismo resultado infructuoso. ¿Se habría olvidado su prima de que llegaría a Murcia esa tarde?

Le pareció oír un leve rumor al otro lado de la puerta e impaciente llamó con los nudillos.

—Mandy, soy yo, Amanda— le dijo levantando la voz—. ¿Por qué no me abres?

El silencio más absoluto fue la única respuesta. Transcurrió lo que a ella le pareció un lapso de tiempo interminable y advirtió entonces que alguien la estaba atisbando por la mirilla.

— Mandy — insistió— ábreme de una vez. Soy yo.

Aún se sucedieron unos segundos más antes de que se entreabriera cautelosamente la puerta unos centímetros y Amanda, impaciente, terminó de empujarla con cierta rudeza.

En el umbral distinguió a una muchacha que la observaba aterrorizada con sus ojos azules desmesuradamente abiertos y en la que creyó verse a sí misma como si se reflejara en un espejo. Más bien alta y muy estilizada, con un cabello rubio clarísimo y unas enormes pupilas también clarísimas. Lo que las diferenciaba era la indumentaria que vestían y el peinado. Aunque no le sobraba el dinero, Amanda vestía un elegante traje pantalón de color gris marengo y su rubia melena le resbalaba hasta media espalda, lisa y brillante. Mandy, por el contrario, parecía haberse enfundado en una especie de chándal astroso y se había recogido el pelo en la nuca en lo que sin duda pretendía ser una coleta, pero que no pasaba de ser el lamentable remedo de ese intento de peinado, del que se escapaban unos enmarañados mechones. Era una versión idéntica de Amanda, aunque desastrada. Ésta se la quedó mirando indecisa, pero la otra reaccionó inmediatamente, avanzando hacia ella y abrazándola.

—Has venido. Al fin has venido— sollozó—Te he esperado tanto tiempo.

Ante el ansioso recibimiento de que estaba siendo objeto, Amanda pestañeó confusa. Solo habían transcurrido unos días desde que recibiera la carta de su prima y los había empleado ella en convencer al director del periódico en el que trabajaba de que la enviara a Murcia a realizar un reportaje sobre las procesiones de Semana Santa. Se lo había planteado como una idea suya, alabando esas procesiones y haciéndole ver que eran únicas en el mundo. No parecía, por tanto, que las quejas de Mandy sobre lo que se había demorado en acudir en su ayuda tuvieran mucho sentido.

— No he podido venir antes, pero ya estoy aquí. Tienes que decirme ahora qué es lo que te sucede.

La chica no le contestó. Ambas se hallaban en el umbral de la entrada a su piso, por lo que la hizo entrar apresuradamente en un enorme vestíbulo y cerró la puerta de la casa tras las dos. Luego, con suma precaución y con las pupilas dilatadas por el miedo, volvió a mirar por la mirilla el enmoquetado descansillo de la escalera, absolutamente desierto. Cuando constató que no se vislumbraba un alma por los alrededores, se volvió hacia ella levantando los ojos hasta su rostro. En su mirada pudo leer Amanda el terror más pavoroso.

—Es que no sé qué hacer, ¿comprendes?— balbuceó.

Obviamente Amanda no comprendía nada. Dejó caer su maleta sobre el pavimento, de brillante tarima, y observó su expresión angustiada preguntándose qué habría querido decir.

— ¿No sabes qué hacer? ¿Por qué no me explicas lo que te pasa de una forma que pueda entenderlo?

Mandy se dio una vuelta sobre sí misma, para mirar a su espalda, como si temiera que alguien las estuviera vigilando desde algún rincón del inmenso e iluminado vestíbulo en el que se hallaban, vacío de muebles, en el que campeaba en solitario una palmera de interior. Al fondo arrancaba una escalera que ascendía en espiral y que poseía unos peldaños de un material transparente, similar al cristal. A la derecha comenzaba un pasillo y al pie de la escalera, unas puertas de cristales, lacadas en blanco, daban paso a un salón que la chica le señaló.

—Ven. Ahí dentro podremos hablar.

Amanda se encaminó en esa dirección, mientras su prima atisbaba nuevamente el descansillo por la mirilla de la puerta de entrada, antes de apagar la luz del vestíbulo y de caminar de puntillas tras ella.

El salón era una enorme estancia de amplios ventanales y suelo de brillante tarima barnizada. En sus desmesuradas proporciones bailaba un sofá de piel blanca, cubierto materialmente de cojines de todos los colores, con una mesita baja delante y dos butacas a juego. De las paredes, también blancas, no colgaba cuadro alguno ni ningún otro objeto ni adorno, lo que no dejaba de ser extraño teniendo en cuenta que el piso lo habitaba una pintora.

— ¿Te has mudado a esta casa hace poco?— le preguntó Amanda paseando la mirada por la estancia, mientras tomaba asiento en el sofá. Enarcó las cejas al examinarla nuevamente, algo extrañada por la extrema sobriedad de la decoración, que en su opinión no le cuadraba en absoluto a una artista.

—Hará unos seis meses—replicó Mandy recorriéndola también con la vista —. ¿Por qué lo preguntas? ¿Te parece que faltan muebles?

Lo consideró ella con el ceño fruncido.

—Bueno… no sé.

—Es que a Nico le gustaba el estilo de decoración minimalista— le aclaró en voz muy baja—. A mí me resulta un poco frío. ¿Qué opinas tú?

Aunque Amanda carecía por completo de sentido artístico, sí era capaz de apreciar si una habitación resultaba o no acogedora. La temperatura reinante respondía a la estación primaveral en la que se hallaban, que en la región acostumbraba a ser similar a la de Andalucía, y por los amplios ventanales penetraban los rayos del sol que ya se batía en retirada, pero en aquel salón se experimentaba un frío intenso. La sensación de que el piso acababa de ser desvalijado por una casa de mudanzas que no tardaría en regresar para arramblar con los escasos muebles que quedaban, pero, claro, no se lo podía decir así a su prima que aguardaba ansiosamente su respuesta.

— ¿Y Nico quién es?— le preguntó eludiendo la contestación a la pregunta anterior.

—Nico es… era mi novio.

— ¿Vivía aquí contigo?

Mandy asintió con la cabeza y unos nuevos mechones se escaparon de la coleta con la que pretendía sujetarse el pelo y le resbalaron sobre la espalda.

— ¿Y dónde está?, ¿no vive ya aquí?

Con el movimiento negativo de su cabeza terminaron de desprendérsele de la coleta los últimos cabellos que le restaban, sujetos de cualquier modo en lo alto de la coronilla. Ahora sí que las dos parecían idénticas, con la misma melena lisa hasta media espalda. Lo único diferente era la expresión de sus respectivos rostros. El de Amanda reflejaba únicamente curiosidad y el de Mandy un miedo terrorífico.

— ¿Habéis terminado?— insistió Amanda—. Si no quieres contármelo, no lo hagas. Podemos hablar de otra cosa.

—Sí quiero contártelo— le aseguró su prima tras unos instantes de vacilación—. Es solo que no sé por dónde empezar.

En el sofá, Amanda se giró hacia ella, rebulléndose entre los cojines que ocupaban todo el espacio disponible entre las dos. Se había inclinado ésta hacia adelante abrazándose las rodillas con los brazos, en una postura que adoptaba habitualmente en su infancia cuando no se sentía con fuerzas para enfrentarse con la hostilidad de un mundo en el que se sentía perdida.

—Empieza por donde quieras. ¿Era pintor también?

—No, no. Era mi marchante. Él se ocupaba de todo. De las exposiciones, de la venta de mis cuadros, de todo.

— ¿Y ha dejado de serlo cuando has terminado con él?

Mandy dirigió nuevamente una atemorizada mirada en derredor antes de bajar la mirada para fijarla en la punta de sus dedos.

—Sí, yo… yo le dije que no quería verle más.

— ¿Por qué? ¿Te ha engañado con otra, se ha quedado con tu dinero o… por qué?— insistió Amanda.

Sin levantar la vista, su prima empezó a cruzar y a descruzar nerviosamente las manos.

—Yo creo… creo que era un estafador. El mes pasado he estado en París y él se ha quedado aquí, en su galería de arte.

—Sí, ¿y qué?

—Pues… desde bien temprano iba yo todos los días al museo a copiar "El sol naciente" de Monet.

Suspiró Amanda con impaciencia. Mantener una conversación con su prima continuaba siendo tan difícil como cuando eran niñas, ya que los comentarios y las respuestas de la otra en aquellos tiempos parecían carecer de ilación. Podía comprobar ahora que en ese terreno no había mejorado en absoluto.

— Ibas al museo a copiar uno de los cuadros más famosos de ese pintor impresionista y Nico te ha estafado. ¿Por qué te ha estafado?—insistió nuevamente.

Mandy se mordió los labios antes de contestar.

—Me hizo firmar unos contratos, ¿comprendes? Me dijo que un americano importante estaba interesadísimo en mis cuadros, pero no lo estaba y además era español— terminó incongruentemente.

— ¿Quién era español?, ¿el americano? ¿Por qué no te explicas un poco mejor?

Un imperceptible sonido que Amanda no supo localizar les obligó a las dos a levantar la cabeza hacia el techo y permanecieron en suspenso unos instantes. Amanda con curiosidad y Mandy asustadísima.

— ¿Qué te pasa?—le preguntó la primera.

—Arriba, en el estudio, he oído algo.

Luchando con los cojines, se incorporó Amanda en el sofá para clavar la mirada en el techo.

—Sí, pero… ¿A dónde lleva la escalera que arranca en el vestíbulo? Esa que parece de cristal.

—A mi estudio, ya te lo he dicho. Arriba pinto, guardo mis cuadros y recibo a mis clientes. Se puede subir por esa escalera que has visto, desde este piso, y también por la general del edificio, que es la que utilizan mis visitantes y mis modelos. Utilizo esta planta únicamente como vivienda.

— ¿Y quién puede haber subido a tu estudio? ¿Quizás ese Nico que era tu novio y con el que has roto?

El atractivo semblante de Mandy se distendió en una mueca de pavor.

—No… no lo sé. Me devolvió las llaves de este piso y las del estudio cuando rompimos, pero hay alguien arriba. He oído pasos.

—Pues vamos a ver quién es—decidió Amanda poniéndose en pie—. Si es ese Nico que anda revolviendo tus cuadros, le diremos amablemente que se marche y si es un ladrón, llamaremos a la policía.

Su prima se puso también en pie, pero permaneció indecisa a su lado sin moverse.

— ¿Tú crees que…? ¿Y si nos ataca?

— ¿Quién?, ¿tu ex novio? Lo más probable es que se quede pasmado al vernos. Pensará que te has desdoblado en dos chicas rubias idénticas y tardará un rato en reaccionar, ¿no crees?

Se lo preguntaba en broma, pero Mandy ni tan siquiera sonrió. Con los ojos fijos en el techo parecía sopesar algo con sus ojos azules agrandados por el miedo.

— No, espera…

En ese momento el timbre del teléfono dejó oír su estridente sonido. Se encontraba el aparato sobre una mesita de cristal junto al sofá y las dos respingaron a la vez. Después Mandy se acercó a la mesita para descolgar el auricular y llevárselo al oído.

—Diga.

Amanda no llegó a saber qué le estaba diciendo su interlocutor a través del hilo telefónico, pero la expresión de su prima en un primer momento traslució sorpresa, después miedo y fue trocándose finalmente en auténtico pavor. De golpe colgó el aparato y se volvió hacia ella.

— Escucha Amanda, tengo que salir ahora. Volveré tarde…, así que no me esperes.

— ¿Pero a dónde vas?, ¿y quién te ha llamado?

Desapareció Mandy por el pasillo y regresó poco después. Se había cambiado el pantalón del chándal por uno vaquero y se había echado sobre el jersey blanco, de manga corta, una chaqueta roja con capucha que se cerraba con una cremallera. Desde la puerta del salón, se despidió de ella levantando una mano.

— Me voy.

— No, no espera. Aún no me has dicho quién te ha llamado por teléfono.

—Él, ha sido él— repuso la otra sin moverse del umbral, con su agraciado semblante distendido por una mueca de pavor.

— ¿Quién?, ¿ese Nico que era tu novio?

—Tengo que marcharme—repitió Mandy sin escucharla—. No le abras a nadie y… y ten cuidado.

— ¿Cuidado con qué?—intentó averiguar Amanda corriendo detrás de ella—. Espera un momento. No te marches hasta que me hayas explicado qué es lo que te sucede. ¿Pero quieres esperar?

Ya en el vestíbulo, la otra se detuvo junto a la puerta de entrada, con la mano en el picaporte.

—Ahora no tengo tiempo. Te lo contaré todo cuando regrese. Luego te lo explicaré.

Antes de que Amanda pudiera impedirlo, salió su prima al alfombrado corredor y se introdujo en la cabina del ascensor, cuya puerta se cerró tras ella.

Al son de los tambores

CAPÍTULO II

Retrocedió Amanda dentro del vestíbulo y por un instante se preguntó qué debería hacer ella. Su reencuentro con su prima se estaba produciendo de una manera tan distinta a como lo había imaginado… Había supuesto que Mandy y ella cenarían tranquilamente y que recordarían los momentos más entrañables de su infancia. La imagen de su abuela, cariñosa y regañona, el colegio al que las dos habían asistido, la playa donde se bañaban los fines de semana y las interminables confidencias que intercambiaban por la noche, ya en la alcoba donde dormían las dos, con el inconfundible olor del mar entrando por el balcón. Al contrario de lo que había esperado, había encontrado a una chica, idéntica a ella físicamente, pero aterrorizada por algo que no había llegado a aclararle, y se había marchado dejándola sola en un piso desconocido y en una ciudad que apenas recordaba. ¿Qué debería hacer ahora? ¿Prepararse algo para cenar en la cocina y sentarse a continuación en el salón a ver la televisión hasta que Mandy regresara?

Aún desconcertada, cerró la puerta del piso y se dio media vuelta para dirigirse hacia el salón, pero no llegó a dar más de dos pasos. Un ruido anómalo sobre su cabeza la sobresaltó y cortó en seco sus reflexiones. En el estudio de pintura ubicado en la planta superior había sonado algo. Algo como si alguien hubiera tropezado con un mueble, lo que en principio no parecía tener sentido. ¿Sería ese el motivo de que su prima hubiera salido asustada de la casa? Tampoco esa explicación parecía tener sentido. Si temía la aparición de

21

algún intruso, lo natural sería que la hubiese advertido a su llegada y que la hubiera obligado a acompañarla al marcharse, no que la dejara allí sola con la cabeza levantada hacia el techo preguntándose cómo debería actuar. No tardó en decidirse. Si había entrado un extraño en el estudio, sería mejor que lo averiguara.

Silenciosamente se dirigió a la escalera que, volada, ascendía en espiral hasta la planta superior y asiéndose a la barandilla comenzó a subir los transparentes peldaños, rematados por una fina tira de acero inoxidable. No cabía duda de que aquella escalera respondía al diseño vanguardista de un artista obsesionado por la armonía de las líneas. Aunque sumamente decorativa, era incómoda y peligrosa. Temiendo resbalar ascendió un escalón y luego otro bien aferrada a la barandilla y finalmente desembocó en una meseta del mismo material transparente, a través del cual se distinguía el vestíbulo que quedaba a sus pies. El descansillo terminaba en una puerta lacada en blanco que estaba cerrada.

Con el oído contra la hoja de madera percibió claramente al otro lado el sonido de unos pasos. ¿Sería quizás el tal Nico? ¿El ex novio estafador de su prima que en el presente la aterrorizaba?

Notó que le temblaban las rodillas y que un sudor frio le resbalaba por la espalda. En la cerradura de la puerta estaba puesta la llave, por lo que bastaría con hacerla girar en sentido contrario al de las agujas del reloj para impedir que el intruso pudiera salir al descansillo y bajara a la vivienda de su prima. Procurando no hacer ruido alargó una mano hacia la llave. No estaba echada. Con sumo cuidado hizo intención de cerrarla, pero sus dedos no obedecieron la orden que les enviaba su cerebro y en su lugar asieron el picaporte y abrieron imperceptiblemente la puerta.

Desde el umbral y a través de la rendija de la misma atisbó una inmensa y diáfana estancia de techo acristalado por el que penetraba la luz grisácea del atardecer. Sin moverse de su observatorio, reparó en otra puerta de dos hojas que se abría a su izquierda, por la que se salía a una terraza, que disponía de una mesa redonda y dos butacas de plástico blancas. En la pared contraria, en la de su derecha, vio dos puertas cerradas, que, supuso, darían acceso a otras tantas habitaciones, y en el interior del estudio y desdibujado entre las sombras que lo envolvían distinguió un caballete sosteniendo un lienzo y en el suelo, a su lado, una paleta y un bote conteniendo un líquido que impregnaba la estancia con su olor a aguarrás.

En la larga habitación no parecía haber nadie, Fue la impresión que se forjó en un primer momento, pero cambió de opinión al ver moverse algo detrás del lienzo que soportaba el caballete. Primero divisó un brazo y luego el cuerpo al que pertenecía. Finalmente un hombre se puso en pie y le sonrió, o al menos le pareció que sonreía, pues en la penumbra apenas si se vislumbraban con claridad sus facciones.

—Ya era hora de que volvieras—le dijo él alegremente—. Estaba temiendo que te hubieras olvidado de mí.

Amanda avanzó dentro de la estancia y parpadeó sorprendida. El joven que acababa de asomar detrás del caballete también se había adelantado a su encuentro deteniéndose frente a la puerta de dos hojas de la terraza. A la luz que penetraba a través de los cristales pudo advertir que era alto y que poseía una despeinada pelambrera de color castaño a juego con sus ojos. Vestía un pantalón vaquero y una camisa de cuadros rojos y blancos. Recordaba al actor de una película americana del oeste y sin duda la había confundido con Mandy, porque se había dirigido a ella con toda naturalidad, como si la conociese de toda la vida. Amanda hizo intención de aclararle el malentendido, pero el otro la interrumpió antes de que hubiera podido abrir la boca.

— ¿Ha llegado ya tu prima? Si quieres atenderla a ella, podemos posponer el tema que nos ocupa para mañana. No tengo prisa.

— ¿Para mañana?— repitió ella en tono interrogante sin acabar de reaccionar.

— O para pasado mañana. ¿Cuántos días va a pasar tu prima contigo, aquí, en tu casa?

— Pues…

—Bueno, es igual—la interrumpió de nuevo. La miraba fijamente a la escasa luz que se filtraba por el cristal del techo. Luego ladeó la cabeza para observarla con curiosidad y finalmente enarcó las cejas—. Te encuentro distinta de pronto —murmuró pensativo.

— ¿Distinta...?— fue todo lo que Amanda logró articular.

—Sí, con otro estilo diferente del tuyo. ¿Te has emperejilado así para recibir a tu prima?

Tenía ella muy buena opinión sobre su gusto en vestir y empezó a sentirse irritada. ¿Cómo podría alguien calificar de emperejilado su traje pantalón gris marengo y la impoluta blusa blanca, cuyo cuello asomaba sobre la chaqueta? Cualquier persona civilizada que no fuera un vaquero del oeste americano, sin rancho ni reses, lo hubiera considerado elegante y habría notado además que le sentaba admirablemente.

—No, no me he "emperejilado" para recibir a nadie, — replicó hosca subrayando esa palabra—. Me compré este traje hace seis meses y lo llevo muy a menudo. ¿Por qué?

Él volvió a observarla con los ojos entrecerrados.

— ¿De veras?, bueno, es igual. ¿Cuándo quieres que vuelva? Porque supongo que ahora tendrás que ocuparte de esa prima, que por lo visto acaba de llegar.

¿Sería un cliente al que su prima le estaba pintando un retrato en el momento en el que ella había llamado al timbre de la puerta de la vivienda?, se preguntó Amanda. Avanzó un par de pasos para alcanzar el caballete y poder atisbar lo que Mandy había plasmado en el lienzo que sostenía. Aquel tipo de la camisa de cuadros debía ser el modelo al que Mandy había citado esa tarde y ésta se había olvidado de su existencia al recibirla a ella. Era muy propio de su prima borrar de su mente cosas tan elementales como esa y dejar a su cliente esperando indefinidamente su regreso. E incluso de asustarse al oír sus pasos en el estudio, sobre su cabeza, sin asociarlos con el tipo que había dejado posando. En el lienzo vio tan solo unos trazos a carboncillo que no permitían adivinar qué o a quién trataba de reproducir sobre la tela.

—Realmente…—empezó tras dirigir una inquisitiva mirada al esbozo.

Él volvió a interrumpirla.

—Sí, realmente no hemos avanzado nada esta tarde. Desde que he llegado he notado que tenías los nervios de punta y apenas si he conseguido que me escuches. ¿Es por la visita de tu prima? A través de lo que me has contado, me he forjado una idea muy aproximada de la clase de persona que es. La imagino como una especie de mujer perfectísima, listísima, pulcrísima y cargantísima. Una de esas personas que sabe siempre lo que está bien y lo que está mal y que se empeña en aleccionar a los demás, ¿me equivoco?

La indignación de ella creció de punto. ¿Quién sería aquél estúpido vaquero que la había confundido con Mandy? ¿Su ex novio el estafador o el americano que había resultado ser español? Decidió aclararle quién era ella y preguntarle de paso quién era él. Más tarde le haría comprender que era un impertinente.

—Me llamo Amanda Urquiza y no me tengo por una mujer a la que le cuadren todos esos desdeñosos calificativos que me ha aplicado. Y por cierto, ¿quién es usted? ¿Se llama Nicolás?

Sorprendido, abrió desmesuradamente sus ojos castaños. De pie frente al caballete y con una mano en el cinturón negro de su pantalón, solo le faltaba el revólver en el cinto para encarnar al doble de David Crokett, defendiendo el Álamo.

—Ya sé cómo te llamas—replicó con aire displicente sin reparar en que había citado ella un apellido distinto del de su prima, que figuraba además en la placa de la puerta del piso—. Y sé que tienes mala memoria. Una pésima memoria. ¿Ni siquiera recuerdas ya mi nombre?

Al constatar por la expresión de ignorancia de Amanda que ésta no tenía la menor idea de cuál pudiera ser, procedió condescendientemente a precisárselo.

—Guillermo, me llamo Guillermo Elizalde—le aclaró como si fuese su maestro y ella una alumna díscola— He venido a obsequiarte con un sermoncito y a advertirte del peligro que corres, pero podemos dejarlo para mañana, si te viene mejor. ¿Te acuerdas ahora?

Amanda dejó escapar un imperceptible suspiro de alivio. El tipo que tenía enfrente no era el tal Nico por el que Mandy sentía pavor. Quizás se tratara del americano que había resultado ser español, porque a la primera de esas nacionalidades respondía su aspecto, aunque hablaba correctamente el castellano sin el menor acento extranjero. Era sin duda un cliente de su prima, del que ésta se había olvidado al llegar ella a su casa, dejándole solo en el estudio. La satisfacción que le produjo su descubrimiento aplacó la indignación que le habían causado sus anteriores palabras y la impulsó a sonreírle, lo que provocó en él un nuevo enarcamiento de cejas.

— ¡Qué distinta estás, Mandy! Nunca te había visto sonreír con esa expresión tan serena. Pareces otra.

Abrió Amanda la boca para explicarle quién era ella, cuando sonó lejano en la planta inferior el timbre del teléfono. Guillermo le señaló la puerta del estudio.

—Te están llamando—le advirtió aproximándose a la puerta lacada en blanco, por la que se salía a la escalera que comunicaba con la planta baja— ¿No lo oyes?— insistió desde el umbral, ya que ella la había dejado abierta al entrar.

Sin duda sería Mandy, pensó Amanda, empujándole a él para abrirse paso hacia la transparente meseta donde arrancaba la escalera. El sonido del teléfono llegaba hasta allí constante, aunque amortiguado, y cuando consiguió apartarle de su camino, hizo intención de descender vertiginosamente los escalones de cristal hasta el vestíbulo, aunque el miedo a resbalarse lo impidió. Guillermo se había apoyado en la barandilla del transparente descansillo y la observaba desde allí sin moverse.

— ¡Caramba!, qué escalera más original—le oyó comentar desde arriba.

Original no cabía duda de que lo era, pero también sumamente insegura. Cuando remató el descenso, bien asida a la barandilla, respiró aliviada y giró sobre sí misma intentando localizar el aparato por el sonido. Desde lo alto de la meseta de la planta superior le llegó la voz de él.

—¿Has olvidado también dónde está el teléfono? ¿Quieres que baje a ayudarte o prefieres que...?

No estaba segura de haberle contestado. A través de la puerta de cristales de dos hojas pasó al salón, ya que recordó en ese momento haberlo visto en una mesita de cristal junto al sofá, cuando habían llamado a su prima instantes antes de que ésta abandonara el piso y se precipitó a descolgar el auricular llevándoselo al oído. A través del hilo percibió con toda claridad una amenazadora y bronca voz de hombre.

—Se nos está agotando la paciencia, Mandy. O nos lo entregas voluntariamente esta noche o vas a tener que atenerte a las consecuencias.

Amanda pestañeó perpleja y se apartó el auricular del oído para mirarlo, como si éste pudiera darle una explicación a su muda pregunta.

—Pero oiga...— empezó a decir.

El clic que cortaba la comunicación la desorientó aún más y permaneció indecisa con el aparato en la mano, preguntándose qué tendría que entregarle su prima al tipo enfurecido de la voz intimidante y qué consecuencias podría tener para ella la demora en esa entrega. Porque lo más grave era que Mandy se había marchado y ese hombre podía aparecer en cualquier momento en el piso antes de que regresase a reclamarle esa cosa. ¿Qué sería? Probablemente se trataría de un cuadro. Y seguramente ese cuadro se encontraría en el estudio, porque en la planta baja no había visto ninguno hasta ese momento.

Apresuradamente salió al vestíbulo y al levantar la vista hacia lo alto de la escalera vio allí al cliente de su prima apoyado en la barandilla, por lo que procuró subirla dignamente, para que no pudiera apreciar que se veía obligada a ascenderla con suma precaución, peldaño a peldaño y mareada con tantas vueltas y revueltas. A pesar de ello debió de darse cuenta él, porque el tono de su voz le sonó irónico.

—Es bonita y original, pero un poco incómoda, ¿verdad?

—¿Todavía no se ha marchado usted?—le increpó amoscada alzando la cabeza hacia él, cada vez más próximo, mientras tanteaba cautelosamente con el pie los últimos escalones.

—No. Estaba esperando por si necesitabas mi ayuda para encontrar el teléfono, porque te encuentro hoy bastante desmemoriada. Y por cierto, ¿por qué me llamas de usted?

Acababa ella de alcanzar el descansillo y se detuvo a su lado jadeante.

— ¿Qué por qué?, porque no soy Mandy Arévalo, ya se lo he dicho y, por consiguiente, no le conozco de nada. Soy Amanda Urquiza, su prima. Su prima listísima, perfectísima y cargantísima, tal como me ha calificado. Nuestras madres son gemelas y nosotras dos somos también idénticas. He venido de Madrid y he llegado a esta casa hace una hora. Por eso no sé quién es usted ni dónde está el teléfono ni donde está nada. ¿Me entiende?

Había ido levantando la voz conforme hablaba y él se la quedó mirando confuso.

—Vaya, pues siento lo que he dicho antes sobre ti, pero no creo que haya razón alguna para que me llames de usted. ¿O es que es costumbre entre tus amistades? Vivo también en Madrid y en el círculo en el que me desenvuelvo no nos tratamos con tanto formalismo.

—No, tiene razón. Y perdone, perdona—se corrigió— es que estoy aturdida. Como te he dicho antes, acabo de llegar y Mandy se ha marchado corriendo sin aclararme el motivo y sin advertirme que había dejado a un hombre posando en el estudio.

—Bueno, eso es muy propio de tu prima—opinó condescendientemente, sin dejar de observarla con las cejas enarcadas—. Es una magnífica pintora, pero tiene una cabeza de chorlito. Supongo que te habrás asustado al oír ruido aquí arriba. Aunque… — no terminó la frase y siguió estudiando su semblante como si lo estuviera analizando. Luego continuó con la f rase que había dejado pendiente —: … no pareces asustada. Das la impresión de que no te asustas fácilmente. ¿Me equivoco?

No se conceptuaba precisamente Amanda como una mujer valerosa. Era cierto que no se acobardaba por cualquier nimiedad, pero tampoco le atraían los riesgos innecesarios y las amenazas del tipo con el que había hablado por teléfono no la habían dejado indiferente. Aún le temblaban las rodillas al recordar el ultimátum que destilaba el tono bronco de su voz

—Pues no, tampoco es eso. Y ahora vas a tener que disculparme. Le diré a Mandy cuando regrese que te llame por teléfono para citarte para otro día y…

— Me estás despidiendo, ¿verdad?—le preguntó Guillermo con toda frescura, aún apoyado en la barandilla de la escalera.

Volvió ella a preguntarse si no sería él el tal Nico que se hubiera presentado con un nombre falso y estuviera aprovechándose del desconocimiento de ella sobre su fisonomía para continuar en el estudio y poder buscar así lo que le interesaba al de la voz amenazadora, con el que probablemente estaría compinchado.

—Sí, bueno, tengo cosas que hacer y cómo Mandy no va a poder continuar hoy con tu retrato, porque está anocheciendo y no hay luz suficiente, pues…

— ¿Mi retrato?— le preguntó divertido.

— Sí, supongo que lo ha tenido que dejar a medias cuando la han llamado.

— ¿Tú no pintas?— la interrumpió, observándola fijamente. A Amanda le dio la impresión de que le iba a proponer que en lugar de Mandy continuara con su retrato ella.

—No, en absoluto. Soy periodista y he venido a Murcia a hacer un reportaje sobre las procesiones de la Semana Santa. La única artista es Mandy.

—Pero hoy es domingo—afirmó él, que había ido a apoyarse de espaldas contra la puerta lacada y le estaba obstaculizando el paso al estudio.

—Sí, ¿y qué?

—Que esta tarde no sale ninguna procesión. La próxima empieza mañana, a eso de las siete.

—¿Y qué?—repitió ella, que empezaba a sentirse incómoda y recelosa al advertir que no se apartaba de la puerta, como si fuera un cancerbero que defendiera la cámara del tesoro—. Ya te he dicho que Mandy no va a poder continuar pintándote hoy, así que…

—Así que, debo marcharme y dejar de molestar— continuó risueñamente—. Tienes toda la razón. Ya me marcho.

Se apartó de la puerta e hizo intención de asir el picaporte para entrar en el estudio, pero en ese momento sonó el timbre de la puerta de la vivienda de Mandy y se quedó con la mano en el aire y el ceño fruncido.

—Te están llamando abajo—le advirtió—. ¿No lo has oído?

Amanda había respingado sobresaltada. ¿Sería el hombre de la voz bronca que venía a recoger esa cosa que Mandy no le quería entregar? Su semblante debió dejar traslucir su miedo, porque Guillermo la miró desconcertado.

— ¿Qué pasa? ¿Es alguna visita inoportuna?

Con un imperceptible movimiento, Amanda asintió con la cabeza.

— ¿Quieres que abra yo y que le diga que no estás? — le sugirió él.

No sabía Amanda si podía fiarse del desconocido que tenía enfrente, pero al menos no le había dado la impresión de que tuviera intención de agredirla, por lo que antes de haberlo meditado aceptó su propuesta.

—Sí, si no te importa.

Otro timbrazo en la planta de abajo volvió a sobresaltarla y él se echó a reír.

—Vale, vale, le abriré yo y le diré que te has ido al fin del mundo. ¿Se trata de un novio pesado?

Sin aguardar su respuesta avanzó por el rellano hacia la escalera y descendió apresuradamente los peldaños sin tan siquiera agarrarse a la barandilla. Desde arriba, Amanda le vio atravesar el inmenso vestíbulo y dirigirse hacia la puerta de entrada de la vivienda que no se divisaba desde el lugar donde ella se encontraba. Luego llegó hasta sus oídos el lejano rumor de su voz y de otra, también masculina, pero no llegó a entender lo que decían. Le pareció que discutían algo, pero finalmente el recién llegado debió de desistir, porque la puerta se cerró tras él y Guillermo reapareció abajo, en la zona del vestíbulo que se divisaba desde donde ella se encontraba. No tardó él en subir nuevamente la escalera y en reunírsele.

—No era tu novio— le advirtió con cierta sorna —. Era un hombre que venía a recoger un encargo que le había hecho a Mandy. Se ha puesto como un energúmeno cuando le he dicho que no estaba ella y me ha repetido varias veces que volvería más tarde. Si no quieres abrirle antes de que regrese tu prima, será mejor que eches todos los cerrojos de la puerta y que te hagas la sorda, ¿comprendes?

—Sí, sí, claro, te lo agradezco— murmuró Amanda con un hilo de voz imaginando la noche que le aguardaba si la otra no aparecía pronto en la casa —. Y ahora…

—De acuerdo, ya me marcho— dijo él recogiendo la indirecta, al tiempo que se volvía para abrir la puerta lacada del estudio.

Ella le siguió dentro de la estancia y encendió la luz. La que esparcía una solitaria bombilla que colgaba del techo y que apenas si iluminaba algo más que un círculo a sus pies. Probablemente Mandy opinaba que la estancia no necesitaba más, puesto que solo pintaba de día, pero la impresión que producía el estudio no se diferenciaba de la de un vacío e impoluto desván sin trastos en el que alguien hubiera montado por equivocación un solitario caballete, que apenas si se distinguía entre las sombras con las que se entremezclaba.

Guillermo lo sorteó con soltura y ella le siguió temiendo tropezar con algún objeto, invisible en la semioscuridad, hasta que ambos alcanzaron otra puerta al fondo de la nave. Él se volvió hacia Amanda para despedirse.

—Adiós. Espero verte de nuevo y perdona por lo que he dicho antes sobre ti y que ya no lo pienso. Eres una réplica exacta de Mandy, aunque…

No llegó a decirle en qué se diferenciaban las dos, porque Amanda le empujó hacia la escalera y cerró la puerta blindada a continuación. Disponía además de varios cerrojos que fue asegurando y luego se dio media vuelta dirigiendo su mirada en derredor. ¿Qué podría ser lo que el tipo de la voz amenazadora estaba empeñado en recoger? De las paredes y sin dejar ningún espacio libre colgaban un sinfín de cuadros a diversas alturas, que intentó escudriñar. En su mayoría eran paisajes, cuyo motivo pictórico no llegó a distinguir con claridad, pero que parecían luminosos y de tonalidades claras. Siguiéndolos con la mirada, recorrió todas las paredes del estudio de extremo a extremo. Desde la puerta por la que se había marchado Guillermo Elizalde hasta la otra por la que se salía a la escalera transparente y luego realizó el mismo recorrido junto a la pared de enfrente. Volvió a preguntarse si sería alguno de aquellos cuadros lo que le interesaba al hombre furibundo que había llamado por teléfono y que tenía intención de regresar. Lo mejor sería que lo averiguara llamando a su prima por el móvil. Lo había dejado en su bolso, en la planta baja, por lo que se dirigió hacia la puerta y salió al rellano desde donde arrancaba la escalera.

Encendió la luz antes de poner el pie en el primer peldaño. ¿Cómo podría haberla bajado Guillermo Elizalde con tanta soltura?, se preguntó. Seguramente el decorador de la casa de su prima la había copiado de alguna innovadora revista y se había quedado satisfechísimo después por la originalidad de su diseño, sin caer en la cuenta de que era un suplicio tener que utilizarla.

Como carecía por completo de sentido artístico y era fundamentalmente práctica, dejó escapar un desdeñoso suspiro de alivio cuando tras un precavido descenso puso por fin un pie en el vestíbulo. Allí continuaba su maleta y en el sofá del salón había dejado el bolso, por lo que se encaminó hacia la puerta de cristales de dos hojas que le daba acceso. La habitación volvió a parecerle inmensa y destartalada y se preguntó nuevamente cómo habría permitido Mandy que la decorara el tal Nico. Lo había llamado estilo minimalista, pero le hubiera cuadrado más la denominación de "estilo de desmantelación absoluta", porque la impresión que producía aquella estancia tan inmensa no podía ser más lamentable.

Sintió frío al entrar en ella, aunque hacía calor. En el sofá, entre un cerro de cojines vio su bolso en cuanto encendió la luz y tomó asiento haciéndose hueco entre los almohadones con el móvil en la mano, en el que marcó el número de su prima. Oyó seis timbrazos antes de que la otra atendiera su llamada y cuando lo hizo notó que la voz le temblaba lastimosamente.

—Amanda, ¿eres tú?

¿Por qué estaría tan asustada?, se preguntó ella. Procuró tranquilizarla pronunciando las palabras en un tono bajo y cariñoso.

—Sí, pero necesito hablar contigo. Ha llamado un tipo que parecía estar muy rabioso y que quería que le entregaras algo esta misma noche. ¿Vas a volver pronto a esta casa? No me ha parecido que ese hombre estuviese precisamente de buen humor. ¿Se trata de algún cuadro?

La pareció oír jadear a su prima a través de la línea telefónica.

—Sí, pero no le dejes entrar. No dejes entrar a nadie ni le digas a nadie donde estoy. Es un hombre muy peligroso.

—Muy peligroso— repitió Amanda aturdida—. ¿Y qué hago?

Hubo un silencio. Luego oyó la voz angustiada de Mandy.

—No lo sé, pero no abras la puerta.

—Está bien, no le abriré. ¿Pero vas a volver pronto? ¿Dónde estás?

En esa ocasión el silencio se prolongó algo más. Parecía que Mandy estuviera sopesando los pros y los contras de aclarárselo. Al fin debió decidirse.

—Me he marchado de Murcia. Voy en el coche camino de la playa.

De la sorpresa, Amanda estuvo a punto de dejar caer el teléfono al suelo. Lo apartó de su oído para mirar el aparato y luego volvió a colocarlo en su lugar para preguntarle levantando la voz:

— ¿A la playa?, ¿a qué playa? ¿No recuerdas ya que acabo de llegar a Murcia como respuesta a tu llamada de socorro y que estoy en tu casa esperándote? ¿Por qué te has marchado?

Le pareció escuchar un hipido a través de la comunicación telefónica.

—Porque sí, porque ese hombre va a presentarse en mi piso de un momento a otro a reclamar el cuadro y tengo miedo.

— ¿Miedo?, ¿de qué tienes miedo?

—De que cumpla su amenaza, ¿no lo entiendes? Me ha amenazado con matarme si no le entrego el cuadro.

No, Amanda no entendía nada. Con los ojos muy abiertos recorrió con la mirada la habitación, tan vacía y tan inmensa, que en esos momentos le pareció que iba adquiriendo tintes tétricos. ¿Cómo podría estar viviendo ella una situación tan absurda? Había acudido en ayuda de Mandy creyendo poder reencontrar en ella a la chiquilla soñadora e infantil que había dejado años atrás y en su lugar se veía envuelta en una incomprensible trama de cuadros y de intentos de asesinato. Y para colmo, su prima se había largado asustadísima, dejándola a ella sola en la casa, sin caer en la cuenta de que las dos eran idénticas. ¿Cuánto tiempo tardaría el hombre furibundo en aparecer en el piso y confundirla con su prima? Probablemente unos segundos. Pensaría que, aunque bien vestida y bien peinada, ella era la pintora que pretendía liquidar porque no le entregaba aquel maldito cuadro. Si al menos supiera de cuál de ellos se trataba…

—Escucha Mandy. Necesito saber de qué cuadro estamos hablando y dónde se encuentra. ¿No lo entiendes? Ese hombre pretenderá que se lo entregue yo. ¿Qué es lo que has pintado y dónde está?

—Es un paisaje—replicó su prima entre dos sollozos. — Es un paisaje impresionista y lo llevo aquí en el coche.

—Que te lo has llevado— se alarmó Amanda—. ¿Pero por qué te lo has llevado y por qué no quieres dárselo a ese tipo? Si está empeñado…

—Tú no lo entiendes— protestó la otra.

Esbozó Amanda un ademán de impotencia que su prima no vio.

—No, desde luego que no lo entiendo. No comprendo que me hayas hecho venir a tu casa para que, nada más llegar aquí, te largues a la playa con un cuadro que va a venir a reclamarme un desconocido, con malas intenciones además. Dime al menos a dónde te diriges.

—Ya te he dicho que a la playa, a mi casa de la playa.

—No sabía que tuvieras una casa en la playa. ¿Dónde está esa playa?

—En la Azohía, junto al Cabo Tiñoso, ¿no recuerdas? Te estoy hablando de la casa de la abuela donde veraneábamos de niñas.

Amanda retrocedió con la mente unos años atrás, cuando Mandy y ella eran dos chiquillas que vivían con la abuela y pasaban los fines de semana en esa playa. La abuela era dueña de una casa, edificada sobre un rocoso promontorio contra el que batían las olas y que olía de una forma especial. Se componía ese olor de humedad, de yodo y de algo más que nunca supo identificar y que lo traía el viento, que, aún con las ventanas cerradas, gemía en invierno con un silbido sordo. Mandy y ella lo escuchaban por las noches incorporadas en sus lechos cuando al acostarse el silencio envolvía el promontorio. Silbaba como si se quejase, como si viniese de muy lejos y pretendiera transmitirles un mensaje de nostalgia. También soplaba cuando el sol ascendía por un cielo intensamente azul, pero no sonaba igual. De día, la brisa que ondulaba el mar era cálida y no poseía un sonido propio. Carecía de la facultad de atemorizarlas. En aquellos tiempos bajaban a la playa a bañarse por las mañanas, en cuanto se levantaban, y buscaban caracolas entre las rocas, vigiladas por la abuela, que, bajo una sombrilla, no las perdía de vista. Rara vez se metía ésta en el agua, pese a que estaba caliente y que apenas si se encrespaba ligeramente en el rompeolas para deslizarse calmosamente hacia la arena. Le gustaba en cambio caminar y algunas tardes subían las tres en el viejo Ford que conducía ella hasta lo alto del Cabo Tiñoso recorriendo una accidentada y estrecha carretera que daba vueltas y revueltas hasta la cima. Allí continuaban el camino andando hasta el mismo extremo del abrupto espigón que se adentraba en el mar. El panorama que se dominaba desde allí era increíblemente hermoso. Una inmensa bahía encajonada entre gigantescos acantilados cortados a pico que la abuela contemplaba extática, mientras ellas se encaramaban a los cañones del fortín militar, enclavado cerca del extremo del Cabo. Había sido levantado éste durante la dictadura de Primo de Rivera para defender la base de naval de Cartagena, pero ahora estaba abandonado y ellas podían corretear entre los ruinosos edificios, semejantes a castillos de cuento.

Con un esfuerzo regresó al presente para preguntarle sorprendida:

— ¿Me estás hablando de la casa de la abuela que heredé cuando falleció ella?

— Sí, de esa.

— Pero esa casa es mía, no tuya. Tú heredaste la de la plaza de Santo Domingo, ¿no te acuerdas ya?

La voz de su prima le llegó lejana y como ausente.

— Bueno, sí, puede ser, pero desde que te marchaste con tus padres no has vuelto. Ni siquiera cuando la abuela murió. Te limitaste a enviarme un poder notarial para que firmara en tu nombre aquella enrevesada escritura. Tuve que ocuparme de todo, porque tú...

Le dolió la recriminación que latía en las palabras de Mandy y además le pareció injusta. Cuando inesperadamente se produjo el fallecimiento de su abuela, se encontraba ella en El Cairo, donde había sido enviada como corresponsal por su periódico y no tuvo conocimiento del desgraciado suceso hasta que regresó a Madrid y encontró una carta de su prima, fechada diez días atrás. Le comunicaba asimismo ésta que su abuela le había dejado en herencia la casa de la Azohía y que para firmar la escritura de adjudicación de esa herencia debía presentarse en Murcia, en la notaría que le indicaba, a la semana siguiente o bien enviarle a ella un poder para efectuarlo en su nombre. Le envió el poder. No hubiera podido en aquellos momentos pedir unos días libres en el periódico, donde peligraba su situación laboral. Acababa de ser contratada y un sobrino del director se había incorporado recientemente a la redacción, por lo que temía Amanda que en cualquier momento prescindieran de sus servicios. Por ese motivo le dijo a su prima que se ocupara de todo y que utilizara la casa de la playa cuando le viniera bien hasta que ella pudiera hacerse cargo del legado que había recibido. Pero únicamente le había permitido usarla, aunque la otra parecía haber entendido que se la había regalado. Por esa razón insistió:

— ¿Vas camino de mi casa?, ¿cómo está?

— Está como estaba. No he cambiado nada. A Nico le gustaba mucho.

Sin saber por qué le molestó que hubiera llevado allí a ese tipo. Una cosa era que Mandy la utilizara cuando le viniera bien y otra muy distinta que metiera en una casa que le pertenecía a un impresentable que además era un falsificador.

— ¿Y cuándo piensas regresar a Murcia?

La voz de Mandy sonó impaciente.

—No puedo regresar. No sé por qué no entiendes lo que te digo. Él es un hombre muy peligroso y no dejará de buscarme hasta que me encuentre. Por suerte, a ti no te conoce.

— ¿Qué no me conoce?

—No, nunca le he hablado de ti. No sabe que existes.

A duras penas reprimió Amanda un exabrupto. No parecía haber caído en la cuenta su prima de que cualquiera las confundiría. Y sin duda el hombre peligroso también. Si aparecía en el piso la tomaría por Mandy con toda seguridad y ella desconocía su aspecto, su identidad y el motivo por el que pretendía que le entregara el cuadro que se había llevado consigo la otra.

— ¿No has pensado que en cuanto ese tipo me vea creerá que yo soy tú?— masculló sarcásticamente—. Me parece que has olvidado que podríamos pasar por gemelas.

— ¿Por gemelas?— se alarmó su prima—. Bueno, sí, no se me había ocurrido—. Pareció reflexionar durante unos segundos y después su voz sonó angustiada—. Cuánto lo siento Amanda. Debí advertirte antes de pedirte que vinieras, pero ya no tiene remedio. Lo mejor es que vuelvas a Madrid cuanto antes.

— ¿Cómo voy a regresar ahora a Madrid?—se enfadó ella—. He venido a hacer un reportaje por encargo del periódico en el que trabajo y no puedo marcharme hasta que termine la Semana Santa y finalicen las procesiones. Me despedirían. Dime al menos qué cuadro es ese y por qué ese hombre quiere matarte.

A través del hilo le llegó un nuevo sollozo.

— ¿Conoces "El sol naciente" de Claude Monet?

Amanda hizo un gesto de asentimiento, a la par que contestaba:

—Sí, claro, ¿cómo no lo voy a conocer? Es un cuadro impresionista que dio su nombre a ese movimiento pictórico. ¿Por qué?

La voz de su prima llegó a sus oídos, tímida y casi inaudible.

—Pues que yo he pintado "El sol poniente". El mismo cuadro pero con la luz del crepúsculo.

Al oírla, pestañeó perpleja sin comprender el problema, aunque no le extrañó demasiado la incoherencia con la que Mandy se expresaba, porque era esa una acusada característica de su personalidad. Luego enarcó las cejas y finalmente se impacientó.

— ¿Y qué? Esperaba que al hacerte mayor fueras también más lógica y menos absurda. ¿Me estás diciendo que te quieren matar porque has pintado "El sol poniente"? No digas majaderías. ¿O es que se trata de un chalado al que le solivianтan las puestas de sol? Lo que tienes que hacer es volver aquí, a tu casa, para que hablemos con calma.

—No, no— gimoteó Mandy—. Aunque no me creas, te estoy diciendo la verdad. Y tú corres peligro también por el parecido físico que tienes conmigo. Deberías marcharte ahora mismo a un hotel.

Lo consideró ella en silencio durante unos instantes y terminó por asentir.

— ¿A un hotel? Tienes razón. Voy a llamar a Pineda, el reportero gráfico que ha contratado el periódico en esta ocasión para filmar el reportaje de las procesiones y, si hay alguna habitación libre en el hotel donde se aloja con su ayudante, me mudaré ahora mismo. Luego te llamaré.

Cortó la llamada sin aguardar la respuesta de su prima y buscó en la agenda de su móvil el número de Pineda, un tipo taciturno que apenas si había abierto la boca desde que salieran de Madrid unas horas antes en la polvorienta furgoneta de él y del que lo ignoraba todo, incluso el nombre. Le había conocido esa misma mañana, cuando la había recogido en el portal del edificio donde se ubicaba el periódico, en la calle de Atocha. Rondaría los cuarenta años y poseía una fisonomía poco atrayente. De mediana estatura y muy delgado, poseía un rostro anguloso y cetrino, en el que campeaban los ojos, oscuros y hundidos, de mirada huidiza. Traslucía además un aire tan poco comunicativo, que Amanda no había intentado durante el viaje conversar con él. Durante el trayecto no había abierto la boca y al dejarla frente al portal de la casa de Mandy se había limitado a advertirla que se verían al día siguiente, media hora antes de la salida de la procesión de la iglesia de San Antolín.

Também había viajado con ellos otro joven, también moreno, mal afeitado y desgreñado, que se llamaba Saúl, y que no se había molestado, al salir ella del portal, en descender de la furgoneta para saludarla ni en dirigirle la palabra después. Se había limitado a ocupar el asiento central del vehículo, entre Pineda y ella, sin despegar los labios. A Amanda no le había extrañado. Era frecuente relacionarse en su profesión con chicos progres y mal encarados que alardeaban de ausencia de modales y Saúl no era una excepción.

Tampoco Pineda había hecho el menor esfuerzo por mostrarse amable. Con gesto agrio y resignado, como si en lugar de una maletita llevara ella por equipaje un baúl, la había recogido del suelo e introducido resoplando en la parte posterior de la furgoneta. Sin más la había arrancado, tras cerciorarse de que Saúl y ella se habían abrochado el cinturón de seguridad. No se había mostrado cordial ni simpático, pero en ese momento le daba igual. Lo único que le importaba era salir del piso de Mandy con su maleta y trasladarse a un hotel donde no se sintiera amenazada por el chalado al que le solivantaba la puesta de sol que había pintado su prima.

Oyó su voz, seca y bronca en cuanto marcó el número.

— ¡Hola! ¿Necesitas algo?

La había identificado inmediatamente en su móvil, pero por su tono se adivinaba que no le alegraba su llamada, sino más bien al contrario.

—Soy Amanda— empezó ella, algo intimidada por la ausencia de cordialidad que denotaban su tono y sus palabras.

—Sí, ya te he conocido. ¿Va todo bien?

—Pues no, verás. Mi prima ha tenido que salir de viaje y yo… yo preferiría mudarme a un hotel. ¿Sabes si quedan en el tuyo habitaciones libres?

—Pues no, no hay ninguna— replicó ásperamente—. Las procesiones atraen muchísimo turismo y creo que no quedará una sola plaza hotelera libre en toda la ciudad. Al menos eso es lo que me ha dicho el recepcionista. Deberías haber reservado con tiempo una habitación, como hemos hecho nosotros.

Se lo decía como si ellos fuesen unos viajeros experimentados y Amanda tonta de remate, por lo que empezó a escamarse.

—Yo no sabía que mi prima se iba a ver obligada a marcharse inmediatamente de viaje— masculló ofendida— Pero no hace falta que te molestes. Ya buscaré yo en mi móvil la relación de hoteles de Murcia y averiguaré si alguno tiene una habitación libre. Muchas gracias por tu interés y por tu delicadeza.

Le colgó sin darle tiempo a disculparse, cosa que seguramente no tenía ninguna intención de hacer, e inmediatamente comenzó a llamar infructuosamente, por el orden en el que aparecían en la pantalla de su teléfono, a los hoteles allí relacionados. Todos se excusaron con ella. Las procesiones de Semana Santa de Murcia eran únicas y atraían infinidad de turistas de todas las partes del mundo, por lo que era imposible conseguir alojamiento sin una reserva previa.

Desalentada, se retrepó en el respaldo del sofá preguntándose qué debería hacer. No conocía a nadie en la ciudad. Únicamente al antipático de Pineda y a su desgreñado ayudante y tampoco estaba muy sobrada de dinero, por lo que no podía permitirse el lujo de alquilar un coche para buscar alojamiento en un pueblo cercano y escapar así del peligro que suponía la visita del chalado. La intuía próxima. Mandy se había marchado además sin darle una llave del piso, de modo que, si se ausentaba de la vivienda, no podría volver a entrar y no sentía el menor deseo de dormir en el portal. Empezaba a notar además un molesto vacío en el estómago, por lo que, aún aturdida, se puso en pie y salió al vestíbulo. Al comienzo de esa estancia arrancaba un espacioso pasillo con el mismo pavimento de tarima barnizada, que supuso que conduciría a la cocina. La encontró al abrir la primera puerta de su derecha. Relucía de limpieza como si no hubiera sido utilizada nunca, sin una sola mancha sobre sus blancas encimeras ni mucho menos un objeto fuera de lugar. Tal vez Mandy tuviera por costumbre comer fuera de su casa y bajara siempre a la calle a tomar algo en un restaurante cercano, se dijo preocupada, mientras se dirigía hacia la nevera y abría la puerta de ésta esperando encontrar dentro algo comestible. Tan solo vio en su interior un yogurt caducado y los mohosos restos de una ensalada de lechuga, por lo que empezó a preocuparse seriamente. Si se veía obligada a permanecer indefinidamente en el desabastecido piso de su prima, moriría de inanición.

Se dio la vuelta buscando con los ojos algo que pudiera acallar el molesto run run de su estómago y en ese momento sonó su móvil. Al instante reconoció la voz de Pineda sin la sequedad con la que se le había dirigido poco antes.

—Amanda, perdona por lo desconsiderado que he estado contigo hace un rato. ¿Has cenado? He pensado que si tu prima se ha marchado de viaje a lo mejor no te ha dejado nada preparado.

¿Se estaba disculpando?, se preguntó estupefacta. Y lo que era aún mejor, ¿estaba proponiéndole acompañarla para tomar algo en la calle? Como todavía se sentía ofendida con él, repuso fría:

—No, no me ha dejado la cena preparada, pero no es necesario que te preocupes por mí— añadió mascullando las últimas palabras—. Aunque no sea tan lista como vosotros dos, también estoy acostumbrada a viajar sola y a resolverme mis problemas. Gracias por tu interés.

Iba a cortar de golpe la llamada, pero él la interrumpió.

— ¡Vaya!, veo que te has enfadado de verdad. ¿No quieres entonces que tomemos algo en una cafetería cercana a tu casa? Puesto que vamos a trabajar juntos, sería preferible que nos llevásemos bien.

Lo decía como si después de mucho reflexionar hubiera llegado a la conclusión de que merecía la pena realizar el tremendo esfuerzo de tenerla en cuenta e incluirla en el tándem que formaba con Saúl con tal de lograr un buen reportaje y a Amanda le relampaguearon los ojos de indignación

—Ya— rezongó—. Estás dispuesto a sacrificarte en aras del trabajo.

A través de la línea telefónica le pareció que él dejaba escapar un resoplido de impaciencia.

—No seas pesada, Amanda. Repito que siento haber estado tan antipático contigo y estoy dispuesto a repararlo invitándote a cenar algo baratito. ¿Te recojo ahora mismo o prefieres que espere un minuto o dos?

Lo decía con una ironía que ella hubiera creído imposible en él y sonrió a su pesar. Afortunadamente no podía verla ni por consiguiente advertir que su enfado se estaba disipando, pero quedaba el problema de la llave. Si salía de la casa no podría volver a entrar.

—No tienes por qué invitarme. Si acaso pagaríamos a medias, pero es que no tengo llave de este piso—le informó pesarosa—. Mi prima no lo ha tenido en cuenta al marcharse, por lo que me veo obligada a seguir aquí enjaulada. No sé qué voy a hacer mañana por la noche cuando tengamos que cubrir la información de la procesión que sale de la iglesia de San Antolín. Por eso necesitaba mudarme a un hotel, pero ninguno tiene habitaciones libres.

Se hizo un silencio al otro lado de la línea. Amanda le imaginó con las oscuras cejas enarcadas, reflexionando sobre el problema que acababa de plantearle.

— ¿Y le has preguntado al portero? Seguramente tu prima le habrá entregado una llave del piso previendo alguna emergencia. Es lo que la gente acostumbra a hacer. ¿Le has preguntado?

— ¿Cómo le voy a preguntar?— objetó irritada —. Ya te he dicho que no puedo salir de aquí, por lo que tampoco puedo bajar al portal para averiguarlo.

—Bueno, no te preocupes por eso—replicó él inmediatamente como si hubiera dado con la solución —. Se lo preguntaré yo y si no la tiene, compraré algo y nos lo tomaremos en tu casa. Hasta ahora mismo.

Había colgado y Amanda se quedó con el móvil en la mano, aún sin reaccionar. Lo logró de pronto y no pudo evitar respirar aliviada. Pineda sería un antipático y un estúpido, pero al menos le iba a resolver el problema de la cena, lo que no era precisamente baladí, porque el vacío del estómago iba alcanzando proporciones alarmantes.

Más animada salió de la cocina y por el pasillo se encaminó hacia la puerta más próxima. Era un cuarto de baño alicatado con azulejos color crema y toallas de felpa de una tonalidad más oscura, rematadas por un delicado encaje. Reflejaba sin duda la identidad de Mandy. Ella era así. Capaz de dejar por doquier la huella de su artística personalidad e incapaz al mismo tiempo de conservar en la nevera otra cosa que un yogurt caducado y una ensalada podrida.

La puerta siguiente daba paso a una habitación completamente vacía de mobiliario, lo mismo que la estancia contigua. Probablemente el arquitecto que diseñara el plano de la casa las había destinado a dormitorios, pero el tal Nico había dejado en las dos su impronta minimalista, decidiendo en un rapto de inspiración que la más original decoración de una alcoba radicaba en la ausencia de la cama.

In mente le dedicó un epíteto poco halagador al ex novio de su prima y pasó a inspeccionar el cuarto que se encontraba a continuación. Desde la puerta vio que se trataba de un dormitorio de una sola cama, cubierta por una colcha floreada en tonos rosas, a juego con las cortinas y con la tapicería de la butaca que se hallaba bajo la ventana. Desde ésta divisó a sus pies la Gran Vía y percibió el ruidoso tráfico que discurría por la calzada. Por una puerta que se abría a los pies de la cama se accedía a un cuarto de baño, también alicatado en rosa. Era una alcoba decorada con un gusto exquisito, sin relación alguna con el estilo minimalista del salón, en el que al parecer había dejado el desmantelado vestigio de su personalidad el tal Nico, que tanto atemorizaba a Mandy. ¿O no era ese Nico el que quería llevarse el cuadro de la puesta de sol? ¿Se trataría quizás del americano que había resultado ser español?

No conseguía recordarlo con claridad, por lo que terminó por encogerse de hombros. Debía ser esa la habitación que le estaba destinada, porque la que pasó a inspeccionar a continuación constaba de una cama de matrimonio sobre la que su prima había dejado tirado de cualquier manera el chándal que llevaba puesto al llegar ella. Atestiguaba además que era su alcoba el contenido de su armario, lleno con su ropa, por lo que regresó al vestíbulo a recoger su maleta. Se dirigía ya hacia su cuarto con ella a cuestas, cuando oyó algo casi imperceptible sobre su cabeza. Era como si un objeto se hubiera caído al suelo. Con sus ojos azules agrandados por el miedo, Amanda levantó la mirada hacia el techo aguzando el oído. Ahora el silencio más absoluto pareció envolverla. Un silencio denso que casi podía oírse. ¿Lo habría imaginado?

Permaneció inmóvil sin atreverse a respirar. ¿Debería subir al estudio a comprobarlo? Con el vello de los brazos erizado decidió que no. La puerta del estudio por la que se salía a la escalera que descendía hasta el vestíbulo estaba cerrada con llave, de modo que el intruso no podría bajar a la vivienda donde ella se encontraba. Esperaría a Pineda sin hacer ruido y, cuando llegara él, resolverían lo más conveniente.

Éste no tardó en llamar al timbre y Amanda le abrió en cuanto comprobó por la mirilla que era él el que se encontraba al otro lado de la puerta. No se había cambiado de ropa y seguía teniendo revuelto el oscuro cabello, demasiado largo y rizado por las puntas, y el rostro mal afeitado, pero ella le encontró distinto. Quizás fuera por lo diferente de su expresión, que ya no era hosca, sino más bien al contrario. Le sonrió en cuanto entró en el vestíbulo y le mostró el llavero que extrajo del bolsillo de su pantalón.

— ¡Las llaves!— le dijo con aire victorioso.

— ¿Las llaves de este piso? — le preguntó Amanda incrédulamente sin querer creer en su buena suerte.

—Sí, me las ha dado el portero, así que vamos a bajar ahora mismo a tomar algo.

Extrañada, se le quedó mirando recelosamente.

— ¿El portero te ha entregado a ti las llaves de esta casa siendo cómo eres un completo desconocido para Mandy?—. Ante su gesto de asentimiento, añadió—: No lo entiendo. Debería haber subido a preguntarme si debía dártelas, porque podrías ser un indeseable o un ladrón—. Pensativa se acarició la barbilla—. Él cree que yo soy mi prima, por lo que cuando bajemos al portal le llamaré al orden.

Pineda levantó una mano, como si pretendiera con ese ademán cortar sus protestas.

—Bueno, bueno, luego le riñes. Pensaba que te alegrarías al ver resuelto el problema de tu enjaulamiento, pero ya veo que eres muy difícil de contentar.

Se lo decía condescendientemente, mientras recorría con la mirada el inmenso vestíbulo con sus negras pupilas clavadas en la artística escalera. Luego dejó escapar un silbido.

— ¡Caramba! Le ha debido costar una fortuna este dúplex a tu prima. ¿Qué hay arriba?

Con cierta aprensión, Amanda levantó también la vista hacia el transparente rellano, rematado por la puerta lacada en blanco.

—Su estudio. Mandy es pintora y por lo visto le va muy bien.

— ¿Y se acaba de mudar a este piso? — se interesó él paseando sus ojos por la desmantelada estancia para terminar fijándola en la solitaria palmera, como si se estuviera preguntando dónde se encontrarían los muebles.

—No, no. Es que está decorado en estilo minimalista.

— ¿De veras?— murmuró él con aire de no haber entendido del todo su respuesta—. Bueno, mientras cenamos puedes contarme la vida y milagros de tu prima, que debe de ser una persona un tanto rarita. Primero te invita a su casa y en cuanto llegas se larga de viaje y te deja sin llaves y sin cena. ¿Piensa volver pronto?

Al ver que Amanda se encogía de hombros, Pineda se echó a reír.

—Bueno, tengo entendido que los artistas suelen ser bastante especiales.

— ¿Tú no te consideras un artista?—inquirió ella levantando la mirada hacia el techo y aguzando el oído por si volvía a repetirse el tenue sonido que creía haber escuchado poco antes.

—Yo no. Sé manejar una cámara de vídeo bastante bien, pero eso es todo—replicó impaciente—. Pero venga, recoge tu bolso o lo que quieras llevarte y vamos a la calle a cenar.

Esbozó ella un ademán para detenerle.

—Oye, un instante antes de que llegaras me ha parecido oír un ruido arriba, en el estudio. ¿No deberíamos antes de marcharnos subir a investigar el motivo? Si el portero le da las llaves a todo el que se las pide, puede habérselas entregado también a algún ladrón de cuadros. ¿No te parece?

Levantó él sus oscurísimos ojos hacia el techo y permaneció unos instantes en silencio escuchando. Luego meneó displicentemente la cabeza.

—Debes haberlo imaginado y yo estoy muerto de hambre. Vamos a cenar y después inspeccionaremos lo que quieras.

En cuanto Amanda recogió su bolso, salieron ambos del piso y tras dar ella dos vueltas a la llave en la cerradura, tomaron el ascensor. El portal estaba oscuro y silencioso cuando salieron de la cabina, señal inequívoca de que el portero había dado por finalizado su horario de trabajo, por lo que no pudo, por lo tanto, regañarle como había planeado, adoptando la personalidad de Mandy o explicándole que era solamente su prima, aunque el parecido de las dos fuese asombroso.

Pese a que se encontraban aún en abril, la temperatura era cálida cuando salieron a la calle. Se vieron obligados a esquivar a la multitud de transeúntes que paseaban alegremente en la noche de domingo, sin plantearse al parecer que al día siguiente tendrían que madrugar para acudir a su trabajo. Amanda se lo hizo notar a él, tras tomar asiento en la mesa de la terraza de una cafetería cercana, al aire libre.

— ¿No te parece raro que en domingo haya tanta gente en la calle a estas horas?, — le preguntó

Pineda meneó negativamente la cabeza.

—No, no me parece raro. La mayoría serán turistas que, como tú y como yo, no tendrán nada que hacer hasta mañana por la noche, cuando salga la procesión del lunes. Y por cierto, ¿Te has documentado ya sobre esa procesión? Supongo que tendrás preparado el informe con lo que vas a decir cuando salga de la iglesia el primer Paso y yo os tome en un primer plano a los dos. Quiero decir, al Paso y a ti.

Amanda se encogió evasivamente de hombros.

—No, aún no. Pensaba hacerlo mañana por la mañana. He traído mi ordenador portátil y las notas que he tomado sobre esa procesión. Solo tengo que hilar mi discursito y procurar no ponerme nerviosa, porque ésta va a ser la primera vez que informe en la calle y con un foco enchufándome la cara. ¿El foco me lo va a enchufar Saúl?

—Sí, sí, claro.

— ¿Y dónde le has dejado?

—En el hotel. Me ha dicho que estaba cansado.

—Pues me alegro—decidió ella—. No sé qué relación tienes con él ni si es muy amigo tuyo, pero pertenece al gremio de tipos desgreñados con aspecto de lavarse poco, que no saben además lo que es educación.

Pineda recuperó su gesto agrio.

—Para enchufarte el foco no se precisa tener buenos modales. ¿Lo dices porque no te ha hecho una reverencia cuando esta mañana te hemos recogido en el periódico?

—También por eso—reconoció Amanda —. Se diría que le ha molestado muchísimo que hayáis tenido que cargar conmigo en este viaje. Seguramente hubiera preferido que el periodista fuera un hombre, a ser posible, tan cochino como él.

—No creo que la cuestión sea el sexo del periodista que colabore con nosotros dos—replicó él, clavando en

Amanda sus ojos huidizos—. Conozco a Saúl desde hace bastante tiempo y es un tipo pintoresco, pero no un misógino. El mes pasado hemos grabado juntos un vídeo en Kuwait y durante ese tiempo apenas si ha despegado los labios. Tampoco ha sonreído ni una sola vez durante ese reportaje, así que no te calientes la cabeza. No es que le caigas mal. Lo que sucede es que él es así.

—Ya— musitó poco convencida.

Ambos desviaron la mirada a la vez hacia la concurrida calle en la que se encontraban, tan iluminada y bullanguera como si fuesen las doce del mediodía, en la que por la alegría que reinaba por doquier le recordó a ella una noche parecida, años atrás, cuando en compañía de su abuela y de Mandy acudió a presenciar la procesión del miércoles, la de los "coloraos". También entonces las calles estaban abarrotadas de transeúntes que a empujones trataban de abrirse paso entre el gentío y también entonces se respiraba el mismo ambiente festivo, como si en lugar de revivir los días amargos de la pasión de Cristo estuvieran celebrando un acontecimiento grandioso en el que no tuviera cabida la tristeza. Por eso se decía que las procesiones de la Semana Santa de Murcia eran únicas. No solo por la belleza de sus imágenes, obra en su mayoría del imaginero Salzillo. También por su manera de entenderlas los murcianos, con la alegría propia de una región en la que siempre brilla el sol. Le pareció ver incluso la expresión de sorpresa de Mandy aquella noche, cuando un nazareno, al pasar por delante de las sillas que la abuela había alquilado delante de los jardines de Floridablanca, les entregó a las dos un manojo de habas y un par de huevos duros, a la par que les decía un piropo por lo bajo.

—Abuela—la había llamado Mandy, tirándole inquieta de la falda. Estaba absorta aquélla esperando la llegada del paso de la Samaritana y no se había dado cuenta del incidente—. ¿Has visto lo que nos ha dado ese penitente?

Distraídamente volvió la abuela la cabeza hacia ella.

—Aquí les llamamos nazarenos—la corrigió—. ¿Y qué es lo que os dado? ¿Habas y un huevo duro? Sí, es la costumbre.

—Pero también nos ha dicho una cosa— insistió la chiquilla.

Su abuela empezó a preocuparse.

— ¿Alguna grosería?

—No, bueno, no sé. Nos ha dicho: "Vaya par de bombones".

— ¿A Amanda y a ti?

—Sí, a las dos.

—Me parece muy bien— replicó la abuela riéndose —. Es lo que sois, ¿no crees? Un par de bombones.

—Pero en una procesión…— objetó Mandy frunciendo el ceño.

—En una procesión también sois un par de bombones— repuso cortando la conversación—. Y ahora a callar que ya se acerca el Paso.

Sonreía Amanda recordándolo y Pineda enarcó perplejo sus oscuras cejas.

— ¿De qué te ríes?

—No me río. Estaba acordándome de una procesión que presencié con mi abuela y con mi prima hace muchos años. Mandy y yo debíamos tener trece o catorce y un nazareno nos dijo un piropo. Creo que fue el primero que recibimos las dos.

Él se la quedó mirando fijamente con una expresión que Amanda no le había visto nunca anteriormente.

—Sería el primero, pero imagino que iniciaría una sucesión ininterrumpida de requiebros— murmuró en voz baja.

Amanda empezó a rebullirse incómoda en su silla de plástico blanca.

—Bueno… sí,… no. De eso hace mucho tiempo. Es que Mandy ha sido siempre muy ingenua. Nació dos meses antes de que mi madre me trajera al mundo a mí, pero la he considerado siempre como una hermana menor. Cuando éramos pequeñas accedía siempre sin rechistar a lo que decidía yo y ahora… Hacía muchos años que no nos veíamos, pero creo que no ha madurado, que sigue siendo la misma chiquilla de entonces. Vive en un mundo de fantasía que se ha creado a su gusto, aunque últimamente se le haya poblado de fantasmas.

—¿De fantasmas?—repitió Pineda en tono interrogante, con el ceño fruncido.

Recordó a tiempo Amanda que le había prometido a su prima no referirle a nadie sus temores y se encogió evasivamente de hombros.

—Siempre ha sido muy asustadiza. Eso es todo.

Afortunadamente en ese momento se les acercó el camarero para anotar lo que deseaban tomar y ella pensó que no recordaría Pineda el punto en el que habían dejado la conversación, pero comprobó en cuanto el hombre desapareció dentro del local que estaba equivocada.

—¿Y qué aspecto tiene tu prima?— se interesó él, inclinándose hacia Amanda como si ésta fuera a hacerle partícipe de un secreto.

—¿Mandy?, es exactamente igual que yo. Nuestras madres son gemelas y nosotras parecemos el calco de nuestras madres. Una reproducción exacta.

—Ya— murmuró Pineda como para sí mismo—. Tengo entendido que los gemelos forman parte de un todo y no solo físicamente. Sentiríais las dos mucho separaros cuando aún erais niñas.

Desvió Amanda la mirada hacia la calle y sonrió.

—Sí, pero no somos gemelas, solo primas, y ya no éramos tan niñas. Habíamos cumplido las dos quince años cuando mis padres me recogieron al regresar de un viaje por el extranjero y volví con ellos a Madrid. Durante los años que han transcurrido desde entonces nos hemos comunicado por carta y nos hemos enviado fotografías para constatar si manteníamos el mismo parecido. Ella no es capaz de utilizar el correo electrónico y quizás por esa razón en los últimos tiempos casi habíamos perdido el contacto.

Les interrumpió nuevamente el camarero, que se aproximó a la mesa para llevarles lo que habían pedido, pero Pineda continuó en el mismo punto que habían dejado pendiente.

—Me gustaría conocer a tu prima y comprobar si efectivamente se te parece tanto. Siento curiosidad por ver a otra persona, idéntica a ti, pero con una personalidad completamente diferente. ¿Sabes si piensa regresar pronto de su viaje?

Sin saber por qué la alertó el tono de su voz. No la miraba mientras pronunciaba su última frase. Parecía observar a los transeúntes que deambulaban por la acera, pero se dio cuenta ella de que su desinterés era fingido. Desazonada se removió nuevamente en su silla y para salir del paso dijo la primera tontería que se le ocurrió.

— ¿Quieres averiguar cuál de las dos te gusta más?

Volvió a mirarla con aquellos ojos tan oscuros y la misma expresión extraña.

—No. Eso lo tengo decidido de antemano. Te repito que es solo curiosidad.

—Ya— balbuceó a duras penas ella atragantándose con el huevo frito que estaba tomando—. Pues ya te la presentaré en cuanto vuelva, porque no creo que tarde— mintió—. Hasta puedes encargarle que te retrate al óleo. Debe de irle muy bien en su profesión o al menos eso deduzco por el piso en el que vive, del que sé que lo ha comprado hace poco. ¿No crees que es sumamente ostentoso?

Le pareció que buscaba cuidadosamente él las palabras adecuadas para expresar la impresión que le había producido.

—Pues… no sé qué decirte. El piso es bastante impresionante, pero la decoración no le cuadra a una persona con el sentido artístico que imagino que tiene tu prima. La escalera sí es obra de un diseñador modernista, pero el vestíbulo, vacío de muebles, produce la impresión de haber sobrevivido al bombardeo de una guerra.

—Y que lo único que ha quedado incólume ha sido la palmera— terminó ella con ironía.

Habían terminado de cenar y, en cuanto pagaron a medias los dos, se pusieron en pie a la vez. Pineda la acompañó hasta el portal y mientras ella abría la puerta con la llave que pendía del llavero que él le había entregado poco antes, le preguntó:

— ¿Quieres que suba ahora contigo para que inspeccionamos el estudio de tu prima? Después puedes invitarme a un café o a lo que tengas a mano.

Le pareció que las palabras de él sugerían algo que no tenía la menor intención de tomar en consideración, por lo que se apresuró a agitar negativamente la cabeza.

—No, muchas gracias. Ya es muy tarde y estoy cansada. Buenas noches y gracias por haberme solucionado el problema de la llave y el de la cena.

Sin darle tiempo a reaccionar, entró en el portal y le cerró la cancela en las narices. Luego se dirigió apresuradamente a tomar el ascensor y sin volverse apretó el botón de la décima planta. Al salir al descansillo tropezó con un individuo que al parecer intentaba entrar en la cabina.

—Perdone—se disculpó en cuanto recuperó el equilibrio.

El hombre al que había estado a punto de arrollar era delgado, contaría unos treinta y tantos años y tenía el pelo castaño, con algunas hebras plateadas en las sienes. Sus gafas de concha ocultaban unos ojos color avellana que la miraban sorprendidos.

— ¿Por qué te diriges a mí con tanta ceremonia, Mandy?— le preguntó sonriente—. ¿No me recuerdas ya?

Amanda se dio la vuelta para situarse frente a él. Quizás así advirtiera que, aunque muy parecidas, su prima y ella no eran la misma persona. Por la expresión de él advirtió que no había notado entre las dos la menor diferencia.

—No soy Mandy— le aclaró—. Soy su prima Amanda, que he venido a pasar unos días. Ella ha tenido que marcharse, pero no tardará en regresar. ¿Quién eres tú?

Él sonrió mostrando unos dientes muy blancos.

—Soy su vecino. Vivo también en esta planta, en un dúplex igual al de ella. Me llamo Enrique Cárceles y soy psicólogo.

Los psicólogos le producían a Amanda cierta aprensión. Le pareció que la miraba como si la estuviera analizando, preguntándose qué clase de síndrome mental podría padecer la atractiva prima de su vecina sobre el que él pudiera brindarse a realizar el tratamiento oportuno. Por eso carraspeó insegura dando unos de pasos hacia la puerta de su piso.

—Pues encantada de conocerte, Enrique. Si necesitas un par de huevos o cualquier otra cosa, no dudes en llamarme.

¿Por qué le habría dicho esa tontería?, se preguntó. Mandy no tenía en la nevera huevos ni nada comestible. Tan solo un yogurt caducado y una ensalada mohosa y no era probable que él se acercase a pedirle ninguna de las dos cosas. Le pareció que su vecino estaba adivinando lo que pasaba por su mente, porque le sonrió con la condescendencia propia de los psicólogos hacia sus pacientes difíciles.

—Gracias, muchas gracias. Lo tendré en cuenta y te haré el mismo ofrecimiento. No dudes en llamar a mi puerta si no puedes dormir o si te sientes mal. Todos tenemos problemas, ¿sabes?—. Se lo decía con los ojos entornados, como si estuviera calibrando la profundidad de la dolencia de ella y se estuviera preguntando también en qué se diferenciaba la chica que tenía enfrente en ese momento, de la distraída y ensoñadora pintora con la que solía encontrarse a diario en el descansillo de la escalera—. Mi puerta es aquélla — le dijo señalándole una idéntica a la de Mandy, situada al fondo del enmoquetado corredor. Luego volvió a mirarla con fijeza, seguramente con la intención de diagnosticar la raíz de alguna de las excentricidades que sospechaba que padecía.

— ¿Cuándo te parece oportuno que tengamos una nueva sesión? — le preguntó con una paternalista sonrisa.

— ¿Una nueva sesión?— repitió estúpidamente ella en tono interrogante. ¿Tendría Mandy algún problema mental que estuviese tratando el psicólogo que tenía enfrente?

—Sí, me parece conveniente que en estos momentos no las espaciemos.

Amanda estudió la expresión del hombre con la cabeza ladeada. Estaba claro que no la había creído cuando le había dicho que ella no era Mandy, sino su prima Amanda y le dio la impresión también de que la dolencia de la que estaba tratando a aquélla tenía que ver con un desdoblamiento de personalidad en la que su prima creía adoptar a veces la de Amanda. Su descubrimiento la pareció tan inverosímil que se quedó mirando a su vecino con la boca abierta.

—Pues… no sé— fue todo lo que se le ocurrió decir.

— ¿Mañana? — insistió él.

Quizás Mandy hubiera regresado a Murcia al día siguiente, por lo que Amanda se encogió de hombros.

—No sé, ya te avisaré. Gracias y buenas noches — repuso educadamente introduciendo la llave en la cerradura y haciéndola girar. Luego empujó la puerta y encendió la luz del vestíbulo cerrándola a su espalda.

La desmantelada estancia le produjo una inquietante sensación de frío, aunque la temperatura era templada. La palmera continuaba inmóvil en su solitario rincón y la sombra de sus palmas se proyectaba sobre el brillante parqué de forma idéntica a cuando horas antes abandona ella el piso. También la escalera giraba en espiral hacia el piso superior sin huellas de pisadas en sus transparentes peldaños ¿Qué era entonces lo que parecía diferente? Se giró sobre sí misma con los ojos desmesuradamente abiertos y luego levantó la cabeza hacia el techo, hacia el descansillo de la escalera difuminado ahora en la oscuridad. No percibió el menor sonido, pero creyó sentir una presencia extraña vigilándola desde arriba. Se llevó una mano a la boca para no gritar e intentó reflexionar intensamente.

¿Qué podía hacer? ¿Llamar a Pineda y pedirle que acudiera al piso, con la excusa de invitarle al café que él le había sugerido? Lo interpretaría equivocadamente y no sentía el menor deseo de provocar una situación incómoda. ¿Y si llamara a su vecino el psicólogo? Probablemente pensaría que veía visiones y necesitaba ser internada urgentemente en un manicomio de pago, acorde con el nivel del piso en el que creía que vivía. Lo mejor sería que no llamase a nadie. Que corriera hasta su cuarto y se encerrara con llave para acostarse a continuación. Al día siguiente, con la luz del sol entrando a raudales por la ventana, lo vería todo de una forma diferente y hasta se reiría del miedo que estaba sintiendo en ese momento. Sí, lo mejor sería que echase a correr hacia su dormitorio.

Sin detenerse a meditarlo por más tiempo, pasó a la acción y en cuanto alcanzó la alcoba que le estaba destinada se abalanzó en su interior, echó el pestillo y encendió la luz. Luego se apoyó jadeante contra la hoja y dirigió una mirada en torno. Afortunadamente se accedía al cuarto de baño desde el interior de la habitación por lo que no tendría necesidad de salir al pasillo durante la noche en ninguna circunstancia. Allí estaba segura, se dijo. Luego sacó el camisón de la maleta y en cuanto se lo puso se metió en la cama, apagó la luz y cerró los ojos.

CAPÍTULO III

Le costó dormirse y cuando lo logró se rebulló inquieta bajo las sábanas con un sueño poblado de pesadillas. En ese sueño entraba en una pestilente cuadra, cuyo olor le impedía respirar. Intentaba entonces salir al exterior, pero alguien la había encerrado y... y se estaba ahogando.

Bruscamente se sentó en la cama e intentó escudriñar las tinieblas que la envolvían. No lo había soñado. Algo flotaba en el ambiente del dormitorio que impedía que sus pulmones pudiesen inhalar el aire. Se estaba asfixiando de verdad. Tosiendo, se levantó de un salto de la cama y se abalanzó hacia la ventana, abriendo apresuradamente las dos hojas. Acodada sobre el antepecho, aspiró la brisa nocturna dando boqueadas, mientras intentaba dar un nombre a lo que le estaba sucediendo. Aunque aún estaba adormilada, no tardó en entender el motivo por el que le faltaba oxígeno. Había un escape de gas en la casa, el olor era inconfundible.

Terminó de abrir de par en par los cristales de la ventana y permaneció unos instantes respirando el aire de la calle. Luego se llenó con él los pulmones y con una toalla mojada que tomó del cuarto de baño y con la que se cubrió la nariz y la boca salió al pasillo conteniendo la respiración para echar a correr hacia la cocina.

Desde la puerta contempló la vitrocerámica sobre la blanca encimera. Funcionaba con electricidad, por lo que no podía haber sido ese electrodoméstico el causante del accidente que estaba padeciendo. Tenía que tratarse de la caldera de la calefacción que suministraba también agua caliente a la vivienda. Efectivamente podía percibir el casi inaudible silbido que producía el gas al escapar por su espita y Amanda la cerró con un rápido movimiento de su mano. Abrió luego la ventana de esa habitación y, mareadísima, echó a correr hacia los dos dormitorios vacíos para ventilarlos, después al de Mandy y luego hacia el salón donde hizo lo mismo con los dos ventanales que se abrían en la pared del fondo. Luego se sentó en el sofá, donde se hizo un hueco entre los cojines, tratando de poner en orden sus ideas.

El fuerte olor que impregnaba la vivienda empezaba a disiparse, pero no por esa circunstancia se sintió mejor. Notaba el estómago revuelto y la cabeza pesada. Aturdida se preguntó cómo habría podido producirse el escape de gas de la caldera si cuando se acostó no estaba funcionando la calefacción. Con la húmeda toalla sobre su rostro intentó reconstruir sus movimientos al acostarse. No tardó en recordar la presencia de un extraño que percibió en el vestíbulo al regresar de cenar con Pineda. Había sentido que alguien la observaba desde arriba, desde la meseta de la escalera, lo que había motivado que se encerrara en el dormitorio sin averiguar quién se estaba paseando por la planta superior. Al llegar a ese punto se quedó en suspenso. Ya sabía. Estaba claro que esa persona, de la que desconocía su identidad, había bajado hasta el vestíbulo cuando ella ya se había acostado y había abierto la llave del gas. Sin duda pretendía intoxicar a Mandy con quien el intruso la había confundido. Cumplía así su amenaza de enviarla al otro mundo si no le entregaba el cuadro. ¿Pero quién podía ser él? Sin duda el tipo de la voz bronca y amenazante que le había dado a ella por teléfono un ultimátum. Lo que no quedaba claro era el beneficio que obtenía liquidando a Mandy, porque ésta podía haber escondido el lienzo que le interesaba en el lugar más inverosímil y una vez muerta no podría revelarle ese escondite. Y en cualquier caso, quedaba también por averiguar por donde había entrado en el piso, ya que, tanto la puerta de éste como la del estudio, disponían de una buena colección de cerrojos.

No tenía sentido que ese tipo hubiese decidido intoxicar a Mandy con el gas, decidió aún mareada. La cabeza le pesaba tanto sobre los hombros que apenas si conseguía razonar con claridad. Sentía además un sueño horroroso, pero no podía dormirse sin comprobar antes que la puerta lacada por la que se accedía al estudio estaba cerrada con llave y que el causante de la frustrada tentativa de homicidio de su prima no podría volver a intentarlo de nuevo en cuanto ella volviera a acostarse.

Se puso en pie y dando tropezones se dirigió hacia la puerta de cristales del salón, que abrió cuidadosamente. El silencio era absoluto, aunque la brisa que penetraba por los ventanales del salón recorría la vivienda de extremo a extremo con un silbido agudo. Le recordó al que durante las noches venía del mar en la casa de su abuela, la que ahora le pertenecía, aunque el de esa casa sonaba diferente. Aquellas ráfagas de aire parecían quejarse, mientras que el viento que campeaba por el piso no tenía un sonido propio ni pretendía transmitir un mensaje de nostalgia como aquél.

Pero en cualquier caso, ya no olía a gas, por lo que retrocedió sobre sus pasos para ir cerrándolas y luego regresó al vestíbulo. Ahora sí que el silencio era total. Encendió la luz y se giró sobre sí misma para otear a su alrededor, sin distinguir nada alarmante. Solo la palmera, único testigo de los últimos sucesos que habían acaecido en la vivienda, agitaba levemente sus ramas en el aire como respuesta al vendaval que ella había provocado poco antes. Pasó por su lado y continuó camino hacia la escalera, preguntándose cuál debería ser su reacción si se encontraba al tal Nico o a otro extraño en lo alto de la meseta. Podría gritar, se dijo. Alertaría así a su vecino, el psicólogo, que acudiría inmediatamente, convencido de que ella, o sea, Mandy, padecía un ataque de ansiedad. ¿De qué extraña enfermedad mental estaría tratando a su prima? Se lo preguntaría a la mañana siguiente, en cuanto se despertara, llamándola al móvil.

Puso el pie en el primer peldaño y respiró hondo. El leve rumor de sus pisadas sobre la transparente superficie del escalón resonó en sus oídos como un trallazo en aquel silencio tan ensordecedor. Le pareció que su eco se expandía por la planta inferior y luego ascendía estruendosamente por la escalera de caracol para alertar al intruso. Le imaginó agazapado tras la silla de anea aguardando su entrada en la nave y un sudor frío la recorrió entera. ¿Y si bajara los tres escalones que había subido y volviera a encerrarse en su dormitorio con la ventana abierta de par en par?, se preguntó. Si al menos supiera donde se encontraba en esa casa la llave de paso del gas, la cerraría y podría conciliar el sueño hasta la mañana siguiente en la que, ya con la cabeza despejada, podría pensar cómo resolver la cuestión de su estancia en Murcia en los días venideros. Pero no sabía dónde estaba esa llave. No sabía tampoco cuál era el cuadro que el tipo de la voz bronca estaba empeñado en llevarse ni el motivo por el que Mandy no se lo quería entregar. No sabía nada. Hubiera sentido una profundísima lástima de sí misma en ese instante de no predominar el miedo que experimentaba sobre cualquier otro sentimiento. Pero no tenía tiempo de auto compadecerse, se dijo. Ya lo haría más adelante, cuando se reuniera con su prima y pudiera arrellanarse cómodamente a su lado en el sofá del salón mientras desayunaban las dos un buen tazón de café con leche con crujientes tostadas.

Tiritando, subió otros dos peldaños. Helada de frío se dio cuenta en ese momento de que solo llevaba puesto el camisón y que a esas horas de la noche la temperatura primaveral de que se había disfrutado durante el día había descendido notablemente. Se frotó los brazos con las manos y aceleró el ritmo de la ascensión. Apresuradamente giró en espiral en la escalera y volvió a girar. Solo dos vueltas más y habría llegado a arriba, a la oscuridad absoluta en la que estaba envuelta la transparente meseta.

Dio un tropezón al ascender el último escalón y estuvo a punto de aterrizar de bruces en el descansillo. Afortunadamente logró asirse a tiempo a la barandilla, pero su traspié retumbó con un estrépito horroroso que pareció ir chocando contra la pared del estudio y descender luego por la escalera hasta el vestíbulo para agitar las ramas de la palmera.

Inquietísima se enderezó y se quedó inmóvil tratando de percibir algún sonido que delatara la presencia del intruso. La luz del recibidor que veía a sus pies llegaba hasta la meseta de la escalera en la que se encontraba bastante amortiguada, pero a su incierta claridad pudo distinguir que la llave de la puerta del estudio se hallaba en la cerradura. Se abalanzó a cerrarla y con ella en la mano bajó nuevamente hacia el vestíbulo, donde comprobó que también los cerrojos de la puerta de entrada del piso seguían corridos. Luego echó a correr hacia su dormitorio, abrió la ventana de par en par por lo que pudiera ocurrir, buscó una manta en el armario y se introdujo en el lecho tapándose hasta las orejas.

La despertaron los rayos de sol que inundaban la habitación y se incorporó sobre un codo recordando los sucesos de la tarde anterior. Tenía que hablar con Mandy. Necesitaba urgentemente que su prima le aclarara la absurda historia que le había referido sobre el cuadro que un tipo peligroso le reclamaba y, sobre todo, qué aspecto tenía ese tipo, para poder defenderse de él en caso necesario. La noche anterior había dejado el móvil sobre la mesilla, por lo que buscó en la agenda el número de su prima sin levantarse de la cama. Segundos más tarde oyó su voz. Sonaba lejana y como atemorizada.

—Amanda, ¿eres tú?

—Sí, acabo de despertarme y necesito hablar contigo. Esta noche pasada alguien ha abierto la llave del gas cuando ya me había acostado.

— ¿Del gas?, ¿de qué gas?— replicó su prima que evidentemente no había entendido lo que le estaba refiriendo. Amanda imaginó su expresión. Con su rubia melena enmarcándole el rostro, la estaría escuchando con la boca abierta y las pupilas dilatadas por el asombro

— Del gas de la cocina. Me he despertado de improviso cuando ya no podía respirar. Al darme cuenta de la causa que lo producía, he abierto todas las ventanas y he cerrado la espita de la caldera. ¿Dónde está la llave de paso en el piso?

Su pregunta volvió a sorprender a la otra, porque tardó en responder.

— ¿Qué dónde está? Pues no lo sé. No suelo guisar y además la vitrocerámica funciona con electricidad.

—Eso ya lo sé, pero encenderás la calefacción alguna vez, ¿no?

—¿La calefacción?—repitió Mandy en tono interrogante como si se tratara de un elemento extraño del que desconociera su existencia—. Tampoco lo sé. De esas cosas se ocupaba Nico.

—¿Y desde que has terminado con él no has necesitado ponerla en marcha?

Probablemente ni se le habría ocurrido, porque su tono de voz denotaba que tanto la caldera como la entrada del gas en el piso le eran totalmente ajenos. Quizás se había limitado a tiritar en los crudos días de invierno sin preguntarse a qué obedecería el frío que estaba padeciendo.

—Yo... no sé. En Murcia casi siempre hace buen tiempo. Además, estamos en abril.

— Sí, ya sé que estamos en abril — replicó Amanda impaciente—. Pero tienes que aclararme un montón de cosas. Anoche llamó por teléfono un tipo enfurecido amenazándote con las penas del infierno y luego se presentó aquí, en tu casa, pretendiendo venir a recoger un cuadro tuyo. Le abrió el hombre que te servía de modelo cuando llegué yo. Un chico joven que está como un tren y que tiene pinta de vaquero del oeste.

— ¿De vaquero del oeste?— repitió la otra sin comprender.

—Sí. Me dijo que estaba tratando un asunto contigo cuando llegué yo y que le dejaste solo para bajar a abrirme. Supongo que te habrá encargado un retrato suyo. ¿Sabes de quién te estoy hablando?

Mandy tardó en contestar. Debía de estar reflexionando intensamente, porque su voz dejó traslucir la sorpresa que experimentaba.

— ¿Un retrato? No estoy pintando ningún retrato y no conozco a ningún vaquero. ¿Estás segura que no lo has soñado?

Amanda reprimió un resoplido de impaciencia.

—Claro que no. Cuando te marchaste ayer, oí pisadas en tu estudio y decidí investigar quién andaba paseándose por esa planta. Tuve que subir por esa escalera que parece de cristal y que es lo más indicado que puede idear un diseñador para que los habitantes de la casa se rompan la crisma. El vaquero estaba sentado en una silla detrás del caballete y se me acercó confundiéndome contigo. Me llamó por tu nombre con toda familiaridad y me dijo que te habías olvidado de él al bajar a recibirme a mí. ¿Te acuerdas ya?

Hubo otro silencio al otro lado del hilo telefónico.

— ¿Qué si me acuerdo? No, no recuerdo haber estado pintando el retrato de un vaquero—replicó al fin —. Ayer no subí al estudio a pintar en ningún momento y hace meses que no hago un retrato. ¿Quién era ese hombre?

Al oírla, Amanda sintió un escalofrío, preguntándose si no habría corrido un riesgo innecesario al mantener una conversación con él e incluso un serio peligro cuando le pidió que bajara a abrirle la puerta al hombre furibundo. Recordó a tiempo que él le había dicho su nombre, por lo que se apresuró a comunicárselo a su interlocutora, deseando que ésta la tranquilizase al conocer su identidad.

—Me dijo que se llamaba Guillermo Elizalde y es muy alto, con el pelo castaño y revuelto. Parecía conocerte bien. ¿Sabes a quién me refiero?

—No, no tengo ni idea.

Notó que un sudor frío le resbalaba por la espalda.

— ¿No será el vaquero ese hombre siniestro que te asusta tanto, verdad? ¿Qué aspecto tiene el hombre siniestro?

— ¿Qué aspecto?—. Pareció ella dudar y luego su voz sonó débil, como aterrorizada—. No es un hombre solo, son tres. Nico estaba compinchado con los otros dos.

— ¿Y cómo es Nico?, ¿no puedes describírmelo?

—Sí, sí, claro, pero te harás una idea mejor si subes a mi estudio. Hay un retrato suyo colgado entre dos paisajes de la playa de la Azohía. No dejes que se te acerque. Ni él ni los otros dos.

— ¿Y los otros dos cómo son?

—Más feos que Nico.

A duras penas logró Amanda reprimir un exabrupto.

—Sí, ¿pero qué aspecto tienen? ¿Son altos, bajos, rubios, pelirrojos…?

—Pues…uno es gordo y de mediana edad. El otro está mejor.

— ¿Mejor de qué o de dónde?

—Quiero decir que es menos feo. Más alto, más flaco y… pero no te fíes de ninguno de los dos y, sobre todo, no se te ocurra decirles donde estoy.

— ¿Y tampoco sabes cómo se llaman?

Intuyó Amanda la expresión del rostro de su prima en esos momentos. Sin duda habría fruncido el ceño mordiéndose asimismo los labios, gesto muy característico de ella cuando se sentía aturdida, intentando reflexionar intensamente.

—No, no lo sé. En realidad era Nico el que se ocupaba de todo. Tienes que subir ahora al estudio para que puedas reconocerle por su retrato si te lo encuentras por la calle y te confunde conmigo. Y… — Notó por el tono de su voz que vacilaba ahora ostensiblemente—. y… ¿no podrías venir a reunirte conmigo aquí, en la playa? Tengo miedo de estar sola.

Rememoró Amanda las dificultades que había tenido que superar para conseguir que la admitieran en el periódico y las noches que últimamente había tenido que permanecer en la redacción hasta altas horas, haciendo méritos para que no la despidieran, ya que el sobrino del director le estaba socavando el terreno. Sus artículos valían poco, pero en cambio bordaba el papel de adulador de su tío y a éste se le caía la baba con él. ¿Cómo iba ahora a renunciar a efectuar el reportaje sobre las procesiones que le habían encomendado? Constituía su mejor baza para conservar su puesto de trabajo y no estaba en condiciones de desertar de la misión que tanto le había costado conseguir para ir a buscar a su prima a la playa, solo porque ésta tenía miedo, no se sabía muy bien de qué. También tenía miedo ella en aquella casa y se aguantaba.

—Lo siento, pero no puedo faltar a mi trabajo, ¿no lo comprendes? Y además no dispongo de coche para reunirme contigo.

—Sí, pero ya te he dicho que tengo miedo y que te necesito. Así podríamos recordar juntas de los días que pasamos en esta casa cuando vivía la abuela. No has vuelto a aparecer por aquí desde que te marchaste con tus padres. ¿Vas a venir?

Con cierta nostalgia la rememoró Amanda. Le pareció verla sobre el rocoso promontorio, acunada por el restallido de las olas y por el viento que penetraba por las rendijas de las ventanas con un quejido sordo. Representaba una parte muy importante de su infancia. De una época en la que vivió feliz junto a su abuela y a la que hubiera dado algo en ese momento por poder volver. Por poder optar por olvidarse del periódico en el que trabajaba sin la angustia de necesitar ese trabajo para llegar a fin de mes. Durante una décima de segundo envidió a su prima que, pese a su corta inteligencia, no dependía de nadie y nadaba en la opulencia, pero desechó inmediatamente ese sentimiento. Aunque se viera obligada a soportar a su jefe y al sobrino de su jefe, no se había visto nunca envuelta en una confabulación de indeseables como Mandy, a la que tan pronto la amenazaban por teléfono como le provocaban en su vivienda un escape de gas. Era ella la afortunada, no su prima.

—Claro, en cuanto pueda. Quizás el domingo de gloria, cuando finalice la última procesión que ese día sale por la mañana. Y cuídate mucho.

—Sí y tú también. No olvides subir al estudio. ¿Lo olvidarás?

—No, voy a buscar ese retrato ahora mismo. Hasta luego.

Cortó Amanda la comunicación y seguidamente pasó al cuarto de baño. Poco después y ya vestida con un pantalón vaquero y un jersey azul de manga corta abrió la puerta y salió cautelosamente al pasillo, iluminado por la luz proveniente del salón. No se oía un solo ruido, ni tan siquiera se percibía en esos momentos el tráfico de la calle. En el silencio denso que envolvía la vivienda parecían chirriar estruendosamente los mocasines de Amanda sobre la tarima del corredor. Crujían tan escandalosamente sobre el pavimento que se sintió obligada a caminar de puntillas hasta que alcanzó la puerta de la habitación a la que se dirigía.

La cocina ya no olía a nada, ni siquiera a comida, pero abrió precavidamente la ventana que había dejado cerrada la noche anterior y luego pasó a inspeccionarla. Encontró un bote conteniendo un dedito de café molido y una botella de leche sin abrir, por lo que pudo prepararse un exiguo desayuno, ya que el armario del que dedujo que se utilizaba como despensa se hallaba completamente vacío. Pese a ello se sintió más animada después de tomarse la taza de café con leche y en cuanto la introdujo en el lavaplatos se encaminó hacia el vestíbulo, iluminado por un sol resplandeciente que se filtraba a través de la puerta de cristales del salón. La inmensa estancia parecía otra a la cegadora luz del día, por lo que se aproximó a la escalera sin el miedo de la noche anterior. No cabía duda de que era artística y que respondía al diseño de algún genio con ideas vanguardistas. Le cuadraba además a la vivienda de Mandy. Su prima marcaba su impronta en todo lo que la rodeaba contagiándole la huella intangible de su personalidad, de su arte. Una escalera como todas habría resultado fuera de lugar en aquel vestíbulo, pese a la desmantelada apariencia de éste, con su solitaria palmera por todo mobiliario. Cuando volviera a reunirse con su prima la convencería de que debía ser ella, con su gusto exquisito, quien decorara su casa olvidándose de las extravagancias del tal Nico. Imaginó a éste con el cabello mal cortado y encrespado en lo alto de la cabeza, a la última moda progre. Sin duda iría también mal afeitado, que era asimismo el último grito entre la juventud contestataria. Añadió a su fisonomía unos penetrantes ojos negros y una expresión torva. El conjunto le quedó tan siniestro que se dijo que no, que se había equivocado al efectuar mentalmente el retrato robot del ex novio de su prima. Mandy podía ser poco práctica y no excesivamente inteligente, pero poseía un singular aprecio por lo que era bello, hermoseando a su vez cuanto la rodeaba. No era posible que la hubiera embaucado un hombre sin atractivo. Además de ser físicamente bien parecido, forzosamente debía de ser tierno, al menos en apariencia, y probablemente pertenecería al gremio masculino que acostumbra a recitar a sus parejas versitos románticos con los ojos entornados.

Bien asida a la barandilla, puso el pie en el primer peldaño. Los rayos de sol que inundaban el vestíbulo le permitían distinguir con toda claridad los escalones, por lo que en esa ocasión escaló ágilmente un peldaño tras otro, dando vueltas y revueltas. El silencio era absoluto mientras giraba ascendiéndolos despacio y alcanzó el rellano sin que el más leve rumor la sobresaltase. En la cerradura de la blanca puerta lacada introdujo la llave que llevaba en la mano y la hizo girar, abriendo la puerta a continuación. Al contrario que la tarde anterior, el estudio estaba lleno de luz. Penetraba por la cristalera del techo, por la puerta de la terraza, por todas partes. El sol se posaba refulgente sobre el caballete que, en el centro de la inmensa estancia, se asemejaba a un náufrago en una isla desierta. Frente al mismo vio la silla de anea en la que el día anterior se había sentado el vaquero, que, al parecer, su prima no conocía. Le había contado un cuento a ella y le había creído, porque le había parecido verosímil. ¿Qué pretendería en realidad? ¿Sería quizás uno de los hombres siniestros que habían provocado la huida de su prima? ¿O tal vez se trataría del tal Nico y le había dado a ella un nombre falso?

Pero había subido al estudio de su prima con una finalidad concreta, por lo que sorteó el caballete y comenzó a inspeccionar los cuadros que colgaban de las paredes, empezando por el lugar más cercano a la puerta blindada del fondo de la nave. Distinguió varias copias de cuadros famosos de pintores impresionistas entre paisajes de la ciudad de Murcia y algunos de la costa. Recordaba bien la Azohía y pronto la reconoció, plasmada en dos lienzos que colgaban de la pared a la altura de sus ojos. Entre ambos había un hueco vacío y se detuvo frente al mismo sin querer creer lo que veía. Aunque la noche anterior no había podido distinguir en la semioscuridad el motivo pictórico representado en los lienzos que acababa de revisar, sí había podido percatarse de que pendían en hileras ininterrumpidas todo a lo largo del tabique sin dejar ningún espacio desocupado. Sin duda en ese espacio había estado colgado el retrato de Nico y ahora había desaparecido.

Desconcertada, se apartó maquinalmente su larga melena rubia del rostro, con la mirada fija en ese lugar. Aún podía verse el clavo del que había pendido sobresaliendo de la pared y el oscuro cerco rectangular que el cuadro había dejado sobre la pintura blanca. Luego respiró hondo. El intruso que había abierto la llave de la caldera y había producido un escape de gas en la vivienda tenía que haber sido el tal Nico. Luego, aprovechando que ella seguía durmiendo, habría subido nuevamente al estudio y se habría llevado el retrato que le pintara Mandy. ¿Pero por dónde había entrado? La puerta blindada del fondo de la nave por la que se accedía al estudio desde la escalera del edificio parecía haber sido fabricada a prueba de atracadores. Nico tenía que disponer necesariamente de las llaves de todos esos cerrojos que Mandy se habría olvidado de reclamarle, lo que por otra parte formaba parte de la forma de ser de su prima. Ella era así. Ausente de cualquier cuestión práctica que fuese necesario resolver y por supuesto ajena a algo tan elemental como exigirle a su ex novio que le devolviera las llaves de su vivienda y de su estudio de pintura.

Se preguntó entonces por el motivo que habría podido mover a Nico a llevarse el retrato que le había pintado Mandy. Si desconocía la existencia de ella, no parecía tener sentido que se llevara el cuadro para que no pudiera reconocerle en el caso de que se lo encontrara por la calle. Con una mano temblona se retiró nuevamente la melena de su rostro, diciéndose que no era posible que en una mañana tan soleada pudiera haber sucedido algo tan incomprensible.

En ese preciso instante sonó su móvil y lo extrajo de su bolsillo llevándoselo al oído. Reconoció la voz de Mandy en el atemorizado susurro que percibió a través de la línea.

— ¿Lo has encontrado, Amanda? Me refiero al retrato de Nico. ¿Es él el hombre que viste ayer en el estudio y fingió haber estado posando para mí cuando subiste? Me refiero al que según tú parecía un vaquero del oeste americano.

—No está, Mandy—replicó ella accionando con las manos exageradamente para dar mayor énfasis a sus palabras, como si su prima pudiese verla—. No está ese retrato. Alguien se ha llevado el cuadro, aunque no me explico cómo, porque la puerta de tu estudio está cerrada a cal y canto sin que aparentemente haya sido forzada. ¿Tiene tu ex novio llave de esa puerta y de sus mil cerrojos?

La voz de Mandy se convirtió en apenas un susurro.

—Me las devolvió cuando se la pedí. Las del estudio y las de la vivienda.

— ¿Y cabe dentro de lo posible que hiciera una copia de esas llaves?

Un hipido fue la contestación de su prima. Amanda sabía que la chica era muy propensa a las lágrimas y cuando eran niñas acostumbraba a acunarla entre sus brazos acariciándola el cabello para que se calmara, pero en esa ocasión atajó bruscamente su llantina.

—No te pongas a gimotear ahora, Mandy y contéstame. ¿Puede haber sido él el que ha abierto la llave del gas y el que se ha llevado su retrato para evitar que pueda reconocerle yo?

Intimidada por su tono duro, su prima dejó de llorar con un postrero sollozo.

—No lo sé. Él me engañó desde el principio, ¿comprendes?

—Sí, eso ya me lo has dicho, pero necesito que me digas qué aspecto tiene por si aparece por aquí o me lo encuentro por la calle. Aunque no lo recuerdes, debes haberle hablado de mí. Él debe de saber que existo y que me parezco muchísimo a ti, porque de otro modo no se habría tomado tantas molestias. ¿Le has hablado de mí?

—Sí, sí, claro. Le he contado nuestra infancia, le he leído nuestras cartas, todo.

—Pues qué bien—rezongó ella como para sí misma. Frunció el ceño para concentrarse mejor y reconstruir en su mente la conversación que habían mantenido ambas a ese respecto y al fin masculló acusadoramente—: Pero ayer me dijiste que no, que no le habías dicho sobre mí ni una sola palabra. ¿En qué quedamos?

Tardó Mandy en contestarle. Parecía estárselo preguntando a sí misma.

—Me confundí— reconoció al fin—. Claro que le he hablado de ti y hasta le enseñé la última fotografía que me enviaste el mes pasado.

Le mención de la fotografía sirvió para proporcionarle a Amanda una idea salvadora.

— Oye, no tendrás una foto de él ahí, en la casa de la playa.

—Sí, si la tengo.

—Pues escanéamela y mándamela por correo electrónico a la dirección de mi ordenador.

Se hizo un silencio al otro lado de la línea.

—Mandy — la llamó — ¿estás ahí?

—Sí, pero…

— ¿Pero qué?

—Que ya sabes que no se me da muy bien la informática. No sé escanear fotos ni…

Un sollozo interrumpió su explicación y Amanda intentó consolarla.

—Vale, vale. No te preocupes entonces. Ya me las arreglaré. Te llamaré luego.

Cortó la comunicación y con el móvil en la mano se quedó pensativa mirando el rectángulo oscuro de la pared. En ese momento oyó algo en el exterior que la sobresaltó. Un leve rumor de pisadas en el descansillo de la escalera, que parecía indicar que alguien se estaba aproximando cautelosamente a la puerta blindada. Respingó asustada con sus grandes ojos azules muy abiertos. Un segundo más tarde ese alguien oprimió el timbre y a continuación propinó en la puerta unos sonoros golpes con los nudillos que la inquietaron aún más. Con suma precaución se acercó a la puerta para atisbar el exterior por la mirilla. Era el vaquero que había fingido ser el modelo que Mandy estaba pintando, cuando ella había llegado a la casa de ésta la tarde anterior. Aterrada, retrocedió un par de pasos, mientras él volvía a aporrear la puerta.

—Mandy o Amanda, ¿por qué no me abres de una vez?— le oyó gruñir—. ¿Has olvidado ya que me has citado esta mañana para que aclaremos unas cuantas cuestiones?

Sabes que me corre mucha prisa y que para ti es de suma importancia.

Que ella supiera, Mandy no le había citado esa mañana ni ella tampoco había concertado con él una entrevista en nombre de su prima. Ésta le había asegurado por teléfono que no le conocía ¿Qué debería hacer?, se preguntó angustiada. ¿Llamar a la policía? ¿Pero qué podría decirle cuando se presentaran? ¿Qué un tipo con pinta de vaquero se empeñaba en hacerle creer que había quedado con su prima y que Mandy le había negado que tal cosa fuera cierta? Sus golpes en la puerta la estaban irritando y antes de haberse detenido a meditarlo se aproximó a la hoja metálica para increparle:

— ¿Por qué no te largas de una vez? Mandy no quiere volver a verte ni yo tampoco—. Asustada como estaba, añadió a su vez la primera simpleza que le pasó por la cabeza—. Así que márchate a tu rancho y…

La interrumpió él con una voz que denotaba su desconcierto.

— ¿A mi rancho?, ¿a qué rancho? No tengo ningún rancho. Vengo a que tu prima me aclare una cuestión muy urgente.

—Pues mi prima no quiere aclararte nada— vociferó ella para que la oyera a través de la puerta — así que…

—No entiendo nada— reconoció él. Por la mirilla vio Amanda cómo se mesaba su alborotada pelambrera castaña—. ¿Por qué no me abres y hablamos como dos personas sensatas?— insistió reanudando infructuosamente la tarea de peinarse con los dedos el cabello que le resbalaba sobre la frente.

—Porque no—se obstinó ella—. Y no sé a qué viene tanto fingimiento. Sé que tienes otra llave y que anoche te llevaste tu retrato.

También por la mirilla vio la expresión de sorpresa de él. Se había quedado como alelado y con la boca abierta.

— ¿Mi retrato? ¿Qué retrato? Tu prima no me ha pintado ningún retrato. ¿Por qué no me abres de una vez para que hablemos?

—Porque no.

—Es una respuesta clara e ingeniosa— se burló él. Se mesó nuevamente el revuelto cabello como si ese gesto pudiera darle alguna idea y al fin le sugirió—: ¿Por qué no avisas a tu prima? Ella te lo explicará. Quedamos en poner remedio a la situación en la que se encuentra. Llámala y verás cómo ella sí me abre la puerta.

Parecía tan sincero y sus palabras le sonaron tan convincentes que Amanda empezó a dudar. ¿Sería cierto lo que le estaba diciendo? Sabía que Mandy olvidaba con frecuencia sus compromisos y que vivía en una especie de nube vaporosa a la que no tenían acceso los que le rodeaban. Si era cierto lo que le estaba asegurando el vaquero, ella estaba haciendo el ridículo más lamentable al manifestar tanta desconfianza. Decidió que en cualquier caso no estaba dispuesta a arriesgarse y se aproximó más aún a la puerta para replicarle:

—Lo siento, pero Mandy ha tenido que marcharse al extranjero por un asunto imprevisto y no regresará hasta la semana que viene. Ya le diré que has venido.

Por la mirilla comprobó que él vacilaba sin decidir qué actitud tomar, pero finalmente se resignó:

—Está bien. Dile que me avise cuando regrese.

Vio Amanda cómo se daba media vuelta e instantes más tarde se introducía en la cabina del ascensor cuyo botón de bajada se iluminó, indicando que estaba descendiendo hacia el portal, por lo que dejó escapar un suspiro de alivio. Se había marchado al fin y ella iba a regresar al piso de abajo para coger su bolso y salir a la calle a tomar algo más sólido que el exiguo desayuno que había conseguido ingerir esa mañana. El café con leche la había contentando momentáneamente, pero notaba ahora un molesto vacío en el estómago que a lo largo de la mañana se iría acrecentando. Aprovecharía para dar un paseo y acercarse además a la iglesia de San Antolín para hacerse una idea del recorrido que debería realizar por la tarde, antes de que saliera la procesión, porque estaba segura de que Pineda no se molestaría en recogerla en el portal de la casa de Mandy y no podía permitirse el lujo de perderse por unas calles que no conocía ni de llegar tarde al lugar donde debería iniciar su primer reportaje.

Con suma precaución descendió por la escalera de caracol hasta el vestíbulo y en cuanto recogió su bolso y se echó encima una chaqueta de punto, salió al desierto descansillo. Tomó luego el ascensor y al llegar al portal y ver al portero tras su mostrador de madera barnizada, se encaminó hacia éste con la intención de recriminarle por haberle entregado las llaves de su casa a Pineda, que no era más que un desconocido. No llegó a dar más de dos pasos en su dirección, pues al reconocer al hombre que en la acera parecía aguardar a alguien, se olvidó por completo del portero. Era el vaquero que, delante del portal, la saludó sonriente levantando una mano. Se le acercó en cuanto ella salió a la calle.

— ¡Hola!, ¿eres Amanda, verdad? Te pareces tanto a tu prima que…

—Pues sí— le interrumpió hosca, haciendo intención de continuar camino por la acera en dirección a una plaza que veía a lo lejos.

— ¿A dónde vas?

—A la iglesia de San Antolín — replicó dignamente para darle a entender que conocía perfectamente la ciudad y que no necesitaba su ayuda—. Tengo que retransmitir un reportaje esta noche sobre la procesión que sale de esa iglesia y quiero averiguar cuánto se tarda en llegar caminando desde esta casa. ¿Me has entendido?

—Perfectamente— replicó con ironía—. Aunque no lo creas soy un tipo listo, Lo que sucede es que has echado a andar hacia la plaza Circular, o sea, en dirección contraria. ¿Quieres que te acompañe?

Se detuvo Amanda para volverse hacia él y mirarle de frente.

—Pues no.

— ¿No?, ¿por qué no?

Buscó ella un motivo verosímil para no alertarle sobre las sospechas que él le inspiraba y dijo lo primero que se le ocurrió.

—Porque no, porque debes irte a trabajar. Supongo que trabajarás como todo el mundo y no quiero que corras el peligro de que te despidan por mi culpa. Ya me las arreglaré.

Él se la quedó mirando y como si estuviera adivinando lo que verdaderamente estaba pensando, se echó a reír.

—No te preocupes por mí. No corro el menor riesgo.

— ¿No?, ¿a qué te dedicas?

Guillermo hizo un gesto vago.

—Pues… soy crítico de arte — manifestó al fin.

Le dio la impresión a ella de que no le había dicho la verdad y examinó con curiosidad la expresión de su semblante a la luz cegadora del sol que brillaba en lo más alto. Le pareció que el color de su piel era más tostado que la noche anterior y que por el contrario era más claro el de sus ojos. Daba la impresión de estar tranquilo y relajado y que además se estaba divirtiendo, lo que la intrigó.

— ¿Crítico de arte? ¿Quieres decir que escribes en un periódico o en una revista sobre los defectos o las virtudes de…? ¿de qué? ¿Qué críticas?, ¿las películas, los libros o…?

—La pintura, fundamentalmente la del siglo XIX— le aclaró, mientras le indicaba con la mano que debían seguir calle abajo —. Y no, no escribo en ninguna parte, eso lo dejo para los que, como tú, sois periodistas.

—Y si no escribes sobre arte, ¿dónde realizas tu crítica?— insistió Amanda.

Él volvió a encogerse de hombros.

—Es un trabajo técnico, no literario, pero no quiero aburrirte, prefiero que hablemos sobre ti.

Agitó vigorosamente la cabeza en sentido negativo, zarandeando al mismo tiempo su lisa y rubia melena. Pensó que no debería descubrir sus cartas ni aclararle los motivos por los que desconfiaba de él, pero las palabras le salieron de los labios antes de que pudiera detenerlas.

—A mí en cambio me gustaría saber qué hacías ayer en el estudio de mi prima y cómo conseguiste entrar sin forzar la puerta blindada. Mandy me ha dicho que no te conoce de nada y que no está pintando ningún retrato tuyo. Comprenderás, por tanto, que no me fíe de ti y que prefiera perderte de vista cuanto antes.

Guillermo se echó a reír con ganas, como si ella hubiera dicho algo divertidísimo.

—De acuerdo, te lo explicaré todo si desfrunces el ceño y me dejas que te invite a un café.

Más que un café, lo que Amanda estaba deseando tomar era una tostada o algo de bollería, por lo que se le quedó mirando indecisa y él insistió:

— ¿Te gustan las monas de Pascua? Son unos bollos típicos de Murcia que se hacen en Semana Santa y estoy seguro de que no has desayunado esta mañana. Mandy suele tener la nevera y la despensa bastante desprovistas.

¿Cómo lo sabría él?, se preguntó recelosamente. ¿Sería quizás el vaquero que caminaba a su lado por la acera uno de los hombres siniestros? Su prima le había dicho que había uno que era más alto y más guapo que el otro y comprobó mirándole de reojo que su acompañante poseía una fisonomía sumamente atrayente. ¿Se trataría del tipo que asustaba tanto a Mandy? ¿O quizás se tratase del ex novio estafador al que su prima llamaba Nico? Pero no, lo más probable era que se tratase del americano que había resultado ser español, se dijo, porque a eso respondía su aspecto. Al de un vaquero que a caballo condujese sus reses a su rancho para recontarlas. Lo que no recordaba era el papel que representaba ese americano en los terrores de su prima.

Como no sabía qué pensar de él, permaneció indecisa unos instantes. Pero por aceptar su invitación de tomar una mona de Pascua en una cafetería concurrida a esas horas de la mañana no correría ningún peligro, se dijo convencida. Llenaría el estómago y tendría la oportunidad de averiguar algo que arrojara luz sobre las aprensiones de Mandy.

—De acuerdo—aceptó, agitando nuevamente su larga melena, movimiento que él siguió atentamente con la vista y que contempló como hipnotizado—. De acuerdo, siempre que me dejes ver antes tu documento nacional de identidad.

La estupefacción más absoluta se pintó en el moreno semblante de él. Enarcó después una ceja y al fin articuló trabajosamente:

— ¿Mi... mi documento nacional de identidad? ¿Para qué lo necesitas? Ya te he dicho que...

—Quiero asegurarme de que no te llamas Nicolás, — adujo obstinada, interrumpiéndole.

La expresión de él denotó ahora que le había dejado absolutamente estupefacto.

— ¿Eres policía, detective o algo similar?—. Al ver que ella no le contestaba, insistió con el ceño fruncido —: ¿Y por qué habría de llamarme precisamente Nicolás? ¿Es una fijación, una manía... o qué? Ya te dije ayer que me llamo Guillermo Elizalde. ¿Se te ha olvidado?

Amanda le interrumpió con un ademán displicente.

—Vale, vale. Vamos a una cafetería donde nos den esa mona de la que me has hablado y allí me enseñas tu carnet. Después de todo, no creo que te suponga ningún esfuerzo.

Por su expresión dedujo ella que debía estar empezando a considerarla una chica extravagante con ocurrencias extrañas, pero se limitó él a continuar a su lado calle abajo y poco después le indicó una terraza donde tomaron asiento en una mesa. Desde allí se veía el río, que se desperezaba lentamente a su paso por la ciudad y sobre él, el Puente Viejo con su hornacina de la Virgen de los Peligros adosada a la fachada de un edificio, presidiendo el cauce de El Segura y el comienzo del barrio del Carmen. Antes de que se les acercara el camarero, extrajo él del bolsillo de su pantalón vaquero el documento que Amanda le había pedido y se lo enseñó.

— Como puedes comprobar, no me llamo Nicolás. ¿Qué efecto te produce el enterarte? ¿Te alegra, te decepciona... o ni una cosa ni la otra?

Amanda se lo devolvió más tranquilizada, después de constatar que en ese punto él le había dicho la verdad.

—Me alegra. Es un nombre que no me gusta. Y dime una cosa, ya que pareces saber tanto sobre Mandy. ¿Has conocido a un novio que tenía ella hasta hace poco y que se llamaba así?

Guillermo hizo un gesto de ignorancia.

—No, apenas si hemos mantenido alguna que otra conversación tu prima y yo y siempre sobre pintura. Si sé que como ama de casa deja mucho que desear, es porque así me lo ha reconocido ella. Coincidimos los dos en París, hace cosa de un mes, en el museo Marmottan, en la rue Louis Boilly. Estaba copiando ella entonces un cuadro de Monet, extraordinariamente bien por cierto. Es una auténtica artista y podría decirse que como copista es sencillamente genial. Incluso es capaz de reproducir con total exactitud la técnica, las pinceladas y las correcciones del cuadro original.

— ¿Y cuándo la conociste en el museo estaba copiando una obra de Monet?

—Sí, estaba copiando "El sol naciente".

Amanda pestañeó perpleja. ¿No había sido "El sol poniente" el cuadro que había motivado que su prima se hubiera visto obligada a salir huyendo de los hombres siniestros? No entendía nada de pintura, pero aún comprendía menos aquél lío de los cuadros en los que se había visto involucrada Mandy y del que intuía que Guillermo Elizalde era conocedor, aunque estuviera fingiendo lo contrario. Afortunadamente se les acercó el camarero en ese momento y ella pudo seguir rumiando sus sospechas sin la molestia de tener que continuar una conversación forzada. En cuanto les trajo el café con leche y la mona de Pascua, le preguntó en el tono más intrascendente que fue capaz de emitir:

— ¿Y qué pasa con ese cuadro?, ¿te interesa?

Se la quedó mirando fijamente él, como si pretendiera atravesar su mente y adivinar lo que estaba pensando.

— Sí— repuso sencillamente.

— ¿Por qué? ¿Quieres comprárselo, quieres que te lo regale o qué? ¿A qué obedece ese interés?

No le contestó. Había bajado la cabeza y seguía las rayas del mantel con un dedo. Sin levantar la mirada hacia su rostro, le preguntó:

— ¿Cuánto tiempo hace que no veías a tu prima?

No necesitó Amanda calcularlo. Recordaba el día en el que la recogieron sus padres y se despidieron las dos como si hubiera sido ayer.

— Diez años. Durante ese tiempo nos hemos escrito. Me refiero a que nos hemos enviado cartas tradicionales. De esas a las que se les pone un sello y luego se introducen en el buzón de correos. A Mandy le horrorizan las nuevas tecnologías. Últimamente se ha comprado un móvil y ha aprendido a utilizarlo, pero es incapaz de manejar un ordenador.

— Ya— murmuró él, aún con la vista fija en el mantel—. ¿Y durante esos diez años habéis mantenido la misma confianza y habéis seguido contándoos vuestros secretos?

¿Estaría pretendiendo sonsacarla?, se preguntó alarmada. No sabía qué intervención podría haber tenido él en los peligrosos avatares que estaba padeciendo su prima en esos momentos, pero sí advertía que él sabía crear el clima adecuado para intercambiar confidencias y no iba a permitir caer en las redes que le estaba tendiendo.

— Mandy me ha dicho esta mañana que no te conoce de nada y que no está pintando tu retrato — rezongó, cambiando de conversación.

— Y es cierto.

Se acodó ella en la mesa para mirarle con suspicacia.

— ¿Qué es lo que es cierto?, ¿que no te conoce de nada o que no eres su actual modelo?

— Es cierto que no está pintando mi retrato— repuso pausadamente Guillermo—. En cuanto a lo de que no me conoce... En París, en el museo, mantuvimos alguna que otra conversación. Aquí, en Murcia, lo he intentado con poco éxito.

— ¿Quieres decir que ella no te ha hecho el menor caso?

Esbozó él un gesto evasivo.

— Bueno, podría considerarse así.

Confusa, procuró Amanda que no le asomase al rostro lo que estaba pensando. Le pareció curioso que ahora que su prima había terminado con Nico no se interesase por el hombre que tenía enfrente en ese momento. Era sumamente atractivo y parecía sentirse atraído por ella. ¿Lo estaría en realidad? Pensó que debía averiguarlo con sutileza, pero el escape de gas de la noche anterior debía haber realizado estragos en su cerebro, porque no se le ocurrió cómo dirigir ingeniosamente la conversación por esos derroteros. Notaba la mente como embotada, por lo que renunció a sondearle en ese terreno con habilidad y le preguntó a bocajarro:

— ¿Qué pasa?, ¿te ha flechado mi prima?

Levantó él la mirada para fijarla en su rostro y sonreír irónicamente.

— Pues no.

— ¿No te ha flechado?— insistió incrédulamente.

— No, ya te he dicho que no.

— ¿Por qué no? ¿Estás casado?, ¿tienes pareja o novia o simplemente es que no te gusta?

Se echó a reír él, esta vez con ganas.

— No estoy casado, no tengo pareja ni novia y sí me gusta físicamente, pero no es mi tipo.

Se sintió ofendida. Estaba acostumbrada a interesar al sexo contrario y lo que le estaba diciendo el vaquero era que ella tampoco era su tipo, puesto que su fisonomía era una reproducción exacta de la de la otra. Decepcionada, zarandeó su melena de un lado para otro para que, aunque no fuera su tipo, cayera en la cuenta él de lo bonito que era su cabello rubio. Como abstraído, siguió con la mirada el vaivén que le imprimía, antes de preguntarle:

— ¿Y tú?

— ¿Y yo, qué?

— ¿Qué si estás casada o si tienes novio o pareja?

— No, ninguna de esas cosas. Tuve un novio cuando iba al colegio, aquí, en Murcia, pero de eso hace mucho tiempo.

— ¿Y qué fue de él?

Retrocedió Amanda a aquellos tiempos ya lejanos en los que un chiquillo pecoso y zanquilargo iba a esperarla a la salida de clase para acompañarla a su casa, tan próxima, que apenas si tenían tiempo de intercambiar tres palabras seguidas.

— Pues no lo sé. Cuando me cansé y terminamos, se lo quedó Mandy. Después de todo éramos exactamente iguales las dos y a ella no le aburría su conversación como me aburría a mí.

Se quedó mirándola él como si estuviera examinando su rostro y tratara de averiguar si había algo de cierto en lo que acababa de afirmar.

— ¿Iguales? A mí no me lo parece.

— ¿No?, pues ayer nos confundiste.

— Porque no conocía tu existencia y porque apenas si se veía algo en el estudio de pintura de tu prima, cuando subiste a investigar qué estaba haciendo yo en su santuario, pero a esta luz…

— ¿No nos encuentras parecidas?— se extrañó ella, poniéndose en pie después de consultar su reloj de pulsera.

Él la secundó sin dejar de observarla.

— Físicamente sí, pero en cuanto comenzáis a hablar cualquiera de las dos se nota a la legua que no tenéis nada en común. ¿Dónde quieres ir ahora?, ¿tienes prisa?—le preguntó cambiando de conversación.

—Ya te he dicho antes que quiero acercarme a la iglesia de San Antolín para aprender el trayecto que tengo que recorrer desde la Gran Vía. ¿Puedes indicarme por donde tengo que ir?

—Te acompañaré. Está cerca, pero tienes que transitar por unas cuantas calles estrechas y un tanto laberínticas. En la antigüedad el emplazamiento de esa iglesia se hallaba en un barrio mudéjar que ha legado a la posteridad el trazado irregular de sus travesías. Más tarde lo habitaron artesanos que fabricaban cerámica. Vamos por aquí.

Le indicaba una vía que comenzaba a su derecha y que era relativamente ancha. La recorrieron en silencio bajo el sol de la mañana que caldeaba alegremente el ambiente. Poco después, al llegar a la bocacalle de la calle del Pilar, él se detuvo para señalársela.

— Aquí se encontraba la puerta de la muralla medieval denominada de Vidrieros, por la que entró en 1541 el emperador Carlos I, cuando visitó Murcia.

— ¿Aquí, dónde? ¿Dónde estaba esa muralla?— trató de averiguar Amanda girando sobre sí misma, sin hallar el menor rastro de las ruinas que pudiesen indicar su anterior emplazamiento—. No queda nada de ella.

—Quedan algunos restos que se han excavado recientemente—le comentó, observando complacido el entorno que iban recorriendo—. Podrás verlos en la calle Sagasta, que era en el medievo el foso de esa muralla.

Acababan de recalar en esa travesía y la analizó ella con la mirada, intentando imaginar cómo habría sido siglos atrás. Poco quedaba en la ciudad actual de lo que había sido antaño y se preguntó si alguno de los transeúntes con los que se cruzaban imaginaría siquiera que estaba caminando por una calle que en otros tiempos, ya muy lejanos, fuera el foso que rodeaba la ciudadela amurallada.

— ¿Y cómo sabes todo eso? Creo haberte oído decir ayer que vives en Madrid.

— Sí, llegué hace unos días para investigar un asunto. Lo sé porque me interesa la historia de las ciudades y he tenido tiempo de estudiármela.

— También me interesa a mí— reconoció ella—. Recuerdo que mi abuela solía contarnos historietas que habían sucedido aquí en el pasado, pero Mandy y yo no siempre la escuchábamos. Ahora lo siento.

Cuando poco después tomaron la calle Vidrieros y desembocaron en la plaza de San Antolín, examinó Amanda con ojo crítico su forma triangular y la iglesia en la que esa tarde iniciaría su reportaje. No había estudiado nada aún sobre su estilo arquitectónico y le pareció oportuno preguntarle a su acompañante sobre ese particular, ya que parecía estar enterado de todo lo que se refería a la historia y a los monumentos de la ciudad.

— Me parece que no es muy antigua—opinó señalándola.

— ¿La iglesia?, no. La dinamitaron en 1937, en plena guerra civil, y fue reedificada en 1945. Lo único que se ha conservado del templo original es el retablo del santo. ¿Quieres verlo o prefieres que te enseñe la calle de Muñoz de la Peña que está aquí cerca? Le han cambiado el nombre. Se llamaba antaño "la calle de la traición" en referencia a una puerta de la muralla exterior. Los historiadores no se ponen de acuerdo sobre quien cometió esa traición ni en qué consistió. Únicamente coinciden en que recibió ese nombre como consecuencia de una trama descubierta a tiempo en los años oscuros de la Edad Media, que estuvo a punto de costarle caro a la ciudad. ¿Quieres ver donde estuvo esa puerta?

Lo meditó unos segundos Amanda y finalmente denegó con la cabeza.

—Me gustaría, pero no tengo tiempo. Debo regresar a casa a preparar el reportaje de esta tarde. Espero que el tipo que se pasea por el estudio de Mandy y que anoche abrió la llave del gas me deje trabajar hoy en paz

Inclinó la cabeza hacia ella con las cejas enarcadas.

— ¿Has dicho que te abrieron la llave del gas?

Afirmó enfáticamente Amanda agitando su melena.

— Eso es.

— ¿Cuándo ya estabas durmiendo?

— Sí, me desperté cuando ya casi no podía respirar. Me estaba ahogando y abrí todas las ventanas del piso.

El semblante de él denotó claramente su preocupación.

— ¿Y estás segura de que no fuiste tú la que te descuidaste y dejaste la espita abierta al prepararte la cena?

—Segurísima. Cené fuera. Además, Mandy utiliza el para guisar una vitrocerámica, eléctrica como sabes, y el escape se produjo en la caldera de la calefacción.

Una sombra cruzó por el rostro de Guillermo. Parecía contemplar la iglesia, pero aunque mantenía la mirada fija en su fachada, no debía verla cuando le preguntó cómo abstraído:

— ¿Por qué no te marchas?

— ¿A dónde?—replicó ella, extrañada de su repentino cambio de actitud.

— A tu casa, a Madrid. Tu prima se ha metido en un lío muy gordo y no hay razón alguna para que pagues tú las consecuencias.

Lo consideró ella durante unos instantes. Con gusto hubiera tomado el primer tren que saliera para la capital, abandonando a su suerte a Pineda con su cámara y a Saúl con su foco, pero no podía exponerse a perder el trabajo que le había costado tanto conseguir. Además, y aunque no supiera para qué, Mandy la necesitaba.

—No puedo irme hasta que finalice la Semana Santa —murmuró en voz muy baja.

—Pero es que…

—No te preocupes por mí. Llevaré cuidado.

CAPITULO IV

Como había supuesto acertadamente, Pineda no hizo el menor intento de recogerla esa tarde en casa de Mandy, lo que, a decir verdad, no le importó demasiado.

Por fortuna ese día había gozado de absoluta tranquilidad. Guillermo la había acompañado hasta el portal de la casa, después de que comprara ella en un supermercado que encontró al paso lo más básico para sobrevivir durante la semana en la que debía retransmitir las procesiones, y había pasado el resto de la mañana y el comienzo de la tarde inclinada sobre su ordenador, preparando el informe que debía pronunciar al paso del cortejo.

El sol radiante que penetraba por los ventanales del salón le había levantado el ánimo. Tanto, que había llegado a preguntarse si no habría imaginado el día anterior el crujido de las pisadas en el ático, la amenaza telefónica de que había sido objeto por el tipo de la voz bronca, la desaparición del retrato del novio de su prima y, sobre todo, el escape de gas que había estado a punto de asfixiarla. En el luminoso salón, caldeado por los rayos de un sol que iniciaba ya su declive, todos esos sucesos adquirían en su mente la apariencia de haber sido extraídos de una pesadilla absurda e inverosímil. Incluso llegó a preguntarse si no los habría imaginado. A través de la ventana abierta le llegaba el sonido de los transeúntes que deambulaban por la calle y el ruido de los coches que discurrían por la calzada como un rumor lejano, pero cotidiano y sobre todo real. Rompían además el silencio demasiado denso que envolvía el piso y la sensación de soledad que allí se respiraba, como si constituyeran una música de fondo que en cierto modo la hiciera sentirse acompañada.

Recogía ya los papeles con las notas que había tomado, cuando sonó el timbre de la puerta y, sobresaltada, dio un respingo. ¿Quién podía ser a esas horas de la tarde? ¿El hombre que había amenazado a Mandy y que estaba empeñado en reclamarle el cuadro que ésta se había llevado consigo a su casa de la playa?

La paz que había llegado a experimentar, mientras se documentaba sobre la procesión de esa noche, se desvaneció como por ensalmo. Un escalofrío le recorrió la espalda y se puso en pie. Luego, de puntillas, echó a andar hacia el vestíbulo, lo atravesó rozando la palmera y cuando alcanzó la puerta intentó atisbar por la mirilla al autor del timbrazo. Era un hombre de mediana edad, de baja estatura y muy fornido, que la oyó aproximarse a la hoja de madera, aunque había tomado ella todas las precauciones posibles por acallar el sonido de sus pasos.

— Oiga, ¿me abre?—masculló el hombre levantando la voz más de lo necesario—. He venido a por los muebles.

¿Qué muebles querría llevarse?, se preguntó Amanda. Todo el mobiliario que quedaba en la vivienda se reducía al sofá del salón con su mesita de cristal delante y otra, también de cristal y cuadrada a su lado, que sostenía el teléfono, la cama de su dormitorio y la del que sin duda ocupaba Mandy. ¿Pretendería ese hombre que durmiera ella en el suelo?

— Lo siento— replicó, también en tono alto—. Venga otro día.

— ¿Otro día?

— Sí, la semana que viene. El lunes, venga el lunes, — le concretó con súbita inspiración pensando que para entonces ya se habría marchado ella a Madrid y Mandy podría decidir al respecto lo que estimara más conveniente.

— Pero usted me dijo que viniera hoy— insistió tozudamente el hombre, Y como si fuera un argumento decisivo para convencerla de que le permitiera llevárselos, insistió—: He traído la furgoneta.

Amanda meneó negativamente la cabeza, gesto que el tipo que se encontraba en el descansillo de la escalera no vio. Por ese motivo tradujo su ademán en palabras.

—Lo siento, pero todavía los necesito. Vuelva el lunes.

Al hombre no debió gustarle el cambio de planes, porque masculló una frase ininteligible que no sonaba bien y luego se dirigió cachazudamente hacia el ascensor arrastrando los pies.

Amanda dejó escapar un suspiro de alivio y retrocedió hasta el salón para recoger las notas que había tomado. Tenía el tiempo justo para arreglarse, por lo que con los papeles en la mano se dirigió a su dormitorio preguntándose qué finalidad perseguiría Mandy al desmantelar por completo su vivienda. ¿Pensaría mudarse? Sabía que había heredado de la abuela la casa en la que habían vivido con ella, en la plaza de Santo Domingo, pero creía recordar que su prima la había vendido hacía tiempo. Estuvo a punto de llamarla por el móvil para preguntárselo, pero, al consultar su reloj de pulsera, decidió dejarlo para más adelante. Era muy tarde ya y aún tenía que vestirse. Se puso su traje pantalón color gris marengo, que en su opinión era la indumentaria adecuada para que Pineda la grabara mientras retransmitía la procesión y unos horrorosos zapatones que se había comprado con la finalidad de aguantar de pie las horas que durara el desfile. Apenas si tenían dos centímetros de tacón y eran anchos y flexibles, por lo que caminaba con ellos como si llevara zapatillas. No conocía a nadie además que se pudiera fijar en el calzado que llevaba. Tan solo al cámara y a su ayudante y lo que pudieran pensar sobre sus zapatos le tenía sin cuidado.

Anochecía ya cuando poco después salió a la calle y una brisa fresca zarandeó su melena, mientras caminaba en dirección al río bajo la luz de las farolas. Inquieta por la proximidad del reportaje que debía realizar sobre la procesión de esa noche, aparcó momentáneamente en su mente el tema de la recogida de los muebles. En ese instante, en el que caminaba por la Gran Vía, le preocupaba sobre todo no olvidar el guion que había preparado y exponerlo sin tartamudear y sin que se le quebrara la voz, como alguna vez le había sucedido anteriormente en situaciones similares.

Afortunadamente conocía el trayecto que debía seguir por haberlo recorrido esa mañana con Guillermo Elizalde y recaló puntualmente en la plaza de San Antolín. No se parecía a la que había visitado esa mañana. Era ahora un hervidero de bullicio y de confusión. Un barullo indescriptible de nazarenos, que se abrían paso a empujones entre los curiosos que aguadaban impacientes a que se abriesen las puertas del templo para contemplar el inicio de la procesión y de los mayordomos de la cofradía que intentaban poner orden en aquella algarabía. Un turbulento gentío a las puertas de la iglesia, ante las que Amanda se sintió zarandeada por unos y por otros. Por la conversación que mantenían unas señoras en un corro cercano se enteró de que esa mañana había tenido lugar el descendimiento del Cristo del Perdón, obra de Salzillo, desde el altar mayor de la parroquia y su traslado al Paso procesional en el que recorrería esa tarde las calles de Murcia. Lo ignoraba hasta ese momento, pero debería haberse informado para comenzar el reportaje con ese acto, de arraigada tradición. Cuando el antipático de Pineda se enterara, se enfadaría con ella con toda seguridad y en esa ocasión, no sin razón.

Aunque le pareció sorprendente, los nazarenos que tenían como cometido regir la procesión, denominados mayordomos, consiguieron poner orden en aquella barahúnda y unos diez minutos más tarde de la hora fijada para el inicio de la procesión arrancaron las enormes tubas que precedían a los nazarenos y que eran empujadas por otros penitentes con el rostro descubierto. Su sonido largo y desgarrado resonaba en la noche como un quejido agudo que le erizó el vello de los brazos. Les seguían los tamborileros y a éstos dos hileras paralelas de penitentes encapuchados, con sus túnicas de color magenta, portando unos cirios que refulgían bajo un cielo negro, tachonado por miles de diminutas estrellas.

Situada ella en la acera, tras las sillas alquiladas por los espectadores que contemplaban el desfile y en la oscuridad de la esquina de la plaza con el callejón de las Angustias, hubiera pasado por completo inadvertida si Saúl, más desgreñado que nunca, no la hubiera iluminado con un foco ni Pineda hubiera procedido a grabarla con su cámara de vídeo, sostenida por un trípode.

Cegada por la luz del foco, comenzó a exponer ella con voz clara el informe que había redactado esa tarde en casa de Mandy y sobre el que se había documentado con la ayuda de su ordenador, al tiempo que las tubas se dejaban oír nuevamente y redoblaban los tambores con su acompasado estruendo. Saúl los enfocó y Pineda giró el trípode en su dirección y con él la cámara de vídeo para filmarlos, instantes en los que Amanda pudo relajarse un tanto sin el molesto deslumbramiento del foco, para continuar exponiendo espontáneamente sus impresiones sobre lo que estaba viviendo. Sobre la sugerente mezcla de tradición, de colorido y de fervor religioso que desfilaba ante ella, tan distinta a todas las procesiones de Semana Santa de otras regiones, incluso de las andaluzas.

Sin saber por qué, rememoró en ese momento la imagen de su abuela y la de Mandy cuando ambas tenían trece años y habían alquilado unas sillas en los jardines de Floridablanca para presenciar la procesión del Miércoles Santo. La que llamaban de "los coloraos." Entonces no pudo apreciar el estilo propio de celebrar la pasión que veían sus ojos ni fue capaz de captar el bullicioso respeto que iban marcando los nazarenos que iluminaban tenuemente la calle con los cirios que portaban. No pudo valorarlo en su justa medida, pero sí sintió entonces el mismo estremecimiento que ahora, la misma emoción honda ante un espectáculo tan distinto y tan sentido como el que estaba presenciando.

Regresó al presente cuando un penitente del que solo distinguió su oscura silueta, al pasar junto a ella deslizó un caramelo en su mano. Otro le dijo algo al oído que no llegó a entender, pero que le hizo perder el hilo de lo que estaba exponiendo. Pineda y Saúl enfocaban en ese momento la puerta de la iglesia, por donde esperaban ver aparecer de un momento a otro el primer "Paso" de la procesión y no la miraban. Recuperó casi inmediatamente la palabra para describirlo. El Paso del Prendimiento de Jesús acababa de trasponer el dintel de la Iglesia. Se hallaba tan concentrada en traducir con claridad sus impresiones sobre el "trono" que avanzaba por la plaza en dirección a la calle de Vidrieros, que no se percató de que una desdibujada silueta de nazareno se abría paso hacia ella por el estrecho pasillo que formaban las sillas de los espectadores del desfile y las fachadas de las casas. Tampoco se fijó en él cuando la rebasó, pero de improviso se sintió agarrada por detrás. Una mano enguantada le tapó la boca y un brazo la atenazó por la cintura, arrastrándola hacia la oscuridad del callejón de las Angustias, al que no alcanzaba la tenue claridad de los cirios de los nazarenos. Intentó gritar, pero no logró emitir el menor sonido, al tiempo que se sentía inmersa en la negrura total de la calleja. Cada vez más lejano oyó el redoble de los tambores y percibió nuevamente el gemido de las tubas. Como una furia se revolvió contra el nazareno que la arrastraba manteniéndola de espaldas a él y consiguió propinarle un codazo en las costillas que no pareció hacerle mella. Como si fuera una pluma, se dirigía tirando de ella hacia el fondo del oscuro callejón, donde adivinó más que vio la puerta de un garaje, por lo que se revolvió como una pantera contra el desconocido que tenía a su espalda.

De improviso notó que la presión con la que la sostenía se aflojaba y un segundo después la soltaba. Se sintió libre de pronto, tan bruscamente, que perdió el equilibrio y se cayó sentada en el suelo. Desde allí y en la oscuridad creyó distinguir a otro nazareno que arremetía contra su agresor. Confusamente vio cómo dos sombras con túnica arremetían la una contra la otra y finalmente la más alta tumbó a la otra por efecto de lo que seguramente sería un puñetazo. Su atacante se había caído boca arriba y el capuchón le resbaló de la cabeza descubriendo su rostro, pero Amanda no consiguió distinguir sus facciones ni otra cosa que el bulto informe de su cuerpo a unos metros escasos del lugar donde ella se encontraba.

Había conseguido ya ponerse de rodillas cuando el nazareno de mayor estatura se le acercó para ayudarla a ponerse en pie, momento que aprovechó el otro para salir corriendo hacia el fondo del callejón, donde se desvaneció entre las sombras.

—¿Está usted bien?—le oyó decir al nazareno que acababa de levantarla.

¿Cómo iba a estar bien después de la agresión que acababa de sufrir? Estaba fatal e intentó explicárselo incoherentemente al hombre que permanecía a su lado y al que apenas lograba ver. Debió de darse cuenta él de que con el capuchón no le resultaba posible a Amanda distinguir su rostro, porque se despojó de él y la tomó por el brazo empujándola hacia la plaza, apenas iluminada por los cirios que portaban los nazarenos. Se limpió ella los lagrimones de los ojos antes de levantar la mirada hacia su semblante. Era un joven muy moreno, algo más alto que ella, con un cabello negro y rizado, que le sonreía tranquilizadoramente.

— ¿Qué le ha sucedido?—se interesó—. Al pasar cerca de usted he creído ver que un nazareno, que iba a su encuentro por el pasillo que forman las sillas de los espectadores con las fachadas de las casas, se le abalanzaba y se la llevaba a cuestas en contra de su voluntad. ¿Le conoce? ¿Es su novio?

Se lo preguntaba como si la relación que sugería con el encapuchado que se la había llevado en volandas explicase el incidente que acababa de sufrir, por lo que se revolvió indignada contra él.

—No sé quién era ese tipo. No le he visto la cara y por supuesto que no es mi novio. ¿Es que aquí es costumbre que los hombres se llevan a rastras a sus chicas?— replicó levantando la voz.

—No, claro que no— le aseguró él—. Aunque los moros han dejado aquí muchas de sus costumbres, hace siglos ya que esta región se ha civilizado. Y por cierto, me llamo Adrián, Adrián Fontes.

—Y yo Amanda Urquiza. Muchísimas gracias por su ayuda. Si no hubiera sido por usted…

—La habría ayudado otra persona— la interrumpió, como si le hicieran sentirse incómodo sus palabras de agradecimiento. La miraba fijamente al preguntarle: — ¿Eres de aquí? Me ha parecido que estabas haciendo un reportaje sobre la procesión con otros dos tipos.

Ya venían los dos tipos corriendo a su encuentro con cara de pocos amigos. Sobre todo Pineda echaba chispas por los ojos y no tardó en traducir su enfado en palabras, masculladas en tono exageradamente alto, mientras Saúl asentía con la cabeza, seguramente para no malgastar el tiempo y el esfuerzo en emitir palabras audibles.

— ¿Se puede saber dónde te has metido? Has desaparecido de repente y cuando he filmado el primer "Paso" de la procesión no estabas tú en tu puesto para describirlo. No imaginaba que tu periódico hubiera encomendado este reportaje a una irresponsable que no sabe dónde tiene la mano derecha.

Hubiera seguido despotricando si no hubiera intervenido el nazareno para defenderla una vez más, pero en esa ocasión únicamente de palabra.

—Amanda no tiene la culpa de nada. Han intentado secuestrarla hace un momento. La culpa es de ustedes dos que no se han ocupado de cuidar de ella como era su obligación y han seguido rodando con su cámara sin enterarse. ¿Son ciegos, tontos o las dos cosas?

Por un instante temió Amanda que se enzarzaran los tres hombres en otra pelea como la que Adrián había mantenido poco antes contra su desconocido secuestrador, pero ante su sorpresa Pineda se achantó ostensiblemente y Saúl se limitó a encogerse de hombros, al tiempo que se mesaba sus grasientas greñas.

—Bueno, nosotros no hemos visto nada—empezó el primero—. ¿Cómo íbamos a imaginarnos que podría sucederle a ella algo parecido en un lugar tan concurrido?—. Carraspeó luego, inseguro, paseando su mirada alternativamente del semblante del nazareno al de Amanda y terminó por decir en otro tono dirigiéndose a ésta última—: ¿Y por qué querían secuestrarte? ¿Para que no pudieras terminar el reportaje?

Era más que evidente que Pineda consideraba que no existía en el mundo nada más importante que aquella maldita crónica y furiosa buscó una respuesta que pudiera hacerle comprender que era un idiota, pero, antes de que hubiera podido encontrar las palabras oportunas, se le adelantó Adrián.

—¿No cree que hay otros muchos motivos más verosímiles para que un desaprensivo quiera secuestrar a una chica guapa?— le preguntó sarcásticamente al reportero gráfico, que debió de sentirse en ridículo, porque intentó sonreír abochornado.

—Sí, sí, claro, pues muchas gracias por su ayuda— le dijo, antes de dirigirse a Amanda—. Si estás bien, tenemos que reanudar nuestro trabajo. No podemos perdernos la salida de la iglesia del Paso del Cristo del Perdón, que, según tengo entendido, es el que más famoso de los que desfilan esta noche. ¿Estás bien?

Aún le temblaban a ella las rodillas y lo que deseaba en ese momento era marcharse a su casa y encerrarse en su dormitorio hasta que se le pasasen las ganas de llorar. Como obviamente Pineda no lo hubiera entendido, se limitó a dar un sorbetón y a encogerse evasivamente de hombros.

—Y yo tengo que incorporarme nuevamente a mi puesto en la fila de nazarenos— manifestó Adrián. Luego se volvió hacia Amanda—. ¿Retransmitiréis la procesión hasta que finalice? — Ante su gesto de asentimiento prosiguió—: Te esperaré entonces para acompañarte a tu casa, no vaya a reaparecer ese chalado y te dé otro susto. Te esperaré en el "picoesquina" de la iglesia.

Parpadeó Amanda sin comprender y se le quedó mirando fijamente con sus grandes ojos azules muy abiertos.

— ¿Y eso del "picoesquina" qué es?

Adrián se echó a reír.

—Llamamos así aquí al pico de la esquina, en este caso, a la esquina de la iglesia. Allí estaré aguardándote, así que no te olvides.

Con una desdeñosa mirada dirigida a Pineda y a Raúl y una sonrisa dedicada a ella, echó a correr calle abajo siguiendo la hilera de penitentes hasta que se perdió de su vista. Pineda parecía cohibido, pero Saúl le comentó algo que obligó a su compañero a reaccionar en el acto.

—Oye, nos hemos dejado la cámara y el foco en la calle cuando hemos salido corriendo para buscarla. ¿Nos los habrán robado?

La insinuación produjo un efecto fulminante en Pineda. Se olvidó por completo del nazareno que le había hecho sentirse en ridículo y echó a correr inmediatamente hacia la esquina de la plaza que habían ocupado poco antes, seguido de los otros dos. Por fortuna allí continuaba el trípode con su dispositivo de vídeo sobre él y el foco en el suelo, por lo que los dos hombres se abalanzaron a recuperarlos, a la par que Amanda hacía lo mismo con el micrófono. El Paso del Prendimiento de Jesús trasponía en ese instante el umbral de la iglesia y avanzaba majestuoso hacia la plaza entre un silencio hondo, tan solo turbado por la música de la orquesta que le seguía en pos de las largas hileras de los nazarenos y del lejano sonido de los tambores.

Amanda comenzó a referirse al autor de la imagen e intentó concentrarse en lo que sabía sobre ésta y la época en la que había sido tallada, aunque no consiguió tranquilizarse lo suficiente como para exponer sus ideas con claridad. Inquietísima se volvía a cada segundo para mirar a su espalda y se sobresaltaba cuando algún nazareno la rozaba al pasar. Sin duda el que había intentado secuestrarla la había confundido con Mandy. ¿Sería alguno de los hombres peligrosos a los que su prima había aludido?

Los minutos transcurrieron lentos. Hacía tiempo ya que había oscurecido por completo y el firmamento estaba teñido de negro cuando al fin el Paso de la Virgen de la Soledad, el último de la procesión, traspuso de retirada el umbral de la puerta de la iglesia y los nazarenos que la precedían con sus túnicas de raso negro empezaron a dispersarse, perseguidos por los últimos ecos de la orquesta municipal que cerraba el cortejo. Pineda recogió el trípode y su cámara de video y Saúl su foco, al tiempo que reaparecía Adrián Fontes a su lado con el capuchón en la mano.

— ¿Todo bien?— le preguntó sonriente a ella.

—Sí, sí — repuso indecisa, con una mirada dirigida a sus compañeros de reportaje que se encaminaban ya con sus instrumentos hacia la furgoneta. Éstos se limitaron a decirle adiós con la mano, por lo que se sintió libre de todo compromiso con los dos.

— ¿Has cenado?— se interesó Adrián.

—Bueno, sí, más bien he merendado. La procesión empezaba a las siete de la tarde y he tomado algo antes de salir de casa.

—Pues si te parece, podemos acercarnos a una cafetería que estas noches de la Semana Santa cierra tarde, — le sugirió.

Le apetecía cenar con él más de lo que quiso demostrar y no solo porque la hubiera salvado del nazareno que había pretendido secuestrarla. Parecía tan atento… tan amable… Mientras se encaminaban hacia el lugar que él había indicado, le preguntó:

—Te llamas Fontes, ¿verdad? ¿No es ese un apellido muy corriente en Murcia?

Él hizo un gesto de asentimiento.

—Sí, mi familia es murciana, y yo también. Salgo todos los años en la procesión de esta noche. Pertenecemos a esta cofradía desde hace años —. Hizo una pausa, antes de preguntarle — ¿Y tú?

—Mi abuela era de Murcia—repuso Amanda evocándola nostálgicamente— y viví aquí con ella hasta los quince años. A esa edad me marché a Madrid con mis padres y no había vuelto hasta ayer. Ha cambiado mucho. Está muy distinta a cómo la recordaba.

—Ha crecido, sí— murmuró distraídamente, como si estuviera pensando en otra cosa que le interesara más, mientras acomodaba sus pasos a los de ella —. ¿Y a qué te dedicas?, ¿eres periodista?

Esquivó Amanda a los grupos de espectadores que venían en sentido contrario, antes de contestarle.

—Sí, he venido a hacer un reportaje sobre las procesiones por encargo del periódico en el que trabajo. Creo que pretende venderle el vídeo que estamos filmando a una televisión. Por eso Pineda está tan obsesionado con su grabación.

— ¿Pineda es el tipo más alto de los dos?

Sorteó ahora Amanda a unos nazarenos que se reían a carcajadas y que les separó momentáneamente

—Sí, el otro es su ayudante— replicó, cuando, tras tropezar con uno de ellos se reunió nuevamente con Adrián—. Ninguno de los dos pronuncia dos palabras seguidas sin tomar antes un reconstituyente.

Se echó a reír él, al tiempo que llegaban a la terraza de una cafetería, que se asemejaba a un cónclave de nazarenos. En su mayoría ya se habían quitado el capuchón y llevaban la cabeza descubierta. Charlaban y reían ocupando todas las mesas disponibles y a duras penas lograron tomar asiento en una que dejaron libre en ese preciso instante tres tamborileros que llevaban su instrumento colgado del cuello. También les resultó difícil que les atendiera el camarero. Correteaba de mesa en mesa, bromeando con sus ocupantes como si les conociera de toda la vida. Se lo preguntó a Adrián y éste se echó a reír.

— No sé si se conocen, probablemente no. Es que la gente de aquí es muy abierta y además las procesiones son un motivo de celebración.

Cuando al fin se les acercó, les gastó igualmente a ellos un par de cuchufletas a cuenta de las tapas que servían, de lo que Amanda dedujo que debía ser costumbre derrochar camaradería con los clientes.

— ¿Y tú?, ¿a qué te dedicas tú?— se interesó ella, cuando el camarero les dejó, alejándose camino del establecimiento.

Hizo él un gesto vago.

—Tengo una empresa a la que dedico infinidad de horas, porque se me acumula el trabajo, pero puedo tomarme un día libre. ¿Tienes algo que hacer mañana antes de que comience la procesión?

Se quedó mirándole impasible, aunque por dentro experimentó una repentina euforia. La angustia que le había producido el incidente del nazareno que la había arrastrado en la oscuridad de la plaza iba disipándose en su interior al ser sustituida por una nueva sensación de optimismo.

—Pues... debería documentarme sobre esa procesión. Sale de la plaza de San Juan, ¿verdad?

—Una sí, pero mañana hay dos procesiones. Una comienza en esa plaza y otra en la de San Juan de Dios. Puedo explicarte yo, si quieres, todo lo que necesites saber sobre cualquiera de las dos.

Lo consideró en silencio sin acabar de decidirse. Aunque le apetecía el plan que le estaba proponiendo, su sentido de responsabilidad la hizo dudar. Un pesadísimo sentido de responsabilidad con la que había nacido y que se le había ido acrecentando conforme cumplía años. Eso al menos le decían sus amigas de Madrid, que la recriminaban por no saber disfrutar alegremente de la vida sin plantearse si con ello faltaba a su deber, que en ese caso consistía en estudiarse debidamente la procesión que debía retransmitir al día siguiente.

— Pero es que...

— Podríamos ir a la playa por la mañana a bañarnos y mientras tomamos el sol te cuento lo fundamental. Regresaríamos con tiempo más que suficiente.

Estuvo a punto de aceptar, pero prudentemente denegó su proposición. No le bastaba con tomar unas cuantas notas sobre lo que él pudiera referirle, relativas a las procesiones del día siguiente. Por su larga duración, debería estudiárselas a conciencia y tomar unas notas de las que pudiera echar mano durante su transcurso.

—Gracias, pero no me es posible, porque si me quedo en blanco mañana, mientras Saúl me deslumbra con su foco, el director del periódico donde trabajo podría ponerme de patitas en la calle, ¿comprendes? Desgraciadamente, no estoy de vacaciones.

Adrián se echó a reír con ganas, mientras se peinaba con los dedos el oscuro cabello que llevaba algo largo y que se le rizaba por las puntas.

—Tienes razón. Podemos comer entonces y dar un paseo por la tarde, para que conozcas lo más elemental de la ciudad y después te acompañaré a tu casa. Por la mañana tendrás tiempo de sobra para empollarte las dos procesiones. ¿Qué te parece?

Amanda lo consideró con la mirada perdida en la aglomeración de nazarenos que en la calle y con el capuchón bajo el brazo se embromaban los unos a los otros.

—De acuerdo. ¿Qué me vas a enseñar?

—Todo lo que quieras ver. ¿Qué quieres ver?

—Pues... pues no lo sé. Recuerdo la plaza de Santo Domingo, donde vivíamos con mi abuela, nuestro colegio, la calle de la Platería y la de la Trapería y... y poco más.

Sonriente, él esbozó un ademán evasivo.

—Te advierto que no soy un buen guía turístico. No me interesa demasiado la historia de las ciudades ni la antigüedad en general.

— ¿Y tampoco te interesa el arte?

Volvió Adrián a encogerse de hombros.

— Me atrae por el valor económico que representa. Solo por eso. Ya te he dicho que soy comerciante. Un magnífico comerciante Me gustan las estatuas de Salzillo porque deben valer mucho dinero. En caso contrario creo que me tendrían sin cuidado.

Se echó a reír Amanda, convencida de que no pensaba lo que decía. Bruscamente cambió él de conversación.

—Te pasearé por toda Murcia después de comer y por la noche presenciaré la procesión junto a la iglesia de San Juan, que se ubica en este lado del río. Así te mantendré vigilada, no vaya a ser que reaparezca el nazareno que esta noche ha pretendido emular contigo el "rapto de las Sabinas".

Lo decía en broma, pero Amanda experimentó un repentino sobresalto.

— ¿Tú crees que...?

Al ver su expresión de pánico, Adrián se apresuró a recoger velas.

—Claro que no. A no ser, claro está, que se trate de algún pretendiente despechado—. Y recuperando su tono de chanza, insistió con sorna—: ¿Tienes algún pretendiente despechado?

Su gesto era tan simpático y tan comprensivo, que estuvo a punto de referirle los incidentes que había padecido desde que llegara a casa de su prima el día anterior y los temores de ésta, pero prudentemente se abstuvo al recordar que Mandy le había insistido mucho en que no se fiara de nadie.

Al oír la pregunta que acababa de formularle se lo planteó ella también, por lo que, acodada en la mesa, pasó revista a los amigos que había dejado en Madrid que habían pretendido algún avance con ella. El más insistente era un compañero del periódico donde trabajaba, que los viernes le proponía invariablemente salir el fin de semana, pero no podía considerársele despechado. Quizás le cuadrara mejor el calificativo de plomífero. Además se hallaba en Madrid en esas fechas celebrando la Semana Santa con sus numerosísimos parientes y, aún en el caso de que se le hubiera podido ocurrir viajar a Murcia para encontrarse con ella, le resultaba inimaginable que hubiera decidido disfrazarse de nazareno para arrastrarla hasta un callejón oscuro y maloliente. Era posible, en cambio, que fuese su prima la que se viera acosada por algún estúpido y se inclinaba a suponer que el incidente que había sufrido esa noche guardaba relación con el cuadro que había pintado ésta y que se negaba a entregar al tipo que la había amenazado a ella por teléfono, confundiéndola con Mandy.

El camarero les trajo las patatas con alioli y los boquerones fritos que habían pedido, acompañados por una jarra de sangría y mientras él la servía en los vasos de los dos le preguntó:

— ¿Dónde te alojas?, ¿estás en un hotel?

—No, no, en casa de una prima.

— ¿De una prima? ¿Cómo se llama? ¿La conozco yo?

Dudó Amanda en contestar a su pregunta, pero no encontró un argumento que le permitiera eludirla.

—No sé si la conoces. Se llama Mandy Arévalo.

Él frunció sus oscuras cejas como si intentara hacer memoria, pero terminó por esbozar un gesto de ignorancia.

—Me suena el nombre, pero no sé de qué. ¿A qué se dedica?

—Es pintora—repuso Amanda con una voz sin inflexiones—. Y muy conocida. Además sus cuadros se cotizan mucho, así que supongo que forman parte del escaso campo del arte que te interesa. ¿Y tú? ¿Vives aquí?

— Sí, claro que sí, en el centro. Y tengo otra casa en la playa, donde suelo pasar los fines de semana, tumbado al sol como un lagarto.

Con razón estaba tan moreno, pensó ella, mientras intentaba pinchar una patata con el tenedor. No llegó a hacerlo, porque de improviso notó algo extraño y levantó la cabeza que había mantenido baja sobre el plato que las contenía. Apenas si vislumbró la oscura silueta que en la oscuridad del fondo de la calle permanecía inmóvil, pero adivinó más que vio que la estaba observando e intentó reprimir su sobresalto. A él no le pasó desapercibido.

— ¿Qué pasa?, ¿has visto algo que te ha asustado?— le preguntó desviando también sus oscuros ojos en esa dirección.

—Me ha parecido… me ha parecido que alguien…

Adrián se esforzó por escudriñar lo que hubiera podido avistar ella entre los nazarenos que entre risas se embromaban al tiempo que iban alejándose calle abajo.

— ¿Has visto al tipo que ha pretendido secuestrarte hace un rato?

—Pues… no lo sé. Está muy oscuro, pero sí, he creído ver…

Estudió preocupado su pálido semblante.

— ¿Y tienes idea de quién ha podido ser o del motivo que le ha movido a hacer lo que pretendía? ¿Le debes dinero a alguien o…? ¿No te habrás metido en algún asunto de drogas o de algo parecido?

Denegó Amanda con la cabeza antes de traducirlo con palabras.

—No, claro que no. Nunca anteriormente me había sucedido nada semejante—. Se mordió los labios para no dejarlo escapar, pero parecía tan amistoso y necesitaba tanto desahogarse que no pudo evitar continuar hablando y contarle a medias lo que le estaba ocurriendo—. Tengo la impresión de que me han confundido con otra persona— murmuró en voz muy baja.

— ¿Con otra persona?— le preguntó acodándose sobre la mesa para examinar mejor su expresión—. ¿Con alguna compañera de tu periódico a la que le habían encargado antes que a ti que cubriera la información de las procesiones?

Se apresuró a negarlo.

—No, no. Fui yo la que me ofrecí. Al director ni se le había ocurrido. Mi prima me escribió… invitándome a venir a su casa. Cuando éramos niñas nos criamos como dos hermanas aquí en Murcia. Vivíamos con nuestra abuela y hacía varios años que no nos habíamos visto. Yo… no podía tomarme una semana de vacaciones, así que se me ocurrió sugerirle al director que podía ser una buena idea retransmitir un reportaje sobre las procesiones de Murcia. De ese modo mataba dos pájaros de un tiro, ¿comprendes?

El moreno semblante de él se distendió con una sonrisa algo irónica.

—O sea, que con la excusa de realizar un reportaje, lo que pretendías fundamentalmente era aprovechar la Semana Santa para visitar a tu prima, ¿no es eso?

—Bueno… sí.

Adrián se quedó mirándola en silencio. Luego, como si estuviera adivinando lo que estaba pensando, continuó:

—Y la que al parecer tiene algún problema serio es esa prima a la que has venido a ver. ¿Te pareces a ella?

Volvió a dudar Amanda en decirle la verdad. ¿Pero qué podía perder? En cualquier caso no iba a comunicarle el lugar donde se encontraba Mandy.

—Sí, nos parecemos mucho. Nuestras madres eran gemelas y nosotras podríamos pasar por serlo, aunque nuestro carácter es muy distinto. Mandy es… es como una niña, incapaz de resolver los asuntos más cotidianos. Como compensación, embellece todo lo que toca.

—Me has dicho antes que es pintora— continuó él, manifestando un interés que a Amanda le pareció excesivo.

—Sí y le va muy bien. Vive en un piso espléndido y también...— iba a decirle que utilizaba asimismo la casa de la playa que ella había heredado, pero recordó a tiempo que le había prometido a su prima no revelarle a nadie el lugar donde se ocultaba, por lo que, antes de terminar la frase, se interrumpió precavidamente.

—Y gana mucho dinero— añadió él retomando el hilo de lo que Amanda había dejado pendiente—. ¿Y qué clase de problemas tiene tu prima?

Al ver su gesto evasivo, Adrián insistió:

—Algún problema serio debe de tener cuando han querido secuestrarte confundiéndote con ella.

—Yo no he dicho que ese nazareno loco me haya confundido con Mandy— puntualizó advirtiendo que había hablado más de la cuenta y que Adrián no era después de todo más que un completo desconocido.

—No lo has dicho, pero es una conclusión lógica — opinó él—. ¿Sabes si ha roto recientemente con algún novio? O...—. Frunció el ceño por el esfuerzo de concentrarse y luego sugirió—: Si tiene mucho dinero también podrían haber querido secuestrarla para pedir por ella un rescate. Me has dicho que es una pintora de prestigio. ¿Tiene mucho dinero?

Empezó a alarmarse seriamente al darse cuenta de que Adrián era muy persuasivo y de que la estaba sonsacando, por lo que estaba hablando de más.

—No... no lo sé. Y ahora tengo que volver a casa. Es muy tarde ya.

— ¿Por qué?, ¿te está esperando tu prima?

—No... sí... no lo sé. Puede que haya salido.

— ¿A ver la procesión?

—No lo sé, ya te lo he dicho, pero si te interesa tanto Mandy te la puedo presentar.

Él se echó a reír con ganas.

—Lo único que me interesa de tu prima es comprobar si efectivamente se parece tanto a ti. Me cuesta creer que no seas un ejemplar único.

Había bajado la voz al pronunciar las últimas palabras, pero Amanda no le llegó a escuchar. Escudriñaba nuevamente la sombra que adivinaba más que veía al fondo de la calle. En ese momento un nazareno que caminaba en su dirección encendió un cigarrillo al pasar por su lado y la luz del mechero le permitió distinguir a Amanda la túnica color magenta que vestía el nazareno que la observaba. Llevaba aún el capuchón en la cabeza, lo que le impidió distinguir sus facciones, pero le pareció por la desdibujada silueta que entreveía entre las sombras que podía tratarse del mismo tipo que se la había llevado a rastras. Reprimió un escalofrío, al tiempo que le hacía un gesto al camarero y se ponía en pie.

—Vá... vámonos — tartamudeó agarrada al respaldo de la silla—. Me parece que ese tipo me está vigilando y... y en cualquier caso es muy tarde ya.

Él volvió a otear el fondo de la calle antes de menear negativamente la cabeza.

—No veo a nadie, pero si estás cansada te acompañaré a tu casa. ¿Dónde vives?

—En la Gran Vía. ¿Y tú?

— También tengo un piso cerca de la Gran Vía. A lo mejor somos vecinos.

Tampoco le escuchó esta vez. Pese a lo agradable que le resultaba su compañía, en ese momento deseaba únicamente llegar a la casa de Mandy y encerrarse en el piso, a salvo de indeseables. Se apresuró por ello a llamar al camarero y en cuanto abonaron la consumición, echó a andar calle abajo con Adrián a su lado, que charlaba alegremente de algo que ella no llegó a oír. Su atención se hallaba concentrada en la esquina en la que instantes antes se hallaba el nazareno encapuchado, desdibujado entre las sombras que proyectaban los edificios de la acera contraria y que la farola más próxima no llegaba a disipar, pero ya no había nadie cuando alcanzaron ese lugar.

Aunque rebasaron esa esquina sin el menor tropiezo, no logró tranquilizarse. Los grupos de penitentes habían ido dispersándose y solo podían oírse los pasos de los dos en la calle solitaria. Sobrecogía aquél silencio tan denso en la tortuosa travesía que iban recorriendo, solo iluminada a trechos por las farolas fernandinas adosadas a las fachadas de las casas. Un silencio que solo parecía captar ella. Adrián seguía hablando y hablando, tan relajado como si se encontraran en pleno día bajo un sol resplandeciente. Le interrumpió al reconocer la calle por la que caminaban ahora y recordar las explicaciones que Guillermo Elizalde le había dado esa mañana sobre el destino para el que había sido utilizada antaño y por la necesidad que experimentó de pronto de oír su propia voz y comprobar que el miedo no se la había congelado en la garganta:

— ¿Sabes que esta calle era en la Edad Media el foso que protegía a la ciudadela amurallada?— le preguntó.

Con algo de sorpresa en sus oscuras pupilas, Adrián bajó su mirada hacia ella.

— ¿Un foso? ¿De dónde te lo has sacado?

Amanda hizo un gesto evasivo.

— Me lo ha explicado un conocido de mi prima. Creo que no es de Murcia, pero se sabe al dedillo la historia de esta ciudad.

Adrián le dirigió una mirada indefinible.

— ¿Y cómo se llama ese tipo?

—Se llama Guillermo, Guillermo Elizalde. Y lo curioso es que…

— ¿Qué?— insistió él.

Vaciló Amanda preguntándose nuevamente si no estaría hablando de más. Pese a ello continuó:

— Pues que Mandy me dijo después que no le conocía de nada. Me lo encontré en su estudio ayer por la tarde, cuando llegué. No sé si me ha mentido él o es que a Mandy se le ha olvidado la existencia de ese chico. Es muy propio de ella no recordar a la persona con la que estaba charlando media hora antes. ¿Le conoces tú?

Vio a Adrián asentir con la cabeza, pero su expresión era muy distinta de la que traslucía instantes antes, cuando hablaba y hablaba sin advertir que ella tenía la cabeza en otra parte.

— Sí, si le conozco y creo que debes de llevar cuidado con él. No es de fiar.

Evocó Amanda la atractiva fisonomía de Guillermo y su aire de vaquero de película y enarcó las cejas con gesto interrogante.

— ¿Por qué?, ¿por qué no es de fiar?

Adrián permaneció indeciso unos instantes. Al doblar la esquina de la calle acababan de desembocar en la Gran Vía, bien iluminada y con grupos de transeúntes deambulando por las aceras. Sortearon uno de esos grupos y caminaron luego en silencio calle arriba sin que el pareciera dispuesto a contestarle, por lo que Amanda insistió:

— ¿Por qué dices que no es de fiar?, ¿trafica en drogas, es un ladrón de joyas o...? ¿O qué?

Él meneó lentamente la cabeza en sentido negativo.

—No, no, nada de eso.

—Entonces... ¿por qué?

Se detuvieron al llegar frente al portal de la casa de Mandy y le pareció a ella que Adrián estaba eludiendo la respuesta aprovechando la circunstancia de que habían llegado a su destino y de que no tardarían en despedirse.

— ¿Vives aquí? — le preguntó interesado.

—Sí, en la décima planta, pero no me has contestado.

— ¿A qué?

—A lo que me has dicho sobre Guillermo Elizalde.

— ¡Ah!— murmuró como si estuviera pensando en otra cosa.

—Bueno— se impacientó Amanda— ¿me lo vas a decir o no? ¿Tan terrible es?

Se encogió de hombros todavía vacilante. Luego clavó sus ojos oscuros en el rostro de ella.

—Es que no estoy seguro. Llevaba el capuchón en la cabeza y cuando se le ha caído no he podido verle la cara con claridad, porque estaba muy oscuro, pero yo aseguraría... aseguraría que ha sido él quien ha pretendido secuestrarte esta noche.

Al oírle, Amanda se quedó petrificada. ¿El vaquero su frustrado secuestrador? No era posible. Precisamente era la única persona que conocía y que se encontrara en esos momentos en Murcia que supiera que Mandy y ella eran dos chicas distintas. Había dado por hecho que era a su prima a quien pretendían secuestrar. Tenía que haber otra explicación. Por su gesto de incredulidad adivinó Adrián lo que estaba pensando.

— ¿No lo crees?

— No lo sé. Apenas si le he visto, pero me ha parecido cuando ha salido corriendo por el callejón que cojeaba.

Perplejo, su interlocutor se la quedó mirando de hito en hito, como si le sorprendiera que hubiera captado ese detalle en la oscuridad del callejón. Con la cabeza ladeada, como si estuviera barajando en su mente todas las conclusiones posibles, le preguntó:

— ¿De qué le conoces? Me has comentado antes que te lo encontraste en el estudio de tu prima. ¿Te lo ha presentado ella?

Retrocedió Amanda con la mente a la tarde anterior, cuando Mandy había salido huyendo aterrorizada del piso y ella había subido al ático al oír un ruido sospechoso. Apenas si había conseguido distinguirle tras el caballete entre las sombras que se iban adueñando de la nave conforme el sol se iba retirando en el horizonte, pero esa mañana le había visto a plena luz.

—No, no me lo ha presentado Mandy. Ya te he dicho que me lo encontré ayer en su estudio de pintura, cuando mi prima había salido.

— ¿Tu prima se marchó y le dejó a él en el estudio solo? Deben conocerse entonces muy bien.

Su tono parecía sugerir otra cosa y Amanda comenzó a inquietarse. Poseía una habilidad especial para sonsacarle hasta sus secretos mejor guardados, por lo que decidió que había llegado el momento de despedirse y sacó la llave del portal del bolso.

—Es muy tarde, Adrián.

Él la detuvo con un ademán.

—Está bien. Pero recuerda que te recogeré mañana a eso de las dos. ¿Te viene bien esa hora?

—Por supuesto que sí. Hasta mañana.

Empujó el portón de cristal, con barrotes dorados, y entró en el vestíbulo, oscuro y solitario a esas horas, cerrándolo cuidadosamente a su espalda. Luego le dijo adiós con la mano y se dirigió hacia el ascensor. Casi a la vez, un hombre que venía de la calle la alcanzó cuando iba a entrar en la cabina y pulsó el botón de la décima planta sin preguntarle a cuál se dirigía ella. Luego le sonrió como si la conociera de mucho tiempo atrás y al imitarle inconscientemente cayó Amanda en la cuenta de que se trataba del psicólogo que vivía en la misma planta que su prima.

—¿Qué, vienes de la procesión?—le preguntó amablemente.

— Sí — admitió concisamente ella.

— ¿Como espectadora únicamente?—insistió él analizando atentamente su expresión—. ¿O has estado realizando un reportaje?

Dudó ella en qué respuesta darle, pero el psicólogo se le adelantó.

—Has estado realizando un reportaje, ¿verdad? Sobre la procesión de esta noche. ¿A que he acertado?

¿Cómo sabría ese hombre, del que creía recordar que se llamaba Enrique Cárceles, que ella era periodista y que había venido a Murcia a efectuar un reportaje sobre las procesiones de la Semana Santa? ¿Se lo habría dicho Mandy?

—Sí, estoy retransmitiéndola con otros dos compañeros por encargo de mi periódico— repuso a media voz.

En el anguloso semblante de él se pintó una comprensiva sonrisa.

—Claro, claro, porque eres periodista.

—Eso es.

—Y no tienes ni idea de pintar al óleo, ¿verdad?— le preguntó mientras estudiaba atentamente su semblante. Parecía estar elucubrando sobre cuál de las posibles personalidades que creía que padecía Mandy estarían predominando en ese momento en la rubia muchacha que tenía enfrente.

—No, no tengo ni idea. Es mi prima la que pinta. Me confundes con ella, porque nos parecemos mucho.

La sonrisa comprensiva distendió nuevamente el semblante de su compañero de ascensor.

—Claro, claro, os parecéis tanto que cualquiera pensaría que sois la misma persona, pero no lo sois.

—No, claro que no.

—Ya— musitó satisfecho, como si hubiera dudado entre varios diagnósticos posibles y acabara de felicitarse íntimamente por haber dado en el clavo—. ¿Y desde cuando tienes esa prima?

Amanda apoyó la cabeza en la pared de madera del ascensor e inspiró aire. ¿Debería explicarle a aquél maniático que ni ella ni Mandy padecían un trastorno mental? ¿Qué realmente eran dos chicas distintas, cada una con una profesión diferente? No le pareció que estuviese muy dispuesto a creerla y hasta era posible que su prima sufriese alguna clase de trastorno de esa clase del que él la estuviese tratando, porque era una artista de los pies a la cabeza y los artistas no solían ser personas completamente normales. En cualquier caso le daba igual lo que el vecino del descansillo pudiera pensar de ella. El domingo por la tarde se introduciría en la furgoneta de Pineda y regresaría a Madrid con éste y con el desgreñado de su ayudante, por lo que no era fácil que le volviera a ver en el futuro. Como tenía que darle una respuesta a su pregunta, replicó en torno monocorde:

— ¿Qué desde cuándo? Desde que nací. Mandy vino al mundo dos meses antes que yo.

— ¡Dos meses!— se escandalizó Cárceles—. Así que tu primer recuerdo…

— No sé cuál es mi primer recuerdo— le interrumpió bostezando—. Sé que ella ha formado parte de mi infancia desde que llegué a este mundo.

— Pero entonces…

Habían llegado a la décima planta y el ascensor se detuvo abriendo sus puertas, por lo que Amanda salió al alfombrado corredor sin entretenerse en explicarle que tanto Mandy como ella habían sido unos bebés absolutamente normales, sin complejos ni manías. Se despidió con un ademán de su mano sin escuchar lo que le decía. Alarmado, pretendía que acudiera inmediatamente a su consulta, pero fingió no oírle y entró en el vestíbulo del piso de su prima cerrando la puerta a su espalda.

Fue al encender la luz y avanzar unos pasos dentro de la estancia, cuando se detuvo sobrecogida. Un levísimo rumor sobre su cabeza la impulsó a levantar la mirada hacia la transparente meseta en la que terminaba la escalera, donde adivinó más que vio una sombra fugaz que la atravesaba para desaparecer después dentro del estudio de pintura de su prima.

CAPÍTULO V

Se llevó una mano a la boca para no gritar e intentó recuperar el uso de sus piernas que se le habían quedado como paralizadas. El silencio más absoluto se cernía ahora en el piso superior, pero estaba segura de haber visto que alguien cruzaba el descansillo de la escalera como una exhalación. Debía haberse escondido en la enorme nave que utilizaba su prima para pintar o quizás hubiera salido ya a la escalera del edificio y estuviera a punto de tomar el ascensor. Con sumo esfuerzo consiguió mover una pierna y luego la otra y finalmente retrocedió de espaldas hasta la puerta de entrada del piso, donde se dio la vuelta para atisbar por la mirilla. El corredor estaba oscuro y silencioso y la cabina del ascensor permanecía en la décima planta. El intruso continuaba sin duda agazapado en algún lugar de la planta superior.

¿Qué debería hacer?, se preguntó aterrorizada. ¿Llamar a la policía para denunciar el allanamiento de morada de la casa de su prima por un desconocido que seguramente sería el mismo que la había amenazado a ella por teléfono? Cuando la policía se personara en el piso, ese tipo se habría largado ya y se vería obligada a darle unas explicaciones que Mandy no aprobaría. No, no debería pedir la ayuda de nadie hasta que aclarara con su prima en qué lío se veía envuelta y qué clase de peligro la amenazaba.

Pero tampoco podía dirigirse a su dormitorio y acostarse sabiendo que había alguien en la planta superior que en cualquier momento podía decidir bajar para agarrarla por el cuello o para realizar cualquier otra horripilante fechoría con la intención de obligarla a que le entregara el maldito cuadro. Y no podía salir huyendo del edificio, porque no tenía a dónde ir. Si al menos le hubiese preguntado a Adrián Fontes cuál era su dirección, hubiera podido pedirle que la alojara por una noche, pero no se le había ocurrido y no conocía a nadie más.

De improviso tuvo una idea. Podía acudir al vecino de su prima, al psicólogo que vivía en el mismo descansillo y que segundos antes se había empeñado en aconsejarle que acudiera inmediatamente a su consulta. Estaba convencido de que ella, o mejor dicho, su prima, padecía un trastorno de personalidad múltiple y no se extrañaría demasiado de que hubiera decidido seguir su consejo de madrugada. Alguna ventaja debería tener el que los demás creyeran que Mandy estaba un poco chalada, pensó. Bastaría con no aclararle que ésta y ella eran dos personas distintas. Al menos hasta que transcurriera el tiempo necesario para que el desconocido se marchara y ella pudiera subir aquella maldita y estrafalaria escalera para cerrar desde el descansillo la puerta de comunicación de la vivienda con el estudio. Puerta que alguien, del que desconocía su identidad, se empeñaba en abrir en cuanto ella se ausentaba del piso.

Cautelosamente miró nuevamente por la mirilla, sin distinguir otra cosa que la oscuridad del pasillo que daba acceso a las dos viviendas de la décima planta. Abrió después sigilosamente la puerta de la casa guardándose la llave en el bolsillo. No se oía el menor ruido. El edificio entero dormía y ella únicamente tenía que recorrer el escaso trayecto que mediaba desde el lugar donde se hallaba hasta la puerta del piso de su vecino. Pese a ello le costó un esfuerzo decidirse a abandonar la relativa seguridad que sentía al palpar a su espalda el tacto de la madera para adentrarse entre las sombras de un corredor en el que apenas si distinguía por donde debería caminar. De puntillas, adelantó un pie y luego el otro e iba ya a repetir la operación cuando oyó el casi imperceptible sonido de la puerta del estudio al abrirse. El desconocido debía haber salido al descansillo de la planta undécima y ahora cerraba cuidadosamente esa puerta. Se encaminaba en ese momento hacia la escalera del edificio y en unos segundos bajaría los dos tramos de peldaños y recalaría en el corredor de la planta décima donde se encontraba ella. Con el corazón en la garganta echó a correr y en cuanto alcanzó la puerta de la casa del vecino oprimió nerviosamente el timbre. El hombre tardó en atender la llamada y lo hizo después de comprobar, atisbando por la mirilla, quién era la persona que a esas horas había decidido hacerle una visita. Cuando abrió la puerta pudo comprobar Amanda que él estaba a punto de acostarse, pues ya se había puesto el pijama sobre el que se había echado un elegante batín de seda, color burdeos. Parpadeó al fijar en ella sus ojos, tras las gafas de concha, y luego su rostro expresó cierta perplejidad.

— ¿Te encuentras mal, Mandy?

Se apresuró Amanda a asentir.

—Sí… bueno no. Necesitaba hablar contigo y…

Él sonrió con aire comprensivo.

— ¿A estas horas? ¿No puedes esperar hasta mañana para contarme lo que te preocupa? A las once tenemos concertada nuestra acostumbrada sesión. Lo recuerdas, ¿verdad?

Le hablaba como si fuera tonta o una niña chica y por un instante estuvo ella a punto de darle la razón y reconocerle que las tres de la madrugada no era el momento más oportuno para iniciar ninguna clase de terapia, pero recordó a tiempo la sombra que había visto en lo alto de la escalera de la casa en la que se alojaba y que en esos instantes estaría a punto de alcanzar el rellano de la planta décima, por lo que sin mediar palabra empujó al hombre dentro del vestíbulo.

— Vale, vale— se resignó él con algo de sorpresa, haciéndose a un lado para no ser arrollado por su impetuosa visitante—. Pasa y me haces un resumen de lo que te inquieta tanto. Un resumen, ¿eh?

Estaba claro que no estaba dispuesto a permitir que la visita de ella se prolongara demasiado, pensó Amanda. Pero al menos tenía donde refugiarse durante los próximos minutos. Ya pensaría después la forma de ponerse a salvo esa noche del tipo que había entrevisto en lo alto de la escalera y que quizás hubiera reanudado el descenso hasta el portal para salir luego a la calle.

Al contrario que Mandy, Enrique Cárceles tenía la consulta en la planta décima y su vivienda en el ático. Amanda le siguió a través de un vestíbulo, idéntico al de la casa en la que momentáneamente se alojaba, pero ostentosamente decorado con muebles de madera oscura. Al fondo de la estancia arrancaba una convencional escalera de mármol cubierta con una moqueta roja, en lugar de la estrafalaria y peligrosísima de su prima, por la que se ascendía en espiral al estudio de pintura. De allí pasaron los dos hasta un despacho de grandes dimensiones, donde él tomó asiento tras una pesada mesa de caoba. Le indicó a ella el diván que se encontraba atravesado al otro lado de ésta, donde se tumbó inquietísima, preguntándose qué debería decirle ahora. No había visitado nunca a un psicólogo ni tenía la menor idea de en qué términos solían desarrollarse las sesiones que mantenían con sus pacientes. Por eso, balbuceó lo primero que se le ocurrió y que respondía a lo que verdaderamente sentía en esos momentos.

— Tengo miedo — articuló con voz apenas audible.

Cárceles sonrió comprensivamente, por lo que Amanda llegó a la conclusión de que había dicho lo que debía decir.

— Claro, claro, es natural. ¿Y de qué tienes miedo esta noche?— le preguntó con aire paternal.

¿Qué debería contestarle? Lo importante era prolongar aquella situación y contestar algo que a él pudiera parecerle verosímil para dar tiempo así a que el desconocido se marchara.

—De no entender nada de lo que me está sucediendo —musitó, expresando en palabras el pánico que verdaderamente experimentaba. Sin embargo y pese a que estaba muy lejos de sentirse a salvo, al exteriorizarlo se tranquilizó inmediatamente. Estaba tan cómoda en aquél diván y tan cansada… Además le pesaban los párpados y con gusto hubiera cerrado los ojos y se hubiera quedado dormida en el acto. Le llegó lejana la voz de él.

— ¿Qué es lo que no entiendes?

—Nada… nada en absoluto — tartamudeó —. Estoy planteándome regresar inmediatamente a Madrid, arriesgándome a que me echen del periódico. Aunque me quede sin trabajo, al menos no me arrastrarán por la calle los nazarenos.

Adormilada como estaba, no reparó en el sobresaltado respingo que intentó disimular él.

—¿Te arrastran aquí por la calle?—se alarmó, levantando la voz más de lo necesario. Las gafas le resbalaron sobre la nariz y volvió a colocarlas en su sitio, recuperando en el acto su tono mesurado. Pestañeó luego con aire preocupado y se acodó en la mesa para examinar mejor su rostro.

—Sí, esta noche, mientras realizaba el reportaje— puntualizó ella luchando por mantener los ojos abiertos—. El informe sobre el Paso de Jesús en Getsemaní me estaba saliendo bien y de pronto ha aparecido un nazareno y se ha empeñado en arrastrarme hasta el callejón.

Desconcertado, Cárceles se aseguró nuevamente las gafas sobre el puente de la nariz. Luego extrajo de su bolsillo un enorme pañuelo con la que se la sonó y finalmente volvió a acodarse en la mesa con el semblante sin expresión.

—¿Y por qué crees que quería arrastrarte al callejón? ¿Qué intenciones le atribuyes?

Repasó en su mente Amanda varias posibles. Como no llegó a decidirse por ninguna, terminó por encogerse de hombros.

—No lo sé. El otro nazareno ha insinuado que podía tratarse de un pretendiente despechado.

—¿Qué otro nazareno?

—El otro. El otro que llevaba el capuchón puesto y se ha salido de la fila. Luego me ha invitado a cenar.

—¿Cuándo?, ¿cuándo se ha salido de la fila?

Amanda reprimió un gesto de impaciencia. ¿Por qué no entendería lo que le estaba contando? A ella le parecía que estaba clarísimo.

—Cuando ha visto que el otro me arrastraba hacia el callejón—le explicó—. No le conocía. Antes ni siquiera me había dado un caramelo.

—Ya— musitó apenas Cárceles como si hubiera entendido algo de lo que acababa de referirle—. ¿Y crees posible que pudiera tratarse de algún admirador?

Lo consideró nuevamente Amanda con los ojos cerrados. También Adrián había formulado una sugerencia similar y la había desechado de inmediato, pero en ese momento, tumbada en el diván y comodísima, volvió a plantearse si su compañero del periódico podía haber tenido algo que ver. Se le insinuaba de cuando en cuando ese chico, que se llamaba Rogelio, y que era muy pesado, pero se encontraba a cuatrocientos kilómetros de distancia por lo que le pareció muy improbable que hubiera decidido recorrer esos kilómetros para presenciar la procesión del lunes santo. Además, aunque el chico careciera en su opinión de todo atractivo, era un caballero, un hombre educadísimo, incapaz de pretender arrastrarla por la calle ni por ningún otro lugar. Lo descartó inmediatamente. Podía aplicarle también el mismo calificativo al vecino del tercero del edificio en el que vivía, un chico zanquilargo que preparaba notarías y que enrojecía hasta la raíz del pelo cuando coincidían en el ascensor. Lo eliminó por la misma razón como posible candidato a secuestrador y meneó negativamente la cabeza.

—Claro que no. Creo que me ha confundido con otra persona.

Él emitió un imperceptible suspiro de alivio al sentirse en terreno conocido.

— ¿Con tu prima quizás?

—Claro. Yo no conozco a nadie en Murcia. Bueno, sí— se corrigió—. Conocí ayer a un tipo que parecía un vaquero, El nazareno que me ha invitado a cenar cree que ha sido él el que ha intentado llevarme a rastras al callejón, aunque no entiendo el motivo. Ya le dije cuando le conocí en el estudio de pintura, que Mandy no estaba y que yo no sé pintar.

—Porque tú no eres Mandy— resumió triunfalmente el psicólogo, satisfechísimo de haber llegado por fin al quid del problema—. Tú eres su prima y eres periodista.

—Eso es—afirmó ella, sin captar su tono condescendiente, el que habitualmente se utiliza con los niños y con los locos.

—Te he preguntado antes, en la escalera, qué edad tenías cuando creíste por primera vez ser esa prima periodista. ¿Podrías puntualizar aproximadamente la fecha?

Ahogó ella un soñoliento bostezo.

— ¿Cuándo? Cuando terminé la carrera, claro. Saqué unas calificaciones estupendas, porque siempre he sido muy empollona. Sin embargo, después me costó mucho encontrar trabajo. En todos los periódicos en los que me entrevistaron me dijeron que necesitaban a alguien con experiencia y que yo no la tenía.

— Y finalmente te contrataron.

— Sí, pero por un sueldo irrisorio. Luego me encomendaron realizar los reportajes que no le interesan a nadie. Me refiero a los que no le interesaban a mis compañeros de trabajo ni tampoco a los lectores del periódico. Solo me permiten escribir una columna sobre moda y sobre los eventos sociales de la jet. Y para colmo, hace un tiempo contrataron como reportero a un sobrino del director, con lo que peligra mi puesto, ¿comprendes?

La voz de él le sonó lejana y persuasiva.

— Claro que lo comprendo, pero dime, ¿por qué prefieres escribir artículos a pintar? Pintas muy bien.

Amanda parpadeó perpleja.

— ¿Yo? No lo creas. Hasta las rayas que pretendo dibujar derechas me salen torcidas, incluso cuando utilizo una regla. En cambio, sé redactar y por eso estudié la carrera de periodismo. La que pinta extraordinariamente es Mandy que ya nació con ese don. Cuando éramos niñas dibujaba a lápiz a las monjas del colegio, la clase, los pupitres, todo. No era capaz en cambio de aprenderse ninguna de las lecciones, aunque eran muy fáciles, y por esa razón me presentaba yo por ella a los exámenes. Cuando me marché a Madrid, no consiguió aprobar ninguna asignatura y no terminó el bachillerato, ¿comprendes?

— Claro, claro — le oyó decir a Enrique—. ¿Y qué recuerdo conservas de tu primer encuentro con ella?

— ¿De nuestro primer encuentro?

— Sí, de la primera vez en la que coincidisteis las dos.

—Ya te he dicho en el ascensor que no sé cuál fue esa primera vez — repuso ahogando otro bostezo—. Ella ya vivía con la abuela cuando nací. Te he comentado también que me lleva dos meses y pasamos nuestra infancia juntas, con nuestra abuela, aquí en Murcia. No podría precisar a cuando se remonta mi primer recuerdo, pero… fuese el que fuese,… Mandy formaba parte de él, porque…

No llegó a oír lo que le contestaba Enrique. Había cerrado los ojos y se quedó dormida en el acto.

Cuando se despertó horas más tarde, era ya de día. Comprobó que se encontraba aún en el mismo diván y que alguien, él sin duda, la había abrigado con una manta. Inquietísima se sentó de un brinco y pasó una mano por su frente para poner en orden sus ideas, intentando reconstruir en su mente lo sucedido la noche anterior. Su llegada al piso de su prima y la sombra que había entrevisto cruzando apresuradamente el descansillo de la escalera. El pánico que había experimentado al constatarlo y cómo había salido corriendo de la vivienda para refugiarse en la casa del vecino. En la casa donde se había quedado dormida y donde se encontraba en ese momento. ¿Habría imaginado la existencia de esa sombra atravesando la meseta de la escalera?

No, estaba segura de haberla visto y lo que no tenía tan claro era lo que debería hacer ahora. Comprendía que no podía permanecer indefinidamente en la consulta de su vecino y que debía regresar al piso de su prima a intentar dormir un par de horas más, antes de salir con Adrián a dar una vuelta por la ciudad. ¿Pero no regresaría el intruso a revolver los cuadros de Mandy para buscar la problemática puesta de sol que ésta había tenido la ocurrencia de pintar?

En cualquier caso, lo procedente era despedirse del psicólogo y disculparse por haberle molestado de madrugada. ¿Estaría durmiendo aún? Silenciosamente se puso en pie y salió al vestíbulo, que recorrió con la mirada desde el umbral. Quizás el tal Nico considerase, desde su visión minimalista, que esa estancia adolecía de excesivo mobiliario, pero ella consideró que la decoración respondía a la que cualquier paciente esperaba encontrar en la consulta de un psicólogo de prestigio. Confortable y algo ostentosa. Incluso los cuadros que pendían de las paredes parecían ser de firma y sin duda producirían una buena impresión en los visitantes que acudieran a contarle a Enrique Cárceles los complejos y manías que padecieran. Reparó en una luminosa marina que colgaba sobre una cómoda y en la que estaba representado el Cabo Tiñoso con la playa de la Azohía a sus pies y se aproximó al lienzo para distinguir su firma. Tal y como había supuesto, era Mandy su autora ¿De qué trastorno la estaría tratando él? Parecía creer que la personalidad de su prima se desdoblaba a ratos en dos personas distintas y que en ocasiones creía ser la propia Amanda, a la que atribuía incomprensiblemente una carrera prometedora como periodista. Debería haberle explicado la noche anterior que en realidad la otra y ella eran dos chicas reales y auténticas y que probablemente Mandy no padecía ninguna clase de trauma. Simplemente una inmensa admiración por ella desde que eran niñas por ser práctica y resolutiva, cualidades de las que su prima carecía. Seguramente desmerecería ella ante sus ojos si la viera en esos momentos, con el traje arrugado, la melena revuelta e indecisa en el umbral de la puerta del vestíbulo, sin saber si debía ir a buscar a Cárceles para despedirse o marcharse por las buenas.

Le dejaría una nota, decidió. Le daría las gracias por haberla atendido de madrugada y volvería al piso de su prima a echarse un rato. Antes de salir comprobaría si el intruso que había asaltado la casa la noche anterior se había llevado algo y cerraría las dos puertas, la de entrada al piso y la de acceso al estudio, con todos los cerrojos de que dispusieran.

La nota se la dejó sobre la mesa del despacho y luego salió nuevamente al vestíbulo de puntillas cerrando seguidamente y con suavidad la puerta del piso. A la luz del sol, que entraba a raudales por la ventana, el pasillo, con su moqueta de color verde, parecía otro que el de la noche anterior, sin relación alguna con el siniestro corredor poblado de sombras que había recorrido aterrorizada, cuando salió huyendo del piso de Mandy.

Cautelosamente introdujo la llave en la cerradura de la puerta y giró la llave. Luego la empujó con suavidad, introduciendo a medias la cabeza por la abertura. El absoluto silencio que envolvía el vestíbulo la animó a traspasar el umbral y a avanzar dentro de la inmensa estancia. Un sol resplandeciente se filtraba a través de la puerta de cristales del salón, yendo a reflejarse sobre la brillante tarima del pavimento, en el que no distinguió huella alguna de pisadas. Tampoco la sinuosa escalera, con sus volados peldaños, parecía haber sido utilizada en las últimas horas. Quizás el intruso se había limitado a revolver los cuadros de Mandy en el estudio y no había bajado a la vivienda de ésta. ¿Habría regresado esa mañana a buscar lo que no había encontrado la noche anterior?

Aguzó el oído tratando de percibir algún sonido que delatara su presencia, pero sus sentidos no captaron el menor rumor. Sigilosamente se encaminó hacia la escalera y con la cabeza levantada hacia el descansillo subió el primer peldaño. El silencio era excesivo, tanto que parecía oírse. Pero no, se dijo, Lo que creía haber escuchado eran los desacompasados latidos de su propio corazón martilleándole dentro del pecho como una maquinaria descompuesta. Ascendió otro escalón y luego otro, dando vueltas y revueltas. Un rayo de sol cargado de polvillo en suspensión fue a posarse en el transparente pasamanos al que se aferraba temiendo resbalar, al tiempo que a sus pies oyó como un reloj, del que desconocía su ubicación, dejaba oír nueve campanadas. ¿Dónde estaría ese reloj? No recordaba haber visto ninguno en el salón ni en el vestíbulo la tarde anterior. Claro que, con tanto sobresalto, no había tenido tiempo de explorar a fondo la casa.

Subió los dos últimos peldaños y al fin desembocó en la transparente meseta de la planta superior. La llave seguía en la cerradura de la puerta del estudio. Estaba entreabierta y la empujó sigilosamente deteniéndose después en el umbral, deslumbrada por el sol refulgente que penetraba por la claraboya de cristal del techo, por las dos puertas del mismo material de la terraza, por todas partes. El estudio de su prima parecía estar inmerso en una explosión luminosa, sin sombra alguna que oscureciese la radiante sensación que provocaba el astro rey al enseñorearse de la estancia.

Suspiró aliviada al comprobar que la nave estaba desierta. El conocido caballete ocupaba su lugar con la paleta y los pinceles en el suelo, junto al frasco de aguarrás. La silla, que había ocupado el vaquero, seguía en el mismo sitio. También los cuadros de las paredes pendían inmóviles, colgando de sus clavos sin que aparentemente faltase ninguno de sus respectivos huecos. ¿Qué era entonces lo que parecía diferente? Con el ceño fruncido, se giró sobre sí misma recorriendo la estancia con la mirada y de pronto cayó en la cuenta. La puerta que ocupaba el paño de su derecha, junto a la otra que daba acceso al cuarto de aseo, estaba entreabierta. El desconocido visitante de la noche anterior debía de haber estado registrando esa habitación. ¿Para qué se utilizaría y qué podría haberse llevado de los objetos que su prima guardase en su interior? Se lo preguntaría a ésta en cuanto echase un vistazo.

Cautelosamente se dirigió hacia esa puerta y terminó de abrirla, encendiendo la luz a continuación, al comprobar que carecía de ventanas. Se trataba de una estancia rectangular y por todo mobiliario disponía de unas estanterías adosadas a dos de sus paredes, materialmente repletas de frascos de cristal de todos los colores, que olisqueó. Olían igual que los chafarrinones de pintura de la paleta que Mandy había dejado en el suelo de la nave contigua, junto al caballete. En la pared que dejaban libre las estanterías vio un sinfín de lienzos de distintos tamaños. Debían de haber estado apilados unos sobre otros, pero ahora aparecían esparcidos por el suelo, como si alguien hubiera estado revolviéndolos con prisas y no hubiera tenido tiempo de colocarlos nuevamente en la posición que ocupaban. Amanda tomó en sus manos el que tenía más próximo y le dio la vuelta al bastidor esperando ver pintado en el lienzo alguno de los paisajes que su prima acostumbraba a plasmar. Sorprendida comprobó que en la tela podían verse únicamente unos colores difusos, sin dibujo alguno, como si Mandy hubiese pretendido pintar un cuadro abstracto y luego hubiese raspado el lienzo con una lija.

Pestañeó perpleja. Sabía que su prima desdeñaba la pintura abstracta y también que disponía de recursos más que suficiente para adquirir los que necesitara sin verse obligada a pintar unos cuadros sobre otros. ¿Por qué se habría entretenido en realizar esa operación en el que ella sostenía en la mano?

Cuidadosamente lo apoyó contra una estantería y cogió otro dándole la vuelta al bastidor. También en el que ahora examinaba se había realizado la misma manipulación. Confusamente podía adivinarse que en la tela había sido reproducido un templete en el que se encontraban dos damas abanicándose, vestidas con largos trajes de colores pálidos. El lienzo no tenía relieve alguno. Parecía como si su prima se hubiese empeñado en dejarlo completamente liso, sin rastro de las pinceladas que había aplicado anteriormente ni de las formas dibujadas en el lienzo. ¿Respondería eso a una nueva técnica que ella desconocía? No era una experta en pintura pero había realizado algunos reportajes al inaugurarse exposiciones en salas de arte y tenía entendido que la mayoría de los pintores pintaban unos cuadros sobre otros sin preocuparse demasiado por disimularlo.

En cuclillas fue examinando uno por uno los restantes que estaban diseminados por el suelo. En todos se había realizado la misma operación y en todos la tela parecía estar envejecida y polvorienta. ¿Por qué guardaría Mandy bajo llave aquellas viejas reliquias cuando sobradamente podía comprarse todos los lienzos nuevos que le viniesen en gana?

Confusa, se puso en pie y fue apoyándolos contra la pared, con el bastidor a la vista. Luego se giró sobre sí misma e inspeccionó nuevamente el contenido de las estanterías, preguntándose qué buscaría el intruso que había asaltado el estudio la noche anterior en esa habitación. Los tarros de pinturas no le dijeron nada ni tampoco los pinceles de todos los tamaños que abarrotaban los estantes. En la balda inferior de la estantería más cercana a la puerta distinguió unas piedras oscuras que fue tanteando para averiguar su identidad. Eran oscuras, casi negras, no pesaban apenas y estaban agujereadas en su totalidad. Las reconoció sin dificultad. Eran piedras pómez, ¿pero para qué las utilizaría Mandy?

Terminó por encogerse de hombros. No parecía que de esa habitación se hubiesen llevado nada, por lo que regresó a la luminosa nave, donde dirigió una nueva ojeada en derredor. Se lo contaría a su prima por teléfono y le preguntaría de paso por el motivo de su tacañería al molestarse en raspar unos lienzos viejísimos en lugar de tirarlos directamente a la basura y comprarse otros nuevos.

Iba a comenzar a bajar por la escalera, bien aferrada a la barandilla, cuando oyó el estridente sonido del teléfono en el salón. ¿Sería Mandy quien la llamaba o se trataría del tipo de la voz bronca amenazándola de nuevo? Fuese quien fuese tendría que esperar a que ella rematara su cauteloso descenso por aquellos transparentes peldaños. A sus pies veía el vestíbulo, tranquilizadoramente inundado de sol, por lo que procuró descartar la posibilidad de que la llamada telefónica obedeciese a una nueva amenaza. Tenía que tratarse de Mandy, que al fin habría decidido regresar para afrontar en su compañía al tipo que estaba tan interesado en que le entregara el cuadro de la puesta de sol.

En cuanto remató el descenso echó a correr hacia el salón, caldeado por los rayos solares que se filtraban a través de los cristales de las ventanas. Centelleaban sin piedad en un cielo intensamente azul y, medio cegada por su resplandor, se abalanzó a descolgar el auricular del teléfono que había seguido sonando insistentemente mientras ella descendía por la escalera. No era Mandy. Pero tampoco era el tipo de la voz bronca y amenazante. A través del hilo telefónico le llegó una voz masculina bien timbrada que no consiguió identificar.

—¿Amanda?, ¿me recuerdas? Soy Guillermo Elizalde.

¿Cómo no le iba a recordar? Era el joven con pinta de vaquero que, en opinión de Adrián Fontes, había intentado arrastrarla hasta el callejón de Las Angustias la noche anterior. Consiguió responderle en el tono más seco que consiguió emitir:

—Por supuesto que te recuerdo perfectamente. ¿Me llamas para preguntarme si se me ha pasado ya el susto que me diste anoche? Pues no, no se me ha pasado. Y ya de paso, me gustaría que me aclararas qué se te ha perdido en ese callejón y por qué te disfrazas de nazareno para arrastrar a las chicas por la calle.

Se hizo un silencio al otro lado de la línea. Luego la voz de él sonó desconcertada.

—¿Para arrastrar a las chicas por la calle? ¿A qué chicas? —. Debió caer en la cuenta del incidente al que hacía mención ella, porque murmuró—: ¡Ah, ya! ¿Estás aludiendo a...?

—A lo de anoche, sí—replicó interrumpiéndole hiriente—. Supongo que no se trataría de una broma, y, si lo fue, no tuvo ninguna gracia. El psicólogo ni siquiera sonrió cuando se lo conté.

En la voz de él pudo captar Amanda la perplejidad más absoluta.

—¿El psicólogo? ¿Es que has ido a ver a un psicólogo? ¿Y por qué?

Sintió ella una irritación sorda al advertir que no entendía nada y que se hacía el desentendido.

—¿Cómo que por qué? ¿Cómo asumirías tú que te arrastrasen por la calle como si fueras un saco de patatas?

Se hizo un nuevo silencio. Parecía que él lo estaba considerando absolutamente desorientado, porque balbuceó:

—Pues... pues no lo sé. Nunca me ha arrastrado nadie por la calle ni por ningún otro sitio. Si te estás refiriendo a lo que pasó anoche en el callejón de Las Angustias...

—Claro que me estoy refiriendo precisamente a eso, — se enfadó Amanda—. Y de paso te diré que no tuvo ninguna gracia. Tendré que mandar al tinte mi traje pantalón nuevo. Lo llevaba anoche y ha quedado hecho una pena. Pensaba ponérmelo también para realizar esta tarde la retransmisión de la procesión, pero no va a estar listo a tiempo.

—Pero tendrás más ropa— insinuó tímidamente él, que no parecía estar muy ducho en el tema de los trapos que necesitaban las mujeres para vestirse en las distintas ocasiones.

—Sí, pero no tan adecuada. ¿Sabes si hay por aquí alguna tintorería de esas que te limpian la ropa en unas horas?

—Sí, sí la hay. ¿Quieres que te acompañe?

Desde que había reconocido su voz, el propósito de ella había sido el de cortar en seco la conversación, pero en ese momento cambió de opinión.

—Es lo menos que puedes hacer para reparar tu fechoría de anoche. Pero conste que después no quiero volverte a ver nunca más ni hablar contigo por teléfono ni que intercambiemos siquiera mensajes por el móvil. ¿Está claro?

La voz de él sonó ahora guasona.

—Clarísimo, de una claridad meridiana. Pero antes de que nos despidamos para siempre necesito hablar contigo de un asunto   importante y ese es el motivo de mi llamada. Pensaba invitarte a desayunar para comentártelo.

— ¿A desayunar?— masculló Amanda ofendidísima por la desfachatez que manifestaba—. ¿Cómo tienes la cara dura de atreverte a invitarme a desayunar después de lo que pasó anoche?

— ¿Y qué fue lo que pasó?— trató de averiguar él cada vez más confundido—. No recuerdo haber intercambiado contigo ni una sola palabra, después de que desayunáramos por la mañana. Si estás aludiendo nuevamente al ataque de que fuiste objeto por parte del nazareno gordo…

Volvió ella a interrumpirle.

— ¿Del nazareno gordo?

—Sí, eso he dicho. Gordo y un poco cojo.

— ¿No fuiste tú?

Pareció que al oírla ataba cabos, porque se echó a reír.

—No, desde luego que no. No pertenezco a ninguna cofradía ni salgo en ninguna procesión. Y desde luego no fui yo ese pintoresco individuo que te arrastró por la calle. ¿Te dijo por qué o para qué te arrastraba?

Frunció el ceño Amanda tratando de reconstruir en su memoria el incidente en sus menores detalles.

— No me dijo nada. Ni una palabra. Después apareció otro nazareno y se lió a tortas con él. Luego me invitó a cenar.

Se produjo un silencio al otro lado del hilo. Cuando recuperó el habla la voz de él denotaba una profunda sorpresa.

— ¿Te invitó a cenar?

—Sí, ¿por qué?

Sin responder, insistió él de nuevo:

— ¿Cuál de los dos te invitó?

— El que le sacudió al que pretendía secuestrarme, que, como has dicho era más gordo y que efectivamente cojeaba un poco al andar.

— ¿Y te preguntó cómo te llamabas?

—Claro, no me conocía de nada. A ti sí te conocía en cambio.

Le pareció extraño a Amanda que no se interesara por la identidad de ese nazareno ni por la opinión que quizás hubiera dado sobre él. Se limitó a volver sobre el tema que, según le había dicho, constituía el objeto de su llamada.

—Bueno, ¿te animas a desayunar conmigo?

— ¿A desayunar?

— Sí, a tomar un café con leche acompañado de una mona de Pascua. Estoy seguro de que no has tenido tiempo de aprovisionarte en un supermercado con lo más elemental para matar el hambre.

No había acertado. El día anterior había comprado lo imprescindible, pero pese a ello la curiosidad por lo que él se había ofrecido a referirle pudo más que su sentido de la prudencia. Al notar que Amanda vacilaba, añadió con sorna:

—Te aseguro que seré muy formalito y que no te arrastraré por la calle y mucho menos por un callejón. Solo quiero hablarte de tu prima. Pretendo ponerte al corriente del riesgo que está corriendo para que puedas ayudarla. ¿Qué me dices?, ¿te recojo dentro de diez minutos?

Ese tiempo le pareció claramente insuficiente para ducharse, lavarse la cabeza y secarse luego el pelo, por lo que replicó:

—Mejor en media hora. Dentro de media hora estaré abajo, en el portal. Primero iremos a la tintorería y después a una cafetería donde me contarás el lío en el que se ha metido Mandy. Y después, como hemos acordado, nos diremos adiós.

—Adiós para siempre— la remedó teatralmente él— De acuerdo, en media hora estaré en tu portal.

En cuanto colgó el auricular, echó a correr Amanda hacia el cuarto de baño diciéndose que en ese corto lapso de tiempo no podría hacer desaparecer de su cabeza el barro que se le había adherido a su melena la noche anterior, cuando el desconocido nazareno la había arrastrado por el callejón de las Angustias, pero necesitaba urgentemente llevar su traje pantalón a una tintorería rápida y sobre todo quería saber en qué dificultades se encontraba su prima. Siempre había sido una inconsciente, pero estaba segura de que el cuadro de la puesta de sol que había pintado constituía un problema muy serio que probablemente no habría intuido cuando tomó en su mano los pinceles para plasmarlo en el lienzo. Se habría percatado después, cuando ya no tenía remedio, y por esa razón se había visto obligada a salir huyendo de su piso, dejándola a ella dentro, sin llaves y absolutamente desorientada.

Pese a que no logró secarse completamente el pelo después de lavárselo en la ducha, se vistió apresuradamente con el otro pantalón vaquero que había llevado en la maleta y con una blusa azul, sobre la que se echó encima un jersey de punto para defenderse de la fresca temperatura de que se disfrutaba a primeras horas de la mañana. Aunque aún se encontraban a primeros de abril, Murcia parecía desconocer que deberían transcurrir varios meses antes de que se anunciase el inicio de la época estival, porque en el centro del día hacía un calor más propio del verano que de la estación en la que se hallaban.

Dudó luego sobre los zapatos con los que debería calzarse y se decidió finalmente por unos de tacón, con los que caminaba con cierta dificultad, pero que estilizaban su silueta. Los que reservaba para retransmitir las procesiones eran ciertamente horrorosos y, aunque el vaquero le tuviese sin cuidado, deseaba estar presentable en cualquier circunstancia.

Media hora más tarde bajaba en el ascensor hasta el portal con una bolsa de plástico conteniendo el traje pantalón que tenía que llevar al tinte. Guillermo la esperaba paseando por la calle delante del edificio. Llevaba los mismos pantalones que el día anterior y una camisa diferente, aunque también de cuadros, pero en esa ocasión azules y blancos. Se volvió al oír a su espalda los pasos de ella y le dirigió una distraída mirada a su húmeda melena que le resbalaba hasta media espalda, antes de indicarle que debían bajar por la Gran Vía en dirección al río, que atravesaba el final de la calle, separando el casco antiguo de la ciudad del barrio del Carmen.

Apenas si intercambiaron un par de comentarios antes de dejar el traje de ella en una tintorería, que le aseguró que se lo enviarían a su domicilio esa misma tarde, y después fueron a tomar asiento en la terraza de la cafetería en la que habían desayunado el día anterior. En cuanto le pidieron al camarero los dos cafés con leche con las tradicionales monas de Pascua, Amanda le miró interrogante mientras él se mesaba varias veces su abundante pelambrera cómo si estuviera buscando las palabras precisas. Como no pareció encontrarlas, ella insistió:

—Estoy esperando que me cuentes esa historia tan terrible en la que mi prima parece ser la protagonista, aunque dudo que se lo imagine siquiera. Al menos, no creo que sospechara nada hasta la semana pasada, lo que no es de extrañar. Mandy siempre ha sido así, incapaz de entender lo que de prosaico existe en el mundo. Vive en su universo particular, con sus lienzos y sus pinceles.

Guillermo volvió a mesarse el cabello, retirándose con los dedos de la frente los mechones que le resbalaban hasta las cejas. Luego carraspeó:

—Bueno, verás, ya te dije ayer que soy crítico de arte.

Amanda asintió, apartándose del rostro su rubia melena que comenzaba a secársele con el calor del sol, que centelleaba en lo más alto y caía de plano sobre su cabeza.

—Sí, eso ya me lo dijiste, pero no veo que eso tenga nada que ver con Mandy.

—Tiene mucho que ver—replicó él con los ojos fijos en la taza de café que le había traído el camarero, cómo si le resultara más sencillo referirle aquél asunto sin mirarla— Hago peritajes en un juzgado de Madrid donde se está instruyendo el sumario por un delito contra la propiedad intelectual. Un coleccionista extranjero ha presentado una denuncia contra una galería de arte de aquí, de Murcia, por haberle vendido como originales varios cuadros de pintores impresionistas que no lo eran, ¿comprendes?

Amanda clavó en él sus claros ojos azules.

—No, no entiendo nada.

El tostado semblante de Guillermo se distendió en una sonrisa irónica.

—Te lo explicaré. Al parecer los ha pintado tu prima, que es una magnífica copista, además de una infeliz. De un tiempo a esta parte se habían presentado en Madrid, en los juzgados de la Plaza de Castilla, varias denuncias por personas que habían adquirido cuadros que parecían ser obras de Monet. En su mayoría habían sido adquiridos en la misma galería por un prócer austríaco, a quien entusiasma el impresionismo, y me encargaron en el juzgado que dictaminase sobre su autenticidad. La verdad es que la técnica era tan perfecta que hasta yo llegué a dudar.

Le había escuchado ella con una inquietud creciente.

—Sí, ¿y todo eso qué tiene que ver con Mandy? ¿Por qué supones que los ha pintado ella?

Guillermo hizo un gesto evasivo.

—Por casualidad me la encontré en el museo Marmottan de París copiando el "sol naciente", con una perfección que me sobrecogió.

— ¿El sol naciente?—le preguntó ella sin saber a dónde quería él ir a parar.

— Sí, supongo que sabes que es una obra maestra de Monet, con la que se inició el movimiento impresionista. Su motivo es el puerto de Le Havre en Francia.

—Sí, sí, claro que lo sé.

Guillermo le ofreció un cigarrillo que ella no aceptó y luego encendió otro con manos torpes.

—Bueno, pues poco después se dirigió a mí ese austríaco para encargarme que examinara un cuadro impresionista realmente maravilloso que le habían ofrecido como original de Monet. Era casi idéntico al "sol naciente", pero con la luz del atardecer e iba firmado por el famoso pintor. El dueño de esa galería, que es también el marchante de tu prima, pretendía hacerle creer al austríaco que Monet había realizado dos versiones del mismo paisaje, una al amanecer y otra anocheciendo, ¿comprendes?

Amanda se atragantó con el café. Recordaba con toda claridad que Mandy le había dicho que ese cuadro lo había pintado ella y que unos cuantos indeseables pretendían que se los entregara. Esa había sido la causa de que saliera huyendo de su casa dos tardes antes llevándose el cuadro que el tal Nico y esos hombres estaban decididos a vender, seguramente por una cifra fabulosa, como si fuera auténtico.

— ¿Y piensas que Mandy…?—empezó ella casi sin voz.

—No creo que supiera que esos tipos la estaban utilizando. Cuando la conocí en el museo me pareció una chica encantadora, pero un tanto simple. No parecía estar enterada de que constituía el centro neurálgico de una red de falsificadores, dirigida por el que actuaba como su marchante.

Con dificultad consiguió Amanda cerrar la boca que había abierto de pura sorpresa.

— ¿Tú crees que…?

— No sé qué creer… aún. Al aceptar el encargo del austríaco vine a Murcia y me presenté en el estudio de tu prima con la excusa de que quería que me retratase al óleo. Cualquiera puede darse cuenta de que actualmente se desenvuelve en un nivel muy alto. Vive en un dúplex espléndido que ha comprado recientemente, según he podido averiguar, y en el mismo centro de Murcia.

— Sí, pero porque es una pintora de renombre— objetó ella interrumpiéndole.

Guillermo meneó negativamente la cabeza.

— No, no lo es, aunque debería serlo, porque tiene un sentido de la estética y una intuición artística excepcional. Indagando, averigüé que no ha aceptado un solo encargo ni ha realizado ninguna exposición desde hace más de tres años.

— Pero…— intentó nuevamente interrumpirle ella. Como si no la hubiese oído, Guillermo continuó con su explicación.

— Cuando le dije que quería que me retratara, me contestó que no tenía tiempo y que buscara otro pintor.

Continuamos hablando de otros temas y entonces le comenté que trabajaba como asesor artístico para un hombre muy adinerado que deseaba adquirir un cuadro impresionista, preferentemente de Monet.

—Sí, ¿y qué?

— Que al día siguiente me llamó su marchante. Me citó en una galería de arte, en la plaza de Santa Isabel, y en la trastienda me enseñó la supuesta "puesta de sol" de Monet. Llevaba la firma de éste y la técnica era idéntica. Las mismas pinceladas libres, rápidas y empastadas delineando los grandes barcos mercantiles del fondo, pero sin detallarlos, dando lugar a un conjunto de formas imprecisas, difusas. Idéntico al original, pero con distinta luz.

Su larga melena se le estaba secando ya y Amanda volvió a apartársela mecánicamente de su rostro acodándose después, inquietísima, sobre la mesa. ¿Sería posible que la tonta de su prima, a fuerza de tonta, se hubiera dejado manipular hasta ese punto por su novio minimalista, por el de la voz bronca y amenazante y probablemente por el que la había arrastrado a ella hacia el callejón de Las Angustias disfrazado de nazareno? Sin duda éste último había pretendido secuestrarla, confundiéndola con su prima, para que le entregara el cuadro falsificado.

— ¿Y dices que es casi idéntico?

—Sí, como es natural, el color anaranjado del sol del original ha sido agrisado, lo mismo que sus reflejos en el agua, para reproducir la luz del crepúsculo, pero usa igualmente tonalidades complementarias y variedad de temperaturas de los mismos en lugar de cambios de intensidad. Al igual que Monet ha conseguido pintar la atmósfera, la belleza del ambiente del puerto.

— Ya— musitó Amanda, a quien no se le ocurrió otra cosa que decir.

Describiéndoselo, Guillermo parecía entusiasmado, ¿pero podía fiarse de él? Adrián le había dicho el día anterior que era un indeseable. Quizás le estaba mintiendo y no fuera un experto en obras de arte ni trabajara en ningún juzgado como especialista. Quizás su interés al citarla esa mañana para invitarla a desayunar se redujera a intentar localizar por medio de ella el maldito lienzo de la puesta de sol para hacerse con esa obra.

—¿Y… por qué… por qué crees que ese cuadro lo ha pintado Mandy?— insistió tartamudeando.

—Ya te lo he dicho, porque la vi copiar el "sol naciente" en el museo y era el mismo con una luz distinta, la del atardecer. También había suprimido en el que me enseñó su marchante las tres pequeñas embarcaciones a remo que en el original se acercan al espectador, pero era el mismo puerto de Le Havre desde el mismo punto y con los mismos elementos, con excepción de esas barcas que te he comentado.

—Ya— repitió en apenas un susurro.

— El cuadro me pareció magnífico—continuó Guillermo—. Probablemente a Monet no le hubiera importado admitirlo como propio, pero con la firma de Mandy Arévalo no alcanzaría ni por lo más remoto la décima parte del precio que me pidió su marchante.

— ¿Un tal Nico?

—No sé cómo se llamaba ese tipo, no se lo pregunté.

— ¿Y qué aspecto tenía?

Entrecerró Guillermo sus ojos castaños para concentrarse mejor.

—Pues… no sé qué decirte, porque no me fijé. Recuerdo que era joven, de mediana estatura y un tanto teatral. Tenía una sonrisa muy estudiada que prodigaba mucho y accionaba demasiado con las manos.

Con unos datos tan imprecisos le pareció imposible a ella que pudiera identificarle caso de encontrárselo o de llegar a conocerle. Examinó nuevamente el semblante de su acompañante preguntándose si le estaría diciendo la verdad o si pertenecería al grupo de indeseables que aterrorizaba a su prima.

— ¿Y qué pasó después? Presentaste una denuncia contra el marchante y contra Mandy?

— No, fui a advertirla a ella y me di cuenta de que no tenía ni idea del lío en el que estaba metida. Eso sucedió una semana antes de que llegaras tú. En cuanto se enteró, rompió con ese tipo, que era su novio y el que dirigía el cotarro, y pienso que se ha marchado de su piso y se ha escondido en algún lugar llevándose el cuadro para que no lo encuentren los hombres que están confabulados con el tal Nico.

—Pero... — empezó a objetar Amanda. Él la interrumpió levantando por primera vez los ojos hacia ella.

—Estábamos en su estudio, Mandy y yo, cuando llegaste tú de Madrid y bajó a abrirte la puerta de su vivienda. Yo le estaba explicando la clase de delito que, sin imaginarlo, estaba cometiendo, cuando llamaste al timbre y me dejó con la palabra en la boca. Os oí hablar en el vestíbulo y después de que transcurrieran unos minutos subiste tú en su lugar. Al principio te confundí con ella, porque verdaderamente os parecéis mucho, pero enseguida me di cuenta de que sois muy distintas.

— ¿Muy distintas?

— Sí, físicamente podríais pasar por la misma persona. Lo que es diferente es vuestra expresión. Ella parece estar vagando por el limbo. ¿No es muy lista, verdad?

Amanda hizo un gesto vago.

—Ya, por eso me dijiste que Mandy estaba charlando contigo y que se había olvidado de ti cuando bajó a recibirme, — recordó. Obvió contestar a su pregunta sobre su apreciación de la inteligencia de su prima, fundamentalmente por lealtad hacia ella, aunque coincidía plenamente con él en la descripción que acababa de hacer sobre la otra—. Deberías haberme aclarado el lío en el que estaba metida—, añadió, impasible en apariencia, aunque con un desasosiego que apenas lograba disimular.

Él meneó pesarosamente la cabeza.

—Bueno, te conté lo primero que se me ocurrió y no te dije toda la verdad porque no sabía si estabas implicada también en esa estafa.

— ¿Y ahora sí lo sabes?

Guillermo se echó a reír, esta vez con ganas.

—Se nota que no tienes idea de pintura, ni de arte, ni de nada que no sea prosaico y práctico. Salta a la vista también que eres terriblemente decente y responsable.

—Vaya, pues muchas gracias—replicó amoscada, porque los calificativos que le había aplicado no le habían sonado halagadores, sino más bien al contrario—. Y ahora supongo que lo que quieres es que te diga dónde está Mandy, ¿verdad?

Meneó él negativamente la cabeza.

—No. Imagino que ella te habrá hecho prometer que guardarás silencio sobre el lugar en el que se esconde y ha hecho bien. Lo que quiero es que ella te diga quiénes son esos hombres que la han estado utilizando y que se ocupe de guardar el cuadro del "sol poniente" bajo siete llaves. Cuando todo esto pase, podrá firmarlo con su nombre y exponerlo en el Salón de Otoño o en cualquier otro certamen, porque es una auténtica obra de arte de una pintora de este siglo y ganará con toda seguridad el premio que otorguen en esa exposición.

Preocupada, se rebulló Amanda en su silla de plástico blanca, antes de levantar la mirada hacia él.

—No entiendo bien lo que me has contado. Monet vivió en el siglo XIX, ¿no es así?

—Sí, sí que lo es.

—Pero entonces… pero entonces cualquiera podría darse cuenta de que el cuadro de Mandy es una falsificación con solo examinar el lienzo y someterlo a esas enrevesadas técnicas con las que los entendidos certificáis la autenticidad de las obras de arte. Habrá comprado ella hace poco ese lienzo y estará nuevecito.

Él la observó durante unos segundos con la cabeza ladeada, antes de sonreír con ironía.

—No, por la datación del lienzo es imposible determinar en qué época ha sido pintado un cuadro, salvo que la fecha de la tela sea posterior a la que vivió el pretendido pintor. Los falsificadores suelen adquirir lienzos de pintores mediocres, contemporáneos del autor de la obra que pretenden falsificar.

— ¿Y qué hacen con el cuadro del pintor mediocre?— se interesó frunciendo el ceño.

—Raspan las pinceladas con piedra pómez hasta que dejan el lienzo sin rastro de la pintura original y sin el menor relieve, ¿comprendes?

Demasiado bien lo comprendía. Acababa de ver en su mente las estanterías del cuarto en el que había estado poco antes y al que se accedía desde el estudio de su prima, repletas de piedras pómez de todos los tamaños. Sin duda el tal Nico las utilizaba para raspar los lienzos de los pintores desconocidos del siglo XIX que había adquirido y que habían estado apilados contra la pared. Su visitante nocturno del día anterior los había dejado esparcidos por el suelo en su prisa por marcharse al oírla entrar en el vestíbulo.

— ¿Y… y cuando ya lo han raspado pintan encima?

Guillermo meneó negativamente la cabeza.

— No, por regla general aplican antes sobre el lienzo una base blanca para nivelar la obra que sirve como soporte y luego la dejan secar antes de que el artista reproduzca sobre él el cuadro original.

Evocó ella ahora los tarros de cristal con una pasta de ese color que había visto también en las estanterías. Estaba claro cuál era su utilidad y le pareció increíble que la boba de Mandy no se hubiera percatado de la manipulación de que estaba siendo objeto por parte de su novio. Claro que no era culpa suya si no había nacido más espabilada. Hasta la abuela que las quería a las dos por igual se lamentaba a veces, cuando creía que no la oían, de lo obtusa que era la chiquilla.

—Pero oye, — empezó a objetar— como has dicho antes, no entiendo nada de este asunto, pero supongo que el óleo que se utilizaba en tiempos de Monet no tendría la misma composición que el actual. ¿O sí?

— No. Entonces se utilizaban pigmentos cromáticos distintos y se empleaban como aglutinantes para la disolución de los colores los aceites grasos, como la linaza, además de esencias, como la trementina, pero cualquier falsificador que se precie, gracias a los avances de la química puede realizar la misma mezcla en el presente sin ninguna dificultad.

—Ya— musitó ella mientras volvía nuevamente con la mente a la habitación sin ventanas, cuya puerta había encontrado entreabierta, y donde había estado curioseando esa mañana. De improviso la acometió una prisa enorme por regresar a esa estancia. Necesitaba cerciorarse con sus propios ojos de que había sido utilizada como taller o como laboratorio por el tal Nico para facilitarle a Mandy la tarea de copiar las obras de pintores impresionistas famosos, a los que luego les falsificaba la firma. Y encima, estaba segura de que la muy tonta ni lo sospechaba siquiera.

Habían terminado ya de desayunar, por lo que buscó una excusa para despedirse de él y regresar a la casa en la que vivía.

—Oye, tengo que marcharme ya, porque aún no he comenzado a preparar el reportaje sobre la procesión de esta noche. Te agradezco mucho tu invitación a desayunar y que me hayas advertido del embrollo en el que se me metido mi prima. No creo que pueda ponerme en contacto con ella, pero si la localizo la aleccionaré para que deje de hacer tonterías.

Guillermo se había puesto también de pie y le hizo una seña al camarero mientras la retenía por un brazo.

—Supongo que esto no será una despedida para siempre. Creo que ya te habrás convencido de que no he sido yo el nazareno que te agredió anoche, así que no veo la razón por la que no podamos ser amigos.

— Claro, claro—replicó ella que no le había escuchado y que estaba pensando en otra cosa. Seguía evocando los tarros que se acumulaban en las estanterías de la habitación del ático y los lienzos apilados contra la pared de la misma, raspados con las piedras que también se amontonaban en la balda inferior de ese mueble. Tenía que volver a la casa de su prima cuanto antes y llamarla por teléfono para ponerla sobre aviso.

Al fin logró despedirse de él y echó a andar apresuradamente por la Gran Vía en dirección a la plaza de Santa Isabel. El portero la saludó deferentemente cuando entró en el portal, pero no se entretuvo en reñirle por haberle dado la llave del piso a Pineda, como tenía previsto. Ya lo haría esa tarde cuando saliera hacia la iglesia de San Juan, minutos antes de que comenzara la procesión.

Tomó el ascensor y en cuanto éste se detuvo en la décima planta salió al descansillo e introdujo apresuradamente la llave en la cerradura entrando en el luminoso y desmantelado vestíbulo. Al pasar junto a la palmera dejó en el tiesto su bolso para subir la escalera con las manos libres e inició el arriesgado ascenso aferrándose a la barandilla En cuanto alcanzó la meseta de la planta superior, se dirigió rápidamente hacia el estudio y luego echó a correr en dirección a la habitación sin ventanas que había inspeccionado horas antes. En el umbral se detuvo sin querer creer lo que veía. Los lienzos que había dejado ella ordenadamente apoyados contra la pared se encontraban nuevamente esparcidos por el suelo y más de la mitad habían desaparecido.

CAPÍTULO VI

Como una tromba echó a correr a través del estudio y se abalanzó luego hacia la escalera, aunque no se atrevió a bajarla saltando los peldaños de dos en dos. Hubiera deseado descender como una exhalación hasta el vestíbulo para pasar al salón sin pérdida de tiempo y llamar a Mandy por el teléfono que reposaba sobre la mesita de cristal, junto al sofá, pero no se atrevió. Tuvo que contentarse con ir tanteando los escalones con los pies con sumo cuidado, girando en espiral y cegada por el sol que centelleaba a través de la puerta de cristales. En cuanto remató el descenso recogió su bolso del tiesto de la palmera y una vez que hubo extraído de él su móvil buscó en la agenda el número de su prima. Lo marcó en el teléfono fijo del salón después de haberse dejado caer en el sofá de esa habitación y aguardó con los nervios a punto de estallar. ¿Por qué no atendía Mandy la llamada?

Al fin oyó su voz al otro lado del hilo. Una voz temblorosa que en lugar de moverla a compasión por el miedo que traslucía, la irritó.

—Amanda, ¿eres tú?

—Claro que soy yo. ¿Quién te iba a llamar desde tu casa? Escucha…

Su prima la interrumpió con un sollozo.

—Amanda, tengo miedo. Me parece que alguien ha descubierto donde me escondo, porque me he dado cuenta de que un hombre me sigue cuando salgo de casa. ¿No podrías venir?

¿Cómo iba a marcharse de Murcia para reunirse con ella en su casa de la playa de la Azohía?, se preguntó. Tenía que preparar un reportaje sobre el que aún no había comenzado a documentarse y que grabaría Pineda al atardecer cuando saliese la procesión. No disponía de coche para recorrer el trayecto que las separaba ni de dinero para tomar un taxi. ¿Y aún le preguntaba si podía acudir en su ayuda? Claro que era a lo que Mandy estaba acostumbrada. Había sido ese el papel que desempeñaba ella durante los años en los que vivieron juntas, pero entonces no corrían peligro ninguna de las dos ni Amanda tenía que ganarse la vida. Porque el director del periódico no tardaría en despedirla si esa tarde no se presentaba puntualmente ante la iglesia de San Juan Bautista, en la plaza del mismo nombre, para perorar durante varias horas sobre la procesión de Nuestro Padre Jesús del Rescate. ¿Y de qué iba a vivir ella si la despedían? Encontrar trabajo como periodista no era tan fácil. Claro que probablemente Mandy no había tenido que plantearse nunca esa cuestión. Sin preguntarse el motivo ni entenderlo, había ganado dinero a espuertas copiando la técnica y el estilo de pintores prestigiosos, siguiendo las directrices de ese novio indeseable con el que había roto recientemente. Éste le retribuiría después espléndidamente su trabajo sin que ella se preocupase de enterarse de quien había sido el comprador del cuadro ni la razón de que hubiese pagado por él un precio tan alto. Mandy nunca se preguntaba nada. Si viviera su abuela, primero fruncíría ésta el ceño, menearía después desaprobadoramente la cabeza y finalmente repetiría una vez más sin que su nieta la oyera:

—"! Pero qué obtusa es esta chiquilla!"

Luego, con la colaboración de Amanda, le resolvería el problema con la eficiencia que la caracterizaba, porque había sido una mujer muy práctica que nunca perdía el tiempo en lamentarse. Pero ya no vivía la abuela y ahora era ella la que en solitario debería solucionar el lío en el que se había metido la otra. Amanda se parecía mucho en el carácter a la abuela. Como ésta, era resuelta y decidida y tampoco perdía el tiempo en lloriquear cuando tenía que enfrentarse a un contratiempo. Como contrapartida, carecía del más elemental sentido artístico. Mandy lo había heredado de su padre, pintor vanguardista y autor de los más tenebrosos grafitis que deslucían muchos de los edificios de Madrid. ¿Pero qué podía hacer ella en las circunstancias en las que se encontraba? Cualquier cosa menos gimotear, se dijo. Ya llorarían las dos, ella de agotamiento y su prima por la fuerza de la costumbre, cuando hubieran resuelto el problema de la falsificación de los cuadros.

—Deja de quejumbrear, Mandy, si es que puedes, y escúchame con atención. Acabo de volver a tu piso después de desayunar y cuando he subido a tu estudio he visto que alguien lo ha estado registrando durante mi ausencia y que se ha llevado la mitad de los lienzos que guardabas en una habitación, anexa a tu leonera, que no tiene ventanas. ¿Comprendes lo que te digo?

Nada más inadecuado que calificar de leonera el inmaculado estudio de su prima. Diáfano y carente de trastos, si se exceptuaba el solitario caballete y la silla de anea, pero en ese momento, en el que se sentía inquietísima y jadeaba además por el esfuerzo de bajar como un ciclón por la transparente escalera del vestíbulo, no se le ocurrió otra palabra más apropiada con la que designarlo.

La voz de su prima le llegó débil y como lejana.

— ¿Se han llevado los lienzos?

—Solo la mitad. Lo que necesito saber es quién ha podido ser. La puerta de tu estudio, blindada y con una buena colección de cerrojos de todos los tamaños, no es fácil de forzar. Tiene que haber sido alguien a quien le hayas dado una llave. Bueno, varias llaves, una para cada cerrojo. ¿A quién le has dado esas llaves?

Un hipido fue la contestación y Amanda se impacientó.

—Deja de hacer pucheros y contéstame. ¿Te devolvió Nico todas las llaves de la casa y del estudio cuando rompiste con él?

Identificó el sonido que llegó hasta sus oídos a través de la línea como un entrecortado sollozo.

—¿Te las devolvió o no?— insistió levantando el tono—. ¿Quieres contestarme? No es una pregunta tan difícil.

—No… no estoy segura— lloriqueó nuevamente su interlocutora—. Se las pedí, pero estaba ensimismada dando los últimos retoques a un cuadro de amapolas… — Se interrumpió, quizás para meditarlo durante unos segundos y luego le preguntó—: ¿Conoces "Los girasoles" de Van Gogh? Con su técnica, estaba intentando plasmar en el lienzo mi visión de esa obra, pero el motivo pictórico de mi cuadro era un jarrón de amapolas. Cuando pinto algo hermoso no suelo enterarme bien de lo que sucede a mi alrededor—. Hizo una pausa y luego continuó—: Sé que terminamos y que recogió sus cosas y se marchó. Yo permanecí en el estudio mientras tanto dudando entre incluir o no en el lienzo las barcas de remo que en el original navegan hacia el lugar donde debía encontrarse Monet cuando lo pintó. Al fin decidí suprimirlas. Habían transcurrido muchas horas desde que el "sol naciente" despuntó en el firmamento hasta que se puso, momento que plasmé yo. Lo natural sería que esas barcas hubieran amarrado ya en otro lugar del puerto, por lo que no debían aparecer en el cuadro, ¿comprendes?

Desconcertada, retiró Amanda el auricular de su oído y fijó su mirada en el mismo como si el aparato pudiese responder a su muda pregunta. Luego enarcó las cejas y buscó las palabras precisas dentro del desorden mental que su prima le acababa de provocar.

— ¿Cómo que te estabas planteando si incluir o no las barcas de remo en el cuadro del "sol poniente" cuando terminaste con Nico? Me acabas de decir que estabas copiando el estilo de Van Gogh de su famosísimo cuadro de los "girasoles", que tú habías sustituido por amapolas.

Un silencio pesado fue la única respuesta. Luego oyó distintamente un nuevo sollozo.

—Estoy muy asustada, Amanda, y no sé lo que digo. Lo que pintaba cuando rompí con Nico era el cuadro de amapolas. Últimamente lo confundo todo.

—Claro, claro— admitió ella, preguntándose cómo la atención de Mandy podía concentrarse hasta ese extremo en la reproducción de unas flores, cuando acababa de romper con el hombre con el que había vivido durante los últimos años. Pensó que lo natural hubiera sido que ese trauma le hubiese afectado tan profundamente que de momento no lograra interesarse por ninguna otra cosa.

— ¿Entonces no lo recuerdas?

—No, no estoy segura.

Amanda reprimió un suspiro de impaciencia y empezó en tono duro:

—Escucha con atención, Mandy, porque voy a decirte una cosa que no te va a gustar. No sé si sabes que los cuadros impresionistas que pintas se han vendido por ese Nico, que era tu novio, como originales de pintores de renombre. ¿Has falsificado tú la firma de esos pintores?

La voz de Mandy sonó más temblorosa aún que instantes antes, cuando atendió su llamada por el móvil.

— ¿Yo?, claro que no.

— ¿Estás segura?

—Completamente. Durante estos años en los que hemos vivido juntos, Nico me indicaba qué era lo que debía pintar y con qué técnica y yo lo plasmaba en el lienzo que me facilitaba. Creo que los compraba en algún rastro, porque estaban muy viejos, pero él decía que eran de buena calidad y los más adecuados para servir de soporte a las técnicas de los pintores impresionistas. Pintaba lo que me decía él, pero yo no los firmaba, ¿entiendes?

Evocó Amanda la imagen de su prima. Tan rubia como ella misma, y con idéntico aire delicado, pero con expresión ausente, lejana, como si hubiera recalado en este planeta solo por casualidad.

— ¿Y tampoco te preguntaste nada?

La voz de Mandy dejó traslucir la estupefacción más absoluta.

— ¿Yo?

—No, ya veo que no— refunfuñó Amanda.

— ¿Por qué me lo preguntas?

— Porque has estado cooperando en realizar falsificaciones de las obras de pintores famosos y eso es un delito contra la propiedad intelectual, además de poder constituir también otro de estafa, ¿comprendes?

Se produjo un silencio al otro lado de la línea. Al cabo de unos segundos repuso la otra con un hilo de voz:

—Sí, ya lo sé. La semana anterior a tu llegada vino a mi estudio ese hombre que se llama Guillermo Elizalde, que por lo visto es un especialista en la materia. Fue él el que me dijo que Nico era un estafador, que se dedicaba fundamentalmente a falsificar obras de arte. Rompí con él entonces y le obligué a recoger sus cosas y a marcharse de mi casa. Nico es dueño de una galería de arte en Madrid y de otra en Murcia y para cuando me enteré de a qué se dedicaba en realidad se había llevado ya del estudio mi cuadro del "sol poniente" para, según me dijo, enseñárselo a un americano que estaba interesado en adquirirlo.

— ¿A un americano?

— Sí, a ese tipo que se llama Guillermo Elizalde. Parece americano, aunque luego ha resultado ser español

— ¿Y qué más?

— Que sin que se enterara lo recogí de su galería durante la mañana del día en que llegaste para impedir que pudiera venderlo como un original. Tengo llave de esa galería y aproveché un momento en el que sabía que él había salido para hacerme con él. Fue Nico quien me llamó por teléfono cuando estaba contigo en el salón, al poco de que llegaras. Me lo reclamó amenazándome. Me dijo que me atuviera a las consecuencias si no se lo entregaba y entonces salí corriendo del piso y me vine aquí, a esconderme en mi casa de la playa.

— A mi casa de la playa, querrás decir— la corrigió.

— Bueno, sí, a tu casa de la playa, pero como ni siquiera has aparecido por aquí a hacerte cargo de ella después de morir la abuela… pues a veces he llegado a creer… Pero sí, tienes razón, rectificaré la frase que acabo de pronunciar. Me vine aquí, a esconderme en tu casa de la playa.

—Y me dejaste a mí cuidando los muebles — apuntó sarcásticamente Amanda.

Un nuevo hipido le llegó a través de la línea.

— Yo… lo siento, siento muchísimo haberte metido en este lío y me preocupa una barbaridad que nos parezcamos tanto. No te habrás encontrado a Nico por la calle, ¿verdad?

— Pues no lo sé, porque no sé qué aspecto tiene. Anoche, durante la procesión que sale de la iglesia de San Antolín, un nazareno intentó secuestrarme. Puede que me confundiera contigo y que pretendiera por esa razón encerrarme en un cuarto sin ventanas, a pan y agua, para que le pintara un cuadro de Corot. De Gauguin o de Van Gogh. ¿Dominas la técnica de todos ellos?, — le preguntó con ironía.

Su prima no pareció haber escuchado sus últimas palabras, porque la interrumpió sin responder a su última pregunta.

—Amanda, tú también corres peligro, así que debes venirte inmediatamente conmigo aquí, a esta casa de la playa, que no conoce nadie. Olvídate de las procesiones y de ese horrible trabajo que realizas en un periódico y escóndete aquí conmigo hasta que Nico se olvide de mí.

— ¿Y de qué piensas que voy a vivir?— objetó ella ásperamente—. Tengo la mala costumbre de comer tras veces al día.

—Te prestaré dinero hasta que encuentres una nueva colocación, — sugirió Mandy con voz temblona—. He ganado mucho en estos últimos años. Más de lo que imaginas.

—Ya lo supongo,

—No es necesario que utilices ese tono desdeñoso conmigo—se lamentó la otra—. Yo no sabía nada, ¿comprendes? Creía que a la gente le gustaban los cuadros que pintaba.

— ¿Copiando los originales de otros?

—No los copiaba. Pintaba otros motivos distintos, aunque con su técnica.

—Y Nico falsificaba sus firmas.

—Puede ser, pero eso tampoco lo sabía. Se los llevaba de mi estudio y los vendía en su galería. Y por cierto, no te fíes de ese Guillermo Elizalde al que has aludido antes, el que tiene pinta de americano.

— ¿Por qué no?

—Porque está también conchabado con los falsificadores. Cuando se puso en contacto con Nico y vio mi cuadro del "sol poniente", le gustó tanto que se le ofreció para buscarle clientes y repartirse luego el dinero que obtuvieran con mis cuadros. Le dijo a Nico que podían ganar una fortuna.

Sin quererlo creer, Amanda abrió desmesuradamente los ojos y permaneció en esa actitud hasta que logró reaccionar. Parecía tan sincero esa mañana mientras desayunaban y tan considerado, preocupándose por dejar al margen a Mandy de las fechorías que habían urdido Nico y sus secuaces… No era posible.

— ¿Y eso cómo lo sabes?

— Porque me lo dijo el propio Nico antes de marcharse de mi casa para siempre. Pero oye, tengo otro coche en el garaje, en el sótano del edificio de mi casa, y las llaves están en el cajón de la mesilla de mi cuarto. Puedes utilizarlo para venir a reunirte conmigo. Está en la plaza número 76 y es un Audi Coupé de color rojo También encontrarás algo de dinero en ese cajón.

El timbrazo de la puerta interrumpió la conversación que mantenían y Amanda dio un involuntario respingo.

—Mandy, tengo que dejarte. Están llamando a la puerta.

—Sí, pero no abras.

—Vale, pero voy a mirar por la mirilla. Hasta luego.

Cortó la comunicación y miró recelosamente en derredor. Un sol deslumbrante seguía luciendo en el cielo intensamente azul que podía ver desde el sofá y penetraba a raudales por los ventanales del salón, ardientemente iluminado por sus rayos, pero de improviso sintió frío. El timbre de la puerta resonó de nuevo en las inmensas dimensiones de la habitación en la que se hallaba, erizándole el vello de los brazos. Luego se expandió por todo el piso e incluso ascendió por la artística escalera de caracol para chocar contra la puerta lacada del estudio.

Con el corazón latiéndole desacompasadamente dentro del pecho, Amanda se puso en pie y se detuvo en el centro de la estancia con los ojos agrandados por el miedo. ¿Sería el tal

Nico que venía a reclamarle el cuadro del "sol poniente"? No recordaba ya con claridad lo que Mandy le había comentado sobre ese cuadro entre hipido e hipido. Pero sí, le había dicho que se lo había llevado consigo a la playa para impedir que Nico lo vendiera como un original de Monet y si era éste el que llamaba a la puerta probablemente la confundiría con su ex novia y la amenazaría o algo peor si no se lo entregaba.

Sigilosamente avanzó dos pasos hacia la puerta que daba acceso al vestíbulo, mientras el timbre volvía a sonar insistentemente. De puntillas traspuso esa puerta y sin hacer el menor ruido alcanzó el solitario tiesto de la palmera, semejante en la destartalada habitación a un náufrago en un islote desierto. Las proporciones del islote eran ciertamente desmesuradas para recorrerlas sin despertar sonido alguno en la tarima del pavimento, máxime cuando sentía las piernas tan temblonas como si se le hubieran convertido en gelatina, pero consiguió recorrer un metro y luego otro. Al fin alcanzó la puerta de entrada al piso y miró por la mirilla.

Dejó escapar un suspiro de alivio. Era el psicólogo, el vecino de su prima, en cuya consulta había dormido esa noche. Ahora recordaba que el hombre le había comentado que a las once del día siguiente tenían señalada la hora de su terapia. Aturdida consultó su reloj y al comprobar que las manillas marcaban esa hora se preguntó qué debería hacer, si pasar al despacho de él fingiendo ser Mandy o por el contrario aclararle que ella era otra persona, aunque compartiese con su prima la misma fisonomía. Además, había quedado en dar una vuelta por la ciudad con Adrián a esa misma hora. Tendría que llamarle al móvil para posponer la cita.

No había decidido aún cuál de todas las opciones sería la más conveniente, cuando abrió la puerta y le sonrió al hombre que en el descansillo la miraba con aire circunspecto. Vestía una bata blanca sobre el traje gris y su moreno semblante, perfectamente afeitado, expresaba una desaprobación no exenta de condescendiente paternalismo. El paternalismo de los psicólogos hacia sus pacientes más díscolos. No debía contar su vecino muchos más años que ella misma, por lo que le pareció incongruente que adoptara esa actitud con ella, aun cuando le achacara una dolencia mental que quizás padeciera su prima.

— ¿Has olvidado, Mandy, que tenemos una cita esta mañana?— la recriminó como si ella fuese una niña revoltosa, a la que se viera obligado a llamar al orden.

Muy a su pesar experimentó Amanda la sensación de que había regresado a los años de su infancia, cuando los que la rodeaban tenían derecho a regañarla por todo lo que hacía. Recordó con toda claridad las broncas que recibía cuando en el colegio se salía de la fila que debían formar los alumnos desde el aula hasta el jardín para salir al recreo. La regañina no menor con la que era obsequiada en casa cuando metía en el lavaplatos las tazas del desayuno boca arriba. Los gritos de la abuela, cuando corría por la calle y ésta no podía seguirla. La expresión de él traslucía una preocupación que, como entonces, le pareció excesiva, además de absurda e injustificada.

—No, Enrique, no la he olvidado, pero es que… es que no tengo tiempo. Tengo que salir dentro de unos minutos. Por si fuera poco, aún no he preparado el informe para el reportaje de esta tarde sobre la procesión del Cristo del Rescate y…

La miró inquisitivamente, con sus oscurísimos ojos tras las gafas de concha, y la interrumpió con parsimonia.

—Vale, vale. Comprendo que busques toda clase excusas para posponer tu terapia, pero no me parece conveniente demorarla. Estás pasando una temporada difícil que debemos afrontar juntos.

¿Pensaría aquel hombre irreprochablemente vestido e impecablemente peinado desafiar a su lado a los estafadores que acosaban a su prima?, se preguntó, sintiendo unas repentinas ganas de reír. Ni por asomo sospecharía su prestigioso y erudito vecino la pesadilla de cuadros falsificados y de tipos indeseables en el que se veía envuelta por haber tenido la ocurrencia de aceptar la invitación de Mandy de pasar la Semana Santa en su casa. Sin moverse del umbral le sonrió nuevamente.

— Quiero darle las gracias … quiero darte las gracias, Enrique — rectificó— por haberme recibido anoche en tu consulta, pese a que la hora no era precisamente la más adecuada y… tengo que aclararte que yo no soy Mandy. Mandy es mi prima, que se ha marchado de viaje.

Notó fija en su rostro la insistente mirada de él. Unos segundos duró su escrutinio y luego afirmó cansadamente con la cabeza, como si le agotaran las excentricidades de la chica de larga melena rubia, que, asida al quicio de la puerta, se asemejaba a un cancerbero protegiendo su guarida.

—Ya, ya. Eso ya lo sé. ¿Tienes idea de si piensa volver pronto?

Instintivamente Amanda se puso alerta. ¿Estaría aquél hombre compinchado con Nico y sabría que ella era realmente la prima de la otra? Si era así, quizás estaba intentando averiguar el paradero de Mandy con la intención de presionarla para que les entregara el cuadro. También ella examinó atentamente la expresión de su interlocutor sin llegar a ninguna conclusión. Parecía que su interés se reducía a diagnosticar el alcance de la dolencia que pensaba que padecía su prima y el tiempo que tardaría ésta en recuperar su verdadera personalidad.

— Probablemente habré regresado yo a Madrid antes de que ella vuelva — repuso evasivamente.

— ¿Es que te vas a marchar? ¿A dónde?

—Ya te he dicho que vivo en Madrid, en un piso muy pequeño en la calle de Fuencarral, cerca de la Gran Vía.

Enrique se la quedó mirando inexpresivamente.

—Así que vives en Madrid. ¿Y desde cuándo vives en Madrid?

Sin duda pretendía fijar la fecha en la que había comenzado a sufrir el desdoblamiento de su personalidad, porque la observaba con la cabeza ladeada y elucubrando intensamente

—Pues… desde hace diez años. Volví con mis padres cuando decidieron dejar de dar tumbos por el mundo. Los dos son pianistas y durante mi infancia viajaban incesantemente dando conciertos de teatro en teatro. Cuando al cabo de los años se cansaron de esa vida nómada y se asentaron en un piso en la capital, me recogieron de casa de mi abuela, donde vivía con ésta y con Mandy.

—A la que también habían abandonado sus padres, —resumió triunfalmente Enrique, creyendo sin duda que empezaba a ver la luz en la intrincada psicosis de la atractiva chica que vivía en su misma planta. Probablemente la achacaba al abandono que había sufrido en su niñez por parte de sus progenitores.

Amanda empezó a sentirse incómoda. Le pareció una descortesía estar charlando con su vecino en el descansillo de la planta común, cuando debería haber acudido a su consulta, al menos para explicarle que ella no era su paciente. Debería invitarle a pasar dentro de su piso, por lo que, pese a la acuciante sensación de falta de tiempo para reunirse en el portal con Adrián, se hizo a un lado en el umbral de la puerta, invitándole con un gesto a entrar en el vestíbulo.

— ¿Quieres pasar? No puedo ofrecerte un café ni… ni una cerveza… ni nada, porque no hay de nada en esta casa, pero si quieres podemos conversar unos minutos en el salón.

Pareció dudarlo él, pero debía estar más que acostumbrado a las extravagancias de sus pacientes, porque terminó por acceder.

—De acuerdo, cambiaremos así el escenario de tu terapia. Puede ser beneficioso para ti el enfrentarte a tu yo en tu propio ambiente.

Reprimió Amanda un exabrupto de exasperación. ¿Con qué "yo" pretendía aquel maniático que se enfrentara? ¿Qué tendría que hacer o qué decir para que se enterara de una vez por todas de que ella no era Mandy?

Cerró cuidadosamente la puerta del piso tras él y luego le precedió hasta el salón, donde, tras retirar varios cojines, tomó asiento en el sofá indicándole un sitio a su lado. Él la obedeció, no sin antes dirigir una sorprendida mirada a la desmantelada estancia, que, aunque inundada de sol e inmensa, podía parangonarse sin desmerecer con el escenario de un teatro en el que hubieran sido retirados los telones al finalizar la temporada de representaciones.

— ¿Se han llevado los muebles de esta habitación? — le preguntó recorriendo el salón con los ojos.

—No, ¿por qué lo dices?

—Porque yo aseguraría... sí, la última vez que te visité aquí, en tu casa, la decoración era otra. Había otro sofá enfrente de éste, — le dijo señalando el que los dos ocupaban en ese momento— librerías adosadas a las paredes, varias butacas, mesitas... en fin, un montón de muebles. ¿Qué has hecho con ellos?

Amanda se encogió evasivamente de hombros y formuló a su vez otra pregunta.

— ¿Y cuándo fue esa última vez?

Se ajustó las lentes sobre la nariz para observarla mejor.

— ¿No lo recuerdas?

— No, claro que no.

— Fue la semana pasada.

Desvió Amanda los ojos del preocupado semblante de su visitante para pasearlos también por la desmantelada habitación. ¿Por qué se habría desprendido Mandy del mobiliario del salón tan solo unos días antes, si por aquel entonces había roto ya con su impresentable y minimalista novio? Era muy posible que aquél tipo la hubiera convencido de que resultaban antiestéticos y que los hubiese vendido para resarcirse así de haber perdido a la gallina de los huevos de oro de su innombrable negocio. Pobre Mandy, pensó, ¿cómo podía ser tan estúpida? Le pareció oír de nuevo a la abuela condoliéndose por ello.

— "Pero qué obtusa es esta chiquilla."

De improviso tuvo una idea. Era indudable que Enrique Cárceles la estaba tratando por un aparente síndrome de personalidad múltiple. Tal vez pudiera averiguar por medio de él algo más sobre su prima y sobre la peligrosa trama en la que se veía involucrada.

— ¿Recuerdas tú...?— empezó con precaución— ¿... recuerdas cuánto tiempo ha transcurrido desde que tratas a Mandy como paciente?

Él se rebulló inquieto en el sofá.

— ¿Tampoco puedes precisar eso?

Amanda meneó negativamente la cabeza.

— No y me gustaría también saber cuál fue el motivo y qué tipo de trastorno le diagnosticaste.

Él la envolvió en una sorprendida mirada.

—Hará unos diez días que tú… que Mandy vino a mi consulta por primera vez y tú… y ella me reconoció que atravesaba periodos en los que creía ser otra persona. Ella misma, pero con otra personalidad. Cuando sufría esos lapsus se transformaba en una chica decidida y resuelta, pero era incapaz de dibujar ni tan siquiera una línea. Al principio, esas etapas le duraban unas horas, pero después se han ido repitiendo cada vez con mayor frecuencia y…

—Ya— musitó Amanda—. ¿Y ese trastorno cómo se llama?

—Se llama trastorno de identidad disociativo. Lo extraño es que me dijeras… que Mandy me dijera que había empezado a sucederle recientemente, porque aparece siempre en la infancia, aunque persiste cuando el niño, o la niña en este caso, se hace mayor.

Emitió ella un suspiro de resignación.

—Escucha Enrique. Voy a explicártelo y espero que lo entiendas, porque no es tan difícil. Yo no soy Mandy. Soy su prima, hijas las dos de hermanas gemelas e idénticas. Por eso nos parecemos tanto. Como ya te he comentado, vivimos juntas con nuestra abuela, aquí en Murcia, hasta los quince años. Con esa edad volví con mis padres que acababan de asentarse en Madrid y ella se quedó en Murcia con mi abuela que murió hace tres años. Ella es pintora y yo periodista, pero no es que Mandy imagine que unas veces es ella y otras yo. Existimos las dos realmente.

Captó la expresión de incredulidad de Enrique y se rebulló en el sofá empezando a impacientarse.

— ¿No me crees?

— Por supuesto que sí— se apresuró a asegurarle él con su característico tono condescendiente, de lo que dedujo en el acto que estimaba que todo lo que le había contado eran imaginaciones suyas.

— Te enseñaré mi documento nacional de identidad, —decidió con súbita inspiración—. Me llamo Amanda Urquiza y Mandy se apellida Arévalo. Así podrás constatar que es verdad lo que te he dicho. Voy a buscar ese documento, porque lo dejé ayer en mi dormitorio. No te muevas que ahora vuelvo.

Le dirigió una última mirada desde la puerta y constató que él continuaba en el sofá, rodeado de cojines, con expresión de desconcierto. Apresuradamente salió al vestíbulo y desde allí al pasillo donde se ubicaban el dormitorio de Mandy y la alcoba decorada en tonos rosados donde había dormido desde su llegada. Le llevó un tiempo encontrar el documento que buscaba. Creía haberlo dejado sobre la mesilla de noche, pero finalmente comprobó que lo había guardado dentro del cajón de ese mueble. Daba igual. Lo importante era que tenía la prueba decisiva que despejaría todas las dudas de él.

Con esa tarjeta plastificada en la mano, retrocedió sobre sus pasos con aire triunfal imaginando el gesto de sorpresa de Enrique cuando se lo enseñara y constatara así que no existía ningún trauma disociativo que tratar. Solo un parecido físico extraordinario entre dos primas con una personalidad diametralmente opuesta. ¿Le pediría disculpas por su confusión, se la quedaría mirando abochornado y buscaría una excusa para marcharse inmediatamente a su consulta o…? No pudo imaginar más opciones y después de recorrer el pasillo, atravesó el vestíbulo y traspuso la puerta de cristales del salón. Sorprendida comprobó que en esa habitación no había nadie. Solo habían transcurrido unos pocos minutos desde que ella saliera de esa estancia para encaminarse hacia su dormitorio y él se había marchado a su consulta sin esperar a que regresara. Le pareció indignante su comportamiento. ¿Tan chalada creía que estaba Mandy que ni siquiera era capaz de aguardar a que ella pudiera aportarle la prueba que demostraba que estaba en sus cabales?

De improviso oyó un sonido sobre su cabeza. Algo muy tenue que percibió distintamente en el silencio absoluto de la planta en la que se encontraba. Había alguien en el estudio. ¿Sería Enrique que había subido al ático a echar una ojeada mientras ella iba a buscar lo que él consideraría una supuesta prueba de su identidad? Consideró imperdonable esa posibilidad. Solo una persona carente del más elemental barniz de educación podría haber decidido subir a fisgonear en el estudio de su prima, aprovechando un instante en el que le había dejado solo en el salón.

Ahora no se oía nada. Un silencio tan denso que le pareció opresivo. Parecía flotar en derredor suyo como un cerco amenazador. ¿Pero acaso podía temer algo de su vecino de planta? Le había conceptuado como un hombre correcto y muy profesional hasta ese momento, pero si le encontraba en el ático, no solo le restregaría ante su rostro su documento nacional de identidad para que constatara la equivocación que había cometido al diagnosticar la imaginaria chaladura de su prima. Además le dirigiría unos cuantos epítetos antes de enseñarle la puerta para que aprendiera a comportarse en el futuro con un mínimo de corrección.

Cautelosamente salió al vestíbulo y levantó la cabeza hacia el transparente descansillo de la escalera. Cegada por el resplandor del sol que provenía del salón, apenas si distinguió otra cosa que un oscuro voladizo sobre su cabeza y aguzó nuevamente el oído. Nada. Tal vez el psicólogo no hubiera subido a trastear entre los cuadros de Mandy como había imaginado. Tal vez se hubiera marchado a su consulta, dispuesto a desentrañar los complejos y manías de otro paciente más dócil que su rubísima vecina.

Se aprestaba ya a dirigirse por el pasillo hacia su dormitorio a arreglarse para su cita con Adrián, cuando nuevamente percibió un sonido proveniente de las alturas y se detuvo indecisa. Lentamente se dio la vuelta y regresó al vestíbulo para alzar nuevamente la mirada hacia la meseta de la escalera, a contraluz y por esa razón envuelta en tinieblas. ¿Qué estaría haciendo allí arriba aquél vecino tan absurdo? En un segundo se decidió. Lo averiguaría sin perder más tiempo en elucubrar sobre sus intenciones.

Aferrándose a la barandilla subió un peldaño. Cuando volviera a ver a su prima la convencería de que debía hacer obra en su casa. La persuadiría de que prescindiera de esa artística e incomodísima escalera y la sustituyera por otra de líneas rectas y sencillas, que se pudiera utilizar sin marearse dando vueltas y revueltas y sin arriesgarse a sufrir una torcedura en el tobillo.

Subió otro escalón y se detuvo al oír algo en el estudio. Parecía como si un objeto se hubiera caído al suelo y empezó a notar que un sudor frío le resbalaba por la espalda. ¿Y si no era Enrique Cárceles el que producía esos sonidos indefinibles? También podría tratarse de un ratón, pero la suposición le pareció tan espeluznante que se detuvo en otro peldaño a considerar si no sería preferible renunciar a convertirse en heroína y descender el tramo que había subido para salir corriendo del piso y reunirse con Adrián.

Pero no, decidió. Si se trataba de un ratón, imitaría a su abuela y buscaría una escoba con la que ahuyentarlo y si se trataba de un intruso le echaría también. Con un último esfuerzo y dos revueltas más alcanzó jadeante la meseta y se detuvo a recuperar el aliento. Luego se encaminó hacia la puerta y la abrió de golpe. Parpadeó deslumbrada por el sol que penetraba a raudales a través de todos los cristales del estudio adueñándose de la estancia que en ese momento se asemejaba al solárium de un balneario. Cegada por su resplandor, solo pudo percatarse de que no había nadie allí arriba. El caballete seguía inmóvil en el centro de la nave con la paleta y el frasco de aguarrás en el suelo, a sus pies. La silla de anea continuaba ocupando el lugar de siempre, frente al caballete. Los cuadros pendían de las paredes sin haber experimentado variación alguna. Tampoco la puerta blindada parecía haber sido forzada ¿Qué era entonces lo que notaba diferente?

De pronto cayó en la cuenta. Recordaba haber dejado cerrada la puerta de la habitación que su prima utilizaba para guardar los lienzos y los tarros de pintura. Ahora estaba abierta de par en par. Rápidamente cruzó el estudio y entró en el pequeño almacén encendiendo la luz de la bombilla que colgaba del techo. De un solo golpe de vista advirtió que habían desaparecido los lienzos que habían estado apoyados contra la pared. No quedaba ninguno. También los tarros de pintura que abarrotaban las baldas de la estantería habían experimentado una clara merma. Bailaban ahora sobre el estante cuando anteriormente apenas si dejaban espacio disponible entre unos y otros. ¿Habría sido Enrique Cárceles quien había arramblado con los útiles de su prima? Y de haber sido él, ¿para qué?

Desconcertada, regresó al estudio buscando con la mirada algún detalle que le ayudara a encontrar la respuesta a su muda pregunta, sin hallarlo. Todo estaba como de costumbre. Aunque... sí ahora que sus ojos empezaban a acostumbrarse a aquel centelleo del sol sobre las blancas paredes del estudio, lo advirtió. Las puertas de cristal de la terraza estaban abiertas de par en par. Nunca había salido a esa terraza y tenía el convencimiento de habérselas encontrado siempre cerradas, pero instintivamente salió a echar un vistazo Era muy amplia con una mesa de plástico blanca y cuatro sillas en su centro. Unas jardineras adosadas a la barandilla llamaron su atención. Los geranios que en su día habían florecido en esos recipientes de barro pendían marchitos sobre la tierra reseca, abrasados por el sol de la mañana.

Los observó con las cejas enarcadas. Incomprensible que Mandy, tan amante de las plantas, del colorido de las flores, de la naturaleza en su más amplio sentido, fuera capaz de haberlos abandonado a su suerte. De no haberlo visto con sus propios ojos no hubiera creído que fuera capaz de permitir que sus geranios se secaran sin acordarse siquiera de rociarlos de vez en cuando con un chorrito de agua.

Se acodó a continuación en la barandilla sintiendo el calor del sol sobre su rostro. Desde aquella altura la calle parecía distinta, lejana y silenciosa, ya que el bronco rugido de los automóviles que transitaban por la calzada le llegaba bastante amortiguado. De haber sido suyo el dúplex en el que se hallaba, hubiera destinado a vivienda el ático, se dijo, lo mismo que Enrique Cárceles, y hubiera disfrutado en esa terraza de todas las horas del día que su trabajo le dejara libres. El edificio que tenía enfrente era algo más bajo que el suyo, por lo que no tenía vecinos que pudieran fisgonear la actividad a la que dedicara esos ratos de ocio.

Aspiró hondo la brisa matinal y giró distraídamente su cabeza hacia la derecha, hacia la terraza colindante, separada tan solo de la suya por un murete bajo que servía de base a una celosía por la que trepaba una enredadera. Por la que había trepado una enredadera tiempo atrás, concretó, porque ahora estaba tan seca como los geranios. La observó con el ceño fruncido. La terraza contigua debía pertenecer al psicólogo y saltar de la suya a la de él podía ser un ejercicio arriesgado, pero no imposible. ¿Se habría largado Enrique por allí al oírla subir, llevándose los anticuados lienzos y los tarros de pintura de Mandy? ¿Pero para qué?

CAPITULO VII

Treinta minutos más tarde de la hora en que habían quedado citados y sin haberse mudado de ropa ni de zapatos, bajó Amanda hasta el portal y se reunió en la calle con Adrián, que paseaba por la acera fumando un cigarrillo y que la aguardaba con el ceño fruncido y expresión de malhumor.

— ¿Eres siempre tan impuntual?, — le preguntó ásperamente, mientras tiraba el cigarrillo al suelo y lo apagaba pisándolo con el tacón de su zapato.

Algo intimidada por lo desabrido de su recibimiento, se apresuró Amanda a disculparse, con la desagradable impresión de haber cometido una falta imperdonable, aunque en su fuero interno se dijo que su retraso podía considerarse más que justificado por los avatares que le habían ido aconteciendo a lo largo de la mañana.

— No, claro que no. Es que me ha ocurrido un sinfín de imprevistos. Debería haberte llamado por el móvil para advertirte que me iba a retrasar.

— ¿Y qué imprevistos han sido esos?, — le preguntó con curiosidad, algo más aplacado.

— Pues primero me ha llamado Guillermo Elizalde para invitarme a desayunar.

Frunció él nuevamente el ceño al inquirir con sequedad:

— ¿Y has aceptado?

— Bueno… sí… claro. En el armario que mi prima utiliza como despensa no hay nada comestible, ni leche, ni bollos, ni nada. Cuando llegué, encontré tan solo un paquetito de café molido, del que ya di cuenta el lunes. Había comprado ayer lo necesario pero… pero tenía que desayunar y tomarme una mona de pascua, ¿comprendes?

— No— repuso hosco—. Ya te dije anoche que ese tipo es un indeseable.

Habían echado a andar calle abajo, sintiendo el agradable calor del sol sobre sus rostros. Lucía en un firmamento intensamente azul y ella se volvió a medias hacia él para estudiar su expresión. Le pareció excesivo su tormentoso gesto de contrariedad y se preguntó si la animadversión que experimentaba por el otro obedecería a alguna causa real. En la opinión que se había forjado sobre Guillermo esa mañana no cabía incluir ni por asomo el calificativo que le había aplicado Adrián.

— ¿Por qué es un indeseable?

Le dio la impresión de que él vacilaba, por lo que insistió:

— No me has contestado. ¿Por qué consideras que es un indeseable? Me ha contado Guillermo que realiza peritajes sobre obras de arte en un juzgado de Madrid. ¿Qué tiene eso de malo?

El tostado semblante de él se contrajo en una mueca irónica, al tiempo que tiraba el cigarrillo al suelo y lo aplastaba con el zapato.

— Nada, si fuera verdad lo que te ha dicho, pero no lo es.

— ¿No realiza peritajes?

— Sí, puede que sí, pero exige una comisión por emitir la certificación que le conviene al cliente, después de que éste le haya untado a conciencia.

Abrió ella la boca con asombro, sin querer creer lo que acababa de oír.

— ¿Qué cobra una comisión? ¿Y eso cómo lo sabes?

Dudó Adrián nuevamente. En su morena frente había surgido un pliegue hondo como si estuviera reflexionando con intensidad y no acertara con la respuesta oportuna o con la forma de expresar ésta. Sin mirarla encendió otro cigarrillo y expelió el humo.

— Lo sé. ¿No te ha prevenido tu prima contra él?

— ¿Mi prima?— inquirió Amanda desconcertada— Ella me ha asegurado que no le conoce, aunque ayer…

Iba a añadir que en la conversación telefónica que habían mantenido las dos el día anterior, Mandy le había efectuado una advertencia similar a la que él acababa de comentarle, pero se mordió los labios antes de que se le escaparan esas palabras. Bajo ningún concepto debería hacerle partícipe a Adrián del lugar dónde se encontraba su prima. Mandy no le perdonaría que se fuese de la lengua, aunque estaba segura de que él no guardaba relación alguna con los hombres que asediaban a la otra.

— ¿Qué ibas a decir?— insistió él.

— No iba a decir nada— replicó seca—. No creo que Mandy le conozca y me gustaría que me aclararas de qué le conoces tú. Si eres el dueño de una tienda de verduras…

— ¿De verduras?— se ofendió Adrián.

— ¿Pues de qué clase de tienda eres el dueño? Me dijiste ayer que te dedicabas al comercio, que no tenías ni idea de arte y que solo te interesaba el dinero. Imaginé que venderías verduras y… sobre todo, tomates, que en esta tierra se dan muy bien. Muchos tomates.

Él desfrunció el ceño y se echó a reír.

— Pues no, no vendo tomates. Dirijo una agencia.

— ¿Una agencia de detectives?—le preguntó intrigada.

— No, una agencia de viajes por la región— puntualizó con sorna—. Organizamos excursiones a las playas y a todos los puntos de interés. Tengo una magnífica línea de autobuses para transportar a los turistas en esas excursiones. La más solicitada es la del Cabo Tiñoso.

Evocó Amanda los abruptos acantilados que encajonaban una bahía de ensueño y el semblante de su abuela contemplándola extática los fines de semana que pasaban en su compañía en la casa de la playa. La que ahora le pertenecía y a la que no había tenido tiempo de volver. Nostálgicamente rememoró las tardes en las que, conduciendo su viejo automóvil, las llevaba a Mandy y a ella hasta la cima del cabo y correteaban las dos por los ruinosos fortines que habían sido edificios defensivos en otro tiempo. Mientras caminaba junto a Adrián en dirección al río, añoró aquellos días tan lejanos, el sinuoso camino que conducía hacia la cumbre del acantilado y la brisa del mar, cargada de yodo y de sal. Echaba en falta sobre todo la sensación que experimentaba entonces y de la que no había vuelto a disfrutar desde que se marchó con sus padres, cuando volvieron de sus interminables giras para recogerla y asentarse en Madrid. La de sentirse protegida. Su abuela no hubiera permitido que les sucediera nada a ninguna de los dos. Las defendía de todos y de todo como si fuera una leona y ellas sus cachorros.

— ¿Has estado alguna vez en el Cabo Tiñoso?— le preguntaba Adrián en ese momento, ajeno por completo a lo que ella estaba elucubrando y a la melancolía que experimentaba al recordarlo.

— Sí, claro que sí. Mi abuela tenía una casa en la Azohía, al pie del cabo, donde pasábamos los fines de semana. La heredé yo cuando murió, hace tres años, pero aún no me he decidido a volver a esa casa. No he podido tomarme vacaciones desde que me contrataron en el periódico y además tiene para mí demasiados recuerdos.

La observó él con los ojos guiñados. El sol, que les daba de plano en el rostro mientras se iban aproximando al río, acentuaba las arruguillas de su frente y las que le habían surgido alrededor de los ojos al efectuar ese gesto. Le conferían un aire distinto. Por un lado, parecía tener más años de los que le había calculado la noche anterior, pero por otro le prestaban un atractivo mayor a su tostado semblante. Expelía el humo de su cigarrillo cuando giró la cabeza hacia ella.

— ¿Heredaste una casa en la playa y no has vuelto ni tan siquiera para comprobar en qué estado se encuentra? Eres una chica bastante rara.

Se encogió Amanda de hombros con vaguedad.

— Mi prima se ocupa de mantenerla en condiciones y yo… bueno, Madrid está lejos y yo… yo no he podido. Es difícil prosperar en mi profesión. Sobre todo si no tienes quién te eche una mano.

Le sonrió él con simpatía como si estuviese imaginando las dificultades que habría tenido que arrostrar y se sintiera por esa razón solidarizado con ella. Amanda pensó que probablemente se habría visto Adrián en una situación similar y consecuentemente podía ponerse en su caso e identificarse con su situación.

— ¿Y no te apetecería que nos acercáramos a visitarla uno de estos días?— le sugirió—. Mañana, por la mañana sería un buen momento.

Consideró ella en silencio su propuesta. Le hubiera apetecido volver con él a esa casa y afrontar a su lado los recuerdos más añorantes de su infancia. No hacía falta ser muy perspicaz para advertir que Adrián no pertenecía al gremio de los seres sentimentales, sino que, por el contrario, enfocaba cualquier situación, hasta la más conmovedora, desde un punto de vista absolutamente práctico. Se dio cuenta en ese momento que le necesitaba para superar esa prueba. Sin duda, su presencia impediría que le acongojase regresar a un escenario en el que del pasado solo quedaban los telones y aun así, deteriorados por el paso del tiempo. Pero resultaba obvio que no podía aceptar. Mandy había escogido esa casa como escondite para ponerse a salvo de sus acosadores y no debía descubrírselo a nadie.

— Me gustaría, pero no puedo. He venido a esta ciudad a trabajar y entre unas cosas y otras no consigo centrarme para acopiar la información que debo luego retransmitir. Quizás más adelante…

Por la sombra que cruzó por su semblante, dedujo lo mucho que le había contrariado su respuesta.

— Más adelante, ¿cuándo? ¿Cuándo tienes proyectado marcharte?

Habían dejado atrás la Gran Vía y desembocado en el Malecón, un amplio paseo a orillas del río, con árboles inmensos que lo sombreaban y bajo los que se apresuraron a guarecerse de los rayos del sol, que centelleaba, irradiando un calor excesivo para la época del año en la que se encontraban.

— Mi iré el domingo. Tengo entendido que la procesión sale ese día a las ocho y cuarto de la mañana y que desfila durante siete horas. Aún no lo he hablado con Pineda, pero supongo que partiremos después de comer.

— Ya — murmuró escuetamente él.

Le dirigió Amanda una mirada de refilón. Parecía abstraído, como si estuviera reflexionando sobre algo que acaparaba por completo su atención y que le producía un claro desasosiego. Caminaban ya por el paseo, sumamente concurrido por grupos de transeúntes que deambulaban sin rumbo fijo. Bordeaba el curso del profundo cauce del río que unos tres metros más abajo se deslizaba lentamente entre cañaverales. Para sacarle de su ensimismamiento le señaló ella la fachada de un palacio que se alzaba a su derecha y que había visitado siendo una niña.

— Mira, ese es el Almudí.

Apenas si le dirigió Adrián una distraída ojeada.

— Sí, ¿cómo lo sabes?

— Porque a mi abuela le gustaba mucho el Malecón. Supongo que sabes que es un paseo interminable de más de un kilómetro y medio de longitud. También le interesaba mucho ese palacio, que tiene un patio de columnas precioso, destinado a exposiciones. ¿Lo conoces?

— Claro.

— ¿Y no te gusta?

— ¿El patio? — le preguntó con absoluto desinterés.

— El patio y el palacio. Son preciosos.

Él se encogió desganadamente de hombros.

— Bueno, sí.

— ¿Y tampoco te interesa su historia?

— ¿Por qué?, ¿te interesa a ti?

— Sí, nos la contaba mi abuela, que era una entusiasta de la arquitectura renacentista. Por lo visto se construyó en el siglo XV para servir de depósito de trigo. Ocupa el emplazamiento del antiguo matadero, próximo a la puerta de la Aduana de la muralla. El edificio del Almudí fue destruido por un incendio y se reedificó después. Luego fue cuartel de caballerías en el siglo XIX y posteriormente palacio de justicia.

— ¡Ah!— musitó Adrián por todo comentario.

Aunque resultaba obvio que el tema no le interesaba en absoluto, por un instante se olvidó Amanda de su presencia para rememorar a su abuela y sus explicaciones sobre ese palacio.

— ¿Y a que no sabes por qué se llama Almudí? — le preguntó, remedándola inconscientemente

— No, ¿por qué?

— El nombre proviene de la medida de capacidad de los áridos. El almudí era equivalente a seis cahíces.

Ahogó Adrián un bostezo que a Amanda en esa ocasión no le pasó desapercibido.

— ¿Te estoy aburriendo?—le preguntó fastidiada, debatiéndose contra el vago sentimiento de decepción que empezaba a experimentar.

— No, que va— mintió él en un tono que significaba todo lo contrario—. No sabía que eras una enciclopedia viviente. ¿Y a cuanto equivale un cahiz?

Dudó en aclarárselo, pero Adrián había girado la cabeza hacia ella y parecía aguardar irónicamente su respuesta, como si estuviese seguro de que no sería capaz de responder adecuadamente a su pregunta, por lo que replicó plagiando nuevamente la fatua expresión de su abuela en similares circunstancias:

— Un cahiz equivale a diez fanegas, es decir, a seiscientos sesenta y seis litros.

— ¡Ah!— repitió él, sarcásticamente.

Le irritó lo desdeñoso de su gesto, en el que, aunque fuera absurdo, le pareció que incluía también el interés y los conocimientos de su abuela sobre el palacio. Además la hizo sentirse como una pedante insufrible, por lo que decidió cambiar inmediatamente de conversación

— Vamos a hablar de otra cosa, porque ya me he percatado de que te aburre soberanamente esa materia. Olvidaba que eres un fenicio mercantilista a quien únicamente le interesa el valor económico de los bienes, ¿no es así?

Aunque se echó a reír, comprendió Amanda que había dado en el clavo y experimentó una cierta desilusión. Sin saber por qué había esperado que comprendiera y compartiera alguna de las sensaciones que experimentaba al revivir aquellos retazos de su niñez. También hubiera deseado que esa mañana le enseñara rincones de la ciudad que no conocía, pero al parecer era esa una cuestión que no dominaba en absoluto y que además le tenía sin cuidado.

— No me has llegado a contar los restantes imprevistos que te han impedido bajar a la calle a la hora en la que habíamos quedado esta mañana, — alegó, cambiando apresuradamente de conversación como si temiera de ella un nuevo alarde de erudición—. ¿Qué más te ha sucedido?

Vaciló, preguntándose si debería referírselo.

— No, no ha sido nada importante, pero me ha entretenido. Ha llamado a la puerta del piso el vecino de Mandy. Un psicólogo que tenía muchas ganas de hablar y de diagnosticarme un trastorno mental. No podía salir corriendo y dejarle con la palabra en la boca.

— Si le hubieras dicho que habías quedado y que te estaban esperando, probablemente lo habría entendido — la interrumpió displicentemente—. ¿No crees?

Se lo reprochaba con la expresión con la que un paciente profesor se dirigiría a su alumna más torpe, lo que motivó que el resquemor que le habían provocado sus anteriores palabras se acrecentase. Se consideraba lista y razonablemente culta, por lo que no estaba dispuesta a admitir que le diese lecciones el dueño de una línea de autobuses, que no solo despreciaba cualquier manifestación relacionada con el arte, sino que además alardeaba de ser un ignorante. Aunque intentó que no aflorase a su semblante lo que estaba sintiendo, los ojos le relampagueaban de indignación, cuando replicó con voz helada:

— Lamento muchísimo haberte estropeado la mañana. De haber sabido que mi impuntualidad te iba a agriar el carácter hasta el extremo que te lo ha agriado, te habría llamado al móvil para dejar esta cita para otro día o… o para nunca.

Se dio la vuelta en redondo haciendo intención de volver por donde había venido, pero él la sujetó por un brazo.

— Perdona. Me parece que me estoy comportando como un estúpido. No tienes la culpa de que esté preocupado y desde luego no mereces que la pague contigo. Es que he tenido problemas serios con el trabajo y….

Se lo decía con un aire tan contrito que la apaciguó instantáneamente.

— ¿Qué te ha ocurrido con el trabajo?— se interesó ella, cambiando radicalmente de actitud y dulcificando el tono de su voz—. ¿Te han dado plantón los clientes, se te han averiado los autobuses o…?

— No, nada de eso, pero no quiero fastidiarte con las complicaciones que me han surgido de improviso. Quiero que lo pases bien y que guardes un buen recuerdo de nuestra primera cita. Espero verte también en Madrid. Voy allí a menudo por otros negocios y te llamaré.

Relegó Amanda instantáneamente en un rincón ignoto de su mente la apreciación que había efectuado segundos antes sobre su ausencia de empatía y la imposibilidad que le había atribuido de compartir con ella las emociones que experimentaba. De improviso, su gesto despertó en su interior una súbita simpatía, que unió al agradecimiento que sentía por su intervención en la agresión que había sufrido por el desconocido nazareno la noche anterior. Probablemente no sería tan inculto como había pretendido aparentar, se dijo. Más bien se inclinaba a pensar que se trataba de la máscara con la que ocultaba su verdadera personalidad, como defensa ante los demás de una sensibilidad que podía convertirle en un ser demasiado vulnerable.

Le observó de refilón sin que se diera cuenta. Aunque no era tan alto ni tan atractivo como Guillermo Elizalde, poseía una fisonomía muy agradable, con su oscuro cabello ensortijado y sus ojos negros como el carbón que destacaban en su rostro, pese a lo tostado de su piel. Al compararle con el otro, recordó también el desdeñoso comentario que había formulado poco antes sobre éste y le preguntó:

— ¿Cómo has sabido que el perito de obras de arte con el que he desayunado esta mañana es un indeseable? Supongo que si lo afirmas con tanta rotundidad es porque has podido comprobarlo por ti mismo. ¿No es así?

— Por supuesto— replicó observándola con fijeza.

— ¿Y no puedes aclararme cómo lo has averiguado?

Le pareció que analizaba él sus facciones con un detenimiento excesivo, pero terminó por sonreír.

— No tengo ningún inconveniente, siempre que me contestes la verdad a una pregunta.

— ¿A qué pregunta?

— Quiero saber si tienes algún interés por ese tipo.

Se quedó mirándole sin entenderle.

— ¿Qué si tengo algún interés?, ¿por qué habría de tenerlo? Apenas le conozco, pero sí me ha parecido que es una buena persona y un experto en falsificaciones de cuadros. No puedo imaginarle exigiendo una comisión por certificar la autenticidad de una obra. ¿Te han contado a ti que lo hace o has podido constatarlo personalmente en alguna ocasión?

Tardó en contestarle. Había desviado los ojos hacia el rio, que resplandecía a trechos bajo un sol primaveral, que anunciaba ya el comienzo de los ardores del verano, y terminó por señalarle un duro banco de piedra, de espaldas al agua. Solo cuando los dos habían tomado asiento se decidió a contestarle, con la mirada fija en los transeúntes que paseaban frente a ellos:

— Lo comprobé yo mismo, sin género de dudas. Cuando murió una tía abuela a la que quería mucho, me legó en su testamento un cuadro firmado por Zuloaga que tenía colgado en la sala de estar de su casa. Le pedí a Elizalde que lo examinara y que me diera su opinión y...

— ¿Y te la dio?—le preguntó con curiosidad Amanda.

— Sí, me dijo que podía certificar su autenticidad, pero que para que emitiese ese certificado tendría que pagarle.

Amanda le observó desconcertada.

— Me parece natural que pretendiera cobrarte por su trabajo. Tampoco tú llevarás gratis a tus clientes al Cabo Tiñoso. ¿O sí?

Sonrió él ante su comentario, pero sus ojos permanecieron serios, como si le escociera aún el tema al que se estaban refiriendo.

—No, tampoco. Lo que consideré exorbitado, fue la cifra que me pidió. Y cuando le dije que me parecía excesivo, me contestó que no lo era. Que el cuadro que había heredado de mi tía era una imitación flojita de Zuloaga y que para que certificara él que era auténtico tendría que entregarle esa cantidad. ¿Lo entiendes ahora?

La explicación que acababa de darle Adrián la dejó anonadada. ¿Cómo era posible? Esa mañana, mientras desayunaban, le había parecido tan cabal, tan sincero... tan interesado por la seguridad de Mandy... No cabía duda de que ella era una calamidad juzgando a las personas.

— ¿Y cuando sucedió eso que me has contado?— trató de precisar—. Me refiero a lo del cuadro de tu tía abuela.

Enarcó Adrián las cejas, en un esfuerzo por precisarlo.

— ¿Qué cuándo? Hará cosa de un mes.

— ¿De un mes?

Sorprendida, rememoró Amanda su llegada a la casa de su prima el domingo y su encuentro con Guillermo en el estudio, intentando extraer de su memoria la conversación que habían mantenido los dos. Pero no, no había sido entonces, se dijo. Había sido esa misma mañana, mientras desayunaban, después de pedir las típicas monas de Pascua, cuando él le había comentado que hacía diez días que había llegado a Murcia. ¿Cómo entonces podía haberse entrevistado con Adrián un mes antes para examinar el cuadro de su tía? Uno de los dos, Guillermo o Adrián, no decía la verdad. ¿Pero cuál? La versión de Mandy sobre el primero coincidía en sus puntos esenciales con la de Adrián, pero esa circunstancia no era una prueba decisiva, porque su prima no era una testigo fidedigna, ya que solía confundir hasta los detalles más sencillos.

— ¿Es que Guillermo viene a Murcia a menudo?— le preguntó con expresión inocente, para que no sospechara lo que estaba elucubrando.

— No lo sé, creo que no, ¿por qué?

— Porque me extraña que ocurriera hace un mes eso que me has contado. Creo que me ha dicho esta mañana que no conocía esta ciudad, pero que, en los diez días que lleva aquí, se ha estudiado en sus ratos libres la historia de sus calles y de sus edificios y que ahora se la sabe al dedillo.

Había levantado hacia el rostro de Adrián sus grandes ojos azules y le sorprendió lo que podía leer en los de él. Parecía que la desconfianza que traslucía ella con sus preguntas y con su actitud le dolía en lo más profundo.

— No te he dicho que fuera en Murcia donde tuvo lugar lo que te he contado— replicó en voz baja—. Viajo casi todas las semanas a Madrid y me pareció oportuno llevarle el cuadro de Zuloaga para que me diera su opinión como perito. Tiene cierto prestigio en su profesión.

Dejó escapar Amanda una risita falsa para quitarle importancia al asunto.

— ¿Tiene prestigio pese a su escasa ética?

— Tiene prestigio como experto en la materia— puntualizó Adrián de mala gana. Y con acritud, añadió—: Me parece que, aunque lo hayas negado, te interesa más ese tipo de lo que quieres reconocer.

Aligerada de un gran peso al constatar que Adrián no le había mentido, se echó a reír.

— ¿A mí?, pero si apenas le conozco. Creo que le he visto dos o tres veces desde que he llegado a Murcia y si en todas esas ocasiones se ha hecho el encontradizo conmigo, ha sido porque me parezco a mi prima.

— ¿Porque te ha confundido con ella?

Trató de precisarlo en ese momento Amanda, sin llegar a una conclusión satisfactoria.

— Bueno, no sé si ha sido ese el motivo. Dice que físicamente somos iguales, pero que en cuanto abrimos la boca se nota a la legua que no tenemos nada que ver la una con la otra.

Pese a que no conocía a Mandy, la examinó atentamente como si estuviese imaginando las posibles diferencias entre las dos.

— ¿Tan distinto es vuestro carácter?

— Sí, ella es… como una niña y yo he pecado siempre de excesivamente responsable—, Lo consideró frunciendo el entrecejo y en cuanto encontró el símil apropiado añadió—: Yo he sido como una especie de Pepito Grillo para ella. Opinarás que Pepito Grillo era un rollazo, ¿verdad?—le preguntó intentando tomarse a broma esa posibilidad.

Había vuelto la cabeza hacia él y al clavar su mirada en su rostro le sorprendió su expresión. Parecía tan abstraído, tan ausente, que temió que ignorase quién era ese personaje del cuento de Pinocho, que encarnaba en la ficción el papel de constituir la conciencia de éste. No llegó a averiguar si conocía el símbolo en el que se había convertido ese personaje, porque súbitamente se puso en pie.

—Vamos a buscar un restaurante para comer, porque se nos está haciendo tarde— decidió—. Si aún tienes que documentarte sobre la procesión de esta noche, tendremos que apresurarnos.

Nuevamente experimentó Amanda una cierta decepción ante sus bruscos cambios de humor. ¿Qué le habría molestado ahora?, se preguntó. Analizó meticulosamente sus anteriores comentarios sin hallar el motivo. ¿Le habría parecido que su alusión a Pepito Grillo era una nueva manifestación de pedantería? No lograba entender la repentina prisa que manifestaba por dejarla en su casa, como si se hubiera aburrido de ella de repente. Estuvo por preguntárselo, pero no se atrevió.

Se había alejado él unos metros del banco de piedra, pero retrocedió sobre sus pasos y ante su sorpresa se inclinó hacia ella sonriente. Parecía haber resuelto una cuestión que le mantenía preocupado y que acababa de solventar y, más relajado, le dio la mano para ayudarla a levantarse.

— Ya sé dónde podemos ir a comer— le dijo como si fuese ese un asunto trascendental que hubiese estado meditando durante largo rato—. ¿Te gusta la comida murciana?

Rememoró Amanda los guisos de su abuela y se apresuró a asentir.

— Por supuesto que sí.

—Es que acabo de recordar un restaurante que está cerca de aquí, en el que hacen un arroz y habichuelas sensacional. El inconveniente es que tendremos que andar un poco, porque, como muy bien has dicho antes, el Malecón se adentra más de un kilómetro en la huerta y ese tugurio debe encontrarse cerca del final de este paseo.

Se lo proponía con una expresión absolutamente distendida, como si el encontrar un restaurante a medida de sus deseos hubiese constituido un tema clave en la cita de esa mañana, por lo que ella intentó ponerse a tono con la euforia que derrochaba Adrián, aunque en ese momento no le apetecía especialmente la caminata que deberían darse. El sol, ya en lo más alto, calentaba lo suyo. Casi podía calificarse de achicharrante el ardor que despedía y notaba además un hambre pavorosa. Para colmo llevaba los zapatos de tacón, que no eran los más apropiados para sobrellevar encaramada a sus alturas una caminata. Pese a todo, como no se atrevió a arriesgarse a tener que soportar otro de los bruscos cambios de ánimo de él, se mostró de acuerdo.

—Vale, pero vamos entonces a darnos prisa. Noto el estómago vacío y además tengo que estar de vuelta en mi casa temprano, porque me van a traer de la tintorería el traje pantalón que llevaba anoche. Por culpa del estúpido del nazareno que me confundió con un saco de patatas se manchó de barro y he tenido que llevarlo a limpiar.

Se echó a reír él al oírla y emprendió la marcha a paso ligero. Amanda le siguió casi a la carrera, pero como era evidente que no podía mantener ese ritmo durante mucho rato, decidió protestar, mientras en su interior se lamentaba por no haberse negado instantes antes a ir a comer a ese restaurante de la huerta que, al parecer, se hallaba en el quinto infierno, cuando habían podido hacer lo mismo en cualquier establecimiento próximo a su casa.

—Oye, no tengo las piernas tan largas como tú y además llevo tacones, así que haz el favor de caminar más despacio— refunfuñó.

— De acuerdo, de acuerdo— admitió él amainando la velocidad con la que avanzaba por una avenida que no parecía tener fin—. Pero tranquila, que ya estamos llegando.

El paseo se iba quedando más y más solitario, conforme seguían caminando. Era evidente que el calor aplastante del mediodía había hecho desistir a los lugareños de transitar a esas horas por el lugar que recorrían y que igualmente los turistas habían optado por permanecer en sus hoteles descansando. Los últimos edificios habían quedado atrás y Amanda empezó a impacientarse. Estaba cansada y Adrián no parecía advertirlo. Con una expresión de felicidad absoluta soportaba estoicamente la temperatura reinante como si la perspectiva del arroz y habichuelas que tenía previsto comer compensase sobradamente cualquier sacrificio que fuese preciso padecer por degustarlo.

Una gota de sudor le resbaló a ella por la nariz y decidió de pronto que estaba harta y que no había potaje en el mundo que mereciese la paliza que se estaban dando los dos, por lo que se detuvo como si hubiese echado raíces en el suelo. Adrián siguió andando y andando, hasta que se dio cuenta de que caminaba solo y volvió la cabeza en su dirección. Al verla unos metros atrás, regresó corriendo a su encuentro.

— ¿Qué te pasa? Ya estamos llegando.

— ¿Sí?, yo creo que no—masculló con sarcasmo—. Hace ya un rato largo que has dicho lo mismo y no hemos llegado a ninguna parte. Tengo los pies molidos y no estoy dispuesta a llegar hasta Guardamar andando, a contemplar la desembocadura de El Segura. Quiero volver por donde hemos venido y comer en cualquier parte que esté cerca de mi casa.

Él se quedó mirándola como si no la entendiera.

— ¿Y el arroz y habichuelas no…?

— No, si tengo que ir a buscarlo al fin del mundo— rezongó malhumorada—. Además, hace un calor espantoso.

— Vale, vale—se conformó algo compungido—. Daremos marcha atrás ahora mismo.

Rebuscaba algo en sus bolsillos y al no encontrarlo se impacientó.

— Me he quedado sin tabaco—le comunicó fastidiado.

—Puedes comprarlo en un estanco que aún esté abierto o mejor en el establecimiento donde consigamos comer. ¿No crees?

No pareció oírla. Atisbaba los alrededores con la misma expresión con la que un náufrago pretendiese avistar tierra firme en pleno océano.

—Es que yo...— empezó a farfullar— Bueno, ya habrás advertido que no puedo aguantar mucho tiempo sin fumar. He intentado dejarlo varias veces, pero el tabaco es más fuerte que yo.

En su recorrido visual debió reparar en algo que le satisfizo, porque se volvió hacia ella con aire triunfal.

—¿Te importa esperarme aquí un momentito? Conozco ese bar que ves entre los árboles y sé que tienen una máquina expendedora de cajetillas. No tardo ni un segundo. Si quieres, puedes ir caminando de vuelta hacia el Puente Viejo, porque te alcanzaré enseguida.

Le había señalado una casa de una sola planta que en medio del campo parecía sostenerse en pie de milagro entre unos árboles frutales y ella hizo un gesto de asentimiento a la par que Adrián salía del paseo y echaba a correr en esa dirección. Le siguió con la vista unos segundos y luego inició el regreso hacia la ciudad, sintiéndose agobiada por el calor, exhausta por la caminata, con los pies doloridos y fastidiada por muchas cosas más, todas negativas, que no llegó a analizar con claridad. Recorrió un largo trecho sin cruzarse con ningún transeúnte y volvió la cabeza para comprobar si él la seguía ya. No vio un alma por los alrededores del rio ni otro sonido que el rumor de éste al deslizarse lentamente por su cauce. Hasta los insectos parecían haberse aletargado en la modorra de la hora de la siesta. Siguió andando y andando. Por fin, a lo lejos, divisó la torre de la catedral sobresaliendo sobre los tejados de los edificios, como un solitario centinela que vigilase la ciudad, abrasada por el sol.

En ese instante oyó unos pasos precipitados a su espalda y giró la cabeza pensando que sin duda se trataría de Adrián. Pero no era él. Era un hombre de mediana estatura y muy fornido, con una boina en la cabeza y aspecto de labrador.

Caminaba apresuradamente hacia ella cojeando ligeramente y… De improviso creyó ver la borrosa silueta del nazareno que desde la iglesia de San Antolín se le acercó, recorriendo el espacio que quedaba entre la fila formada por las sillas de los que presenciaban la procesión y las fachadas de las casas, para agarrarla por detrás y llevársela a rastras. No pudo distinguir su rostro entonces, porque iba encapuchado, pero su forma de caminar era la misma y en ese momento se dirigía directamente hacia ella corriendo por el paseo.

Sintió un vuelco en su interior. Con los ojos desmesuradamente abiertos por el miedo, recorrió visualmente en un segundo el panorama que se extendía a su espalda. El bar en el que había entrado Adrián quedaba ya muy lejos y se distinguía desde allí como una casita en miniatura, pero no había rastro de él ni de ningún ser viviente. El cojo acortaba la distancia que les separaba, en un santiamén la habría alcanzado, por lo que no se entretuvo en considerarlo y, aunque a los zapatos de tacón que calzaba no eran los más adecuados para realizar alardes de esa naturaleza, echó a correr.

Sin detenerse ni volver la cabeza, oyó como el hombre la imitaba. Pese a su cojera y a que no estaba precisamente delgado, iba reduciendo el espacio que mediaba entre los dos. Amanda luchó por imprimir mayor velocidad a sus piernas. Ya veía a lo lejos el Puente Viejo y también a un grupo de personas, diminutas por la lejanía, a las que se iba aproximando. A su espalda creyó oír que alguien la llamaba y el jadeo del gordo, seguramente asfixiado de calor y de cansancio, pero no se detuvo ni aminoró la rapidez de la carrera. Ya podía distinguir al grupo de jóvenes que caminaban hacia ella y que se le estaban acercando. Incluso divisaba con claridad sus facciones y que se trataba de tres chicos y una chica, por lo que se abalanzó hacia ellos. Casi al mismo tiempo oyó algo detrás de ella que se asemejaba a una pelea. Las palabras malsonantes del cojo y las no menos malsonantes del que acababa de derribarle al suelo. Con la respiración entrecortada volvió ahora la cabeza y reconoció a Adrián, congestionado y sudoroso, en el hombre que permanecía en pie pateando al gordo que, en el suelo se defendía como podía de sus acometidas. Con una agilidad impropia de su edad y de su complexión, logró éste último ponerse en pie y echar a correr por el paseo en dirección contraria, hasta que desapareció a lo lejos al doblar un recodo.

Sacudiéndose el polvo de los pantalones y con el oscuro cabello revuelto, Adrián se le acercó respirando entrecortadamente.

— ¿Qué ha pasado? ¿Se ha metido contigo ese tipo?

Jadeando, Amanda afirmó con la cabeza.

— ¿Te ha dicho alguna grosería? Al salir del bar, al principio no he visto a nadie, pero luego me he dado cuenta de que eras tú la que, lejísimos, corrías como una loca y que él corría detrás de ti. ¿Le conoces?

Fatigosamente, esbozó ella un gesto negativo.

— No… no le conozco.

— ¿Entonces?

Inspiró aire como si estuviera al borde de la asfixia.

— Creo… creo que era el tipo de anoche, el que intentó arrastrarme hasta el callejón. Cojeaba igual. Sí, estoy segura de que era el nazareno de la procesión.

CAPÍTULO VIII

Empezaba a anochecer y Amanda se arregló apresuradamente temiendo que se le hiciera tarde. Después de haber estado a punto de ser agredida por el cojo, había tomado un sándwich con Adrián en una cafetería cercana y luego se había despedido de éste hasta la noche. Se sentía incapaz de comer, de dormir y hasta de pensar. Lo único que deseaba en encerrarse en un lugar tranquilo, sin ruido, sin gente y donde pudiera sentirse segura. El piso de Mandy no reunía el último de esos requisitos, pero era mejor que nada.

Aunque lo intentó, no consiguió tampoco concentrarse en su trabajo y terminó por apagar su ordenador portátil sin haber logrado tomar más que unas pocas notas. Apoltronada en el sofá del salón, con los cojines esparcidos por el suelo, pasó la tarde dándole vueltas a lo mismo. Al riesgo que había corrido esa mañana en el Malecón, donde había faltado poco para que la alcanzara el cojo, que sin duda había vuelto a confundirla con su prima. ¿Qué pretendería hacerle a ésta? ¿Obligarla a que le entregara el cuadro o a que le pintara otro similar? Imaginó la sorpresa que se habría llevado ese tipo, de haber conseguido secuestrarla esa mañana, al constatar que ella no sabía pintar ni tan siquiera la típica casita echando humo por la chimenea que dibujan todos los niños, incluso los más negados para ese arte.

El traje pantalón se lo habían traído de la tintorería media hora antes y no podía entretenerse demasiado si quería llegar a tiempo a la plaza de San Juan. Esa tarde recorrerían las calles de Murcia dos procesiones. Una que saldría de la iglesia de San Juan Bautista, a las siete de la tarde y la otra, de la iglesia de San Juan de Dios, una hora después y, aunque había redactado unos apuntes con lo más significativo de cada una de ellas, no estaba muy segura de no confundirlas.

Lo pensaba mientras se peinaba ante el espejo del cuarto de baño. Pese a que había sido siempre una persona equilibrada y sensata, desde la tarde de su llegada a Murcia no conseguía razonar con claridad ni asimilar unos datos que en otras circunstancias hubiera retenido sin el menor esfuerzo. Experimentaba desde entonces la sensación de estar inmersa en un torbellino de acontecimientos absurdos, de sucesos sin sentido ni explicación razonable. Y entre todas las experiencias desagradables en las que se había visto implicada, intentó deslindar la más reciente, la de la persecución de que había sido objeto por el cojo en el Malecón. Constituía sin duda la continuación del incomprensible secuestro frustrado del nazareno de la túnica morada, ¿pero por qué? De todos los sucesos que le habían acaecido desde su llegada al piso de Mandy y de los que tenía en perspectiva, únicamente podía extraer como un tranquilizador aliciente su cita de esa noche con Adrián Fontes, al que esperaba encontrar junto a la iglesia de San Juan Bautista, al término de la procesión de Nuestro Señor del Rescate. En el "picoesquina" de esa iglesia, como se decía en Murcia, para cenar con él.

Y no era solo porque tenía que agradecerle que la hubiera librado en dos ocasiones de su agresor. Era porque a su lado sentía que se encontraba junto a una persona sin dobleces, sin fingimientos, que no ocultaba nada ni pretendía ser otra persona distinta de la que era. Quizás porque no fingía, se había visto obligada ella a soportar su mal carácter y sus impredecibles cambios de humor, pero lo daba por bien empleado. Peor era el caso de Guillermo Elizalde que aparentaba ser una buena persona y simulaba preocuparse por la seguridad de Mandy, cuando probablemente lo único que le interesaba era la posibilidad de unirse a la cofradía de falsificadores que la utilizaban.

Y también, para tipo incomprensible, el psicólogo. Desde que descendiera a la vivienda desde el ático esa mañana, se había preguntado en repetidas ocasiones si no debería llamar a la puerta de la casa de su vecino para mostrarle su documento nacional de identidad y preguntarle por qué se había marchado súbitamente de su piso sin despedirse. A continuación, cuando el hombre se hubiera convencido de que Mandy y ella eran dos chicas distintas y la conversación entre ambos hubiese alcanzado la suficiente fluidez, podría averiguar sutilmente si había sido él quien había subido al estudio de aquélla. Consideraba inútil preguntarle si también había sido él el que se había llevado los lienzos de su prima, porque eso lo negaría rotundamente con toda seguridad, pero esa conclusión sería obvia si reconocía haber estado visitando el ático, alegara lo que alegara como excusa.

Le inspiraba Enrique ahora una cierta aprensión, por lo que, en cuanto se calzó los zapatones que reservaba para el trabajo que realizaba retransmitiendo las procesiones, salió cautelosamente del piso oteando el largo pasillo enmoquetado, temiendo verle aparecer en cualquier momento por la puerta de su casa. Afortunadamente pudo tomar el ascensor sin sufrir el menor percance y mientras descendía hasta el portal fue repitiendo por lo bajo las características que diferenciaban las dos procesiones, en parte para no confundirlas y en parte también para apartar de su mente las sospechas que le inspiraba su vecino y el miedo que se había convertido en su inseparable compañero desde que llegara a Murcia.

Al salir de la cabina vio al portero tras el mostrador de madera barnizada del portal, que la saludó deferentemente, y pensó que debía aprovechar ese instante para reprenderle por haberle entregado las llaves del piso a Pineda la tarde de su llegada, sin cerciorarse primero de si la dueña del piso lo había autorizado así. Aún debía creer que ella era Mandy y esa convicción la animó a acercársele, decidida a suplantar por un instante a su prima. Como no sabía su nombre, se limitó a saludarle.

—Buenas, tardes, me alegro de verle.

—Y yo también— repuso amablemente él—. ¿Va a ver las procesiones de esta tarde?

Amanda hizo un gesto de asentimiento mientras buscaba las palabras oportunas.

—Sí, claro, pero quería decirle algo antes. Al parecer le entregó usted a un amigo mío las llaves de mi piso. Las que guarda en la portería para utilizarlas solamente en caso de emergencia.

Él enarcó sus oscuras y espesas cejas como si no la hubiera entendido. Era un hombre alto y flaco, de rostro enjuto y expresión adusta. Vestía un elegante traje oscuro, con el que, más que un portero se asemejaba a un ejecutivo que estuviese dispuesto a participar en el consejo de administración de una multinacional prestigiosa. En ese momento estaba serio. Casi pudiera decirse que ofendido.

— ¿Qué es lo que dice que le entregué a su amigo?

—Las llaves. Las llaves de mi piso. Las había olvidado yo en otro bolso y ese amigo bajó al portal a pedírselas. Quisiera recomendarle que en otra ocasión suba a preguntarme si efectivamente he autorizado yo que se las dé. Comprenda que podía tratarse de un delincuente que hubiera decidido atracar mi casa.

El portero la había escuchado con la boca abierta y la cabeza ladeada, observándola de hito en hito. Al fin la meneó enérgicamente en sentido negativo.

— No sé de qué me está hablando. No ha venido ningún amigo suyo en los últimos días con ningún recado de usted y, por supuesto, no me ha pedido nadie las llaves de su casa. En ningún caso se las hubiera entregado.

Ahora fue Amanda la que se quedó boquiabierta, pero pese a ello, insistió:

— Anteayer, el domingo por la tarde. ¿No le pidió las llaves de mi vivienda un hombre de unos cuarenta años, muy moreno, de estatura mediana, con el pelo más bien largo, que vestía una chaqueta de cuero negro sobre una camisa color caqui? Debió de ser a eso de las nueve de la noche, porque más o menos a esa hora subió a mi casa con ellas en la mano.

El hombre la observó con aire receloso.

— No, claro que no. Ni siquiera estaba yo en el portal a esa hora, porque cerramos a las ocho. Y en cuanto a sus llaves, siguen estando en su sitio, ahí dentro, como puede usted comprobar.

Le mostraba un armarito de puertas de cristal que colgaba de la pared detrás del mostrador, en el que efectivamente podía vérselas pendiendo de un clavo, bajo un rótulo que indicaba su planta y la letra de la puerta de su casa. Amanda se quedó mirándolas como hipnotizada. ¿Por qué le habría mentido Pineda a ese respecto y de dónde habría sacado las que le había entregado a ella, las que ahora llevaba en su bolso? Tragó saliva sin saber qué decir notando que en la garganta se le había formado una especie de bola de algodón.

— Perdone entonces. Ha debido ser un malentendido.

— No tiene importancia—replicó el hombre más relajado encogiéndose de hombros, como si estuviera acostumbrado a minimizar las extravagancias de Mandy—. Algún bromista le ha contado ese cuento y usted se lo ha creído. No tiene importancia.

Pero sí la tenía, pensó Amanda. ¿De dónde había sacado entonces Pineda las llaves que le habían permitido a ella abandonar el piso para cenar con él la noche de su llegada? Las que había utilizado desde entonces todos los días. De improviso sintió un escalofrío. ¿Qué sabía del reportero gráfico que su periódico había contratado para que realizara el reportaje de las procesiones de la Semana Santa de Murcia? Nada en absoluto. Ni siquiera conocía su nombre de pila. En su compañía y en la de su desgreñado ayudante había recorrido en su vieja furgoneta los kilómetros que mediaban entre Madrid y Murcia sin despegar los labios y había cenado con él la noche de su llegada intercambiando vaguedades en su conversación. ¿Tendría algo que ver con la confabulación que se cernía en torno de Mandy y que por el parecido con su prima la amenazaba a ella también? Claro que Pineda sabía que ella vivía en Madrid, que era periodista y que no estaba involucrada en las andanzas de aquélla, por lo que no cabía a ese respecto equivocación posible.

Aturdida salió a la calle, ruidosa, concurridísima e iluminada por las luces de los escaparates de las tiendas y por las de las farolas que en las aceras proyectaban en derredor una claridad azulada. Era ya de noche, pero en la Gran Vía el gentío seguía transitando bullicioso desde la plaza Circular hasta el río con el ambiente de fiesta que en Semana Santa impregnaba toda la ciudad.

Pese al gentío que atestaba la calle, fue volviéndose intermitentemente para mirar a su espalda, temiendo encontrarse nuevamente con el cojo, aunque pensó que resultaba muy improbable que pretendiera secuestrarla en medio de aquella multitud.

Sin cambiar de acera, caminó deprisa en dirección al Segura que adivinaba a lo lejos y, al llegar a la calle Madre de Dios, la tomó, abriéndose paso entre los transeúntes que deambulaban tranquilamente en la misma dirección que seguía ella. La calle se estrechaba cuando alcanzó el tramo de la misma que recibía el nombre de Puxmarina. Poseía unos curiosos soportales de columnas de colores bajo los que caminó apresuradamente y respiró más aliviada al desembocar en la plaza del Cardenal Belluga, en la que por sus amplias dimensiones podía circular con mayor libertad, aunque estaba abarrotada también de gente que había acudido a ese lugar a presenciar las procesiones que desfilarían bordeando la catedral Se erguía ésta, grandiosa e iluminada sobre la oscuridad de la plaza, presidiéndola, como uno de los mejores ejemplos del barroco español, pero Amanda no pudo detenerse a admirarla. Pese a la algarabía que reinaba por doquier y de los empellones que iba recibiendo conforme avanzaba por la plaza para acceder a la de los Apóstoles, intuyó, más que notó, algo a su espalda que la alertó. La estaban siguiendo. Entre el gentío, unos pasos se acompasaban a los suyos. Se detenían a la par que lo hacía ella y reanudaban el ritmo de la andadura a su compás. ¿Sería el cojo, empeñado en perseguirla?

Aprovechó el momento en el que pasaba frente al palacio episcopal para detenerse y otear entre la muchedumbre que se empujaba tras ella, sin reconocer a nadie. Luego retrocedió unos pasos fingiendo contemplar su hermosa fachada, también barroca. Apenas si consiguió distinguirla en la oscuridad y se sintió zarandeada por el gentío que se encaminaba hacia las sillas apostadas delante de su fachada y que se alquilaban para contemplar la procesión, pero se mantuvo firme en su vigilante puesto de observación. No captó ningún movimiento a su espalda que no respondiera al habitual de los que pretendían presenciar el espectáculo y que en esos momentos luchaban por conseguir una silla. Empujones y más empujones.

Al recibir un doloroso codazo en las costillas decidió ponerse en movimiento, aunque sin bajar la guardia. Su reloj de pulsera marcaba las siete y veinte minutos de la tarde y no podía demorarse ni un instante más si quería reunirse con Pineda y con Saúl a tiempo de empezar a informar por el micrófono sobre el inicio de la procesión. Más tarde, cuando ésta finalizara, le preguntaría a Pineda cómo había conseguido hacerse con las llaves del piso de Mandy. Las que le había entregado la noche de su llegada. ¿O sería mejor aparentar que no había tenido conocimiento de la anomalía de ese hecho hasta que averiguara algo más sobre el reportero gráfico?

A paso ligero se encaminó hacia el fondo de la plaza, bordeando la catedral, y desembocó en la de los Apóstoles, vestigio también, como la anterior, del pasado de una ciudad que parecía haberse dormido en el tiempo, con las terrazas de sus bares atestadas por un bullicioso gentío entre el que se abrió paso con dificultad, luchando por percibir entre el griterío los pasos de su perseguidor.

Oyó cómo éstos se ponían nuevamente en movimiento al enfilar la calle de Isidoro de la Cierva y al dejarla a su espalda y pasar por debajo del Arco de San Juan, por el que se accedía a la plaza del mismo nombre, volvió a notar el rítmico sonido de unos pasos que se acomodaban a los suyos propios. Unos nazarenos que se reían a carcajadas del chiste que había contado uno de ellos la adelantaron y volvió entonces la cabeza. Tampoco ahora distinguió a nadie conocido en la calle, más allá del arco. Tan solo parejas que se apresuraban a dirigirse hacia la plaza de San Juan tirando de sus niños, pandillas de jóvenes embromándose los unos a los otros, señoras encaramadas a altísimos tacones con mantilla y trajes negros, y nazarenos, sobre todo nazarenos, unos con túnicas moradas y blancas y otros con vestiduras de color verde y blanco, que corrían igual que ella a ocupar su puesto frente a la puerta de la iglesia de San Juan Bautista.

Consultó nuevamente su reloj y no se vio obligada a fingir que se le hacía tarde, ya que el comienzo de la procesión estaba anunciado para dentro de unos minutos, por lo que echó a correr hacia la plaza, sorteando a los que le entorpecían el paso.

Una multitud de penitentes se aglomeraba a la puerta de la iglesia, al fondo de la plaza, y a empujones fue acercándose a la fachada de la iglesia buscando a Pineda con los ojos. ¿Dónde podría haberse metido?

No vio su furgoneta ni a Saúl esperándola con su molesto foco, aunque dio varias vueltas sobre sí misma intentando localizarles. Ya comenzaban los nazarenos a alinearse en dos filas paralelas, precedidos por uno que portaba un estandarte y ella seguía debatiéndose estoicamente bajo los empellones de la gente con una angustia que iba en aumento por no encontrarles y por saberse perseguida por alguien a quien no lograba distinguir ni identificar.

¿Dónde se habrían situado sus compañeros de reportaje? Quizás debería haberles llamado por el móvil antes de salir de la casa de Mandy para preguntarles en qué lugar debería reunirse con ellos. Pero aún estaba a tiempo, se dijo, mientras extraía el teléfono de su bolso y marcaba el número en la agenda de éste. En el griterío de la plaza no llegó a oír ni tan siquiera el intermitente timbrazo de la llamada que había efectuado y cortó furiosa la comunicación.

¿Qué podía hacer? La despedirían del periódico si no retransmitía la procesión y le pareció imposible en esos momentos encontrar a los dos hombres que buscaba, en la oscuridad de una plaza atestada de gente, que podía parangonarse sin desmerecer con el abarrotamiento del Metro de Madrid en las horas punta.

Desazonadísima, se hubiera echado a llorar de haber tenido tiempo para ello, pero no disponía de ese tiempo. A duras penas logró retroceder hacia el arco e intentó nuevamente comunicar con Pineda. Nada. O no oía el sonido del teléfono él o no percibía ella su voz en aquella algazara.

Quizás cuando comenzara el desfile procesional se acallara la algarabía de la gente. Sabía, por haberse documentado sobre ello que el de esa tarde se caracterizaba por ser un sobrio y austero cortejo penitencial, en el que los nazarenos desfilaban con riguroso orden y en un silencio absoluto. Quizás pudiera en ese momento contactar con Pineda, que seguramente estaría tan desconcertado e inquieto como ella.

Pero se perdería con toda seguridad la salida de la iglesia del Paso de la Cruz guía, de Vicente Segura, que encabezaba la procesión, y el reportero gráfico no perdería la ocasión de desahogarse con su jefe y hacer recaer sobre ella la culpa de no haber retransmitido la procesión desde su inicio.

No percibía ahora las acompasadas pisadas del tipo que la había seguido, por lo que se relajó un tanto y nuevamente intentó localizar a Pineda y a su ayudante, con la vista entre el barullo de la plaza, que iba decreciendo paulatinamente. La mayoría de las personas que deambulaban sin rumbo fijo iban ocupando las sillas que habían alquilado, adosadas a las fachadas de los edificios, y finalmente solo quedaron unas cuantas, tan desorientadas como ella, a las que unos cuantos nazarenos, que parecían ser los jefes, fueron retirando del espacio por donde debería desfilar la comitiva, que, desde la iglesia, se encaminaba ahora en dirección al Arco de San Juan.

Con la sensación de haberse convertido en un barco a la deriva, Amanda continuó correteando por el centro de la plaza y sorteando a los nazarenos, hasta que el mayordomo del estandarte la empujó fuera del espacio por el que debían discurrir las dos hileras de nazarenos. Del impacto, trastabilló de espaldas y estuvo a punto de perder el equilibrio y caerse sentada al suelo. Alguien que se encontraba tras ella lo impidió, sosteniéndola en pie en el último segundo y en cuanto recuperó la posición vertical se volvió para mirar a su valedor y darle las gracias. Sorprendida, y a la escasa luz de los cirios que portaban los nazarenos reconoció a Guillermo Elizalde, con más pinta de vaquero que nunca. Llevaba una cazadora de piel negra sobre su habitual camisa de cuadros y, como también era lo acostumbrado en él, unos pantalones vaqueros de color azul.

La sonrisa se le congeló en los labios al recordar lo que le habían referido sobre éste Mandy y Adrián, pero en la oscuridad que les envolvía él no llegó a advertirlo.

— ¿Estás bien?, — le preguntó Guillermo en tono festivo—. Ese muchacho del estandarte es demasiado impetuoso. ¿Has venido a retransmitir la procesión?

Amanda se estiró dignamente la chaqueta de su traje pantalón e hizo un gesto afirmativo, mientras se apartaba del cortejo y le seguía hacia un extremo, oscuro y apartado de la plaza. Hasta allí no alcanzaba el tenue resplandor de los cirios de los nazarenos, que, como una hilera de puntos luminosos, avanzaba rítmicamente hacia el Arco de San Juan entre un silencio denso, absoluto.

— Sí, pero no los encuentro. Debería estar aquí su furgoneta y esto me puede costar un disgusto muy serio.

— ¿En tu periódico?

— Sí, claro.

Guillermo se la quedó mirando fijamente con sus claros ojos color avellana.

— ¿Y por qué no llamas a tu jefe?— le insinuó.

— Sí, ¿y qué le digo?

— Que tu compañero, el del vídeo, ha hecho novillos y que el otro, el del pelo enmarañado, no ha aparecido tampoco.

Se reía al decírselo, pero por el cerebro de ella cruzó algo parecido a un fogonazo de sospecha e intentó distinguir su expresión en la semi oscuridad. Sobre sus cabezas se cernía un firmamento negro, tachonado de estrellas, en el que una luna pálida y descolorida irradiaba una claridad pálida que no alcanzaba a disipar las sombras. El semblante de él quedaba a contraluz, por lo que no consiguió averiguar qué pasaba por su mente en esos instantes.

— ¿Y cómo sabes que Pineda maneja una cámara de vídeo y que Saúl no se ha lavado nunca el pelo?— le preguntó. Luego meneó dubitativamente la cabeza como si lo estuviera considerando—. Bueno, supongo que no se lo habrá lavado nunca por las greñas que luce y que le resbalan hasta los hombros, aunque no se lo he preguntado. Di, ¿cómo lo sabes?

Estoy segura de no habértelos presentado y no creo que nos hayas visto nunca juntos.

Él volvió a reírse.

— Eso es lo que tú supones.

— ¿Qué es lo que supongo?

— Que no os he visto nunca juntos.

— ¿Quieres decir que…?

— Que os vi ayer en la plaza de San Antolín. Presencié la procesión a pocos pasos de ti, a tu espalda, y escuché tu documentada y precisa exposición sobre el cortejo. Te quedó muy bien.

Le escuchó boquiabierta y las palabras de él fueron dificultosamente abriéndose paso en su cerebro.

— ¿Que estabas a mi espalda? Te percatarías entonces de que un nazareno intentó secuestrarme. Me agarró por detrás, por debajo de los brazos, en un momento en el que Saúl enfocaba el Paso del Cristo de Getsemaní con el foco y me arrastró hasta ese callejón que llaman de Las Angustias. ¿Lo viste?

Guillermo se echó a reír con ganas.

— Sí, claro. Si vas a presentar una denuncia y necesitas un testigo, cuenta conmigo.

Indignada, luchó por encontrar las palabras oportunas, pero se le agolpaban en la garganta y solo logró emitirlas entre tartamudeos.

— ¿Que cuente contigo… que cuente contigo como testigo? ¿Presenciaste cómo… presenciaste cómo… cómo me agredía ese nazareno y no me ayudaste? Eres un imbécil.

— Vaya, pues muchas gracias, — replicó con sorna, sin que al parecer el epíteto que le había dirigido le hiciera mella—. No te ayudé, porque se me adelantó un nazareno que portaba un cirio y que al pasar por tu lado se salió de su fila para correr en tu auxilio.

— Efectivamente—masculló mordaz.

Él continuó como si no la hubiera oído.

— Lo curioso es que distinguiera en la absoluta oscuridad en la que te encontrabas en ese momento que el otro nazareno te arrastraba hacia el callejón. Debe de tener una vista de lince.

Pese a la guasa con la que se expresaba, Amanda intuyó algo en su tono que apenas si había dejado él traslucir, pero que la intrigó.

— Lo dices como si pensaras que todo el numerito fue una farsa. ¿Es eso lo que piensas?

Guillermo se encogió evasivamente de hombros. No parecía dispuesto a aclarárselo, por lo que insistió:

— No me has contestado. ¿Por qué o para qué iban a montar los dos nazarenos esa representación? Yo no los conocía de nada. ¿O es que crees que me confundieron con Mandy y que por eso…?— Se interrumpió con la inquietante sensación de haber dado con la conclusión acertada. Luego frunció el ceño para evocar la desagradable escena y concentrarse mejor—. Probablemente ese nazareno me confundió con mi prima, pero no creo que el ataque de que fui objeto fuera simulado. Seguramente pretendía secuestrarme para obligarme a que la pintara un cuadro de su gusto, con la técnica de Monet o de otro impresionista, al que luego podría falsificarle la firma.

— Probablemente— repitió él con ironía.

Recordó Amanda en ese momento los comentarios de Adrián Fontes y de Mandy sobre su interlocutor. Había apuntado el primero que podía haber sido él su frustrado secuestrador y su prima le había referido que había intentado asociarse con su ex novio para comercializar los cuadros que ella pintaba, después de imitar la firma del autor al que se lo atribuirían. Le observó con nuevos ojos. Al menos lo intentó, porque no distinguía sus facciones ¿Sería posible? ¿Y sería posible también que fuese él la persona que le había seguido durante el trayecto que había recorrido desde la casa de Mandy hasta la plaza de San Juan? Pese al tumulto que abarrotaba las calles se había percatado de que unos pasos se acompasaban a los suyos. ¿Habría sido él?

Antes de haberse detenido a meditarlo, se oyó a sí misma formulándole la pregunta.

— Oye, cuando venía hacia esta plaza me ha parecido que alguien me seguía, no habrás sido tú, ¿verdad?

Aunque apenas si vislumbraba su expresión, adivinó que se la había quedado mirando con cara de pascuas.

— Pues sí— repuso, con lo que a ella le pareció de una incalificable desfachatez.

— ¿Has sido tú?

— Ya te he dicho que sí.

— ¿Y se puedo saber por qué?

— Para averiguar a donde te dirigías— replicó con absoluto descaro—. También te seguí ayer hasta la plaza de San Antolín y con toda seguridad te seguiré mañana hasta la plaza del Carmen, donde comienza la procesión de "los coloraos". ¿Por qué?

— ¿Cómo que por qué?— rugió indignadísima—. ¿No tienes nada mejor que hacer que corretear por Murcia detrás de mí? No sé pintar ni llevo camino de aprender. La que pinta es Mandy, no yo. Yo soy periodista y he venido a…

— Bueno, bueno— la interrumpió—. Todo eso ya lo sé y creo haberte explicado por qué estoy en Murcia y a qué me dedico. Por esa razón te estoy siguiendo, para averiguar a donde te diriges y si guardas o no alguna relación con los falsificadores de los cuadros que pinta tu prima. Ya sé que no eres ella. Eso se nota al primer golpe de vista.

Recordó Amanda el empecinamiento del psicólogo, absolutamente convencido de que las dos eran una sola persona aquejada de una enfermedad mental, y parpadeó sorprendida.

— ¿Se nota? ¿No somos físicamente exactamente iguales?

Guillermo meneó negativamente la cabeza.

— Yo creo que no. Quizás si mantuvierais la boca cerrada sería posible confundiros, pero en cuanto decís dos frases se advierte que no tenéis nada que ver la una con la otra. Tú tienes un genio endemoniado.

— ¡Ah!, ¿Sí?— se enfadó ella.

— Sí. Mandy en cambio parece una huérfana indefensa vagando por un limbo que se ha fabricado a su medida. En ese

189

limbo solo existen lienzos, pinceles y aguarrás. Y… bueno, sí, también alguna que otra fantasía, en la que seguramente tendrán cabida los ositos de peluche con los que dormía en su infancia.

No se entretuvo Amanda en dilucidar si había definido correctamente a su prima. Le observaba ahora con los ojos chispeantes.

—No tengo mal genio, es solo que ya estoy harta. Harta de este lío de cuadros en el que al parecer tú también estás involucrado, de que me sigas, de que me hagan objeto de secuestros frustrados, de que me den unas llaves que no se sabe de dónde han salido, de que mi vecino pretenda someterme a una terapia psicológica y que se largue luego sin dejarme que le enseñe mi documento nacional de identidad, de…

Él levantó una mano para cortar su incesante verborrea.

—¿Es que vas al psicólogo?

—No, claro que no —replicó enfurecida.

—Entonces, ¿por qué quieres enseñarle tu documento nacional de identidad?

Amanda se apartó nerviosamente su rubísima melena de la cara.

—Para que se entere de quién soy y de cómo me llamo. Se ha largado cuando se lo iba a enseñar y ni siquiera se ha despedido.

La macilenta claridad de la luna le permitió ver que él esbozaba un gesto indefinible. Un gesto de absoluto desconcierto.

—Será un maleducado.

—Sí, pero es que le he oído en el estudio.

—¿En el estudio?

—En el estudio de Mandy y, cuando he subido a inspeccionar lo que hacía, se había llevado los lienzos saltando de terraza en terraza. Podía haberse roto la crisma, ¿no crees?

El atractivo semblante de él expresó perplejidad.

—¿Estás segura de que no has soñado todo eso? ¿Qué tiene que ver ese psicólogo con tu documento nacional de identidad y por qué habría de querer romperse la crisma en la terraza de tu casa?

Al recordarlo, una sombra cruzó por el rostro de ella. Luego le envolvió en una mirada desdeñosa.

— ¿Ves como no entiendes nada? No sé por qué te lo cuento.

Guillermo dejó escapar un suspiro de resignación.

— Vale, vale. ¿Pero por qué me has dicho antes que estoy involucrado en la red de falsificación de los cuadros que pinta tu prima? Me parece habértelo entendido.

Se mordió los labios, fastidiada por haber dejado escapar lo que Mandy le había referido confidencialmente y se encogió evasivamente de hombros. Luego intentó cambiar de conversación.

— Oye, ¿no sería posible que Pineda y Saúl se hayan confundido de procesión? Salen dos esta tarde desde distintas iglesias. Quizás estén ante la de San Juan de Dios buscándome como locos. No sería extraño, porque aquí todas las plazas se llaman de la misma forma, San Juan, como ésta, San Juan de Dios como la otra… Y seguro que hay dos o tres más situadas estratégicamente por la ciudad con un nombre parecido.

—La iglesia de San Juan de Dios no está exactamente en una plaza — la interrumpió para rectificar lo que acababa de manifestar — sino más bien en un ensanche de la calle Eulogio Soriano. Se encuentra muy cerca de aquí y si quieres puedo acompañarte.

Lo consideró ella durante unos segundos y terminó por aceptar.

— De acuerdo. Prefiero que me indiques el camino a que se sigas, ya que el resultado en cualquier caso sería el mismo, ¿no? — terminó irónicamente.

— Exactamente el mismo — replicó muy serio.

—Porque así averiguarías a donde voy y con quien me reúno, ¿no?

— Efectivamente.

Desalentada, Amanda se encogió de hombros.

—Pues vamos.

Al son de los tambores

CAPÍTULO IX

Aunque la iglesia de San Juan de Dios no distaría más de doscientos metros de la plaza de San Juan, invirtieron más de quince minutos en realizar el trayecto, al verse obligados a dar un rodeo para evitar las calles por las que desfilaba la procesión. Jadeantes divisaron el templo en un ensanche de la calle Eulogio Soriano, tras un gentío de penitentes que aguardaban el inicio del desfile, así como de espectadores que habían acudido a presenciar la procesión, y Guillermo se lo señaló.

—Ahí está. ¿Ves a tus compinches por aquí?

Amanda intentó identificarles entre el sinfín de curiosos que se arracimaban por las inmediaciones de la iglesia, esperando que se hiciese la hora señalada para el comienzo de la procesión. Un aire de fiesta se respiraba en el ambiente y en los rostros de las personas que se iban aproximando en busca de una silla de alquiler, como si fuese aquél un acontecimiento largamente esperado. Tras un atento escrutinio de todos los rincones donde Pineda pudiera haber aparcado la furgoneta, se giró hacia Guillermo con los nervios a punto de estallar.

—Tampoco están aquí. ¿Cuánto tiempo falta para que salga esta procesión de la iglesia?

—Más de media hora— repuso él tras consultar su reloj de pulsera—. ¿Por qué no llamas por el móvil al tipo de la cámara de video?

Con un afirmativo movimiento de cabeza se apartó ella del gentío hacia un rincón menos concurrido en el que se hallaba el edificio de un instituto docente y marcó el número de Pineda en su agenda. No tardó en oír la malhumorada voz de él.

— ¿Qué te pasa?, ¿por qué me llamas tan temprano?

— No es tan temprano— le corrigió ella—. La procesión de la plaza de San Juan ha salido ya, a las siete. ¿Dónde estáis?

Le pareció captar el sobresalto en la voz de él.

— ¿Cómo que ha salido ya? ¿No comenzaba a las ocho?

— No. A las ocho saldrá ésta de la iglesia de San Juan de Dios. La iglesia que tengo enfrente de mí en estos momentos. ¿Es que os habéis olvidado del programa o qué os ha sucedido?

Pese al griterío de la calle, creyó percibir un consternado silencio al otro lado del hilo.

— Pues… pues nos hemos confundido, pero ya vamos. Tú no te muevas de ahí.

— ¿Qué no me mueva?— se enfadó Amanda—. ¿Y qué hacemos con la otra procesión?, ¿con la que ya ha salido?

Guillermo interrumpió la conversación inclinándose hacia su oído y levantó la voz para hacerse entender sobre el alboroto reinante.

— No podéis estar en los dos sitios a la vez. Creo que sería una buena idea que retransmitieses las dos desde la plaza del Cardenal Belluga, frente a la catedral. Aunque a distinta hora, transitan ambas procesiones por esa plaza.

Amanda se había retirado el móvil del oído para escuchar a Guillermo, pero al volver a aproximárselo a la oreja escuchó la destemplada voz de Pineda, gritando:

— ¿Quién es ese tipo que da voces, opinando sobre lo que debemos hacer nosotros tres? ¿Con quién estás?

Reprimió ella a duras penas las ganas de reír.

— Con nadie.

— ¿Cómo que con nadie? ¿Piensas que estoy sordo?

En el lugar en el que se hallaban, brillantemente iluminado, podía distinguir claramente Amanda la socarrona expresión de Guillermo al oír vociferar a Pineda a través de su móvil, por lo que se apresuró a contestarle con toda la ironía que fue capaz de expresar:

— Estoy con un chico que me sigue por toda Murcia. Tiene aspecto de vaquero de película americana, pero es español y se dedica a certificar sobre la autenticidad de las obras de arte, ¿comprendes?

Le pareció que Pineda enmudecía de repente y que le costaba trabajo encontrar de nuevo las palabras.

— ¿A… a certificar la… la autenticidad de las obras de arte?, ¿Y qué tienes que ver tú con él?

Le dirigió ella de refilón una guasona mirada a Guillermo antes de replicar:

— Yo nada. Es él el que se ha empeñado en pegárseme a los talones. Pero bueno, ¿venís o qué?

— Sí, sí—. Y obstinadamente, como si se le hubiera convertido en una idea fija, repitió—: Tú no te muevas de ahí. Ya vamos.

Cortó Amanda la comunicación al tiempo que se dirigía a Guillermo:

— Dice que ya vienen. ¿Qué hacemos mientras?

Él hizo un gesto vago.

— Si quieres, puedo contarte algo sobre la iglesia, que a lo mejor te ayuda luego y que puedes introducir en el discursito que tienes que pronunciar cuando retransmitas la procesión.

Viendo el cielo abierto, ella se apresuró a aceptar.

—Sí, sí, cuéntame. Cualquier cosa que sepas me puede servir, porque no he tenido tiempo ni ganas esta tarde de documentarme y, aunque tendré que improvisar durante las horas en las que durará el desfile, se me puede a agotar la inspiración.

Guillermo hizo un gesto de asentimiento, mientras se mesaba su revuelto cabello, que la brisa nocturna le dispersaba en todas direcciones.

—Pues aunque te parezca sorprendente, esa iglesia está enclavada precisamente sobre la mezquita del Alcázar Mayor, cuando Murcia era uno de los reinos de Taifas. Ese Alcázar era la residencia de la familia real musulmana hasta que Alfonso

X el sabio, que entonces no era más que un príncipe y probablemente no sería aún muy sabio, hizo su entrada en la ciudad tras la firma del tratado de Alcaraz.

Amanda le miró con sus ojos azules agrandados por la sorpresa.

— ¿La iglesia   está justamente donde estaba el Alcázar?

— No, la mezquita formaba parte del recinto en el que se emplazaba el Alcázar Nasir. Alfonso X mandó construir sobre ella un templo cristiano, pero quedan restos de esa mezquita en el subsuelo.

Examinó ella la fachada de la iglesia con aire crítico, diciéndose que su arquitectura no conservaba el menor elemento musulmán ni vestigio alguno de ese pasado.

— Pues nadie lo diría— murmuró.

— No, y lo más curioso es que la mayor parte de los murcianos no lo saben. O no les importa— concluyó con aire abstraído como si no lograra explicarse esa última consideración. Se inclinó luego hacia ella para estudiar la expresión de su rostro—. ¿Te aburre mi historia?

— No, en absoluto—le aseguró—. Disfruto dando noticias sobre los sucesos que ignora la gente, así que aprovecharé luego para dejar a mis oyentes pasmados por mi mucha sabiduría y por mis conocimientos sobre el emplazamiento de la iglesia. Cuéntame algo más.

Él hizo un gesto de asentimiento, antes de preguntarle:

— ¿Sabes quién fue el rey Lobo?

Frunció ella el ceño. Le sonaba mucho el nombre de ese rey, pero no conseguía traerlo a la memoria, aunque estaba segura de haberlo estudiado en la facultad de periodismo. Como no quería que Guillermo pudiera pensar que era una inculta, se arriesgó a iniciar una respuesta que finalizara en puntos suspensivos y que él pudiera continuar añadiendo la frase oportuna.

— Claro, fue un rey moro que… que bueno, que fue conocido por ese apodo. ¿Por qué me lo preguntas?

Le pareció que él estaba disimulando las ganas de reír.

— Porque fue precisamente durante el reinado de ese rey cuando se levantó la parte del Alcázar, cuyos restos pueden aún visitarse. En la época de su emirato y por obra de él, el reino de Taifas de Murcia llegó a ser la capital de Al Andalus.

— ¿De veras?—se sorprendió Amanda, que ignoraba por completo lo que acababa de referirle—. No sabía que Murcia hubiera sido tan importante en la antigüedad. ¿Y todo eso cuando tuvo lugar?

—Allá por el siglo XII.

— Ya, pues hace mucho tiempo de eso, ¿eh?— comentó tontamente, algo cohibida por la ignorancia que había dejado traslucir sobre unos acontecimientos que por su profesión debería conocer.

— Mucho— admitió socarronamente—. Yo no había nacido y tú tampoco.

No tuvo tiempo ella de contestarle con una réplica ingeniosa, porque vio en ese momento a Pineda que corría a su encuentro, seguido de Saúl, abriéndose paso a codazos entre la multitud de nazarenos que se apiñaban en el exiguo espacio del ensanche de la calle en la que se hallaban. Venían sin aliento. Cargaba Pineda con la cámara de vídeo y con el trípode y Saúl con el foco, de lo dedujo Amanda que no habían conseguido aparcar la furgoneta por las cercanías, lo que no era extraño pues estacionar cualquier vehículo en el casco antiguo de Murcia constituía poco menos que una heroicidad.

— ¿Estás preparada?— le preguntó Pineda jadeante en cuanto se les reunió—. ¿Sabes de qué va esta procesión y cuantos Pasos salen?

Amanda se apresuró a responder a su pregunta con un gesto afirmativo.

— Claro que sí. Salen cuatro pasos y al cierre del desfile se encuentra la Virgen con el Cristo en la Cruz y con San Juan Evangelista a la puerta de la iglesia. Tenemos que filmar ese momento, ya que me han dicho que es muy emotivo.

— ¿Te lo han dicho? ¿Quién te lo ha dicho?

En ese instante reparó Pineda en Guillermo Elizalde que, como Saúl, asistía impasible al cambio de impresiones de los otros dos. Por el gesto del cámara dedujo ella que se conocían y que no había ninguna sintonía entre los dos hombres. Pese a lo cual y como si no lo hubiera advertido, procedió a presentarles.

— Ya nos hemos encontrado en otras ocasiones— masculló Pineda con acritud, envolviendo al otro en una mirada desdeñosa—. Concretamente ayer, en la plaza de San Antolín. ¿Puedo preguntarle qué está haciendo aquí?

Sin duda quería darle a entender a Guillermo que sobraba en el grupo que formaban Amanda, Saúl y él, pero aquél no debió darse por aludido, porque se encogió de hombros como si la respuesta fuese obvia, antes de señalar a Amanda.

— La estoy siguiendo— replicó imperturbable con un descaro que a ella le sonó como un trallazo, pese a que su tono era mesurado.

— ¿Qué la está usted siguiendo?—tronó Pineda. Afortunadamente en la algarabía reinante no le oyó nadie, aparte de los otros tres componentes del grupo. — ¿Y cómo tiene la caradura de reconocerlo? Le recomiendo que se meta en sus asuntos si no quiere tener un disgusto.

Guillermo no pareció impresionarse por la amenaza que latía en las palabras del otro, porque sonrió displicentemente.

— Exactamente es lo que estoy haciendo, ocupándome de mis asuntos. Y de paso, voy a ver la procesión. ¿Le parece mal?

Ya comenzaban los nazarenos a alinearse en dos filas, a la par que los que habían acudido a presenciar el desfile corrían a ocupar las sillas que habían alquilado, adosadas a las fachadas de los edificios de la calle, lo que impidió que los dos hombres pudieran intercambiar más bravatas. Amanda lo agradeció desde el fondo del alma, incluso cuando Pineda la apartó de Guillermo para empujarla bruscamente hacia la esquina donde se enclavaba el instituto docente. Saúl la siguió con su foco a cuestas y el otro se situó con su cámara a pocos pasos y frente a los dos, aunque enfocaba en esos momentos la puerta de la iglesia, por donde empezaban a salir unos nazarenos con túnica blanca y roja, tocando el tambor. Se hizo un silencio denso, casi audible, roto tan solo por el estrepitoso redoble de los timbales. Tras los tamborileros, les seguían ya dos hileras de nazarenos que avanzaban rítmicamente en dirección a la plaza de los Apóstoles y ella comenzó a hablar por el micrófono procurando que su voz no sobresaliese sobre la música que se oía a lo lejos ni sobre el estruendo de los tambores cada vez más remoto.

Comenzó aludiendo a la historia del emplazamiento de la iglesia de San Juan de Dios para continuar con la de la cofradía que desfilaba esa noche y que llamaban "de los estudiantes". Guillermo había desaparecido de su vista, por lo que supuso que se habría escondido en algún rincón para vigilarla. Al parecer, no se había convencido todavía de que ella no tenía nada que ver con el tal Nico ni de que era por completo ajena a la trama de la falsificación de cuadros impresionistas en la que se había visto envuelta Mandy.

Se preguntó en ese momento en cuál de las dos plazas, si en la de San Juan o en la de San Juan de Dios, habría quedado esa noche con Adrián para cenar cuando finalizase la procesión. Sin soltar el micrófono y a la par que el Paso de Nuestro Padre Jesús de las Mercedes, con la cruz a cuestas, trasponía el umbral de la iglesia, escudriñó los oscuros rincones de la calle sin hallarle. Probablemente estaría buscándola en la otra plaza y era más que posible que no se encontraran entre el gentío que invadía las dos. Esa posibilidad le produjo una profunda decepción que le hizo perder el hilo de lo que estaba describiendo. Afortunadamente, Pineda enfocaba ahora con su cámara el rostro de la imagen del Cristo, atribuida a Nicolás Salzillo, padre del famoso imaginero murciano Francisco Salzillo. La expresión de dolor del Cristo, con la corona de espinas en la cabeza, la conmovió. Reflejaba un sufrimiento tan intenso, un padecimiento tan inconmensurable, que le remordió la conciencia por haberse distraído preocupándose de la cita que tenía concertada, en lugar de atender a la solemnidad del Paso que avanzaba rítmicamente, iluminado por la luz de sus faroles y desbordante de flores rojas. Una saeta desgarró el aire y sintió un escalofrío que la estremeció entera. Recuperó con dificultad el uso de su voz, al tiempo que le distinguió a él, abriéndose paso a codazos entre el tumulto que presenciaba la procesión de pie. Como el foco de Saúl continuaba iluminando el Paso del Cristo y no la deslumbraba, vio que la saludaba con la mano. Correspondió a ese ademán con otro similar e intentó concentrarse en el trabajo que debía realizar, deseando que concluyese cuanto antes. No obstante, se olvidó momentáneamente de Adrián cuando el Paso de la Virgen del Primer Dolor, que siguió al de San Juan Evangelista, traspuso la puerta de la iglesia Le impresionó la belleza de la Dolorosa, catalogada sin género de dudas como de Francisco Salzillo, y su actitud suplicante, con los brazos abiertos, y su mirada levantada hacia el cielo, como si estuviera pidiendo consuelo ante la inhumana muerte de su hijo en la cruz. Le salió temblona a Amanda la voz de la garganta cuando pasó a describir el inmenso sufrimiento que traslucía la talla y el absoluto silencio que envolvía el Paso mientras éste avanzaba cadenciosamente a hombros de sus porteadores, o de sus "estantes", como se les denominaba en Murcia. Únicamente se oía a lo lejos el repique de los tambores en la noche oscura, tenuemente iluminada por los cirios de los nazarenos. Sintió una emoción honda, imposible de traducir en palabras. Saúl giró hacia ella el foco en ese momento y Pineda la cámara de vídeo, por lo que se apresuró a borrar de su rostro los sentimientos que experimentaba.

El cámara no parecía participar de las sensaciones que la procesión le había inspirado a ella, porque se le acercó con gesto de aburrido cansancio en cuanto el último Paso, el del Santísimo Cristo de la Salud, entró en la iglesia y los nazarenos comenzaron a dispersarse.

—Bueno, ya hemos terminado por hoy—le dijo como si en lugar de haber asistido a un espectáculo profundamente emotivo hubieran retransmitido la inauguración de un mercadillo de verduras—. Saúl y yo vamos a tomar algo antes de regresar al hotel. Si quieres, puedes acompañarnos.

Se lo decía con una condescendencia que la irritó, por lo que disfrutó inmensamente al denegar su propuesta.

—No, muchas gracias, pero voy a cenar con un amigo que me ha invitado.

Saúl acababa de reunírseles y enarcó las cejas sorprendido al oírla, aunque, como de costumbre, no emitió una sola sílaba. El otro sí demostró su extrañeza.

— ¿Un amigo? ¿Qué amigo? No será ese tipo que me has presentado antes y que, según ha reconocido él mismo, se dedica a perseguirte por toda Murcia. Si es ese tu amigo, te recomiendo que te alejes de él, porque tiene una caradura impresionante.

Se dio cuenta Amanda de que también Pineda se había encontrado a menudo con Guillermo y que se había forjado una deplorable opinión de él, por lo que se preguntó si tendría razón y sería ella la única que se obstinaba en verle bajo otra perspectiva. Porque le caía bien a pesar de todo. Le gustaba que le refiriese historias sobre el pasado de la ciudad que solo parecía conocer él y la protectora actitud que había adoptado respecto a su prima, achacando a su ingenuidad y a su inconsciencia la participación que había tenido en la trama de las falsificaciones de los cuadros. ¿Sería verdad que había pretendido él involucrarse en esa trama y obtener con su intervención las correspondientes ganancias?

— No, no voy a cenar con Guillermo—replicó alzando la voz para que ésta sobresaliese sobre el griterío de la muchedumbre, que iba dispersándose alegremente, sin duda, para ir a cenar también.

— ¿No? ¿Con quién has quedado entonces? No sabía que tuvieras tantos amigos en esta ciudad. Cuando el domingo me llamaste por el asunto de las llaves del piso de tu prima, me dijiste que no conocías a nadie.

Su comentario le recordó que debía tratar de averiguar cómo las había conseguido él, por lo que le apartó hacia un rincón que iba quedándose solitario conforme la gente se marchaba.

—Ya que hablas de las llaves de la vivienda de mi prima, me gustaría saber de dónde las sacaste. El portero me ha dicho que él no te las dio.

El cetrino semblante de él reflejó confusión, pero luego se echó a reír.

—Efectivamente no estaba ese hombre en el portal cuando entré en compañía de un vecino tuyo que lo abrió. Por esa razón no tuve más remedio que tomarlas prestadas.

El asombro que experimentó la obligó a abrir la boca hasta formar con ella un círculo.

—¿Las cogiste del armarito de cristales que cuelga de la pared, detrás de su mostrador?

—Sí, claro. El portero las tiene rotuladas y la cerradura de ese armario es muy sencilla

Abrió ella desmesuradamente los ojos para analizar espantada su anguloso rostro.

—Así que forzaste la cerradura.

—Bueno… si quieres considerarlo así…

Evocó Amanda el armario en cuestión y los manojos de llaves que colgaban de sus correspondientes clavos, con los datos de la vivienda a la que pertenecían reseñados sobre ellos.

—Pero esta tarde, cuando he hablado con el portero, las llaves seguían estando en ese armario, pendientes de su clavo.

El sombrío semblante de él permaneció impasible.

—Sí, claro. Hice una copia y las volví a colgar en su sitio.

La indignación que experimentó al oírle la obligó a tartamudear.

—¿Qué hiciste…? ¿Cuándo hiciste esa copia? ¿Me cogiste las llaves del bolso?

Tardó él en responder. Había desviado la mirada hacia la plaza, donde solo quedaban dos nazarenos embromándose y un par de señoras cotorreando, y los observaba como ensimismado. A unos pasos de esos nazarenos, Adrián permanecía aguardando a que ella terminara de despedirse de sus dos compañeros de trabajo y Saúl que continuaba en silencio junto a su jefe emitió un chasquido con la lengua que obligó a éste a reaccionar.

— ¿Y qué importa cuándo lo hice? Te resolví el problema, ¿no? ¿O hubieras preferido acostarte sin cenar esa noche y seguir encerrada en el piso el resto de esta semana?

— No, no lo hubiera preferido, pero no sabía que poseyeses esas habilidades, propias de un atracador.

Dejó escapar ahora Pineda una risita sarcástica.

— Con los años he aprendido a hacer de todo. En nuestros reportajes por el extranjero, Saúl y yo nos hemos visto a veces en situaciones muy comprometidas. Puedo asegurarte que abrir un armario para coger unas llaves ha sido lo más sencillo que hemos tenido que hacer.

Cansado de esperar sin duda a que Amanda se despidiera de los otros dos, Adrián terminó por acercárseles. Le encontró ella muy distinto al que la había recogido frente a la casa de Mandy esa mañana, aunque igualmente atractivo. Llevaba ahora un pantalón color crema y un jersey verde de pico sobre una camisa blanca, pero lo que era muy distinta era su expresión distendida, sin asomo del malhumor con el que la había recibido en el portal horas antes. Se le acercó inmediatamente para preguntarle:

— ¿Cómo estás?, ¿se te ha pasado ya el susto que te ha dado ese idiota?

Sin duda se refería a la carrera con la que se había visto obligada a recorrer el Malecón perseguida por el cojo. No se le había pasado, pero se apresuró a asegurarle lo contrario:

— Sí, ya estoy bien.

Les sonrió ahora Adrián con naturalidad a Pineda y a Saúl y se dirigió a ellos como si les conociera de toda la vida.

— ¿Qué?, ¿os ha salido bien el reportaje? No me negaréis que las imágenes de Salzillo de la procesión que habéis filmado son únicas y que las procesiones de esta tierra son especiales. Tan emotivas y al mismo tiempo tan bulliciosas. ¿No estáis de acuerdo?

Saúl emitió un graznido como respuesta y Pineda se apresuró a mostrarse conforme, aunque no le pareció a ella que fuera un hombre capaz de apreciar la honda y respetuosa tradición que se respiraba en el ambiente al paso del cortejo, por más que ésta quedara hasta cierto punto enturbiada por el regocijo popular, propio de una región mediterránea en la que la alegría forma parte consustancial de todo evento.

— Claro, claro que estamos de acuerdo — manifestó el cámara, al que se le notaba deseoso de marcharse y de liberarse así de las inquisitivas preguntas de Amanda relativas a las llaves de la vivienda de Mandy—. Hemos terminado por hoy, así que ya nos vamos—. Se volvió luego apresuradamente hacia ella como si temiera que le hiciera objeto nuevamente de su sarta de preguntas sobre ese tema—. Hasta mañana. Nos veremos a la puerta de la iglesia del Carmen, en los jardines de Floridablanca. No te olvides.

Se alejaron los dos en dirección a la plaza de los Apóstoles y Adrián dejó escapar un suspiro de alivio.

— Menos mal. Por un momento he creído que se iban a empeñar en cenar con nosotros. Y por cierto, ¿dónde os habéis metido? No os he visto en la plaza de San Juan filmando la procesión que sale a las siete de la iglesia de San Juan Bautista. Había un gentío en esa plaza, pero te he estado buscando. Luego he pensado que quizás os encontraría aquí.

Se sintió halagada al darse cuenta del interés que él demostraba al corretear de plaza en plaza para dar con ella, pese a que esa mañana había experimentado la sensación de que le aburría a ratos con sus doctas explicaciones, aprendidas de la abuela.

— Es que Pineda y Saúl se han confundido y nos hemos perdido por esa razón la procesión de las siete. No sé qué dirá mi jefe cuando se entere.

— ¿El director de tu periódico?

— Sí.

— A lo mejor no cae en la cuenta. Dudo mucho que sepa cuantas procesiones salen aquí en la tarde del martes, así que no te preocupes. Olvídale. Y por cierto ¿dónde quieres que vayamos?

Amanda se encogió de hombros.

— Pues no lo sé, pero no quiero que me lleves nuevamente a recorrer kilómetros. La ciudad que recuerdo de cuando era niña no se parece demasiado a ésta. Ha cambiado mucho y además cenábamos siempre en casa, con mi abuela por lo que no conozco los restaurantes. ¿Dónde te parece a ti?

— ¿Quieres que vayamos a la Plaza de las Flores?, — le sugirió él—. Está aquí cerca y es una plaza peatonal que, como su nombre indica, está repleta de tenderetes de flores. Además es uno de los lugares de tapeo más típicos.

Ella se apresuró a aceptar.

— Sí, vamos. Me encantan las tapas y las flores.

Se encaminaron hacia la plaza de los Apóstoles, tan concurrida como si fuesen las doce del mediodía, y desde allí, una vez que atravesaron la plaza del Cardenal Belluga, tomaron la calle de Madre de Dios, donde horas antes se había sentido seguida por alguien que había resultado ser Guillermo Elizalde. ¿La estaría siguiendo también ahora? ¿O sería el cojo el que reanudara la persecución que había emprendido esa mañana? Giró la cabeza para comprobar si le tenía a su espalda, pero la multitud que caminaba en pos de ellos le impidió verificarlo. Al cruzar la Gran Vía ese gentío fue dispersándose, lo que le permitió intentarlo de nuevo.

— ¿Estás buscando a alguien?—le preguntó él enarcando con extrañeza sus oscuras cejas.

— No, bueno, sí.

— ¿A quién? ¿Al tipejo de esta mañana?

— Podría ser, ¿no crees?

— Espero que no. He debido dejarle además un poco magullado, así que imagino que se habrá quedado en su casa para reponerse de la tunda.

Sonrió Amanda con pocas ganas.

— No sé si te he dado las gracias.

La interrumpió apresuradamente como si le molestaran sus elogios.

— No tienes que dármelas. La culpa la he tenido yo por ser un fumador empedernido y haberte dejado sola en el Malecón durante unos minutos. Ese tipo gordo debe de estar obsesionado contigo. ¿Piensas que él y el nazareno de anoche son la misma persona?

— Sí, estoy casi segura.

Encendía en ese momento un cigarrillo y a la luz de su mechero vio el gesto de preocupación que cruzó por su semblante, aunque lo disimuló inmediatamente.

— Bueno, vamos a tratar de olvidarlo. — Enarcó las cejas al inclinarse para observar su rostro y preguntarle —: ¿O es que hay alguien más que te está dando la lata?

Sonrió divertida al recordar la desfachatez con la que Guillermo lo había admitido. Aunque fuese un hombre con pocos escrúpulos o, mejor dicho, sin ninguno, poseía una personalidad atrayente y hacía gala de unos conocimientos que a ella le resultaban sumamente interesantes. Evocó su expresión distendida y cómo le dispersaba el viento su alborotado cabello mientras le explicaba la ubicación en el pasado del alcázar Nasir.

— Sí, hay un perito de arte que no debe tener nada que hacer, porque me sigue por toda Murcia. Tú le conoces. Se llama Guillermo Elizalde y ya me has explicado el motivo por el que te parece un indeseable.

Apretó los labios Adrián hasta formar con ellos una línea recta.

— Sí, ya te lo he explicado.

Recordó Amanda la conversación que había mantenido con él mientras desayunaban esa mañana e intentó averiguar algo más sobre aquel hombre guasón que se conocía la historia de la ciudad al dedillo y que había pretendido hacerla creer que se preocupaba por la seguridad de su prima. Tanto ésta como Adrián le habían asegurado que pretendía implicarse en la trama de la falsificación de los cuadros impresionistas, pero no acababa de creérselo. Pese a todo, le hacía gracia la desfachatez de que hacía gala y no le inspiraba la menor aprensión, al contrario de lo que experimentaba con Pineda. De éste no sabía qué pensar, porque aún en el supuesto de que hubiera forzado el amarito de las llaves del portal con la exclusiva intención de hacerle a ella un favor, no le había explicado cómo había conseguido después hacer una copia de las mismas, antes de volverlas a colgar en su lugar. Recordaba con claridad haberlas guardado en su bolso después de que él se las entregara y no alcanzaba a imaginar en qué momento habría tenido el cámara oportunidad de registrárselo para hacerse con ellas ni para devolvérselas más tarde sin que ella se diese cuenta.

Tras recorrer unas estrechas callejuelas, desembocaban en ese momento en una plaza hirviente de animación y repleta de terrazas atestadas de comensales que al finalizar la procesión debían haber ido recalando en sus bares y cafeterías. En el centro de la plaza, una fuente arrojaba agua por sus simétricos surtidores, con la estatua de bronce de una mujer sentada en el pretil. Semejaba ser una turista que hubiera tomado asiento en ese poyete para descansar, por lo que Amanda tanteó disimuladamente uno de sus brazos para convencerse de que no era un ser real. Al fondo de la plaza y con la fachada de una iglesia a su espalda, se arracimaban los puestos de flores que daban su nombre a la misma, aunque a esas horas estaban recogidos. Una solitaria palmera se erguía cimbreándose a impulsos de la fresca brisa de la noche delante de esa iglesia, de la que podía atisbarse desde el lugar en el que se hallaban su cúpula con la teja vidriada de colores. Adrián se la indicó.

— Esa es la iglesia de San Pedro, pero ahora está cerrada. Si quieres, podemos visitarla mañana por la mañana. ¿O tienes algo que hacer?

Dejó escapar ella un resignado suspiro.

— No sé si podré. Tengo que documentarme sobre la procesión de "los coloraos", la que sale de la iglesia del Carmen, así que no creo que me quede tiempo libre para hacer turismo—. Le dirigió una mirada de refilón. Expelía en ese momento el humo de su cigarrillo con los ojos entornados y expresión placentera, un gesto muy habitual en él cuando fumaba y se atrevió a sugerirle: — Claro que, podrías servirme tú de cicerone y explicarme lo más básico, con lo que me ahorraría unas horas de estudio y quizás pudiese disponer de tiempo libre. ¿Qué sabes de la procesión de "los coloraos"?

Los empujones de un grupo que se abría paso a codazos les separó momentáneamente y a Amanda la sentó literalmente en el poyete de la fuente, junto a la estatua de bronce. Cuando logró dificultosamente ponerse en pie y volvieron a reunirse, Adrián parecía haberse olvidado de lo que ella le había insinuado poco antes. Buscaba con los ojos una mesa libre soportando estoicamente los empellones de la gente y ella le secundó. Le pareció imposible encontrarla en las abarrotadas terrazas de los bares, por lo que se puso de puntillas para gritarle al oído y hacerse oír por él en aquella algarabía:

— No sé si vamos a encontrar en esta plaza alguna mesa libre. Todos los bares están de bote en bote.

La retuvo él a su lado, antes de que otro grupo se la llevara por delante.

— Ya verás lo fácilmente que resolvemos ese problema, — le aseguró también a gritos— Tengo un amigo que es el dueño de aquél bar, — le dijo señalándole uno cercano a un edificio de tres plantas con los miradores y los balcones rebosantes de flores, en el que podía verse la misma aglomeración de gente que en los demás—.Nos proporcionará una mesa en un santiamén.

Efectivamente, su amigo no tardó más de un par de minutos en conseguirles una libre y tomaron asiento, aliviados de no tener que permanecer en pie por más tiempo entre el gentío que se abría paso a fuerza de empujones. Amanda había aguantado en esa posición durante las horas en las que habían retransmitido la procesión y, pese a los zapatones que calzaba, notaba las piernas temblonas. Las extendió por debajo de la mesa con un suspiro de satisfacción y dirigió una apreciativa mirada en torno.

— Es bonita esta plaza—comentó—. Parece… parece como si en este entorno hubiéramos retrocedido a otra época.

Sin ningún interés, Adrián la recorrió con la vista.

— Sí, de día, con los puestos de flores, queda muy vistosa. Antes se llamaba la plaza de la Carnicería.

— ¿Y por qué le cambiaron el nombre?

— Pues no lo sé— repuso él demostrando que el asunto le tenía sin cuidado—. Supongo que porque antes habría aquí una carnicería y que la han rebautizado porque ahora venden flores. No lo sé.

Por contraste con las eruditas explicaciones de Guillermo sobre las calles y la historia de la ciudad, el desinterés que manifestaba Adrián le produjo un cierto desencanto, por lo que le observó con disimulo. Seguramente no pertenecía él al gremio de personas capaces de captar, ni mucho menos de apreciar, los vestigios del pasado que perduraban en la plaza en la que se hallaban. Podría ésta servir de escenario a cualquier episodio que hubiera tenido lugar en el siglo XIX. Las edificaciones antiguas que la circundaban, con las ventanas y balcones rebosantes de flores, debían pertenecer a esa época y en el aire que se respiraba allí podía ella situar sin esfuerzo los coches de caballos y las damas de largas faldas, acompañadas por caballeros con chistera y bastón.

— ¿No te gusta la historia, verdad?— le preguntó.

— Pues… pues no demasiado— repuso clavando en el rostro de ella sus ojos negros como el carbón—. Reconozco que soy demasiado práctico y que lo que pudiera ocurrir siglos atrás me interesa poco. Me preocupa más el futuro. ¿Por qué lo preguntas? ¿Es que a ti sí te importa?

Meneó Amanda afirmativamente la cabeza y su larga melena rubia se balanceó a su compás.

— Sí, aunque también soy muy práctica, como por mi profesión me dedico a dar noticias y a explicar lo que pueda ser de interés para la gente que lee mis artículos, me estoy aficionando a la historia de las ciudades y a lo más relevante del pasado que aún pervive en sus calles y en sus plazas, ¿comprendes?

Hizo él un gesto como disculpándose.

— Pues lo siento, porque no te voy a ser de gran ayuda.

— Es igual, no importa.

Se la quedó mirando con curiosidad.

—Me has preguntado antes por la procesión que sale mañana de la iglesia del Carmen, ¿verdad?

— Sí. Si me explicases lo que sepas sobre esa procesión, me evitarías tener que buscar esos datos en Internet y quizás tuviera así unas horas libres para visitar contigo la catedral y la iglesia que se ubica al fondo de esta plaza. Has dicho que se llama San Pedro, ¿verdad?

— Sí,

— Vale, ahora cuéntame algo sobre la procesión de "los coloraos."

En ese momento se les acercó el dueño del bar, un hombre bajito y grueso con un rostro redondo y rubicundo. Los dos hombres se abrazaron, se palmearon la espalda e intercambiaron unos cuantos chascarrillos que celebraron ruidosamente. Entre carcajada y carcajada y después de consultarle a ella, pidió Adrián lo que deseaban tomar. En cuanto el hombre desapareció camino del bar, se acodó él sobre la mesa y retomó el último comentario de Amanda, inspirando oxígeno, como si lo que le pedía le supusiese un gran esfuerzo de concentración.

— Pues… se llama de "los coloraos", porque los nazarenos llevan túnicas de ese color.

— Sí, eso ya lo sé. ¿Qué más?

— Pues… pues no sé qué más. Sale los miércoles de Semana Santa, recorre media Murcia y ya de madrugada se retira nuevamente.

Pese a que intentó disimularlo, captó él la decepción que traslucía el atractivo semblante de Amanda y se inclinó hacia ella sobre la mesa.

— Lo siento. De haber sabido que podía ayudarte empollándome yo todos los detalles de esa procesión, lo hubiera hecho. Me gustaría que lo pasaras bien estos días y que guardases un buen recuerdo de nuestra Semana Santa. Aunque no sé, me temo que eso va a resultar difícil, ya que has tenido que soportar un contratiempo tras otro. El mundo debe de estar lleno de chalados que incomprensiblemente te han elegido a ti como blanco de sus iras. ¿Tienes idea de cuál puede ser el motivo?

Se estremeció ella involuntariamente al recordar el incidente del cojo que la había perseguido por el Malecón y el de la noche anterior, en la que aquel desconocido nazareno, seguramente el mismo cojo, había pretendido llevársela a rastras hasta la oscuridad del callejón de Las Angustias. Vivía en continuo sobresalto desde que llegara a casa de Mandy y aunque su prima le había encomendado que no confiara en nadie, Adrián parecía tan comprensivo y ella estaba tan cansada y necesitaba tanto desahogarse…

— Lo estoy pasando tan mal que he llegado a plantearme olvidarme del reportaje que me han encargado en el periódico y regresar a Madrid.

El semblante de Adrián expresó claramente su contrariedad.

— ¿Te vas a marchar? ¿Y qué va a decir tu jefe? Probablemente te despedirá en cuanto aparezcas por la puerta del periódico.

— Sí, es lo más seguro.

— Pero entonces… ¿Tienes padres u otras personas que puedan echarte una mano mientras encuentras otro trabajo?

— Sí, tengo padres. Hace unos años se compraron una casa en la playa y viven allí dedicados a la música, que es lo que más les importa. Yo diría que es lo único que les importa.

— ¿Y te apetece irte a vivir a la playa con ellos?

— Pues no. Nos reunimos por Navidad y pasamos juntos en esas fechas unos días muy agradables, pero dudo que pudiera yo adaptarme a oírles tocar el piano a todas horas y a escucharles hablar de música desde que amanece hasta que se pone el sol. De todas formas, tengo un piso propio en Madrid. Bueno, quiero decir un piso propio de mis padres en la calle de Fuencarral, que es donde vivo sola desde que ellos decidieron marcharse a la playa.

Bajó la mirada hacia sus manos para que no pudiera ver Adrián la expresión de angustia que traslucía su rostro, pero pese a ello captó él lo que estaba sintiendo.

— Me parece que le das demasiada importancia a lo que ha sucedido esta mañana. Al salir del bar, he visto que un tipo con pinta de "perullo" corría detrás de ti, pero no sabemos con qué intención. Quizás te ha confundido con otra persona y lo único que pretendía era saludarte.

Clavó ella incrédulamente sus ojos en el semblante de él, en el que podía leerse la intención de convencerla de que el percance no había tenido la trascendencia que le concedía.

—¿Y para saludarme ha corrido durante casi un kilómetro detrás de mí, bajo un sol achicharrante y tirando de una pata de palo? ¡Ni que fuera yo una estrella de cine!

Le vio parpadear desconcertado.

—¿Tenía ese tipo una pata de palo?

—No sé si la tenía, pero cojeaba una barbaridad —refunfuñó, fastidiada de que le restara importancia a un percance que aún le estremecía recordar—. Además, ya te he dicho que estoy segura de que se trata del mismo nazareno de anoche.

Esbozó él un gesto de asentimiento.

—Sí, ese nazareno estúpido te dio un buen susto, pero, probablemente será un pretendiente despechado de tu prima, si, como me dijiste, os parecéis mucho. Y por cierto, ¿qué ha sido de ella? Quedaste en presentármela.

—¿De veras?—se inquietó, tratando de recordar los comentarios que a ese respecto formulara la noche anterior.

—Sí, he buscado su nombre en Internet y resulta que es una pintora muy conocida aquí en Murcia que ha expuesto a menudo en una galería de arte, de la que no recuerdo cómo se llama, con muchísimo éxito. No me interesa la pintura, pero me gustaría conocerla para comprobar si se parece tanto a ti como dices.

Ya regresaba el grueso dueño del bar sorteando mesas, con una bandeja conteniendo lo que habían pedido: dos cervezas, boquerones fritos y patatas asadas al horno acompañadas con alioli, plato típico de Murcia.

Aprovechó Amanda la interrupción de que habían sido objeto para cambiar de conversación, pero él no se lo permitió.

—Estábamos hablando de tu prima.

—Sí, ¿y qué decíamos?— le preguntó haciéndose la desentendida.

—Te decía que habías quedado en presentármela.

Sintió ella en su interior una especie de aldabonazo de alarma. ¿A qué obedecería el interés que, bajo su tono intrascendente, manifestaba Adrián?

— ¿Si?, pues no va a poder ser—replicó con aplomo.

— ¿Por qué no?

— Porque se ha marchado a pintar unos paisajes para su próxima exposición — mintió con expresión inocente.

— ¿Se ha marchado precisamente cuando has venido a verla? Me parece muy poco considerado por su parte.

— Los artistas son todos un poco excéntricos y Mandy lo es también— adujo Amanda, inventando esa excusa sobre la marcha.

Él se echó a reír.

— Puede ser, pero si yo me encontrara en su caso, guardaría los pinceles para mejor ocasión y me dedicaría a enseñarte los rincones más pintorescos de la ciudad y a procurar que lo pasaras bien. ¿Sabe ella que, a causa del susto que te dio el nazareno de anoche y el "perullo" de esta mañana, estás planteándote marcharte antes de que termine la Semana Santa?

Vaciló durante un segundo. ¿Qué debería contestarle? Finalmente sonrió evasivamente.

—Me parece que sí, que se lo he contado.

— ¿Y qué te ha dicho?

— Que no me preocupe, que ese nazareno es un chalado al que le ha dado ella calabazas— volvió a inventar.

Adrián se la quedó mirando con una chispita en sus ojos oscuros que no supo interpretar.

— Pues entonces no te marches.

— Es que no es solo por culpa de ese nazareno y del cojo — alegó estremeciéndose al rememorar la sombra que cruzó por la meseta de la escalera para esconderse en el estudio de su prima la noche anterior—. Lo del cojo aún no se lo contado, porque no he tenido tiempo.

— ¿No?, ¿te ha intentado secuestrar alguien más?

— No, pero cuando salgo a la calle, noto que me siguen. Si me quedo en el piso de mi prima, oigo pasos sobre mi cabeza, en su estudio. La vivienda de Mandy es un dúplex

¿sabes? Ella vive en la planta décima y en el ático ha instalado su estudio. Pues alguien, que no sé quién es, se pasea por el ático, aunque la puerta que da a la escalera es una puerta blindada y está cerrada con siete llaves y otros tantos cerrojos. Además vive un psicólogo en la misma planta, que está convencido de que yo soy ella y que cree que padezco un síndrome disociativo de no sé qué cosa, por lo que necesito urgentemente una terapia para que me convenza a mí misma de que yo no existo. ¿Qué te parece?

Esperaba que él se riera, pero la miraba extrañamente serio.

— ¿Es cierto todo eso?, ¿no te lo estás inventando?

— Claro que es cierto.

— Si lo es, no deberías dar pábulo a las tonterías de ese psicólogo. Puede que esté más chalado que sus pacientes por la deformación profesional que produce el vivir rodeado de dementes—. Pensativo, se rascó el cogote—. Es posible que tu prima se haya metido en algún lío de drogas o de algo parecido y que por tu parecido con ella estés en peligro, — consideró después de meditarlo—. Pero no creo que debas arriesgarte a perder tu trabajo. Lo más razonable sería que trataras de encubrir el parecido que, según dices, tienes con tu prima.

Se le quedó mirando con sus ojos azules muy abiertos.

— ¿Cómo?

— Pues… pues no sé. Lo más llamativo de tu fisonomía es tu melena larga y de un rubio clarísimo. Llama la atención desde lejos por lo infrecuente.

— ¿Pretendes que me la corte? —se alarmó.

— No, claro que no, sería una lástima, pero probablemente con una peluca de cabello oscuro y corto no te reconocería nadie. Como además por la noche refresca bastante, puedes ponerte una bufanda al cuello que te tape media cara. Si a todo eso le añades unas gafas oscuras…

— Tropezaré a la caída de la tarde con el mobiliario urbano y con todas las esquinas—objetó Amanda riéndose—. Pero sí, puede que tengas razón, aunque ese disfraz no impedirá que el tipo que se pasea por el ático se siga paseando.

— No, pero puedes llamarme al móvil cuando le oigas y yo me ocuparé de que deje de molestarte.

Una sombra cruzó por el agraciado semblante de ella.

— ¿Y si te ataca?

— Por eso no te preocupes— se jactó petulantemente Adrián—. Me sé defender. Ya te lo demostré anoche cuando ese estúpido nazareno te agredió y también esta mañana, en la que por cierto, he tenido que correr como un loco para alcanzar al gordo.

Apoyó Amanda la barbilla en una mano mientras reflexionaba sobre las posibilidades que le había sugerido. Él la observaba con el ceño fruncido y finalmente murmuró:

— Si pese a mis consejos decides tirar la toalla y marcharte, en Madrid podríamos vernos también. Voy un par de días todas las semanas.

Su insinuación le hubiera ilusionado en cualquier otra circunstancia, pero en ese instante notó algo que la sobresaltó. Estaba sentada frente al bar y de espaldas a la fuente, por lo que en su campo de visión no entraba otra cosa que la tumultuosa agitación del establecimiento, con los camareros esforzándose inútilmente por atender a los comensales que ocupaban las mesas y al gentío que se apiñaba en la barra. Sin embargo y aunque ella mismo no logró explicárselo, sintió algo candente en la nuca. Algo que creyó identificar como una mirada fija que, pese al espacio que mediaba entre la palmera y el lugar que ocupaba junto a Adrián en la terraza de aquel bar, irradiaba un calor similar al que hubiera producido una hoguera que se encontrara a su espalda. Alguien la estaba observando desde el otro extremo de la plaza.

Se giró a medias para recorrer con la mirada la hirviente animación que bullía en derredor suyo y terminó por desviarla hacia la palmera que balanceaba sus ramas a impulsos de la brisa nocturna. La inquietante sensación que experimentaba provenía del entorno de ese árbol, por lo que intentó escudriñar en la oscuridad que lo envolvía a la persona que mantenía los ojos fijos en ella. A su pesar se vio obligada a admitir que resultaba imposible localizar un rostro conocido en la aglomeración de la plaza. Grupos de nazarenos cruzaban en dirección a la iglesia. Turistas, rojos como cangrejos por efecto del sol primaveral, que podía parangonarse sin desmerecer con el de la época estival, deambulaban sin rumbo fijo, entremezclándose con los lugareños que charlaban y reían. ¿De dónde provenía entonces aquella sensación de peligro? Adrián adivinó por su expresión que le sucedía algo y se lo preguntó.

— ¿Te encuentras mal?

Dudó Amanda en referirle sus aprensiones, pero recordó a tiempo los consejos de Mandy y lo mucho que había insistido en que no confiara en ningún extraño, por lo que finalmente optó por menear negativamente la cabeza.

—No, es solo que estoy un poco cansada. He aguantado de pie toda la procesión y mañana, además, tengo que madrugar. Si no te importa…

Captó la fugaz sombra de decepción que se pintó en el moreno semblante de él, aunque desapareció de su rostro con tanta rapidez que se preguntó si no la habría imaginado. Ahora la miraba sonriente.

— Es natural. Tu trabajo debe de ser agotador. Para colmo te han dado plantón tus dos compinches y para localizarles te has visto obligada a corretear de plaza en plaza. Imagino que habrás acabado con los nervios rotos. Te acompañaré a tu casa y mañana, si te parece bien, me llamas por el móvil en cuanto te despiertes y hayas decidido lo que quieres que hagamos. En cualquier caso podemos cenar con más tranquilidad en cuanto finalice la procesión.

Se había puesto en pie y, mientras ella introducía en su agenda el número de su móvil, le hacía señas al dueño del establecimiento, con las que parecía indicarle que abonaría la consumición de los dos en otro momento, porque el otro hizo un gesto de comprensión y se despidió de él desde lejos con un ademán de su mano. La tomó después Adrián ligeramente del brazo para ayudarla a sortear a los grupos de transeúntes que deambulaban por la plaza sin otro objetivo al parecer que participar en la algarabía reinante y en silencio atravesaron la plaza de Santa Catalina, tan concurrida e intransitable como la de las Flores. Al desembocar en la Gran Vía, algo más tranquila y silenciosa, Amanda levantó intrigada los ojos hacia él.

— Oye, me ha dado la impresión de que ya conocías a los que tú has llamado mis dos compinches. Creo que ninguno de los dos había venido a Murcia anteriormente o al menos eso es lo que me han dicho ellos. ¿Te los habías encontrado antes en alguna otra ocasión?

Le pareció que él en un primer momento se quedaba desconcertado, pero reaccionó casi inmediatamente.

— ¿Te ha dado esa impresión? ¿Y por qué te ha dado esa impresión?

— ¿Que por qué? Por cómo te dirigiste a ellos ayer, cuando me encontraron después de que intentara secuestrarme aquél estúpido nazareno, y también por la forma en la que les has saludado esta noche, cuando nos has encontrado frente a la iglesia de San Juan de Dios al finalizar la procesión.

Enarcó él las cejas como si con ese gesto quisiera precisar los detalles de los incidentes a los que acababa de referirse Amanda y terminó por echarse a reír.

— ¿Lo dices porque les he saludado con toda familiaridad?—Esbozó una sonrisa irónica—. No tiene nada de extraño, porque vinieron el año pasado y el anterior a retransmitir la Semana Santa con una chica que realizaba el cometido del que ahora te ocupas tú. En las dos ocasiones estuve charlando con ellos el Lunes Santo al finalizar la procesión a cuya cofradía pertenezco.

Amanda se le quedó mirando de hito en hito.

— ¿También retransmitieron los dos las procesiones el año pasado con esa otra chica?

— Sí, y el anterior.

Rememoró ella la conversación que había mantenido con Pineda la noche de su llegada, cuando cenaron en una cafetería de esa misma calle. Recordaba con toda claridad que le había dicho él que no había estado anteriormente en Murcia. ¿Por qué le habría mentido a ese respecto?

— No sé por qué te extraña— le comentó él en tono ligero al advertir su gesto de sorpresa—. Su profesión es la de grabar en vídeo los eventos que les encargan y al parecer son bastante buenos, sobre todo el más alto.

— Me extraña, porque Pineda me dijo el domingo por la noche que no conocía esta ciudad. Que no había venido nunca—replicó ella con el ceño fruncido—. No acabo de entender que me mintiera en una cuestión tan intrascendente.

Adrián se encogió de hombros como si el asunto que comentaban no mereciera ni tan siquiera considerarlo.

— Quizás pretendía hacerse el interesante o… ¿Por qué no se lo preguntas?— sugirió con la evidente intención de cambiar de conversación.

— Me extraña, porque son dos tipos raros — insistió Amanda—. Raros y maleducados.

— Y mentirosos— añadió socarronamente él como colofón.

Acababan de recalar frente al portón del edificio donde vivía Mandy y ella se volvió hacia Adrián con la intención de despedirse, pero él le sujetó el brazo antes de que llegara a darse la vuelta para introducir la llave en la cerradura.

— Podrías invitarme a un café — sugirió.

Le costó a Amanda reaccionar y se quedó mirándole con la boca abierta.

— ¿A un café? No sé si mi prima tiene café en el piso. Me parece que no.

— Pues a una copa. O a un poleo— insistió con sorna.

— Es que no creo que tenga ni una cosa ni la otra — repuso confusa, diciéndose que se tomaba él demasiadas confianzas.

— ¿No?

— No. La tarde en la que llegué solo encontré en la nevera un yogurt caducado y una ensalada podrida. Como se iba a marchar de viaje esa misma tarde… — adujo a modo de disculpa.

— Claro, es lo más natural — afirmó Adrián como si le hubiera convencido—. Aunque sabía que ibas a llegar tú, se largó de pira a pintar por esos mundos de Dios sin preocuparse de dejarte en la casa algo comestible, ¿verdad?

— Bueno, es que…

— Ni tampoco pensó que a lo mejor tomabas café para desayunar, ¿no es eso?

Su tono hiriente la irritó. Las cualidades domésticas de Mandy dejaban mucho que desear, pero no eran asunto de él y en cualquier caso no le parecía procedente invitarle a una vivienda que no era la suya. Consideró también fastidioso su empeño en subir al piso con ella, por lo que se giró resueltamente hacia la puerta y la abrió con la llave, cerrándosela después en las narices. Tras los cristales le dijo adiós con la mano y se dirigió seguidamente hacia el ascensor que en ese momento ascendía hasta la décima planta.

Pulsó el botón de llamada y aguardó impaciente a que descendiera hasta el portal. Ya dentro de la cabina se preguntó si su despedida no habría pecado de excesivamente brusca. Aunque a veces la decepcionaba, le gustaba su compañía y no deseaba perderle de vista. Quizás por su carácter tan variable y tan impredecible se hubiera enfadado con ella, pero no entraba en sus cálculos invitarle a acompañarla al piso de Mandy. Después de todo y por mucho que la hubiera librado del probable secuestro del nazareno la noche anterior y del cojo esa mañana, no era más que un desconocido y ella era bastante conservadora, incluso podía calificársela de algo ñoña. Eso al menos le decían sus amigas en Madrid.

Se repitió a sí misma que su comportamiento había sido el oportuno y aún intentaba convencerse de que cualquier otra decisión hubiera sido disparatada cuando el ascensor se detuvo al llegar a su planta y salió al descansillo de la escalera. La bombilla de bajo consumo del aplique adosado a la pared tardó en encenderse y en iluminar el oscuro pasillo, pero percibió próxima a ella una sombra alargada que, inmóvil, parecía aguardarla. A duras penas consiguió reprimir un grito. Se llevó una mano a la boca para impedirlo y retrocedió de espaldas hacia la puerta del piso de Mandy. Con los ojos dilatados por el miedo adivinó más que vio que la desdibujada silueta avanzaba unos pasos hacia ella y confusamente pensó que debería sacar las llaves del bolso y abrir la puerta para introducirse rápidamente en el piso y cerrarla a continuación. Sabía que encontrar algo en su atestado y desorganizado bolso requería algo más que unos segundos, por lo que se preguntó si, en lugar de intentar localizar la llave entre el sinfín de objetos heterogéneos que guardaba en su interior, no sería más efectivo echar a correr escaleras abajo. La imprecisa forma humana que tenía enfrente se adelantó otro paso hacia ella y en ese preciso instante el aplique de la pared tuvo a bien olvidarse de su exacerbado afán ahorrativo y tras un leve parpadeo alumbró el corredor.

Amanda reconoció a Enrique Cárceles, que a unos pasos la miraba sonriente.

— ¿Qué, vienes de presenciar la procesión?— le preguntó observándola comprensivamente.

Dejó escapar ella un suspiro de alivio, al tiempo que dudaba entre mostrarle su documento nacional de identidad o seguirle la corriente. Estaba cansada y lo último que le apetecía en esos momentos era otra sesión de terapia con la que pretendiera convencerla de que en realidad ella no existía y de que no era más que una invención de su mente calenturienta, por lo que abrió su bolso e introdujo dentro la mano luchando con dar con la llave, a la par que le contestaba:

— Sí, y me ha gustado mucho.

¿Dónde estaría la llave?, se preguntó fastidiada al palpar sucesivamente el monedero, la funda de sus gafas de sol, una caja de cerillas, la polvera, el fajo de folios donde llevaba apuntado el guion del informe sobre la procesión de esa noche y un sinfín de objetos inidentificables más, pero no la deseada llave.

— ¿Quieres que te ayude?— se ofreció él, que debió imaginar que la dolencia de su vecina de piso se había agravado tanto en las últimas horas que era incapaz de entrar por sí sola en su vivienda.

— Pues…

Amablemente, pero con decisión, le quitó Enrique el bolso de las manos y, curiosamente, dio con la llave a las primeras de cambio e hizo intención de entregársela. Le temblaba a ella tan ostensiblemente la mano que él, haciéndose cargo de lo que debía considerar su precaria situación mental, abrió con ella la puerta y accionó el conmutador de la luz. La lámpara del techo no dio señales de haber recibido la orden de iluminar el vestíbulo y éste continuó a oscuras. Indeciso dio Enrique un par de pasos en su interior, seguido de Amanda que intentó también infructuosamente que la lámpara obedeciese la señal que le indicaba la llave que acababa de manipular.

— Parece que hay un apagón — le oyó comentar—. ¿Tienes el cuadro eléctrico en la cocina?

No tenía la menor idea Amanda de donde pudiera encontrarse el cuadro eléctrico, pero pensó que, si lo reconocía así, acabaría de convencerle de que no estaba en sus cabales ya que ignoraba las cosas más elementales de su casa cuando predominaba en ella la personalidad de su prima, por lo que respondió:

— En la cocina, claro. ¿Dónde iba a estar si no?

— ¿Y por dónde anda la cocina?— le oyó preguntar.

Recordó en ese instante ella que dentro del bolso tenía una caja de cerillas y consiguió encender una con dedos torpes. A la macilenta lucecita que proyectaba, hizo intención de precederle por el pasillo hacia esa habitación, pero en ese momento sonó el teléfono en el salón y Amanda dio un respingo.

— Son las dos de la madrugada—musitó—. ¿Quién puede llamarme a estas horas?

Sin duda sería Mandy, aterrada ante algún nuevo desastre, pensó, al tiempo que giraba sobre sí misma para encaminarse en dirección a la puerta de cristales, manteniendo en alto la cerilla que iba consumiéndose rápidamente. Ya dentro de esa estancia tropezó con el sillón que flanqueaba el sofá y después con la mesita de cristal que aquél tenía delante. A tientas localizó el aparato telefónico y se llevó el auricular al oído, pero no tuvo tiempo de pronunciar una sola palabra. Una voz masculina que le sonó conocida masculló en apenas un susurro:

— Se me ha acabado la paciencia, Amanda. O me entregas el cuadro ya o me dices donde está tu prima. Tienes de plazo hasta mañana.

Del sobresalto se le cayó la cerilla al suelo y estuvo a punto también de soltar el auricular. Lo impidió Enrique que a su vez se lo llevó al oído. Debió escuchar algo que no esperaba, porque en un primer momento se quedó como en suspenso, pero luego vociferó:

— Oiga, ¿quién es usted? Si es una broma no tiene ninguna gracia. ¿Y sabe la hora que es? Váyase a la cama como un buen chico y deje de molestar.

Encendió Amanda otra cerilla y a su tenue resplandor distinguió la expresión desconcertada del psicólogo con el auricular junto a la oreja. A tientas, lo colocó suavemente en su horquilla antes de volverse hacia ella.

— Es un chalado — le comentó—. Está empeñado en que le digas donde está Mandy, aunque acaba de hablar contigo por al teléfono fijo de tu casa. ¿Tú te lo explicas?

CAPÍTULO X

A oscuras se dejó caer sentada en el sofá y su vecino debió de hacer lo mismo en el sillón más cercano, lo que dedujo por el crujido de los muelles bajo su peso.

— Verá usted— empezó, dispuesta a aclararle de una vez por quien era ella—. Verás, Enrique — se corrigió al recordar que se tuteaban—. Yo no soy Mandy, soy su prima Amanda.

— Claro, claro—le oyó decir en tono condescendiente. Sin duda había decidido seguirle la corriente y Amanda empezó a impacientarse. No podía ver la expresión de su rostro, pero podía imaginar sin género de dudas que no se diferenciaría mucho de la que habría adoptado un padre sumamente paciente al ver como un hijo que padeciera hiperactividad daba saltos sobre el sofá recién tapizado.

— Te lo he intentado explicar esta mañana— continuó Amanda—. Te he dejado solo en esta habitación para ir a mi dormitorio a buscar mi documento nacional de identidad y cuando he regresado unos minutos más tarde te habías marchado sin despedirte.

— Me llamaron del hospital al móvil—la interrumpió—. Era un caso urgente y tuve que acudir sin pérdida de tiempo. Pensarías que soy un maleducado.

Sí que lo había pensado. ¿Pero sería cierto?, se preguntó. ¿No había sido él entonces el que había subido al estudio de Mandy y se había llevado los lienzos viejos que tenía apilados en la habitación que utilizaba como almacén? De haber sido su vecino tendría que haber saltado sobre el murete que separaba las terrazas de los dos áticos, el de Mandy y el de Enrique. No recordaba si por su complexión física podía considerársele capaz de tales hazañas e intentó escudriñar las tinieblas que les envolvían para constatarlo. Como no consiguió distinguir su silueta en la oscuridad, le preguntó:

— ¿No has subido a la planta de arriba cuando te he dejado solo? He oído ruido en el estudio de pintura al regresar a esta habitación esperando encontrarte aquí.

Aunque no veía su rostro, constató la sorpresa con la que acogió sus palabras por el tono de su voz.

— ¿Yo? ¿Para qué habría de subir al estudio? Jamás se me ocurriría subir a fisgarlo sin ser invitado por su dueña.

— Has estado allí arriba con Mandy otras veces, ¿verdad?—le preguntó Amanda, tras deducirlo de su respuesta. Sin la menor dificultad le imaginó subiendo la extravagante escalera en compañía de la otra, a la par que le dispensaba toda suerte de recomendaciones con el tono paternal que le caracterizaba.

— Sí, en muchas ocasiones — reconoció vacilante— Como sabes… como sabe Mandy—se corrigió— me interesa mucho la pintura y tus cuadros…— y los cuadros de tu prima — se corrigió nuevamente— son sencillamente geniales.

Pensó Amanda que había llegado el momento de demostrarle definitivamente quién era ella para evitar más equívocos y empezó a revolver en su bolso. Encontrar algo en su interior era difícil en cualquier circunstancia, pero a oscuras suponía una tarea titánica. No obstante, dio al fin con algo que al tacto se asemejaba a una tarjeta de plástico duro y se lo tendió a la invisible silueta que adivinaba en el sillón.

— Toma. Quiero que compruebes que yo no soy Mandy. Soy su prima Amanda y existo realmente. He venido de Madrid con el encargo del periódico para el que trabajo de retransmitir las procesiones de la Semana Santa.

— No veo absolutamente nada — protestó él.

— Pues espera, que voy a encender una cerilla.

Al débil resplandor del fósforo creyó distinguir el gesto de incredulidad de Enrique. Había tomado en sus manos el documento y lo examinaba con los ojos guiñados tras las gafas de concha. Se lo devolvió más tarde con expresión de desconfiado desconcierto.

— Así que, según este carné, te llamas Amanda Urquiza.

— Sí, mi prima se llama Amanda Arévalo.

— Y existes realmente.

— Por supuesto. No sé qué te habrá contado Mandy ni por qué cree haberse desdoblado en dos. Vivimos de niñas con nuestra abuela hasta los quince años y todos los que nos conocían consideraban por aquellos tiempos que ella no poseía mucho cerebro. Entonces me admiraba mucho. Quizás por esa razón…

— Es posible— admitió él en un susurro. Parecía estar dándole vueltas en la cabeza al descubrimiento que acababa de realizar y que le costaba asumir. Al fin le sugirió —: ¿Y si fuésemos a la cocina a arreglar el apagón? Me has dicho que está allí el cuadro eléctrico…

— Supongo que sí, que estará allí—replicó dudosa— Llegué a esta casa el domingo y Mandy se marchó inmediatamente.

— ¿Se marchó? ¿A dónde se marchó?

Su tono le sonó raro y carraspeó insegura. ¿Formaría parte él del clan de falsificadores y estaría intentando localizar el paradero de su prima por medio de ella, sonsacándola?

— Se marchó a pintar.

— ¿Precisamente la tarde en la que llegabas tú? No me parece que tu prima sea una anfitriona modelo.

Latía en sus palabras algo que la alertó, aunque no lo supo definir, por lo que intentó averiguar lo que pudiera traslucir su semblante a la incierta claridad de la cerilla que sostenía entre sus dedos.

— No…, bueno… es que no sabía que iba a venir yo y ya se había comprometido.

— Ya— murmuró, retomando el tono de su voz su característica modulación paternal—. ¿Y cuánto tiempo transcurrió desde que llegaste a esta casa hasta que se marchó Mandy?

— ¿Qué cuánto tiempo transcurrió?—balbuceó ella—. Pues… pues no podría precisarlo con exactitud. Quince minutos o quizás media hora.

— Ya— repitió Enrique como si con su respuesta hubiera ultimado el diagnóstico que había estado barajando en su mente.

— Te repito que Mandy tenía un compromiso anterior.

— Claro, claro—articuló como si estuviera pensando en otra cosa—. ¿Pero por qué no levantas la mano y alumbras el camino con el fósforo? Aunque esta casa esté ahora vacía de muebles, podemos tropezar con cualquier enredo que hayas dejado por ahí.

— ¿Enredos? No he dejado ningún enredo— protestó muy digna—. Soy muy ordenada. Pero venga, levántate del sillón y vamos a buscar la cocina.

Encendió otra cerilla y al alzar el brazo para iluminar el trayecto que debían recorrer se quedó inmóvil al percibir distintamente un sonido extraño en el vestíbulo.

— ¿Has oído eso?— le preguntó con un hilo de voz.

— Sí, será tu gato — repuso él con total indiferencia, claramente indicativa de que no poseía ninguna imaginación.

— Es que no tengo gato— susurró Amanda reprimiendo un escalofrío—. Ni Mandy tampoco.

— ¿No?, pues me ha dado la impresión de que algo chocaba con esa solitaria palmera que tienes en el recibidor. Bueno, con la palmera que tiene Mandy en el recibidor — se corrigió con aire doctoral—. Sois tan parecidas que me hago un lío.

— Ya te he dicho que Mandy tampoco tiene gato. Y… chist… calla…

El crujido de la tarima del vestíbulo había llegado a sus oídos con toda claridad, pero Enrique no pareció advertirlo. A la tristona claridad de la cerilla que sostenía ella entre sus dedos vio la impasible expresión de su semblante, mientras la precedía hacia la puerta de cristales del salón, que ahora, al leve resplandor de la cerilla, semejaba haber sido invadido por sombras movedizas que bailoteaban de un sitio para otro.

— ¿Por qué quieres que me calle? ¿No te gusta esa palmera o lo que te molesta es que tu prima se haya deshecho de los muebles?— insistió sin percatarse de que los crujidos de la tarima del vestíbulo manifestaban claramente que alguien estaba cruzando por esa habitación en dirección a la escalera por la que se accedía al ático.

Le alcanzó frente a la puerta, antes de que asiera el pomo, y le agarró por un brazo para obligarle a girarse hacia ella. Con un dedo sobre los labios le indicó que guardara silencio e igualmente por señas intentó hacerle entender que prestara oídos a los sonidos que provenían del vestíbulo. Solo entonces cayó él en la cuenta de que un extraño subía sigilosamente la escalera de caracol y se volvió a mirarla desconcertado.

— ¿Es tu prima que ha regresado?— le preguntó, cuchicheándole al oído.

— No, creo que no.

Apagó de un soplo la cerilla que le quemaba los dedos y encendió otra iluminando la expresión de él. Seguramente no se había visto nunca anteriormente en una situación parecida, porque traslucía una desorientación que en otra circunstancia le hubiera producido risa. Y lo que le pareció a ella más curioso era que no estaba asustado. Su semblante únicamente dejaba entrever que no entendía lo que estaba sucediendo, a oscuras en el piso de su vecina y con un intruso trepando por aquella absurda y transparente escalera que ascendía en espiral hasta el ático.

Amanda entreabrió ligeramente la puerta de dos hojas e intentó atisbar algo por la rendija. La oscuridad del vestíbulo era absoluta, pero pudo percibir que el tipo que subía por la escalera había alcanzado ya el rellano de la planta superior. Silenciosamente le indicó a Enrique que saliera al recibidor tras ella y de puntillas cruzaron los dos la estancia para dirigirse al pasillo, que recorrieron sigilosamente en dirección a la cocina. Una vez en esa habitación y con la ayuda de dos cerillas más localizaron el cuadro eléctrico y restablecieron la conexión en la vivienda. Cuando tras accionar el conmutador, se encendió la luz, le vio parpadear deslumbrado aunque casi inmediatamente notó ella que examinaba su semblante con curiosidad, como si se estuviera preguntando si verdaderamente la muchacha que tenía enfrente sería otra persona distinta de la de su paciente, aunque aparentemente podría pasar por su doble.

— La verdad es que te pareces muchísimo a Mandy — reconoció tras unos segundos de observación—. ¿Y dices que sois solamente primas?

— Sí, nuestras madres eran gemelas y físicamente somos casi idénticas. En cambio, nuestro modo de ser es diametralmente opuesto. Ella es una artista de los pies a la cabeza y yo…

— ¿Tú no pintas?

— No, ni siquiera soy capaz de trazar una rayita derecha. Hasta utilizando una regla me salen torcidas. Cuando vivíamos las dos con nuestra abuela, a mí se me consideraba en el colegio y entre las amistades de mi abuela una niña muy estudiosa y muy responsable.

— O sea, inteligente — resumió él.

— Bueno, sí.

— ¿Y a tu prima?

— Pues… — vaciló Amanda, incapaz de serle desleal y de reconocer que intelectualmente dejaba mucho que desear—. Pues a ella no le interesaban otra cosa que sus pinceles y…

Se interrumpió levantando la vista hacia el techo para aguzar el oído. Enrique parecía haberse olvidado del intruso que acababa de escalar la escalera de caracol segundos antes, pero aún estaban a tiempo de seguirle y de averiguar así su identidad y el motivo por el que en otras ocasiones se paseaba por el ático. Le señaló el techo con un dedo.

Él siguió el movimiento que indicaba el piso superior e hizo un gesto de asentimiento. Amanda llegó en ese momento a la conclusión de que la característica más acusada de su vecino era la de su irritante parsimonia. No aparentaba estar alarmado ni intrigado ni… ni tan siquiera atemorizado. Probablemente y a fuerza de tratar con locos, gozaba de una incomprensible tolerancia para juzgar todas las eventualidades, hasta las más absurdas, que pudieran presentársele, incluso como la que estaba viviendo en ese instante. En otras circunstancias probablemente hubiera apreciado esa peculiaridad de su carácter, pero en ese momento la enervó. Caminaba él hacia la puerta de la cocina como si los minutos se compusieran de miles de segundos y éstos hubieran decidido detenerse de repente para no computar el lapso de tiempo que debía transcurrir hasta que el intruso pudiera escapar. Impaciente, le asió por la manga de la chaqueta para obligarle a salir al pasillo y luego le empujó por la espalda en dirección al iluminado vestíbulo.

El silencio ahora era absoluto. No se oía el menor sonido en la planta superior. Su desconocido visitante debía haberse marchado por la puerta del estudio descorriendo previamente sus numerosos cerrojos, mientras ellos dos trasteaban en el cuadro eléctrico para restablecer la iluminación eléctrica en la vivienda. Más tranquilizada ante esa perspectiva, siguió a Enrique escaleras arriba dando vueltas y revueltas. Debía pertenecer él al gremio de los intelectuales que dedican la mayor parte de su tiempo al estudio, olvidándose de practicar deporte. Ahora que podía observarle por la espalda sin que lo advirtiera, consideró que su estilizada figura carecía de la corpulencia necesaria para enfrentarse al intruso sin disponer ni tan siquiera de un palo con el que defenderse, posibilidad ésta última que no parecía entrar en sus cálculos. Quizás pretendiera controlar al otro con una sesión de psicoanálisis, convenciéndole de que era absolutamente reprobable asaltar las viviendas ajenas y manipular su cuadro eléctrico para provocar un apagón. ¿Conseguiría convencerle o el tipo que les había precedido escaleras arriba le derribaría al suelo de un guantazo?

Contuvo Amanda la respiración al recalar tras él en la meseta de la escalera. La puerta del estudio estaba abierta de par en par y al accionar Enrique el conmutador de la luz comprobaron los dos que la nave estaba desierta. Sin embargo, el caballete que la presidía ya no estaba en su lugar ni el frasco de aguarrás tampoco. El desconocido debía haberlos arrollado en su huida, porque el primero se hallaba en el suelo con el lienzo bajo él y el frasco había sido volcado y su contenido derramado, formando un charco que impregnaba el aire con su agudo e irritante olor a bohemia. Al menos Amanda relacionaba siempre el olor del aguarrás con los cubiles de artistas desharrapados a los que su periódico la había enviado a entrevistar en muchas ocasiones. En todos ellos se respiraba el mismo ambiente y todos esos pintores hablaban de una forma parecida. Como si viviesen en un mundo diferente, ausente de realismo, compuesto de percepciones cromáticas y de veladuras evanescentes que escapaban a la perspicacia y a la comprensión del resto de los mortales.

Con una agilidad que no hubiera sospechado en él, saltó Enrique sobre el charco y se dirigió en línea recta hacia la puerta del fondo de la nave por la que se salía a la escalera del edificio. También estaba abierta de par en par, pero no vieron a nadie cuando salieron al vestíbulo del ascensor, cuya cabina seguía en la planta undécima, ni oyeron tampoco las pisadas del intruso bajando los peldaños.

— Parece que se ha marchado— murmuró Enrique con el ceño fruncido.

— Sí, ¿pero por dónde?

Él se encogió de hombros.

— No lo sé, pero me da la impresión de que tu visitante era tu novio.

— ¿Mi novio?

— Bueno, tu ex novio. El novio de tu prima— se corrigió.

Por su expresión dedujo Amanda que, pese a haberle mostrado su documento nacional de identidad, no había llegado a convencerle de que Mandy y ella fueran dos personas distintas. Parecía creer más bien que ella había falsificado su propio documento o quizás se le había ocurrido cualquier peregrina explicación al hecho de que en éste constase Amanda con otra identidad diferente. Pero como en ese momento tenía cosas más importantes que hacer que insistir en demostrarle su personalidad, le preguntó intrigada:

— ¿Conoces a Nico?

Se giró hacia ella con las cejas enarcadas.

— ¿Quién es Nico?

— El novio de Mandy. El ex novio de mi prima. ¿Le conoces?

— Sí, claro, te he visto… la he visto a menudo con él saliendo o entrando en su piso. ¿Por qué?

— ¿Y qué aspecto tiene?

Él parpadeó como si le costase entender la pregunta.

— Pues… pues es joven, algo mayor que tú, pero… no, bastante mayor que tú— puntualizó tras observarla de arriba abajo—. De mediana estatura, moreno, delgado… no sé qué más puedo decirte. ¿Por qué crees que se llama Nico?

Rememoró Amanda las palabras de su prima refiriéndose a éste. Muchas veces le había oído pronunciar su nombre, por lo que meneó enfática y afirmativamente la cabeza.

— Sí, se llama Nico, Es el diminutivo de Nicolás, ¿por qué?

— Porque yo aseguraría… — se interrumpió para procesar con su característica lentitud la información que almacenaba en su cerebro. No debió de conseguir recuperar los datos que le interesaban, porque esbozó un gesto dubitativo.

— ¿Qué es lo que asegurarías?— se impacientó ella.

— No sé, creo recordar que no se llamaba así.

— ¿Cómo se llamaba entonces?

— Es que no consigo acordarme. Mandy le llamaba Nico, porque, según me comentó, Nicolás era el nombre que le gustaba. Creo que quería convencerle de que iniciara los trámites de cambiar el suyo por el de Nicolás en el Registro Civil. Eso fue al menos lo que me dijo unos días antes de que llegaras tú a esta casa.

— ¿Unos días antes?—se extrañó Amanda—. Mandy me aseguró que había terminado con él bastante antes.

— ¿Bastante antes?— repitió desconcertado—. No tengo muy buena memoria, pero yo diría…

— ¿Qué dirías? — volvió a impacientarse ella.

En la meseta de la escalera de la escalera hacía frío y mientras lo meditaba la empujó dentro del estudio y cerró la puerta con la llave que seguía en la cerradura. Luego echó todos los cerrojos y solo cuando terminó con el último se volvió cachazudamente hacia su interlocutora.

— No estoy seguro, pero diría que te vi salir... que vi salir a tu prima de la galería de arte de él el mismo día de tu llegada.

— Pero yo llegué el domingo — objetó— ¿Abren las galerías de arte los domingos?

— La de ese hombre sí. Las demás... las demás no lo sé.

— ¿Y viste salir de allí a Mandy?

— Sí, parecía tener mucha prisa.

Por lo que le había dicho su prima, había ido ésta a esa galería a buscar el cuadro del sol poniente, aprovechando unos instantes en los que él se encontraba ausente. El cuadro con el que había salido huyendo en dirección a su casa de la playa al recibir la llamada telefónica del tipo que la había amenazado a los pocos minutos de llegar ella a la vivienda. Entrecerró sus claros ojos azules para precisar con detenimiento esa escena y la atemorizada despedida de Mandy instantes después. Se había cambiado el chándal por un pantalón vaquero y sobre el jersey se había echado una chaqueta roja con capucha. Recordó también que llevaba el bolso colgado del hombro, en bandolera, ¿pero dónde estaba el cuadro?

Quizás lo hubiera guardado en el maletero de su coche cuando lo rescató de la galería de arte del tal Nico, se dijo pensativa. Pero lo importante era que ahora podría averiguar qué apariencia tenía ese hombre fingiendo interesarse por los cuadros que exponía en su local. Con esa idea se giró hacia Enrique que en esos momentos ponía en pie y colocaba en su lugar de siempre la silla de anea en la que posaban los modelos de Mandy. No se había fijado en esa silla anteriormente, pero vio que estaba también volcada en el suelo, unos metros más allá del caballete, sobre el charco del aguarrás.

— ¿Y la galería de arte de ese Nico, o como se llame en realidad, dónde está?

— Cerca de aquí, en la plaza de Santa Isabel. La encontrarás enseguida bajando por la Gran Vía en dirección al río. Tiene algunos cuadros de pintores impresionistas extraordinarios. ¿Te gusta la pintura?

No entendía Amanda de ninguna clase de arte, pero se apresuró a asegurarle lo contrario para no desmerecer en su estima.

— ¿La pintura?, muchísimo. Me gusta muchísimo.

Entrecerró Enrique los ojos para observarla caviloso. Se estaría sin duda preguntando si la chica que tenía enfrente era realmente Mandy, que empeoraba por momentos en su síndrome disociativo o si se trataría de esa prima, idéntica a su paciente, de cuya existencia tenía motivos sobrados para dudar.

— El dueño de la galería se alegrará mucho de verte — adujo, ensimismado en sus elucubraciones psicológicas— Aunque hayas... aunque tu prima haya terminado recientemente con él, pensará que quieres hacer las paces.

Su comentario obligó a Amanda a recapacitar. Cuando se presentara en la galería, Nico la reconocería en el acto identificándola con Mandy o con ella misma, de la que tenía conocimiento a través de lo que le había contado la otra. Debía modificar su aspecto, tal y como además le había recomendado Adrián, para evitar los percances que había tenido que padecer como consecuencia del parecido entre ambas, se dijo pensativa. Pero desde luego no estaba dispuesta a sacrificar con esa finalidad su melena, lisa y brillante, que solía atraer la atención de los viandantes con los que se cruzaba por la calle.

— Oye, ¿sabes si hay por aquí alguna tienda de pelucas?

Su pregunta le pilló a Enrique desprevenido. Estaba estudiando los cuadros de la pared y se dio la vuelta con un respingo.

— ¿Una tienda de pelucas? ¿Es que se te cae el pelo?

Observaba atentamente su cabeza y Amanda se echó a reír.

— No, no es para mí. Es para una amiga a la que tengo que llevarle un regalo cuando regrese a Madrid al término de la Semana Santa.

—¿Y le vas a llevar de regalo una peluca?— se sorprendió— ¿No es un regalo un poco raro?

—No, porque a ella sí se le cae el pelo, — inventó apresuradamente.

—¡Ah!, bueno. Sí, hay una cerca de la plaza de Santa Eulalia. ¿Sabes dónde está?

—Sí, sí, además tengo un plano estupendo de Murcia—replicó temiendo que él se ofreciese a acompañarla al día siguiente.

Afortunadamente no fue así. Cuando poco después se despidieron en el pasillo de la planta décima que compartían, él se limitó a desearle que durmiera bien y Amanda se introdujo rápidamente dentro del vestíbulo del piso. En cuanto aseguró la puerta de entrada con todos los cerrojos de los que ésta disponía, se dirigió al dormitorio, cuya puerta cerró también con el pestillo y contra la que corrió la cómoda, atrincherándose dentro de la habitación.

Por suerte esas precauciones resultaron innecesarias. La noche transcurrió sin incidentes y a la mañana siguiente decidió que no podía permitirse el lujo de quedar con Adrián, por mucho que le apeteciera, y se aprestó sin pérdida de tiempo a buscar la tienda de pelucas de la que le había hablado Enrique. Se probó varias dentro del establecimiento y al fin salió a la calle, irreconocible con una de melena oscura, que no le llegaba al hombro, y un flequillo que le cubría la frente hasta las cejas. Con gafas oscuras y una bufanda al cuello que le tapaba la barbilla, se asemejaba a una turista friolera que en aquella soleada mañana de abril hubiera sufrido una intempestiva hipotermia por causas desconocidas, ya que la temperatura era primaveral, casi podía calificarse de calurosa.

Con su nueva apariencia se encaminó hacia la plaza de Santa Isabel, experimentando la curiosa sensación de ser invisible para los transeúntes con los que se cruzaba. Acostumbrada a llamar la atención con su rubísima y larga melena, de un color sumamente infrecuente en los países mediterráneos, se extrañó en un primer momento de que nadie la siguiese con la mirada, como si repentinamente hubiera perdido el atractivo de que disfrutaba desde que le alcanzaba la memoria. Pero fue solo un instante. Después saboreó el anonimato que le confería la imagen que estrenaba y la seguridad que le infundía saber que de esa guisa nadie podría confundirla con Mandy. Al fin iba a conocer al famoso Nico sin que él pudiera sospechar ni por lo más remoto que la chica que había entrado en su galería, a interesarse en apariencia por sus cuadros, era la prima de su ex novia y el vivo retrato de ésta.

Su euforia se disipó, no obstante, en cuanto se encontró frente a la puerta de cristales del local al que se dirigía. Para acumular valor, se detuvo a contemplar el escaparate, en el que campeaba en solitario un cuadro en el que el pintor había plasmado un jarrón con flores amarillas y tragó saliva notando las piernas temblonas. El cristal le devolvió la desconocida imagen de una chica de pelo oscuro, a la que apenas si se le distinguía el rostro tras las gafas y bajo la bufanda que llevaba anudada al cuello y eso la decidió. Fingiendo una seguridad que estaba muy lejos de sentir, empujó la puerta de cristales y entró en un alargado local de suelo enmoquetado. De las paredes, sin ventanas, pendían lienzos, en alguno de los cuales reconoció el luminoso estilo de Mandy con sus pinceladas sueltas y empastadas. Se detuvo frente a uno en el que su prima había plasmado la casa de la abuela sobre los riscos de la playa de la Azohía, en la que ambas habían disfrutado de la mayor parte de los fines de semana de su niñez. La luz del atardecer difuminaba los contornos de esa casa, en la que las dos habían escuchado durante las noches, sobrecogidas por su intensidad, el gemido del viento que traía el mar. Por la fecha que figuraba en el lienzo, bajo la firma de Mandy, constató que lo había pintado ésta el verano anterior, pero estaba igual a como la recordaba, como si el tiempo no hubiera transcurrido para ella. Hacía ya más de diez años desde la última vez que durmiera en esa casa y percibiera desde la cama aquél sonido agudo y añorante que se filtraba por las maderas de la ventana, pero la imagen con la que Mandy la había trasladado al lienzo era la de entonces, la de su infancia. Con su fachada de ladrillo oscuro, se erguía solitaria sobre el promontorio desafiando el oleaje que arremetía contra los riscos y el susurro del viento que tanto las atemorizaba a las dos.

No había vuelto Amanda a la costa de Murcia ni por tanto a contemplar el entorno en el que estaba enclavada la casa que había heredado, pero le pareció que había sido reproducida tan real en el lienzo, tan exacta a la que pervivía en los recuerdos que creía haber olvidado, que al contemplar el cuadro revivió también el agudo quejido de la brisa que traía el mar y sintió que se le erizaba el vello de los brazos.

Una voz a su espalda la sobresaltó y se dio media vuelta. Una muchacha de rizada melena oscura, cortísima falda y larguísimas piernas la contemplaba sonriente con la característica expresión de la vendedora que desea agradar a una posible cliente.

— ¿Habla usted español?—le preguntó con un marcado acento murciano.

Sin duda la había identificado como una extranjera. Estuvo por contestarle que lo hablaba de maravilla desde que cumpliera un año y empezara a chapurrearlo, pero se limitó a devolverle la sonrisa. Seguramente su aspecto respondía al de una turista proveniente de otras latitudes y acatarrada y a eso obedecía la pregunta que acababa de formularle. Se decidió a contestarle pronunciando exageradamente las eses:

— Soy española, de Madrid

La empleada le señaló el cuadro ante el que se había detenido para contemplarlo.

— Es genial, ¿verdad? — le comentó con un tonillo indulgente como si fuese una experta y Amanda una lega en la materia—. Su autora es una pintora que ha alcanzado una gran celebridad. Es de aquí, de Murcia. ¿No ha oído hablar de ella? Se llama Mandy Arévalo.

Amanda se apresuró a asentir con entusiasmo, mientras observaba con disimulo el fondo de la sala, por donde esperaba ver aparecer en cualquier momento al desconocido Nico.

— Claro que he oído hablar de ella. En Madrid también es muy conocida.

Se estrujó luego la mente sin acertar con el modo en el que podría preguntar por el ex novio de su prima de una forma que sonase natural y no despertase las sospechas de la chica de la mini falda que la atendía. Al fin señaló el cuadro y le preguntó:

— ¿Qué precio tiene esa marina?

La muchacha citó una cifra fabulosa, o al menos a Amanda le pareció fabulosa, pero logró que su rostro permaneciera impasible, como si estuviera acostumbrada a adquirir obras de arte de precio exorbitante todos los días de la semana.

— Pues en principio me interesa— articuló al fin con pretendida naturalidad—. ¿Se ocuparía usted de formalizar la venta o tengo que tratar ese asunto con otra persona?

La chica perdió algo de la aparente seguridad en sí misma que derrochaba y sonrió algo más humanizada, como si de pronto hubiera caído en la cuenta de que ella no era más que una empleada con una nómina reducida y su visitante una ricachona que podía permitirse el lujo de intercambiar un fajo de billetes por un cuadro, con la única finalidad de colgarlo en la pared de su casa.

— No, de las ventas se ocupa directamente mi jefe, pero en este momento no está. Si quiere acercarse por aquí esta tarde, a eso de las seis…— La observó dubitativamente, quizás preguntándose hasta donde alcanzaría la solvencia de Amanda y luego añadió —: Si no tiene previsto pagarlo en efectivo, tendrá que abonarlo mediante un cheque bancario. Puede aprovechar la mañana para formalizarlo en su Banco.

— Claro, claro— murmuró ella fingiendo un aire despreocupado, al tiempo que se giraba para aproximarse a la pared de enfrente a contemplar un horroroso lienzo surrealista.

— También es de un pintor murciano— le explicó la chica, que la había seguido y se encontraba ahora a su espalda—. ¿Le gusta también?

Era imposible que aquel engendro le gustase a nadie, pero consiguió adoptar un aire de entendida, mientras lo examinaba con los ojos entornados, como había visto hacer a los expertos.

—No del todo— replicó al fin—. Me interesa más el arte figurativo, especialmente el impresionismo francés del siglo XIX. Las corrientes pictóricas posteriores me resultan un tanto estridentes.

La chica parpadeó sorprendida

—¿Se refiere al postimpresionismo? ¿No le parece admirable la obra de Cézanne, la de Gaugin ni la de Van Gogh?

—Sí, sí, claro que sí— se apresuró a afirmar Amanda, que nunca hubiera sospechado que a esos tres pintores se les considerase postimpresionistas—. Estaba pensando en el cubismo, en el expresionismo y en el surrealismo—. Al ver el gesto de escepticismo de su interlocutora, añadió—: En realidad, mi pintor preferido es Monet. Supongo que no tendrán aquí ningún cuadro de ese pintor.

La chica se la quedó mirando, impasible en apariencia, pero Amanda creyó ver que a sus ojos oscuros y pintadísimos asomaba una chispita de alarma.

—Será mejor que hable con mi jefe esta tarde y que él le enseñe los que guarda en la caja fuerte. Hay uno que... sí hay uno que quizás le pudiera interesar.

—¿Tienen aquí un cuadro de Monet?— se extrañó ella abriendo desmesuradamente los ojos tras las gafas oscuras.

La otra estudió atentamente su gesto y debió llegar a la conclusión de que su visitante no era más que una friolera y acaudalada turista sin profundos conocimientos del arte pictórico, porque le sonrió.

—Sí, pero ya le digo que de eso se ocupa exclusivamente mi jefe, por lo que tendrá que hablar con él. Monet pintó el cuadro que le vamos a mostrar durante los últimos años de su vida y plasmó en el lienzo el puerto de El Havre a la luz del atardecer. Una nueva versión de "El sol naciente". Lo pintó poco antes de morir.

Amanda dio un imperceptible respingo.

—¿Y dice que tiene aquí ese cuadro?

—Sí, pero ya le he dicho que no puedo enseñárselo.

—¿Y cómo se llama?

— ¿El cuadro? Se llama "El sol poniente". Ya le he dicho que es una nueva versión de la que para mí es la obra más genial de su autor.

Amanda pensó que indudablemente su jefe le mostraría por la tarde una fotografía de ese lienzo o un catálogo en el que apareciera retratado, pero no el original, con el que Mandy había salido huyendo y que originaba todos los contratiempos que estaban padeciendo las dos. Se volvió de espaldas a la otra para que no captara su expresión de ansiedad, fingiendo examinar nuevamente el horroroso cuadro surrealista.

— ¿Qué me va a enseñar su jefe esta tarde?— insistió, procurando que su voz sonase firme— ¿Un folleto?

— No, claro que no, el cuadro que pintó Monet, el original, ya se lo he dicho.

Se volvió a medias y luchó por conseguir que los atirantados músculos de sus mejillas se distendiesen en una sonrisa dedicada a la empleada que la miraba con nuevo respeto, mientras trataba de entender lo que le acababa de decir. Si ese cuadro se encontraba en la caja fuerte de la galería tenía que ser porque Nico hubiese localizado ya a Mandy y hubiese conseguido recuperar el dichoso cuadro, arrebatándoselo. ¿Qué le habría hecho aquél a su prima para lograr que le revelara su escondite? La sola idea de los posibles medios que podía haber utilizado para conseguirlo bastó para estremecerla y para producirle una dolorosa opresión en su interior. La situó en la boca del estómago y se llevó con disimulo una mano a ese lugar, mientras continuaba sonriéndole a la empleada que, ignorante por completo de lo que su estrafalaria visitante estaba sintiendo en ese momento, le sonreía también.

— Bien, de acuerdo. Me ha dicho que a las seis estará su jefe aquí. Si me gusta ese Monet podré reservarlo, ¿verdad?

— Sí, sí, claro.

— Y pagarlo al día siguiente con un talón conformado. ¿No es así?

— Efectivamente.

— ¿Y me lo entregarán con un certificado de autenticidad?

— Desde luego.

Aunque no entendía nada y sentía una angustia aterradora, Amanda la envolvió en otra sonrisa resplandeciente.

— Estupendo, vendré esta tarde. ¿Puede decirme cómo se llama su jefe?

La otra afirmó obsequiosamente.

— Por supuesto. Se llama Nicomedes Valcárcel.

Disimuló nuevamente Amanda otro respingo. De modo que el ex novio de Mandy sí se llamaba Nico. No le extrañaba que Enrique Cárceles no hubiera caído en la cuenta de que Nico era la abreviatura de Nicomedes. Aunque a cualquiera se le ocurriría, su vecino parecía habitar en un planeta diferente y entender cualquier asunto de otra forma a la del resto de los mortales.

Inició el ademán de dirigirse hacia la puerta de la calle y desde allí se volvió hacia la empleada.

— ¿Puede decirme su nombre? Quiero manifestarle a su jefe que me ha atendido usted extraordinariamente bien.

La chica sonrió complacida, mostrando dos hileras de dientes blanquísimos.

— Fina, me llamo Fina.

— ¿De Josefina?

— Eso es. Es un nombre muy corriente aquí. La esperamos esta tarde.

Salió Amanda a la soleada plaza, donde los niños jugaban entre los arriates de flores, vigilados por sus madres. Innumerables transeúntes deambulaban a la sombra de las pérgolas que cruzaban de extremo a extremo la zona ajardinada del lugar y buscó ella un solitario banco, alejado de la multitud y protegido de los ardores del sol por un recortado abeto, cercano a la estatua de La Fama, que se alzaba orgullosamente en la plaza sobre su alto pedestal.

Apenas si le dirigió ella una distraída mirada. Alarmadísima por la información que le había proporcionado Fina y que ocupaba toda su atención, extrajo el móvil de su bolso y marcó en la agenda el número de su prima. Escuchó varios timbrazos con una inquietud creciente y finalmente la voz de la operadora manifestando que el teléfono estaba apagado o fuera de cobertura en ese momento.

¿Qué podía haberle ocurrido a Mandy?, se preguntó con el corazón en un puño. Tenía que haberle sucedido algo muy grave para que no atendiera su llamada. Imaginó al tal Nico entrando en la casa de la Azohía con la llave que su prima le habría entregado en su momento y que se habría olvidado de reclamarle al romper con él, porque solía olvidar las cuestiones más elementales. Le vio cruzar la amplia "entrada" que en las casas murcianas de otros tiempos cumplían la función de vestíbulo, de sala de estar y en ocasiones de comedor. En la de su abuela, en la que ahora era suya, había otra habitación, grande y oscura, destinada a este último cometido, pero sí se utilizaba "la entrada" para todo lo demás. Para recibir a los visitantes, para hacer la vida cotidiana e incluso para comer las tres en la amplia mesa camilla. En su mente ideó ahora a Nico atravesándola para subir la escalera que llevaba a la planta superior, donde se ubicaban los dormitorios. ¿Dónde podría haberse escondido Mandy? ¿En el que de niñas ocupaban las dos? La imaginó agazapada debajo de su cama, aunque cabía la posibilidad de que hubiera decidido ocultarse en alguna de las habitaciones de la tercera planta que, según le comentara la abuela, estaban repletas de chismes inservibles. Ella no había subido nunca allí ni creía que Mandy, que era muy miedosa, fuera capaz de hacerlo. Pero lo cierto era que Nico había dado con su prima. La había encontrado, ¿Y qué habría ocurrido después? ¿La habría agredido además o…?

Imaginó el agraciado semblante de su prima cubierto de moratones y se estremeció. Cabía incluso la posibilidad de que ese indeseable o sus compinches se hubieran librado de Mandy propinándole una paliza o unos cuantos navajazos. Y mientras tanto, en lugar de acudir en su ayuda como la otra la había pedido reiteradamente, había permanecido ella en Murcia, subiendo y bajando al ático por la escalera de caracol en cuanto oía los pasos de un extraño que se paseaba por el estudio y perdiendo el tiempo en retransmitir al atardecer las procesiones con dos tipos a los que apenas conocía y que tenían pinta de facinerosos. No recordó en ese momento las vicisitudes que había padecido a causa de su parecido con su prima. Únicamente se sintió culpable y notó que una lágrima le rodaba por la mejilla, a la par que empezaba a sentirse mareada. Hacía tanto calor... Se estaba asfixiando con la peluca encasquetada en la cabeza y sudaba bajo la bufanda, bajo el chaquetón con el que había pretendido disimular su estilizada silueta y bajo las gafas oscuras que ocultaban el color de sus ojos. Pero no podía despojarse de ninguna de esas prendas, porque Nico podía estar vigilándola desde cualquier rincón de la plaza. Y si no estaba vigilándola ya, podía también aparecer de un momento a otro si Fina le había llamado para comunicarle que tenían a una posible cliente a la vista. Una chica rara, le explicaría, con aspecto de turista y abrigadísima en la mañana primaveral, verdadero anticipo del verano ya próximo en la región.

Se enjugó otra lágrima y de improviso oyó una voz a su espalda que la obligó a rebotar en el duro banco de piedra.

— ¿Qué?, ¿descansando de tu visita a la galería?

Era Guillermo Elizalde, con una camisa de cuadros blancos y rojos bajo la cazadora que cuero y sus pantalones vaqueros de siempre, que pasaba en ese momento una de sus larguísimas piernas sobre el banco en el que estaba sentada y luego la otra, para terminar acomodándose a su lado.

Recordó a tiempo que con su disfraz no podía haberla reconocido él y fingió un asombro que estaba muy lejos de sentir, pero que era el procedente, ya que con la guisa que presentaba pretendía aparentar ser otra persona.

— ¿Cómo sabe que he estado hace unos minutos en la galería de arte? ¿Nos conocemos? No recuerdo haberle visto anteriormente.

Se echó a reír él como si lo que acababa de decirle fuese divertidísimo.

— ¿Me has olvidado ya?— le preguntó sonriendo socarronamente—. Me parece que tienes entonces una memoria de mosquito—. La observó con el ceño fruncido y añadió—: Y por cierto, esa peluca que te has incrustado en la cabeza no te sienta demasiado bien. Me gusta más tu melena rubia.

No cabía duda de que la había seguido hasta la tienda donde la había comprado y que la había reconocido después, pese a su nueva apariencia. Era inútil entonces que pretendiera disimular.

— ¿Sigues vigilándome? — le preguntó con acritud.

— Claro— replicó Guillermo con toda frescura—. Con ese pelucón negro pareces otra, pero te he visto entrar y salir de la tienda en la que lo has comprado, en la plaza de Santa Eulalia. Y conste que ha sido por casualidad— añadió como disculpándose—. Había ido a visitar el que fue el barrio judío de Murcia y…

— ¿El barrio judío?— le interrumpió ella.

— Sí, se asentaba en esa plaza y en sus alrededores. Como te he dicho, te he visto entrar en la tienda de pelucas y me ha costado reconocerte después, cuando has vuelto a aparecer con ese peinado tan artístico. ¿De quién te escondes? ¿De Nico? ¿Ha sido en su honor por lo que te has disfrazado de existencialista?

— ¿De existencialista? —protestó fastidiada, ya que no sentía ningún aprecio por esa corriente filosófica.

— Sí, con esa peluca podrías cantar una de esas canciones trágicas francesas que hicieron famosa a Edith Piaf. ¿Qué tal cantas?

Por un instante olvidó su preocupación por Mandy para mirarle indignada.

— Bien, canto bien. ¿Y tú?

— Yo canto mal — replicó risueñamente—. Por eso no canto—. Inclinándose hacia ella, insistió—: No me has dicho de quién te escondes. Si es de Nico, te advierto que es un individuo peligroso.

— Eso mismo dice él de ti — refunfuñó sarcástica— Al parecer, y aunque te hayas adjudicado el papel de héroe en esta historia, perteneces también al clan de los desaprensivos que se han estado aprovechando de lo tonta que es Mandy. O, al menos, al clan de los que lo han intentado.

Sus palabras borraron del semblante de él la sonrisa que distendía sus facciones. Ahora la miraba serio, con una chispita extraña en sus claros ojos castaños que no supo interpretar.

— ¿Conoces a Nico?—le preguntó, impasible en apariencia.

— No, personalmente no. Esperaba encontrarle en su galería de arte y por esa razón he cambiado mi aspecto, para que no me confundiera con Mandy.

— Ni te identificara a ti — añadió él.

— Eso es — admitió, cansada de mentir.

— Y si no le conoces, ¿quién te ha dicho que pertenezco al gremio de los que han intentado aprovecharse de lo tonta que es tu prima? No ha podido ser él entonces.

Vaciló Amanda. ¿Qué debería contestarle? No le parecía bien descubrir a Mandy, pero estaba tan cansada de no entender lo que estaba sucediendo a su alrededor… Deseaba aclarar aquel embrollo de una vez por todas y regresar a Madrid, a su aburridísimo periódico, a la paz del pequeño piso en el que vivía, que nunca tenía tiempo de limpiar y que incomprensiblemente para ella parecía estar siempre polvoriento, a la monotonía de su vida sin sobresaltos. ¿Cómo habría podido quejarse alguna vez del lento transcurrir de unos días en los que no sucedía nada?

— Me dijo Mandy que se lo había contado Nico— manifestó al fin—. Que al enterarte del negocio que tenían montado a costa de los cuadros con los que ella imitaba a los pintores de renombre, pretendiste participar tú también aportando clientes a los que timar.

Se quedó callado, con la mirada fija en el pedestal del monumento de la estatua a La Fama que presidía la plaza, dominándola desde la altura de su pedestal. Parecía examinarla atentamente, como si lo viera por primera vez.

— ¿Y tú te lo creíste?— le preguntó sin mirarla, con una voz más ronca que la suya habitual.

— ¿Yo?—le preguntó, sorprendida de que le concediera tanta importancia a lo que ella hubiera podido pensar—. Pues no lo sé. No sé lo que pensé, pero eso da lo mismo ahora. Lo que me preocupa es lo que le haya podido pasar a Mandy. Esa chica de la galería me ha dicho que Nico guarda en la caja fuerte el cuadro del "sol poniente", lo que significa que la ha encontrado a ella y que lo ha recuperado. Temo que le hayan hecho algo, porque el tipo del teléfono se expresó en un tono claramente amenazador cuando atendí la llamada.

— ¿De qué tipo hablas?— se preocupó él.

— Del que llamó por teléfono, ya te lo he dicho.

— ¿Cuándo te llamó por teléfono y quién era? — insistió impacientándose por su falta de concreción.

— No sé quién era. La primera vez, llamó unos minutos después de que Mandy se largara de su piso, huyendo con su cuadro, al poco de llegar yo a su casa. Me confundió con ella y me amenazó con las penas del infierno si no se lo entregaba. Tú estabas en esos momentos en el estudio, sentado en la silla de anea como si fueras el modelo que pintaba ella, pero ya me has dicho que no estabas posando en esos momentos. Que habías ido a advertirla del peligro que corría, ¿no es así?

Guillermo se la quedó mirando fijamente y terminó por menear afirmativamente.

— Sí, sí lo es. Como te comenté, la conocí en París, en el museo Marmottan y me pareció una infeliz, a la que Nico manejaba como le venía en gana. Por supuesto no me escuchó. Bebía los vientos por él y no se creyó ni una palabra de lo que le dije. Cuando a los pocos minutos llegaste tú, bajó a abrirte y se olvidó por completo de que me había dejado a mí allí arriba. Eso es muy propio de ella. Tiene una cabeza de chorlito.

Amanda le había escuchado boquiabierta.

— No sé por qué dices que bebía los vientos por ese estúpido. Cuando me presenté en su casa esa tarde a la que te has referido, hacía ya tiempo que había terminado con él. No escucharía tus advertencias por cualquier otra razón.

— Si tú lo dices…, — replicó él con sorna—. Pero dime, ¿quién más te ha llamado para amenazarte y cuando ha sucedido esto último?

— ¿Quién más?

— Sí, has dicho que la primera fue la tarde en la que llegaste a casa de tu prima. ¿Cuándo ha tenido lugar la segunda?

Rememoró Amanda su llegada al piso de su prima la noche anterior, acompañada por Enrique y las amenazadoras palabras del hombre que poseía una voz que conocía, aunque no llegó a identificar a su dueño.

— Anoche. Cuando llegué al piso en el que vivo me llamó por mi nombre reclamándome el cuadro en cuestión. Me acompañaba el vecino de Mandy, que es psicólogo. Es el que está empeñado en convencerme de que yo no existo.

— ¿De que no existes?

— Sí, él cree que Mandy se desdobla en dos personalidades, la suya y la mía. La está tratando para que se olvide de las temporadas en las que imagina que es periodista y que vive en Madrid

Mientras pronunciaba esas palabras, se había quedado mirando distraídamente el lento deambular de la gente por la plaza, pero, al no oírle efectuar el menor comentario, giró la cabeza hacia Guillermo y comprobó sorprendida que se estaba riendo bajito.

— ¿Qué es lo que te hace tanta gracia?—se enfadó— A mí no me parece nada cómico lo que me está sucediendo desde que llegué a Murcia. Y además no lo entiendo.

— Es natural que no lo entiendas, porque no parece tener explicación—reconoció displicentemente—. Considero lógico, en cambio, que tu vecino está tratando a Mandy por las fantasías que se inventa. Como ya te comentado, tu prima vive en una nube de espejismos en la que no tenemos cabida los demás. Ya te he dicho que puso el grito en el cielo cuando intenté hacerle entender que estaba siendo manipulada por su novio y que, como consecuencia, se estaba metiendo en un lío muy gordo.

Le observó con los ojos entornados, que él no podía distinguir tras las gafas de sol que le ocultaban medio rostro y en ese momento le vino a la memoria lo que Adrián le había comentado sobre la falta de ética profesional del hombre que tenía al lado. Su opinión sobre Guillermo coincidía en sus puntos esenciales con la de Mandy. Ambos le habían acusado de ser un tipo sin escrúpulos, cuya pretensión se circunscribía a participar en los beneficios que la sorprendente habilidad de ésta para imitar la técnica de los genios de la pintura podría proporcionar. Parecía mentira que una persona aparentemente tan sincera y tan espontánea pudiera esconder unas intenciones tan ruines. Pensó que debería conducir hábilmente la conversación hacia ese punto para darle oportunidad de explicarse, pero, como no se le ocurrió nada, le preguntó a bocajarro:

— Ahora que lo pienso, ¿recuerdas a Adrián Fontes?

Parpadeó perplejo.

— ¿A quién?

— A Adrián Fontes. Te llevó a tu estudio, a tu laboratorio o a lo que utilices para realizar tu trabajo, un cuadro de Zuloaga para que certificases sobre su autenticidad. ¿Te acuerdas ya?

La observó un silencio durante unos instantes y luego meneó negativamente la cabeza.

— No, no sé de quién me estás hablando.

Inspiró ella aire para acumular paciencia.

— Es el dueño de una agencia de viajes que vive aquí. Heredó de su tía abuela un cuadro de Zuloaga y fue a Madrid a enseñártelo para que lo peritaras.

Volvió a hacer Guillermo un ademán negativo.

— No, no recuerdo a nadie con ese nombre.

— Pues según dice él, le pediste una sustanciosa comisión por emitir ese certificado. Luego y cuando se negó a satisfacértela, le dijiste que el cuadro era una mala imitación del original. ¿Lo recuerdas ya?

La placentera expresión de Guillermo dejó paso a otra tormentosa.

— Eso no es verdad. No conozco a ese tipo del que me hablas, no he peritado nunca un cuadro de Zuloaga y menos aún he cobrado por certificar la autenticidad de un cuadro que fuese una copia. ¿Quién te ha contado todas esas patrañas?

Vaciló Amanda. Parecía tan sincero…

—Me lo ha dicho Adrián, que me ha prevenido contra ti, lo mismo que…

Iba a terminar la frase diciéndole que había sido Mandy, pero se interrumpió antes de concluirla.

—¿Lo mismo que quién? — trató de averiguar él echando chispas por los ojos.

No se atrevió ella a decirle que había sido su prima y se encogió de hombros.

—No, nadie.

—No habrá sido Mandy, ¿verdad?—insistió enfadadísimo—. Cuando la conocí, me di cuenta de que era un poco simple, pero no creí que lo fuera tanto— Examinaba ahora su semblante con curiosidad—. ¿Y tú?, ¿has creído también lo que ese Adrián, o como se llame, te ha contado sobre mí?

—¿Yo?—articuló apenas, intimidada por el furor que derrochaba su voz. No se sintió con fuerzas para admitir que hasta ese momento había pensado que eran ciertas las acusaciones del otro. Ahora no sabía ya qué pensar. ¿Pero por qué habría de haberle mentido Adrián sobre ese asunto? Como Guillermo aguardaba con impaciencia su respuesta, se apresuró a tranquilizarle.

—Claro que no le he creído. Te ha debido confundir con otra persona, porque si tú dices que no le conoces y que no has peritado nunca un cuadro de Zuloaga…

Más aplacado, esbozó un amago de sonrisa.

—No, no entra dentro del género de pintura que he estudiado a fondo y de la que me considero conocedor. Aunque ese pintor utilizó recursos del impresionismo y del postimpresionismo, su obra se aparta bastante de la plasticidad de los pintores franceses del siglo XIX, sobre cuya técnica me he especializado, ¿comprendes?

Se había puesto repentinamente serio tras desviar nuevamente la mirada hacia la estatua de La Fama, que parecía observar con atención. El tono de su voz le sonó raro a Amanda, cuando añadió:

—Y dices que Fina te ha dicho que Nico tiene el cuadro del "sol poniente" guardado en la caja fuerte, ¿no es eso?

—Sí, eso es lo que me ha comentado, pero no lo entiendo. Ya te he dicho que no sé qué hacer. ¿Crees que debería olvidarme de la procesión de esta noche y salir corriendo a buscar a Mandy? Puede que esté en peligro o incluso en una situación de riesgo extremo si, como puede deducirse de lo que me ha dicho Fina, su ex novio la ha encontrado y le ha arrebatado el cuadro. Podría averiguarlo volviendo esta tarde a la galería a comprobar si es cierto lo que me ha dicho esa chica.

Se olvidó él de la estatua y giró la cabeza hacia ella para observarla con atención.

— ¿Quieres marcharte a buscar a Mandy? ¿A dónde?

Sintió una punzada de alarma y se mordió los labios por haberlo dejado escapar. Su moreno semblante no dejaba traslucir sus pensamientos, pero Amanda intuyó algo bajo su expresión risueña. Mandy le había advertido que no se fiara de él y ella estaba charlando por los codos y comunicándole sus temores, como si fuese un aliado en lugar de un tipo indeseable que, como los demás, pretendía aprovecharse de la simpleza de su prima.

— No sé dónde está— musitó bajito—. Pero ha debido de pasarle algo porque de otro modo el cuadro de marras no estaría en la caja fuerte de ese local— añadió señalándole la puerta de cristales de la galería de arte. Desde el banco en el que estaban sentados la ocultaba de su vista el árbol que les proporcionaba sombra, pero podían distinguirla inclinándose hacia delante. A través del cristal pudo ver a Fina mostrándole algo a un nuevo cliente y frunció el ceño preocupada—. ¿Crees que me reconocería Nico si volviese esta tarde fingiendo estar dispuesta a comprarlo?— le preguntó.

No vaciló él ni un solo segundo.

— No debes arriesgarte. Lo mejor que puedes hacer es mantenerte al margen durante el tiempo que permanezcas en Murcia y salir siempre a la calle con esa peluca negra bien encasquetada. Y a propósito, estoy dispuesto a invitarte a comer. ¿Te parece bien?

Volvió desconfiadamente la cabeza hacia él.

— ¿Quieres invitarme a comer?

— Sí, ¿por qué no? Son las dos de la tarde y ninguno de los dos tenemos nada mejor que hacer.

Lo sopesó Amanda en silencio diciéndose que sus opciones eran limitadas. O comía con él, procurando no irse de la lengua en lo que se refería al lugar donde se escondía Mandy, o comía sola y pedía el menú más barato de que dispusieran en el establecimiento que eligiera, ya que su peculio disminuía dentro de su bolso de una forma alarmante. No tardó en decidirse.

— Está bien, ¿dónde quieres que vayamos?

— ¿Qué te parece si comemos en una terraza de la plaza de Santa Catalina? ¿Has estado alguna vez en esa plaza?

Recordaba ella haberla cruzado la noche anterior en compañía de Adrián, por lo que hizo un gesto afirmativo.

— Sí, me pareció anoche un lugar intransitable. Abarrotado de gente entre la que no se podía caminar, ni hablar, ni casi respirar por el ruido y por el tumulto.

— A mí me gusta mucho esa plaza y a estas horas estará más tranquila—comentó Guillermo haciendo intención de ponerse en pie— Además está aquí cerca. Anda, vamos.

Se encaminaron hacia la Gran Vía, atravesando los jardines de la plaza de Santa Isabel. Hacía calor y recorrieron sin prisas esa calle en dirección al río, hasta el cruce con la Platería. Finalizaba ésta en un espacio urbano peatonal donde el tiempo parecía haberse detenido. Cuando tomaron asiento en la mesa de la terraza de uno de los muchos bares que la circundaban, Amanda la recorrió con la vista con la sensación de haber retrocedido varios siglos.

— ¿Te gusta?—le preguntó él, que también contemplaba complacido el entorno que les rodeaba.

— Sí, es….no sé cómo definirla. Se respira aquí el aire de otras épocas y un silencio que no parece real. Como el de un convento de clausura o el de un cementerio de pueblo.

— ¿Un silencio?— se rio él—. Decías antes que anoche te pareció esta plaza un lugar ruidoso y atestado de gente.

— Anoche sí, pero ahora... ahora parece una plaza diferente. ¿Pasan por aquí las procesiones?

— Sí, casi todas. La de esta noche también.

— Pues cuéntame algo que me sirva para cubrir la información que tengo que retransmitir por el micrófono. Aún no he empezado a recopilar datos y me temo que hoy mi discursito me va a quedar bien pobre.

— ¿Qué quieres que te cuente?

— Todo, todo lo que sepas. Lo que pueda servirme para esas dos o tres horas en las que tengo que perorar sin descanso, comentando cómo son las imágenes de los Pasos y cómo caminan los nazarenos en sus dos tradicionales hileras. Algo con lo que quede yo como una persona culta y preparada.

Él hizo un gesto de asentimiento.

— De acuerdo, pero si te aburro...

— No me aburres, no.

— Bueno, pues como es fácil de imaginar aquí se enclavaba la plaza mayor en la época medieval, dentro de la medina, y este lugar fue el escenario de las proclamaciones reales y de los juicios públicos.

— ¿Quieres decir, al aludir a la medina, que esta plaza estaba dentro de las murallas de la ciudad?

Hizo él un gesto afirmativo.

— Por supuesto que se encontraba en su interior, pero se llamaba la medina a la parte antigua de las ciudades árabes, donde se congregaba la mezquita mayor, los alcázares, el zoco, ya sabes. Aquí se ahorcaba también a los condenados a pena de muerte.

Amanda reprimió un estremecimiento imaginando el macabro espectáculo.

— ¿Los ahorcaban aquí?

— Sí, en esta plaza.

Levantó ella la mirada hacia el monolito culminado por una estatua de la Virgen que se hallaba en su centro y se la señaló.

— ¿Precisamente ahí en medio, donde está la estatua de la Inmaculada?

Guillermo se echó a reír.

— No sé si levantaban el patíbulo exactamente en ese lugar o un poco más allá, pero si te interesa procuraré documentarme—. Le indicó la iglesia que se encontraba a la derecha de la terraza en la que se encontraban—. Esa es la iglesia de Santa Catalina, una de las de mayor tradición y de mayor antigüedad de la ciudad. En la puerta de ese templo se reunía una vez al año el Consejo de Hombres Buenos. Es un tribunal consuetudinario que dirime los conflictos de riego en la huerta de Murcia. Como en esta región no llueve nunca, se considera que el agua es un bien inapreciable y origen de muchísimas reyertas entre los labradores, ¿comprendes?

— Sí, ¿y qué más?

Sonrió divertido.

— No sé qué más puedo contarte. Me interesa esta ciudad y su historia, pero no soy un guía turístico.

Acababa de acercárseles el camarero para preguntarles qué querían tomar y, tras escuchar el menú que les recitó, los dos le pidieron una ensalada y unas morcillas, típicas de la región.

Cuando el hombre se alejó hacia el local a encargarlo, pareció que Guillermo recobraba la inspiración.

— ¡Ah!, se me ha olvidado hablarte de la torre de la iglesia. Hasta el siglo XVI fue la más alta de la ciudad. Marcaba las horas del día y desde lo más alto se vigilaba la huerta e incluso las posibles incursiones de los piratas berberiscos.

— Pero la costa está muy lejos — objetó ella.

— Sí, a unos cuarenta kilómetros en línea recta.

— ¿Y desde esa torre se ve el mar?

— Eso dicen, pero no lo sé. No he subido nunca a comprobarlo.

— Pues qué lástima.

— Ahora la más alta es la de la catedral y a esa sí he subido.

— ¿Y se ve el mar?

La contempló risueño.

— No estoy seguro, pero me parece que no. Si quieres, podemos hacer esa visita esta tarde y así lo compruebas. No tiene escalones, solo rampas, así que el ascenso no es demasiado cansado.

Lo consideró Amanda durante unos segundos, porque le apetecía hacer turismo en su compañía. Quizás fuera un desaprensivo que, como el tal Nico, pretendía aprovecharse de la ingenuidad de Mandy, pero era un hombre tan atractivo y al mismo tiempo tan culto que el tiempo que pasaba a su lado transcurría a una velocidad de vértigo. Terminó por denegar su ofrecimiento.

— No puedo. Tengo que preparar mi exposición sobre la procesión de "los coloraos", tengo que volver esta tarde a la galería de arte de Nicomedes, tengo que…

La interrumpió sin dejarla terminar.

— Hemos quedado en que a la galería de arte no vas a volver. Ni siquiera con ese pelucón tan artístico que te has incrustado a presión en la cabeza. No pareces tú así disfrazada, en un primer momento no se te reconoce, pero en cuanto empiezas a hablar…

— Pero es que tengo que averiguar si Nico ha recuperado el cuadro del "sol poniente" —objetó con el ceño fruncido—. ¿No lo entiendes?

— Entenderlo sí lo entiendo, ¿pero por qué no dejas que lo averigüe yo? Podemos quedar a cenar después de la procesión y así podré contarte lo que haya averiguado.

Fue a aceptar Amanda, pero recordó a tiempo que había quedado ya con Adrián, con el que había concertado encontrarse junto a la iglesia del Carmen cuando los estantes que portaban el último Paso lo encerrasen en su interior.

— No puedo, lo siento.

Se acodó él en la mesa para analizar su semblante, semi oculto tras las gafas y la bufanda, pero el camarero interrumpió la pregunta que iba a formularle, al acercarse a la mesa con el menú que le habían pedido poco antes y aún se quedó un ratito con ellos, para alabarles, con su marcado acento murciano y entre chirigotas, las tapas de que disponía el establecimiento. Cuando al fin se marchó, Guillermo parecía haber olvidado lo que iba a preguntarle, lo que a Amanda le produjo una cierta decepción.

— ¿Vas a presenciar la procesión de esta noche?— se interesó ella cuando se convenció de que él tenía esos momentos la cabeza en otra parte. Miraba abstraído el tenderete de flores de la plaza contigua que desde la terraza en la que se hallaban podía divisarse, como si le hubiera hipnotizado la policromía de su intenso colorido.

— Sí, claro — repuso como ensimismado.

— ¿Te gusta la Plaza de las Flores?—insistió Amanda, algo extrañada de su cambio de actitud.

Volvió ahora la cabeza hacia ella y parpadeó para enfocar su visión. Semejaba haber regresado de un largo viaje que hubiera realizado con la mente y que acababa de reconocerla a su término, extrañado de tenerla a su lado, porque le sonrió.

— Perdona, estaba pensando… pero sí, claro que me gusta esa plaza, aunque menos que ésta.

— ¿Y en qué estabas pensando?

— Pues…

No respondió a su pregunta. Se limitó a cambiar de conversación y en cuanto terminaron de comer la acompañó hasta su casa y se despidió de ella en el portal.

Se miró Amanda al espejo con ojo crítico en cuanto entró en la cabina del ascensor. Con la peluca, las gafas y la bufanda no parecía ella, pero se despojó de todos los elementos de que se había valido para ocultar su identidad en cuanto entró en su vivienda, sintiéndose liberada de la incomodidad que le habían supuesto. Le picaba la cabeza y sudaba por todos los poros de su cuerpo, como si en lugar de encontrarse en el mes de abril padeciera ya la región el más caluroso de los veranos. Los arrojó sobre la cama y se dirigió apresuradamente al salón con el móvil en la mano. No contestó Mandy a su llamada ni a las que marcó después con el mismo resultado infructuoso.

¿Qué podría haberle sucedido?, se preguntó angustiada. Que Nico hubiera recuperado el cuadro que había motivado la huida de su prima no presagiaba nada bueno. Claro que era posible que la empleada de la galería le hubiese contado un cuento al manifestarle que lo guardaban en la caja fuerte. Era posible que le hubiese mentido para asegurar la futura venta de la obra, mientras su jefe intentaba recobrarlo.

¿Pero en ese caso por qué no contestaba Mandy a sus repetidas llamadas? La imaginó en la casa de la playa, oscura y húmeda, en la que olía de esa forma inconfundible que presta al aire la cercanía del mar. Creyó verla en su mente con sus grandes ojos azules y su larga melena rubia. La expresión de su semblante era de pánico, como cuando las dos oían por las noches en el dormitorio de esa casa el quejido del viento que provenía de muy lejos. Pero entonces el miedo de su prima era imaginario, no respondía a ningún motivo real, no como ahora. Incluso ella misma, que se consideraba práctica y decidida, lo sentía desde que llegara a Murcia, días antes.

Pulsó la tecla de encendido del ordenador, que desde su llegada había colocado sobre la mesita delantera del sofá y maldijo in mente a Nico, esta vez por extravagante. Un fastidio que Mandy hubiera permitido que su ex novio le decorara el piso. O mejor dicho, que se lo devastara, porque por lo que le había oído a su vecino, el psicólogo, su prima tenía anteriormente su casa amueblada, como todo el mundo. Ahora, por culpa de ese hombre, no había en la casa otra mesa que la que se hallaba en el salón, delante del sofá en el que estaba sentada, que resultaba ser demasiado baja para manejar su instrumento de trabajo y que la obligaba a adoptar una postura que no podía ser más incómoda.

Durante unos segundos intentó concentrarse en la tarea que debía realizar para que su informe sobre la procesión de esa noche fuese aceptable, pero desistió casi inmediatamente. En su lugar volvió a llamar a Mandy. Escuchó nuevamente los timbrazos que emitía su móvil con una ansiedad rayana en la histeria. ¿Por qué no le contestaba la tonta de su prima?

Se decidió de pronto. Sabía que Guillermo tenía razón y que corría un grave riesgo volviendo esa tarde a la galería de arte, pero tenía que averiguar si su ex novio había recuperado el cuadro con el que había salido huyendo del piso. Quizás después la hubiera encerrado en el trastero de la casa de su abuela y estaba allí llorando, esperando que ella acudiera a liberarla. El solo pensamiento de que le hubiera sucedido algo todavía más grave la estremeció. Saldría esa noche hacia la playa en el coche que Mandy le había ofrecido y que, por lo que le había dicho, tenía aparcado en el garaje, en el sótano del edificio. En cuanto terminara la procesión, se marcharía a la playa de la Azohía a buscarla. Solo cuando pudiera constatar que su prima estaba fuera de peligro, regresaría a la ciudad a seguir cumpliendo con su trabajo de corresponsal.

En el cuarto de baño, frente al espejo, volvió a colocarse cuidadosamente la peluca en la cabeza, tras recogerse la melena en lo alto de la coronilla. Cubrió nuevamente sus claros ojos azules con las gafas oscuras, se enfundó en un chaquetón de espiguilla con unas enormes hombreras, que no le gustaba porque con él su figura aparentaba ser menos estilizada, y se anudó al cuello la bufanda. Inmediatamente empezó a sudar, pero no le importó. Ella misma no se reconocía en el espejo. Se contempló de un lado y luego del otro para asegurarse y terminó por dejar escapar un suspiro de satisfacción. Su caracterización era perfecta, se dijo. Ahora debía cuidar su manera de expresarse. Claro que, como Nico no la había visto nunca, no podría reconocerla por su forma de hablar. No tendría con él el mismo problema que con Guillermo, que le había asegurado que la habría identificado con ese disfraz o con otro en cuanto abriera la boca.

Con una inquietud que apenas si conseguía controlar, salió a la calle con la sensación de que todos los transeúntes con los que se cruzaba la miraban como si fuera un bicho raro. Que analizaban con curiosidad su peluca y la indumentaria que vestía, aunque comprobó enseguida que nadie le dirigía dos miradas seguidas, mientras caminaba por la Gran Vía en dirección a la plaza de Santa Isabel, desierta a esas horas de la tarde en las que el sol aún caía de plano sobre los arriates de flores y sobre los paseos que la cruzaban, pese a la sombra que proyectaban sobre éstos las marquesinas que los cubrían. A esas horas acababan de abrir los comercios, pero los que no trabajaban dormían la siesta o se abanicaban en sus casas a la espera de que refrescase.

Atravesó la plaza con precaución y se detuvo a unos metros de la puerta de cristales del local, tras una palmera, para respirar hondo y acumular valor. Desde su observatorio atisbó a Fina, encaramada a sus tacones, hablando con alguien que se encontraba a su espalda. Debía tratarse de Nico, o Nicomedes, como se llamaba realmente, al que no llegaba a distinguir con claridad. Se palpó la peluca para comprobar que la llevaba en su sitio y que no dejaba escapar ni un mechón de su pelo auténtico, se colocó las gafas sobre el puente de la nariz, se levantó la bufanda hasta que le cubrió la boca y respiró hondo nuevamente sintiendo que empezaba a asfixiarse de calor. Debía realizar su visita lo más rápidamente posible, porque de otro modo le daría un vahído y se desmayaría como una damisela de otras épocas. Inspiró aire con decisión y salió de detrás de la palmera para avanzar hacia la puerta de cristales.

Tuvo que traer a su memoria la imagen de su prima y recordar el peligro en el que se hallaba para conseguir trasponerla, tras controlar el temblor de sus piernas. Fina se encontraba de espaldas a la entrada del local en ese momento, atendiendo a un tipo con aspecto de bohemio, y en un primer instante no se fijó en su nueva visitante, por lo que fingió ella admirar el cuadro que se hallaba más cerca de la puerta. Al fondo de la galería y de reojo distinguió a un hombre que avanzaba en su dirección, pero que se detuvo al llegar a la altura de su empleada. Amanda simulaba contemplar un bodegón en el que un enorme besugo presidía el centro del lienzo sobre una fuente de típica cerámica murciana y no se atrevió a girar la cabeza. No obstante oyó su voz al dirigirse a Fina. Una voz conocida que le provocó una tremenda conmoción.

— ¿A qué hora ha dicho esa posible cliente que tenía previsto venir para que le enseñara el cuadro?— oyó que le preguntaba a la chica.

Fina emitió una risita complaciente, que resonó en sus oídos como una carcajada histriónica.

—No me ha dicho a qué hora, pero estaba muy interesada. No creo que tarde ya.

Notó Amanda que el sudor le resbalaba por el cogote, pero no era solo por el calor. Además le temblaban nuevamente las rodillas y sintió que se le agarrotaban los músculos de la nuca, cuando se percató de la cercanía de aquel hombre que olía suavemente a colonia. Se había detenido tras ella, que no conseguía recuperar la movilidad de su cuello ni pronunciar una sola palabra.

—¿Le gusta ese cuadro señorita?— le preguntó a su espalda.

No podía contestarle, la reconocería por su voz de igual modo que le había reconocido ella a él, por lo que sin volverse se encogió de hombros con un tremendo y doloroso esfuerzo.

—¿No le gusta?— insistió él—. Le sentía muy cerca, notaba incluso el calor que despedía y su olor a tabaco—. ¿No es lo que está buscando? ¿Qué estilo prefiere? ¿Quizás el arte abstracto? Tenemos aquí la obra maestra de un pintor murciano. ¿Quiere verla?

Le acometió a ella un nervioso acceso de tos y extrajo un pañuelo del bolsillo del chaquetón que se llevó a la boca. El tipo al que atendía Fina se despidió en ese momento y salió a la plaza, por lo que la empleada, al encontrarse sin ningún cliente que requiriese sus servicios, se dirigió también a Amanda. La reconoció incluso de espaldas al primer golpe de vista.

—¡Ah!, es usted. Me alegro de verla. Está aquí mi jefe, detrás de usted, y le vamos a enseñar ahora mismo ese cuadro del que le he hablado. Estoy segura de que le va a entusiasmar. Como le he dicho esta mañana, es un original del propio Monet, pintado en la última etapa de su vida. Se llama "El sol poniente" y…

Tosió Amanda nuevamente interrumpiéndola y la voz le salió ronca de la garganta. Una voz que ni ella misma reconoció.

—Perdone… no me encuentro bien. Quizás otro día…

Consiguió llegar hasta la puerta, pese a que la otra se empeñó en obstaculizarle el paso interponiéndose en su camino, y en cuanto logró salir del local con la sensación de tener los pies planos y de que los ojos de Fina y de su jefe, fijos en su nuca, la habían seguido en su desairado mutis, se alejó apresuradamente de la galería, encaminándose hacia la Gran Vía. Una vez que en esa calle se sintió fuera del campo de visión de los dos, echó a correr y no se detuvo hasta que alcanzó su portal. Enrique salía en ese momento y estuvo a punto de tropezar con él.

— Lo siento—le oyó murmurar. La miraba fijamente, parpadeando de cuando en cuando como si no lograra precisar a quien le recordaba. Terminó por preguntárselo.

— ¿Nos conocemos?

— No, me parece que no— repuso Amanda con la misma voz ronca con la que le había contestado a Fina en la galería de arte poco antes, quizás porque la llevaba contenida en la garganta desde que averiguara la identidad de Nico.

— Pues yo diría…— continuó él con su característica parsimonia.

Le dejó con la palabra en la boca y se abalanzó a tomar el ascensor, cuya cabina se hallaba en el portal. Su ascensión hasta la planta décima la enervó por su lentitud y, con una ansiedad indescriptible, se precipitó dentro del piso en cuanto aquel se detuvo al llegar a su destino y echó a correr hacia el salón buscando el móvil dentro de su bolso. Sin aliento se dejó caer en el sofá y marcó el número de Mandy. Un timbrazo, otro y otro. Contó hasta diez sin recibir respuesta y al fin, cuando la operadora le indicó que podía dejar su mensaje, consiguió articular con voz entrecortada:

— Mandy, ¿por qué no me contestas? Estoy muy preocupada por ti, muy asustada. Además, vengo de la galería de arte de la plaza de Santa Isabel. Han recuperado el cuadro que te llevaste a la playa, cuando saliste de este piso huyendo de esos hombres que te amenazaban. El que pintaste imitando la técnica de Monet. Pero eso no es todo— Reprimió un sollozo, aunque no pudo evitar que se le escapase un hipido en el que se aunaba la sorpresa que había experimentado al escuchar la voz del ex novio de la otra, el miedo, la decepción y muchas cosas más que no llegó a dilucidar por completo.

Con dificultad recuperó el uso de su voz—. ¿Recuerdas que te conté que durante la procesión del Lunes Santo un nazareno intentó secuestrarme y otro nazareno me defendió?— balbuceó, luchando porque la voz no se le quebrase—. He ido a esa galería esta misma tarde y he averiguado que el nazareno que se enfrentó al otro, al que me atacó, es precisamente tu ex novio. A mí me dijo que se llamaba Adrián Fontes, pero no es verdad. Se llama en realidad Nicomedes, aunque estoy segura de que eso ya lo sabes. Ha quedado conmigo en varias ocasiones, supongo que para sonsacarme sobre el lugar en el que te encuentras. No le he dicho nada, pero me temo que lo haya averiguado. ¿Qué hago?

C𝒜PÍTULO XI

Cuando cortó la comunicación se quedó indecisa contemplando su pequeño móvil. No esperaba que Mandy le señalara el camino a seguir, porque siempre había sido ella la que decidiera por las dos. En realidad, esa pregunta se la había hecho a sí misma, porque se sentía aturdida... decepcionada y en parte culpable. Se consideraba una chica atractiva, por lo que había dado por hecho que el interés de Adrián por salir a comer o a cenar juntos al finalizar las procesiones, obedecía a que ella le gustaba. Comprendía ahora que el único interés que le guiaba a él era sonsacarla para averiguar donde se encontraba su prima. Aunque...

Pensativa se mesó su melena luchando sobre todo contra ese sentimiento de culpabilidad por haberse dejado utilizar por Adrián. No cabía duda de que había sido una incauta y también una estúpida. Se había fiado de él, pese a que era un completo desconocido, por la única razón de que la había defendido de la agresión de otro nazareno la noche del Lunes Santo, cuando probablemente ese ataque había sido una farsa urdida entre los dos para que Adrián se ganase su confianza.

Se preguntó después si la persecución de que había sido objeto en el Malecón el día anterior por el tipo cojo con pinta de paleto, obedecería al mismo motivo y no consiguió hallar una respuesta convincente. ¿Qué finalidad podía haberse propuesto Adrián al repetir la misma escena en distinto escenario? ¿Asustarla para que se marchara a Madrid y dejara de molestar? Ya estaba asustada, casi podría decirse que aterrorizada, pero había venido a ayudar a su prima con la excusa de retransmitir las procesiones y no estaba dispuesta a dejarla en la estacada por muchos cojos que la persiguieran.

Vagamente fue recordando todas las patrañas que le había contado él. Su trabajo como dueño de una empresa de turismo local, que no debía ser más que una invención, su completo desconocimiento del arte y de la historia de la ciudad en la que vivía que también sería fingido... Luego, con la cabeza apoyada en el respaldo del sofá intentó rescatar de su memoria las conversaciones que había mantenido con él en las que Mandy había salido a colación y llegó a la conclusión de que no le había facilitado ninguna pista sobre su paradero ni sobre el lugar en el que la otra había escondido el cuadro. Le había comentado que había heredado ella la casa de la Azohía y que su prima la mantenía en condiciones, pero en ninguna ocasión le había proporcionado la menor pista sobre el lugar donde había ido a esconderse ésta.

Él debía conocer esa casa. En la época en la que eran novios habría acudido con frecuencia a pasar allí los fines de semana y los meses de verano y parecía lógico deducir que la chica se hubiera refugiado allí. La había localizado sin la menor colaboración por su parte, se dijo con la conciencia más aligerada. Si Adrián o Nicomedes, o como se llamase en realidad, había recuperado ya el cuadro y éste se hallaba en su galería de arte, era porque esa mañana ya había descubierto donde se ocultaba su prima.

Y... ¿y qué podía haberle hecho a ésta? Algo muy grave que motivara que no pudiese atender a sus llamadas, se dijo angustiada. Esa misma noche saldría hacia la playa a buscarla, decidió. A la casa que ahora era suya, pero a la que no se había sentido con fuerzas para volver desde que se despidiera de la abuela y de Mandy diez años antes y que Mandy había utilizado como propia desde que muriera aquélla. Recordaba su oscura escalera con la barandilla de hierro por la que se subía a la planta donde se encontraba el dormitorio que había compartido con Mandy. ¿La habría demolido su prima para sustituirla por otra, tan extravagante como la que accedía al ático desde el vestíbulo de la vivienda en la que se hallaba? La consideraba muy capaz de haberlo hecho, porque la otra no tenía una idea muy clara de que la casa de la playa no le pertenecía a ella. Posiblemente la habría redecorado y hasta era posible que el tal Nico, con sus manías minimalistas, la hubiera obligado a deshacerse de los muebles de su abuela y la hubiera dejado convertida en un lugar arrasado e inhóspito, con unos cojines para sentarse en el suelo por todo mobiliario.

Aunque no se había preocupado anteriormente por esa casa, decidió de pronto que no estaba dispuesta a consentirlo. Le imaginó a él paseando por la entrada con aires de propietario y tirando a la basura los tapetitos de crochet de su abuela. Y a la tonta de Mandy secundándole en todas las sandeces que se le ocurrieran a su ex novio, cuando aún no era su ex. ¿Por qué no se habría interesado ella durante esos tres años por la herencia que le había dejado su abuela? Había ocupado todo su tiempo en escribir para su periódico unos artículos que no leía nadie, malviviendo, cuando hubiera podido alquilar esa casa y obtener una renta que le permitiese llegar a fin de mes sin necesidad de realizar milagros.

Pero aquello se había acabado, se prometió a sí misma. A Mandy le sobraba el dinero para adquirir en la playa una casa propia y estaba segura además de que encontraría pronto otro novio que, aunque no fuese un falsificador ni probablemente un minimalista, sería también un idiota y procuraría adecuar a sus propios gustos la casa de la Azohía, que le pertenecía exclusivamente a ella.

Al llegar a ese punto se reprochó a sí misma por egoísta. Su prima se encontraba en un peligro serio y en lugar de acudir inmediatamente en su ayuda, se entretenía ella en preguntarse si Nicomedes habría tirado a la basura los tapetitos de crochet de la abuela y si esa noche, en la que tenía proyectado dormir en su casa de la playa, tendría que subir al que de niña había sido el dormitorio de las dos utilizando una escalera de mano, como consecuencia de las genialidades minimalistas de Nico que habría demolido la de siempre, la que disponía de peldaños tradicionales, para colocar en su lugar una de las que en Murcia se denominaban "perigallos".

Bruscamente se puso en pie y se dirigió a su cuarto. Afortunadamente el ex novio de Mandy no había convencido a ésta para que se deshiciera de la butaca de cretona floreada que se hallaba bajo la ventana, por lo que la arrastró hasta el armario para encaramarse sobre el asiento y alcanzar el maletero. Estaba vacío, a excepción de una bolsa de viaje que extrajo de él y que depositó después sobre su cama y en la que introdujo el camisón, la bata, unas zapatillas y sus útiles de aseo. Pasaría esa noche en compañía de Mandy, y regresaría a Murcia durante la tarde del día siguiente, a tiempo del inicio de la procesión del Jueves Santo.

Apenas si le quedaban unos minutos para documentarse sobre la que desfilaría esa noche, por lo que se dirigió al salón y pulsó la tecla del encendido del ordenador, que había depositado sobre la mesita delantera del sofá la tarde de su llegada y en la que había trabajado desde entonces sin moverla de ese lugar. Sentada en el diván e inclinada sobre sí misma, intentó concentrarse en su trabajo sin conseguirlo. Estaba incomodísima y además veía una y otra vez el pálido semblante de Mandy y su expresión de pánico, entremezclado con la imagen de Adrián, o como se llamara, cenando con ella en la Plaza de las Flores. Aún resonaba su voz en sus oídos en la galería de arte, preguntándole si le gustaba el bodegón en el que campeaba aquel hermoso besugo sobre la bandeja de cerámica. Revivió la sorpresa que la había conmovido a ella al reconocer a quien pertenecía esa voz y el miedo que había experimentado. Todavía le temblaban las rodillas. Pero aquella pesadilla no había terminado. Él la estaría esperando al finalizar la procesión junto a la iglesia del Carmen. En el "picoesquina" de esa iglesia, como decía él con el acento de la región. Probablemente la estaría vigilando mientras hablaba y hablaba por el micrófono y luego pretendería invitarla a cenar, obligándola con ello a posponer durante una hora o más su escapatoria hacia la playa. Tenía que impedir que la localizara esa noche, ¿pero cómo?

Inquietísima, cerró el ordenador y se puso en pie. No conseguía trabajar ni pensar en otra cosa que en las horas que se avecinaban y en la dificultad que iba a suponerle desembarazarse de Adrián, para salir inmediatamente hacia la Azohía sin que él pudiera sospecharlo. Prefería llamarle Adrián por el momento. Era más bonito, más corto y no le producía escalofríos como su nombre verdadero. Apresuradamente se dirigió a su dormitorio y cargó con la bolsa hasta el vestíbulo, donde la depositó al pie de la palmera. Metió también en su interior un paquete de galletas que había comprado el día anterior y una botella de leche con lo que podrían desayunar a la mañana siguiente sin salir de la casa. Lo consideraba más seguro que acercarse a un bar del pueblo con esa finalidad y dudaba, no sin fundamento, de que a Mandy se le hubiera ocurrido aprovisionarse con lo más imprescindible para sobrevivir.

Regresó a su dormitorio para quitarse la peluca y contemplarse en el espejo. ¿Debería llevársela en la bolsa por si le surgía algún imprevisto y le convenía pasar desapercibida?, se preguntó. Decidió que esa posibilidad era muy remota y la guardó cuidadosamente colocándola sobre la tabla del armario, que luego dejó cerrado.

Para animarse, se cepilló su rubia melena y le sonrió a su propia imagen. Ya sabía lo que debería hacer. Le diría a Adrián, cuando al finalizar la procesión se reuniera con ella esa noche al pie de la iglesia, que le dolía el estómago y que sentía una imperiosa necesidad de vomitar, por lo que no se encontraba en condiciones de cenar con él. Volvería a su piso, recogería la bolsa, las llaves del coche y las de la casa de la playa y bajaría hasta el garaje para introducirse en el coche de Mandy y salir corriendo en su busca. Las llaves de la casa de la playa las necesitaba por si a su prima la hubieran encerrado en la despensa o en el trastero y, por consiguiente, no le fuera posible abrirle el sólido portón de madera claveteada.

Había averiguado ya que en el armarito del vestíbulo que colgaba de la pared las guardaba la chica, por lo que se dirigió a esa estancia y revolvió las que encontró en su interior, pendientes de unos clavos, con sus correspondientes rótulos, hasta que dio con las que le interesaban. Las metió en la bolsa, se puso el chaquetón así como los zapatones que reservaba para retransmitir las procesiones y con el bolso en bandolera bajó a la calle echando a andar en dirección al rio.

Había oscurecido ya y a la luz de las farolas la Gran Vía se asemejaba a un tumultuoso hervidero de transeúntes que se dirigían a presenciar la procesión y que consecuentemente se desviaban delante de ella hacia las cercanas calles de Platería y de Trapería, torciendo hacia su izquierda, o hacia las plazas de Santa Catalina, la de las Flores y la de San Pedro, también muy próximas y hacia su derecha. Lo supuso porque se iban dispersando delante de ella en ambas direcciones. Por el contrario los grupos de nazarenos con sus túnicas rojas, que daban nombre a la procesión de esa noche, la de "los coloraos", se encaminaban como ella hacia la iglesia del Carmen, en el barrio del mismo nombre, al otro lado del rio. Al mezclarse entre esos grupos se sintió más protegida. Cruzó con ellos el río sobre el Puente Viejo y mientras remontaba la cuesta de ese puente dirigió una mirada al Segura, que se desperezaba lentamente y relucía a la luz de las farolas, entre los cañaverales que invadían su cauce. Más allá distinguió las oscuras siluetas de las palmeras que se elevaban sobre esos mismos cañaverales en el margen del río. Se asemejaban a silenciosos centinelas que inmóviles contemplaran su pausado discurrir. Crecían al borde mismo del agua, indiferentes por completo al bullicio que en esas fechas resonaba todos los años hasta en los últimos rincones de la ciudad desde tiempos muy pretéritos. Desde seiscientos años antes. No sabía Amanda cuantos lustros solían vivir las palmeras ni, por tanto, cuantos eventos similares habrían contemplado desde su húmedo observatorio, pero en ese momento las envidió. Se cimbreaban ligeramente al compás de la brisa nocturna sin que nadie las persiguiera ni las amenazara como a ella por su parecido con su prima. ¿Cómo podía ser ésta tan corta de luces para no haberse percatado del lío en el que iba a meterse imitando a la perfección la técnica de los genios de la pintura? Probablemente ni se lo habría imaginado.

En ese instante sintió un vuelco. Los nazarenos entre los que caminaba la habían adelantado y, al llegar al pie del edificio en el que la hornacina de la Virgen de los Peligros presidía el Puente Viejo, sintió algo a su espalda, el sonido de las pisadas que se habían convertido en el eco de las suyas. Le había sucedido ya anteriormente en varias ocasiones, y, como en esas otras, experimentó un acuciante deseo de echar a correr. Con el corazón en la garganta, se detuvo en seco y se giró sobre sí misma. Un bullicioso gentío se le aproximaba y acababa de engullir a la alta silueta que apenas si había llegado a distinguir durante el lapso de un segundo, perfilándose entre las sombras que invadían el puente. ¿Sería Adrián, sería Guillermo o quizás el frustrado nazareno que la había arrastrado hasta el callejón durante la procesión del Lunes Santo y que la había perseguido el día anterior por el Malecón?, se preguntó. La sola idea de que se tratara del primero o del últimos de los tres le produjo un escalofrío y, sin detenerse a reflexionar, echó a correr por el barrio del Carmen, tropezando con la multitud que invadía la acera y entre la que se abrió paso a fuerza de empujones. Al llegar al semáforo cruzó a la de enfrente y a la altura de los jardines de Floridablanca notó que esas pisadas se le iban aproximando por la espalda. Unos segundos más tarde la alcanzó su perseguidor, que se reía a carcajadas como si aquella estúpida carrera hubiese sido divertidísima.

— ¿Tanta prisa tienes? Falta más de media hora para que salga la procesión de la iglesia.

Era Guillermo con su informal indumentaria de siempre, un pantalón vaquero y una camisa de cuadros azules y blancos, que la miraba riéndose. Jadeante le encaró ofendida.

— Ya sé qué hora es. Lo que no sé es el motivo por el que me sigues por toda Murcia en cuanto salgo de mi casa.

— ¿Qué no lo sabes? Te lo he dicho ya varias veces, — replicó socarronamente— para averiguar a dónde vas.

— ¿Por si me dirigiera a reunirme con mi prima?

— Eso es.

La indignación que le produjo su petulante respuesta le impidió encontrar las palabras oportunas. Se le acumularon en la garganta y tardó unos segundos en seleccionar las que quería pronunciar. Pese a ello tartamudeó lamentablemente.

— Voy… voy a la iglesia del Carmen a trabajar,… así que puedes ahorrarte el esfuerzo.

Él se echó a reír de nuevo.

— No es ningún esfuerzo, también es mi trabajo. A ratos, hasta lo he pasado estupendamente persiguiéndote —. La observó con la cabeza ladeada y luego le preguntó—: Y por cierto, ¿cómo te ha ido esta tarde en la galería de arte de la plaza de Santa Isabel? Te he visto entrar con tu artística peluca negra en la cabeza y salir apresuradamente poco después como si te persiguiera el mismo diablo. ¿Tanta impresión te ha producido el cuadro que ha pintado tu prima? El del "sol poniente". La verdad es que es una obra maestra. Si no la hubiera visto mientras copiaba en el museo el de Monet con las tonalidades del crepúsculo, hasta yo mismo habría llegado a dudar sobre su autenticidad.

En un primer momento se preguntó Amanda si no sería preferible negar que había visitado esa galería para librarse así de la regañina con la que sin duda la obsequiaría él, pero luego decidió que sería inútil, porque sin duda la habría estado siguiendo también durante esa tarde.

— No he visto el cuadro — reconoció enfurruñada.

— ¿No?, ¿a qué has ido entonces?

— Quería conocer al ex novio de Mandy, al tal Nico.

— ¿Y qué?

Rememoró ella la conmoción que había experimentado al descubrir su identidad y cómo le habían temblado las rodillas cuando le sintió a su espalda, pero como no estaba dispuesta a reconocerle a su interlocutor que había pasado un miedo espantoso, se limitó a encogerse de hombros con aire de mujer de mundo, acostumbrada a recibir todos los días sorpresas similares y a no darles demasiada importancia.

— Que ya le conocía. Ha resultado ser el nazareno que se enfrentó al que pretendió secuestrarme el Lunes Santo.

— Y el que te invitó a comer ayer y a cenar todas las noches desde entonces — continuó él.

— Sí, — admitió de mala gana.

— ¿Y hoy también vas a cenar con él?

¿Qué le importaría al vaquero con quien iba a cenar esa noche?, se preguntó. Lo que necesitaba era que los dos se mantuvieran al margen de su existencia y que no se empeñaran en convertirse en sus acompañantes para poder salir hacia la playa lo antes posible y sin que pudieran seguirla. Por eso le contestó:

— No, esta noche me voy a ir a la cama en cuanto termine la procesión. Estoy cansadísima.

— ¿Y se lo has dicho ya a él?

— No, todavía no, pero lo haré en cuanto me lo encuentre.

Se interrumpió para consultar su reloj. Faltaban todavía unos minutos para el inicio del desfile y ya veía cercana la iglesia del Carmen, donde debería reunirse con Pineda y con Saúl, pero en ese momento recordó que apenas si había podido documentarse sobre la procesión de esa noche e intentó reprimir la inquietud creciente que experimentaba, muy similar a la que de niña sentía cuando iba a examinarse al colegio y no se había estudiado la materia sobre la que versaba la prueba. Guillermo pareció adivinarlo.

— Pensaba que ibais a retransmitir la procesión desde la plaza de Santa Catalina y por eso te he contado mientras comíamos algunas cosas sobre el pasado de esa plaza. De haber sabido que…

Ella meneó negativamente la cabeza, interrumpiéndole.

— No, Pineda ha decidido apostarse en estos jardines, frente a la iglesia del Carmen, para no molestar y para que no nos molesten.

Por la acera y junto a la verja de hierro con pilares de cantería que los encerraba, caminaban ahora los dos en dirección a la iglesia aludida a la que ya se iban aproximando y de la que distinguían ya con claridad su fachada barroca, flanqueada por dos torres campanarios. A la altura del monumento al conde de Floridablanca se detuvo él para señalárselo.

— ¿Ves esa estatua del ministro murciano de Carlos III al que se le han dedicado estos jardines? El pedestal es más antiguo que la estatua y estaba destinado a servir de base a una figura de Fernando VII, pero una reacción popular en contra lo impidió y por esa razón instalaron sobre ese podio la figura del conde que ves. ¿Te gustan estos jardines?

Recorrió Amanda con la mirada el paseo central, bordeado de ficus y de magnolios y los arriates de rosales y los macizos de claveles que adivinaba más por el olor que por la vista en la oscuridad que los envolvía e hizo un ademán afirmativo.

— Sí, claro que me gustan, pero cuéntame algo sobre la iglesia del Carmen y sobre la procesión de esta noche. He perdido mucho tiempo visitando la galería de arte y no he podido preparar bien mi trabajo.

Como si no la hubiera oído, inclinó él la cabeza para examinar su expresión, mientras le preguntaba:

— Supongo que te habrás llevado una tremenda sorpresa al averiguar la identidad de su dueño ¿verdad?

Amanda no se sintió con fuerzas para negarlo.

— Sí. No entiendo el motivo por el que me dijo que se llamaba Adrián Fontes la noche del lunes, cuando me libró del nazareno chalado. Supongo que lo que pretendía era sonsacarme acerca del paradero de mi prima. Quizás por esa razón no reaparezca esta noche con la intención de que cenemos juntos, puesto que ya la ha localizado y ha recuperado el cuadro que pretende vender como un original de Monet. ¿No te parece que tengo razón?

No le contestó Guillermo a esa pregunta. Miraba abstraído al gentío que se iba congregando a las puertas de la iglesia como si no la hubiera escuchado.

— ¿Sabes tú donde se encuentra Mandy?—le preguntó con una indiferencia que le sonó fingida.

Parpadeó alarmada. Charlando con él y escuchando lo que le comentaba sobre los rincones de la ciudad que recorrían, solía relajarse ella también y quizás se explayara tontamente sin darse cuenta. Se encontraba cómoda en su compañía. ¿Habría hablado de más en alguna de esas ocasiones y le habría facilitado alguna pista que le hubiera podido servir para dar con su paradero? Logró conferir a su semblante el oportuno aire impasible y se encogió de hombros con vaguedad.

— Ya te he dicho que tenía un compromiso y que se marchó a pintar la misma tarde de mi llegada, aunque no sé a dónde. Y tampoco comprendo por qué pretendes localizarla siguiéndome a mí. No sé dónde está. Además, si el cuadro en cuestión se halla en la galería de arte de Adrián, lo que tienes que hacer es ponerte en contacto con ese tipo y obrar en consecuencia. ¿Para qué la necesitas a ella?

Un grupo de nazarenos que corrían hacia la iglesia les arrolló. En su mayoría lucían bajo sus túnicas rojas un tremendo buche y Amanda, zarandeada por ellos a su paso, se los señaló:

— Están todos gordísimos, ¿verdad? ¡Vaya barrigón!

Guillermo se echó a reír.

— No es suyo el buche. Aquí le llaman "la sená" y la llevan repleta de caramelos, habas y huevos duros que van repartiendo durante su recorrido por las calles. Al regresar a la iglesia del Carmen de retirada, parecen otros.

— ¿Quieres decir que después de repartirlos se quedan más delgados?

— Bueno, sí, casi todos pierden la tripa.

Rememoró ella los recuerdos que conservaba de niña de la noche del Miércoles Santo. ¿Cómo podría haberlo olvidado? En las sillas que alquilaron frente a esos mismos jardines habían presenciado su abuela, Mandy y ella esa procesión muchos años atrás. Le pareció oír la voz de su prima quejándose de que un nazareno a su paso les había dedicado un piropo y la respuesta de su abuela, justificándolo. La procesión de esa noche era especial, además de milenaria, les dijo. Una noche en la que la bulliciosa algarabía de las costumbres de la huerta de Murcia marcaba su impronta en las dramáticas escenas de la Pasión. No suponía falta de respeto ni de sentimiento religioso. Simplemente era la exteriorización de la emoción de escenificarlo que caracterizaba a una región siempre soleada y bullanguera.

— No me has contestado a lo que te he preguntado, — insistió ella cuando el grupo de nazarenos se les adelantó lo suficiente para que pudieran caminar con más libertad, sin recibir empujones ni ser estrujados por ellos.

— ¿Sobre qué?

— Te he preguntado el motivo por el que te empeñas en ir pisándome los talones en cuanto salgo a la calle, con la finalidad de encontrar a Mandy. Si el cuadro que tanto te interesa se halla en la galería de arte de Nico, deberías intentar ponerte en contacto con él en lugar de seguirme a mí, vaya donde vaya, ¿no te parece?

Enarcó las cejas como si estuviera reflexionando sobre el tema, aparentando una seriedad que indudablemente no sentía, porque la risa se le escapaba por los ojos.

— Lo pensaré — dijo al fin.

— ¿Qué es lo que pensarás?

— Si me conviene más perseguir a Nicomedes—. Se quedó callado con la mirada perdida en la oscuridad de los jardines junto a los que caminaban y finalmente chasqueó los dedos como si hubiera alcanzado la solución—. Ya lo he pensado— manifestó con aire victorioso.

— Sí, ¿y qué?

— Que no, que no me conviene más perseguir a Nicomedes. Prefiero corretear por Murcia detrás de ti. ¿Tienes algo que objetar?— le preguntó con guasa.

Al constatar el desconcierto que traslucía ella, dejó de reírse y le comentó con gravedad:

— Por cierto, ya que has averiguado esta tarde que Nicomedes y ese Adrián que te tenía encandilada son la misma persona, te aclararé que lo que te contó sobre el cuadro de Zuloaga es totalmente falso. Ni me lo llevó a mi estudio para que certificara sobre su autenticidad ni pertenezco a ese gremio de peritos sin escrúpulos en los que me incluyó gratuitamente.

Le observó ella a la azulada luz de una farola bajo la que pasaban.

— ¿No?

— No.

— ¿Y para qué se lo inventó? Mandy me dijo lo mismo.

Se mordió los labios a continuación por haberlo dejado escapar, pero ya no tenía remedio.

— Obviamente te lo dijo para desprestigiarme, porque supongo que para él constituyo una amenaza. En cuanto a tu prima, es incapaz de forjarse una opinión imparcial sobre nada. Se limita a repetir lo que le oye a él como si fuera su eco.

Aunque fuera cierto, su comentario le dolió al constatar que la consideraba más tonta de lo que era en realidad. De niña, la sorprendía a veces con unos raptos de lucidez propios de una mente muy aguda. Claro que esos raptos los tenía solo muy de cuando en cuando. Evocó en ese momento el desmantelado piso en el que vivía, decorado así, o más bien destrozado, por influencia de Nico, que probablemente consideraba que una vivienda debía ser similar a una pista de patinaje. Lo extraño era que no la hubiera convencido de que sustituyera el brillante pavimento de madera del salón por otro de cemento, debidamente pulimentado sobre el que poder deslizarse los dos con los patines en los ratos libres.

Apretó ella el paso al consultar su reloj de pulsera y la retuvo Guillermo por un brazo para despedirse, al distinguir a Pineda y a Saúl al comienzo del jardín, en el otro extremo, muy próximos a ellos.

— Veo ahí a tus compinches, así que te dejo. No te olvides de decir por el micrófono lo que te he comentado sobre la costumbre de que los nazarenos repartan huevos duros, habas y caramelos. Es original y típico de esta tierra.

— De acuerdo, pero no me has explicado nada sobre la procesión y seguro que me quedo en blanco cuando me encuentre con el micrófono en la mano.

Él se echó a reír nuevamente con una expresión que parecía significar que consideraba imposible que se quedara callada en ninguna circunstancia.

— No lo creo. Ánimo.

Desapareció de su vista entre el gentío que deambulaba por la Alameda de Colón buscando las sillas que había alquilado y Amanda se aproximó a Pineda que la recibió con cara de pocos amigos. Saúl no se contentó solo con esbozar el gesto y emitió además un gruñido de desagrado.

— ¿Dónde te has metido?—refunfuñó el primero, que, dentro del jardín y frente a la iglesia, ajustaba la cámara de vídeo sobre el trípode—. Ya temíamos que te hubieras perdido como ayer.

La tarde anterior habían sido ellos los que se habían quedado dormidos en el hotel, no ella, que había acudido puntualmente a la puerta de la iglesia de San Juan, a tiempo de presenciar el comienzo del desfile, pero no se sintió con ganas de discutir.

— Dame el micrófono, que ya es la hora y está a punto de comenzar la procesión—le apremió, sin explayarse en más consideraciones.

En ese preciso instante comenzaron a tocar las campanadas de la iglesia coincidiendo con el primer redoble de los tambores que abrían el desfile, seguidos de los agudos gemidos de las rodadas bocinas de la "burla." Cientos de nazarenos con túnicas rojas les siguieron en dos hileras, alternando cruces y cirios, y tras ellos el primer paso, el de la Samaritana, de pie junto al brocal del pozo, y a su lado, sentado sobre una roca, Jesús conversando con ella que vestía el traje murciano de sedas y brocados del siglo XVIII.

Portaban a hombros el Paso los llamados "estantes" con su tradicional indumentaria huertana, tocados con los capuces en forma de haba, con las túnicas cortas y con las medias bordadas

Avanzaba cadenciosamente el cortejo junto a los jardines por la Alameda de Colón, en dirección a la plaza del Marqués de Camachos y Amanda siguió con la vista el titilar de los cirios que centelleaban en la oscuridad de la noche marcando el pausado avance de sus invisibles portadores.

Aunque no lo había preparado en el informe que tenía previsto pronunciar, insistió en señalar el tipismo tradicional de la procesión y de la vestimenta de los "estantes", la belleza de la imagen de la Samaritana y el estruendoso y lejano ya redoble de los tambores atronando el aire, impregnado por el olor de las flores del jardín en el que se hallaba. Vio más tarde desfilar ante sus ojos el paso de Jesús en casa de Lázaro y el del Lavatorio, sobre los que disertó con fluidez sorprendida de la facilidad con la que describía lo que desfilaba ante sus ojos.

Asomaba en esos momentos por la puerta de la iglesia el Paso de la negación de San Pedro o "del gallo", como se le conocía popularmente, cuando presintió algo y se volvió para mirar a su espalda. Entre las sombras que envolvían el paseo central de los jardines, dos nazarenos caminaban en su dirección y, aunque cubrían su cabeza con el capuchón, su forma de andar y de moverse le pareció conocida. La complexión del de menor estatura de los dos era también similar a la del que la agarrara por detrás durante la procesión del Lunes Santo y la persiguiera por el Malecón. Cojeaba ligeramente como aquél y alarmada intuyó que el atentado del que había sido objeto aquella noche y había estado a punto de sufrir en el paseo junto al rio iba a repetirse en cuanto aquellos hombres llegaran junto a ella. Pineda había girado su cámara hacia el Paso que avanzaba hacia la calle, secundado por Saúl que con su foco iluminaba sucesivamente la imagen de San Pedro y la del gallo, y ella había quedado en la oscuridad más absoluta. Reaccionó de inmediato y antes de que la idea llegara a cruzar por su cerebro echó a correr hacia Saúl, tras el que se parapetó y al que agarró por la cintura obligándole a girarse hacia los desconocidos nazarenos, iluminándoles con su foco. Los dos se detuvieron, deslumbrados, durante una décima de segundo, pero se abalanzaron casi instantáneamente sobre ella. Agazapada tras el chico, fue éste el que recibió el primer envite de sus dos atacantes. Consiguientemente mascullió unas palabras malsonantes e intentó defenderse en la oscuridad, a la par que luchaba por desembarazarse de Amanda que, como un pesado lastre, se mantenía a su espalda asiéndole por la cintura, mientras Pineda continuaba grabando el Paso del Gallo, ignorante por completo de que sus dos compañeros se daban de moquetes. Al menos forcejeaban Saúl y los dos nazarenos, porque Amanda utilizaba ahora al chico como si fuese un escudo, para esquivar las acometidas de los otros dos, hasta que de un mandoble el más alto le derribó al suelo y a Amanda con él.

Mientras, Pineda seguía grabando el Paso de San Pedro. Absolutamente ajeno a los avatares que estaban padeciendo en esos momentos sus compañeros de trabajo, el reportero gráfico ni tan siquiera la oyó a ella llamándole a gritos cuando se cayó al suelo con Saúl encima. A su lado, y en la oscuridad que les envolvía, notó que el chico empezaba a incorporarse al sentirse liberada de su peso y ella se arrastró a gatas hacia la calzada de la calle donde los nazarenos "coloraos" caminaban silenciosamente a la incierta claridad de los cirios que portaban. Ya en la acera consiguió ponerse en pie y a la carrera les fue sorteando. La negrura de la noche le favorecía y logró arribar a la avenida de Canalejas sin que sus perseguidores la alcanzaran.

Al llegar al Puente Viejo, se volvió buscándolos con la vista. Corrían también por la calzada, entorpeciendo el digno avance del cortejo. Al distinguir el capirote del más alto de los dos, sobresaliendo sobre la hilera de penitentes, dirigió su angustiada mirada en derredor tratando de encontrar un lugar donde esconderse. El Paso de la negación de San Pedro comenzaba ahora el descenso por la cuesta del puente que cruzaba el río y como una exhalación echó a correr en su dirección atropellando a los nazarenos. Arrolló al mayordomo que dirigía sus bien formadas filas, empujó a uno de los "estantes" que portaban el Paso con el hombro y consiguió introducirse entre las piernas de éste y las del que le precedía para esconderse debajo del armazón del Paso que transportaban.

Oyó mascullar algo al estante que había recibido su empellón, un mocetón vestido de huertano, cuando éste se inclinó bajo las andaderas para ordenarle perentoriamente que saliera de allí. Sin duda había supuesto que se trataba de un chiquillo que jugara con otros al escondite, pero Amanda se llevó un dedo a los labios.

— Chist, calla, me persiguen.

Obedeciendo la orden del mayordomo de la cofradía, el Paso se había detenido a mitad del puente y el muchacho, robusto y coloradote, parpadeó desorientado al distinguirla y descubrir que el envite que había recibido le había sido propinado por una chica rubia, de aspecto frágil, que permanecía agazapada bajo el armazón de madera y que se hallaba ahora en cuclillas. Terminó por echarse a reír.

— ¿Quién te persigue?, ¿tu novio?

Hizo ella un ademán afirmativo, incapaz de inventar en ese momento una mentira convincente.

— Sí, hemos roto y está furioso.

— Vale, vale— contemporizó él— pero en cuanto lleguemos a la Glorieta tienes que salir de ahí. Podrías darte un golpe en la cabeza.

Ante la nueva orden del mayordomo, levantó el chico el Paso con el hombro, a la par que los restantes "estantes," y Amanda pudo enderezarse un tanto para caminar encorvada al compás de ellos. Al recalar en el otro margen del río y ya en el casco histórico de la ciudad que aquél dividía, la hilera de penitentes se había desviado hacia la Glorieta y cuando nuevamente el mayordomo ordenó a los porteadores que descansasen apoyando el Paso en el suelo, el chico asomó nuevamente la cabeza bajo su estructura.

— Tienes que salir de ahí ya. No veo a nadie por los alrededores que parezca estar buscándote. ¿Cómo es tu novio?

— Son dos—balbuceó ella— dos nazarenos coloraos que no van en fila como los demás.

— ¿Tienes dos novios?— se extrañó él.

Amanda se mordió los labios.

— No, solo tenía uno. El otro es su amigo.

El abotargado semblante de él denotó la perplejidad más absoluta.

— ¿Y quiere colaborar con tu ex para darte una tunda? Deben de ser unos tipos raros, pero ya puedes salir.

A gatas abandonó Amanda su escondite y ya en la acera se incorporó para dirigir una asustada mirada en torno. La oscuridad más absoluta se cernía bajo un firmamento negro, tachonado de estrellas, contra el que se destacaba la iluminada torre de la catedral, presidiendo la ciudad como un silencioso vigía. También los cirios de los penitentes esparcían una claridad tenue y brillaban en la noche, alineados en la doble y larga fila que se perdía a lo lejos por la Glorieta, serpenteando por la calle del Arenal hacia la plaza del Cardenal Belluga. Corrió a ocultarse tras una palmera del paseo central y, desde su escondite, oyó resonar el golpe seco del Cabo de Andas en el frontal de la tarima del Paso de la negación de San Pedro, marcando su arranque, y éste se puso de nuevo en movimiento.

No vio a su espalda a ninguno de sus perseguidores. Tan solo más y más nazarenos coloraos portando alternativamente cirios y cruces, y a lo lejos, descendiendo la pendiente del puente, el Paso del Ecce Homo, cuajado de flores, con la luz que proyectaban sus faroles balanceándose al compás del avance de sus porteadores.

Le costó decidirse a abandonar la protección de la palmera, pero al fin asomó cautelosamente la cabeza tras el tronco para otear los alrededores. Uno de los penitentes de la hilera, al pasar cerca de ella le entregó un puñado de caramelos. Otro un huevo duro y el que le seguía, una mona de Pascua. Lo fue guardando dentro de los bolsillos de su pantalón y al constatar que no parecía acecharle peligro alguno por los alrededores, abandonó su refugio y retrocedió sobre sus pasos para dirigirse apresuradamente hacia el comienzo de la Gran Vía. No entraba en sus cálculos regresar al jardín de Floridablanca para acabar de retransmitir la procesión. Cuando le refiriese Saúl lo sucedido, hasta Pineda comprendería que había estado a punto de ser secuestrada, al igual que durante la procesión del Lunes Santo, y que consecuentemente no estaba dispuesta a arriesgarse a que esta vez lograran su objetivo.

Con el corazón en la garganta echó a correr por la acera de la calle hacia el edificio en la que vivía, preguntándose por la finalidad que perseguirían los dos nazarenos coloraos al intentar raptarla. Sin duda la habían confundido con su prima, y debían de estar confabulados con Adrián o Nicomedes, como se llamara en realidad. Pero si éste había conseguido recuperar ya el cuadro del "sol poniente" no había razón alguna que justificase que intentasen raptarla nuevamente. ¿Para qué?, se preguntó. Como no fuera para obligarla a que pintara otro cuadro imitando la técnica de Monet, de Renoir o de cualquier otro genio de la época, se dijo. El corazón le latía aceleradamente mientras corría, por el miedo y por la carrera con la que se dirigía hacia la casa. Qué sorpresa se habrían llevado al constatar que ella no era capaz ni tan siquiera de trazar una línea derecha. En otras circunstancias le hubieran entrado ganas de reír al imaginar el chasco de sus secuestradores, pero estaba demasiado asustada.

Además no podía ser ese el motivo, decidió con la mente tan espesa como si hubiera bebido en demasía. Adrián conocía su existencia, sabía que ella no era Mandy, que era su prima, que se dedicaba al periodismo, y que no poseía aptitudes artísticas de ninguna clase. Entonces, ¿por qué? ¿Sería que el ex novio de la otra no estaba compinchado con los dos nazarenos coloraos ni tenía nada que ver con lo que esos últimos habían intentado poco antes?

Siempre corriendo, alcanzó el portal de su casa sin encontrarse con ningún conocido y abrió el portalón con manos torpes. El edificio entero estaba en completo silencio, lo cual no era de extrañar dado que a esas horas se hallarían todos sus habitantes presenciando la procesión. Subió en el ascensor hasta la décima planta y una vez dentro de la vivienda decidió cambiarse de ropa. El traje pantalón que llevaba esa tarde para retransmitir la procesión rezumaba ahora unas manchas oscuras de humedad, como consecuencia de la reyerta que había mantenido con los dos desconocidos y de su caída en el barro del jardín de Floridablanca, por lo que sustituyó la indumentaria que había llevado al salir para la iglesia por un pantalón vaquero y una blusa azul de manga corta sobre la que se puso una chaqueta de punto. Se echó encima también su chaquetón de espiguilla y luego recogió la bolsa de viaje que había dejado en el vestíbulo, al pie de la palmera, y bajó nuevamente en el ascensor hasta el garaje, ubicado en el sótano del edificio. No tardó en localizar el Audi rojo de su prima, en el que se introdujo y salió a la calle en dirección a la carretera de Cartagena, que la llevaría a la playa de la Azohía.

CRPÍTULO XII

Dejó atrás el puerto pesquero de la Azohía, al sureste del Cabo Tiñoso, y tomó un pedregoso camino, remontando la pendiente del promontorio que se adentraba en el mar. La luna se hallaba en lo más alto y proyectaba una incierta claridad sobre el mar. Se asemejaba éste a un manchón oscuro sin contornos definidos que arremetía intermitentemente contra las rocas con un rumor bronco y constante y Amanda detuvo el coche frente a un solitario edificio de dos plantas, con el tejado abuhardillado en el que se abrían varias ventanas. Se recortaba en negro sobre un cielo del mismo color y al bajarse del vehículo aspiró la brisa con su olor inconfundible a yodo y a sal. Dejó en el asiento trasero su chaquetón y al incorporarse se sintió retroceder a los años en los que pasaba en esa casa los veranos con Mandy y con su abuela. Olía también así y el murmullo del mar contra los riscos era el mismo. Sordo, acompasado.

Pero no era como lo oían por las noches Mandy y ella en el dormitorio que compartían en la segunda planta de la casa. Al acostarse, el viento se filtraba por los resquicios de las resecas maderas de la ventana con un gemido lúgubre. Soplaba como si viniera de muy lejos y se quejara del esfuerzo de haber provocado el oleaje destinado a horadar los riscos sobre los que estaba enclavada la casa de la abuela, luchando por penetrar en su interior a través de las rendijas. Su prima se tapaba entonces la cabeza con las sábanas.

— ¿No lo oyes, Amanda?—le preguntaba con un hilo de voz.

Solía emitir ella en esas ocasiones una risita falta, porque aunque también sentía miedo no lo podía reconocer. Tenía que aparentar siempre una seguridad que en muchas ocasiones estaba muy lejos de sentir. Incluso la abuela solía apoyarse en su nieta menor, como si en lugar de una chiquilla en pleno desarrollo fuese una mujer sesuda, enteramente capacitada para decidir siempre lo más conveniente para las tres. Era cansado representar siempre ese papel, que luego se había visto obligada a interpretar también con sus padres como si las posiciones que ocupaban éstos respecto de su hija se hubiesen invertido. Su madre solía decir que unas personas nacen para percha y otras para ropa, queriendo significar que las más débiles buscan siempre el apoyo de las fuertes. Pero a ella nadie le había preguntado qué quería ser. Simplemente, y a lo largo de los años, se habían ido colgando todos de su cuello, sin imaginar siquiera que en ocasiones le temblaban las piernas tanto como a los demás. Como le temblaban en ese momento al levantar la vista hacia el edificio que se alzaba frente a ella, oscuro y silencioso, sin una sola luz en sus ventanas.

Pero no podía perder el tiempo en auto compadecerse ni en rememorar aquellos retazos del pasado, se dijo inquietísima, atisbando su oscura fachada. Mandy estaba en peligro y debía correr en su ayuda cuanto antes, aunque aquella casa parecía estar deshabitada. Las ventanas se hallaban herméticamente cerradas con los postigos de madera cubriendo los cristales. Pero era lo natural, se dijo. Era lo que Mandy habría procurado aparentar para que nadie pudiera sospechar que se había escondido en su interior.

Mientras echaba a correr hacia el portón, echó una ojeada al recinto anexo, que desempeñara antaño el cometido de garaje, esperando ver aparcado allí el coche de Mandy, pero no había ningún vehículo dentro del espacio formado por tres poyetes y cubierto por un toldo de rayas blancas y azules. ¿Habría salido huyendo de allí al ver aparecer a Nico con la intención de arrebatarle el cuadro? Era lo más probable, pero entonces, ¿por qué no contestaba a sus llamadas telefónicas desde el lugar en el que se hubiera ocultado ahora? Quizás aquel desaprensivo la hubiera amordazado, se dijo. Quizás la hubiera dejado atada en algún lugar de la casa y se hubiera llevado el vehículo y el aparato telefónico de su prima, sabiendo que aunque gritara no la oiría nadie.

Angustiada y con una inquietud creciente buscó en su bolso la llave del portón. Era enorme y de hierro. La aplicó a la cerradura y con dificultad logró hacerla girar en su interior para después empujar con el hombro la pesada puerta claveteada. La entrada olía a húmedo y a cerrado. Olía como si no hubiese sido ventilada nunca y la proximidad del mar hubiese ido contagiando con su añoranza el aire que allí se respiraba, en el que podía percibirse también la singular fetidez del polvo, propia de las edificaciones abandonadas y de las que llevaban cerradas mucho tiempo.

Pese a los años transcurridos recordaba con toda claridad donde se encontraba la llave de la luz y alargó la mano en esa dirección. Una telaraña se le adhirió a los dedos y sobresaltada estuvo a punto de dejar escapar una exclamación de pánico. En su lugar se cubrió la boca con el brazo y en cuanto recobró el control de sus nervios, accionó el conmutador sin conseguir el efecto deseado. Sabía que del techo pendía una enorme lámpara de hierro, pero no se encendió. La entrada continuó sumida en tinieblas. Solo la luz de la luna que penetraba a través de la puerta que había dejado abierta le permitió distinguir algo en el interior de las enormes proporciones de la estancia en la que se hallaba. Como antaño, las tinajas sobre el soporte de madera continuaban a su derecha, adosadas a la pared, y sobre ellas distinguió el perchero, asimismo de madera, donde Mandy y ella colgaban de cualquier manera sus chaquetones cuando regresaban de pasear por la playa. La abuela, más cuidadosa y bastante más ordenada, lo subía a su dormitorio y lo guardaba dentro del armario. Adivinó, más que vio, que la mesa camilla continuaba en el lugar de siempre, al fondo de la habitación y bajo la ventana. Tres enormes butacones la rodeaban, donde se sentaban a jugar a las cartas a la caída de la tarde y a su izquierda, invisible entre las sombras, comenzaba la escalera por la que se subía a los dormitorios y que terminaba en un pasillo desde el cual se dominaba el vestíbulo de entrada.

Se ascendía también por otro tramo de escalones, que se iniciaba junto al dormitorio de la abuela, hasta la tercera planta, ubicada bajo el tejado abuhardillado de la casa, pero allí arriba no había más que chismes. En otros tiempos las habitaciones de esa planta se habían utilizado por el servicio, pero no recordaba Amanda haber acompañado a su abuela hasta esa altura de la escalera por ningún motivo. ¿Habría encerrado Nico a Mandy entre los enredos que se amontonaban en alguno de esos cuartos?

El solo pensamiento la estremeció. La oscuridad que la envolvía no le permitía dar un solo paso y en esas circunstancias no podría encontrar a su prima. Se imaginó a sí misma ascendiendo por la escalera sin tan siquiera distinguir donde ponía los pies y a Nico acechándola en el rellano y sintió un miedo pavoroso. Ni siquiera podría en tales condiciones llegar hasta la cocina a comprobar cómo se hallaba el cuadro eléctrico para poder restablecer la iluminación de la casa.

De improviso, un borroso recuerdo se abrió paso en su cerebro. En la cómoda adosada a la pared de enfrente, junto a la ventana, guardaba la abuela, años atrás, varias linternas, que utilizaban en las múltiples ocasiones en las que sufrían un apagón. Ocurría a menudo entonces, en los días de tormenta, Habían transcurrido ya tres años desde que falleciera aquélla, pero tenía que comprobar si aún continuaba alguna guardada allí y si podía utilizarse.

Tropezando con los invisibles obstáculos que halló en su camino, consiguió atravesar la habitación y palpar el enorme trasto de madera. La abuela le llamaba el cantarano, porque, según les decía, servía como cómoda y como escritorio y con esa trasnochada palabra designaba el real diccionario de la lengua española a los muebles que cumplían esas dos funciones. Hasta disponía el cantarano de un cajoncito secreto que Mandy y ella habían explorado años atrás, cuando la abuela no las veía, con la ilusión de encontrar dentro un tesoro. Tan solo hallaron en su interior unos papeles amarillentos que, decepcionadas, no se molestaron en leer y que volvieron a guardar apresuradamente en su interior.

Lo importante ahora era dar con alguna de las linternas que recordaba y cautelosamente abrió el primer cajón. Estuvo a punto de dejar escapar un grito de triunfo al palpar el objeto que buscaba y al tomarlo entre sus manos y esparcir en derredor un amarillento haz de luz sintió un alivio inconmensurable. Su euforia le duró apenas una décima de segundo. Un sonido del que no llegó a precisar su procedencia la sobresaltó y la obligó a apagar la linterna. Agazapada tras la mesa camilla y con el corazón martilleándole como una máquina descompuesta, se atrevió a asomar los ojos sobre la superficie de ésta para otear el triángulo de claridad que la luna proyectaba en el interior de la entrada a través de la puerta entreabierta de la casa. Se recriminó a sí misma por haberla dejado abierta, aunque, de no haberlo hecho así, no habría podido distinguir absolutamente nada dentro de esa habitación, se dijo a modo de disculpa. Además, no había entrado nadie por el portón. Al menos nadie que ella hubiera visto.

El silencio era ahora absoluto, si se exceptuaba la resonancia monótona del mar rompiendo contra los riscos y el susurro de la brisa que entraba por la abertura de la puerta y que recorría la estancia aventando algo que no llegaba a distinguir. Se enderezó cautelosamente y encendió nuevamente la linterna para proyectar el haz de luz en todas direcciones. No distinguió a ningún extraño. Solo los innumerables muebles de la entrada, más viejos si cabe que antaño y más polvorientos aún, ocupando el lugar de siempre. ¿Cómo habría podido sobrevivir Mandy durante tres días en esa casa, sin luz y entre tanto polvo? Del polvo probablemente no se habría dado cuenta, porque no entraba éste dentro de los elementos que componían su mundo, entre los que no cabía incluir los que no guardaban relación con todo lo que de hermoso ofrece la naturaleza, pero de la ausencia de iluminación eléctrica sí. Quizás se hubiera estado acostando a dormir en cuanto se ponía el sol y se levantaba al amanecer, aprovechando la luz del día.

La imaginó en el inquietante ambiente de esa misma estancia, oteando el exterior por la ventana que en ese momento tenía los maderos cerrados, cubriendo los cristales, por lo que no se filtraba claridad alguna del exterior. Debía haber pasado un miedo inconmensurable, allí escondida, acechando la llegada de algún extraño.

Pero tenía que haber oído llegar el coche de Nico, probablemente esa misma mañana. Seguramente habría aprovechado él la circunstancia de que ella no le había llamado para quedar con él, ya que necesitaba disponer de algún tiempo libre para ir a comprarse una peluca y que después se había encontrado con Guillermo en la plaza de Santa Isabel y que éste la había invitado a comer. Había dispuesto, por tanto, Adrián, o Nico, como se llamara, de la primera mitad del día para dirigirse a la Azohía a buscar a Mandy. Era sin duda el lugar más lógico donde podía haber ido a esconderse su prima y él conocía sobradamente la existencia de esa casa. Por fortuna parecía que no la había redecorado con el pésimo y desolador estilo que le gustaba. Al menos la entrada continuaba estando como siempre. Incluso conservaba sobre el respaldo de las butacas el tapetito de crochet que su abuela había confeccionado mientras Mandy y ella buscaban caracolas en la playa. Lo notó al tacto al tropezar con el butacón más próximo a la ventana. Lo sorteó para toparse ahora con la camilla que como un invisible parapeto se interponía en su camino y a tientas, con el brazo izquierdo extendido para defenderse del encontronazo con otro previsible obstáculo, se encaminó hacia la escalera.

A la izquierda de ésta comenzaba un pasillo que conducía a la cocina y a un aseo y se encaminó de puntillas en esa dirección. De pronto oyó algo en la planta superior y se quedó inmóvil, con la frente perlada de sudor. Había sonado como si…

Una corriente de aire bajó por la escalera, cargada del aroma del mar y permaneció quieta olfateando el aire. El olor se deshizo al instante en la oscuridad y se preguntó si no lo habría imaginado. Ahora no se oía nada. Un silencio denso se paseó por la entrada y ascendió luego la escalera para acallar el rumor de la brisa que aún podía sentir. Un silencio tan pesado que no parecía real.

Había apagado Amanda la linterna, pero la volvió a encender y se encaminó silenciosamente hacia el pasillo, abriendo la puerta por la que se accedía al mismo desde la entrada. Una pegajosa telaraña le dio en el rostro cuando cruzó el umbral y estuvo a punto de proferir un grito. La retiró con manos torpes de su cara y de su melena, a la que se le había quedado adherida, y volvió a preguntarse cómo Mandy habría podido permanecer tres días en esa casa entre tanta suciedad. Cabía suponer que Nico hubiese cortado la luz antes de llevarse el cuadro dejando a la chica maniatada, pero el polvo que cubría los muebles y las telarañas, que colgaban por todas partes, no se improvisaban.

Palpando la barandilla de la escalera recorrió el pasillo y al reconocer al tacto la puerta de la cocina empujó ésta, que se abrió chirriando.

La tufarada de humedad que desprendía le hirió el olfato. Olía que apestaba. Olía tan mal como la tumba de Tutankamon, cuando la visitó durante un viaje a Egipto, donde la envió el periódico en el que trabajaba para que realizara un reportaje sobre las pirámides. Precisamente fue al regresar de ese viaje cuando encontró en el buzón de su casa una carta de Mandy comunicándole la muerte de su abuela. Tampoco sus padres se habían enterado de su fallecimiento. Vivían en una playa solitaria de Castellón, aislados del mundo y Mandy por aquel entonces no tenía móvil, porque no era capaz de aprender su funcionamiento por lo que no pudo avisar a Amanda a tiempo. Por esa razón no había vuelto a Murcia desde que se marchara con sus progenitores. La abuela había ido a visitarles de cuando en cuando y ella tenía demasiado trabajo. Y después de que falleciera… ¿Ya para qué?

La cocina olía igual que aquella tumba. Entonces se tambaleó por el hedor que emanaba de su pasillo de acceso, tras descender unos cuantos escalones que comenzaban en la arena del desierto, en el Valle de los Reyes. Pero que esa cocina apestara lo mismo que el lugar de reposo del faraón, muerto muchos siglos atrás, no le pareció natural. Mandy podía ser una artista extravagante, pero tenía olfato como todo el mundo. ¿Cómo no la habría ventilado desde su llegada?

Se tapó la nariz con el pañuelo y dirigió el haz de luz en todas direcciones. Recordaba que, siendo niña, esa cocina resultaba heladora hasta en verano, por lo que ahora, en el mes de abril, se asemejaba a un carámbano de hielo maloliente, que se hubiera escapado del pasado. De las épocas en las que no existían los radiadores de calefacción ni los microondas ni las vitrocerámicas. La abuela aún guisaba con gas, gracias a la bombona de butano que traía una vez a la semana el empleado de la compañía. El hombre, vestido con una especie de mono de color naranja, solía bromear cuando les transportaba la bombona hasta el mueble de cuatro fuegos en el que se cocinaba entonces y que continuaba ocupando el lugar de antaño, bajo la ventana herméticamente cerrada, pero más oxidada y polvorienta de lo que la recordaba. ¿Cómo habría podido desenvolverse Mandy en semejante antro? Claro que no parecía que su prima acostumbrara a guisar en ninguna cocina, a juzgar por lo que ella había encontrado en su casa de Murcia el día de su llegada. Probablemente habría realizado todas sus comidas en algún bar o cafetería cercanos.

El cuadro eléctrico se hallaba junto a la nevera y abrió la puertecilla de plástico blanca para examinar su interior. Las palancas estaban levantadas, como debían estar, y todo parecía hallarse en orden. ¿A qué obedecería entonces el apagón que mantenía el edificio en absoluta oscuridad? Cavilosa cerró la puertecilla y en ese instante percibió algo en el pasillo. Había sonado como... sí, como las pisadas de alguien que sigilosamente se encaminaran de puntillas a su encuentro. ¿Sería Mandy?

Por precaución apagó la linterna y permaneció inmóvil junto a la nevera. Por las rendijas de la ventana de madera se filtraba un viento húmedo que con un silbido agudo recorría la cocina y Amanda se encogió sobrecogida sobre sí misma. Los pasos se habían detenido al otro lado de la puerta. Ésta chirrió nuevamente al abrirse y una sombra oscura se perfiló en el umbral. Una silueta masculina que pareció escudriñar la cocina, oscura ahora como boca de lobo. Con la espalda contra la pared de azulejos blancos, Amanda se deslizó silenciosamente hacia su derecha, hacia la puerta de la despensa, cuya ubicación recordaba perfectamente. Se trataba de un recinto abovedado, sin ventanas ni otra salida que la de la cocina, en la que en tiempos de su abuela se guardaban los comestibles que iban a comprar al pueblo una vez a la semana. Desde los sacos de legumbres, apilados ordenadamente contra la pared, hasta los chorizos y demás embutidos que colgaban del techo de una barra horizontal, así como las verduras y la frutas que mantenían frescos sobre unos zarzos horizontales de caña. Recordaba incluso el lugar donde ubicaban la bombona de butano de repuesto. El empleado la dejaba caer detrás de la puerta, para que el trayecto que debían recorrer cargando con su peso hasta la cocina fuese lo más corto posible.

Palpó con la mano la madera de la puerta y la empujó para penetrar de espaldas en la despensa, al tiempo que el intruso encendía una linterna. No se atrevió ella a hacer lo mismo por si su resplandor se dejaba ver en la cocina por debajo de la puerta y se agazapó tras unos sacos que encontró al fondo del recinto. Allí permaneció encogida, aguantando la respiración.

Transcurrió un minuto con la lentitud de un siglo, durante el cual procuró no mover ni un solo músculo. ¿Qué estaría haciendo el desconocido en la cocina? Desde el lugar en el que se hallaba no se oía el más leve sonido.

Ahora sí. Ahora oyó con toda claridad las resueltas pisadas de alguien que se acercaba a la puerta de la despensa y después el rechinar de la llave en la cerradura. La habían encerrado.

CAPÍTULO XIII

Εn un primer momento no acertó a reaccionar. Se quedó quieta, con los ojos desmesuradamente abiertos, sin distinguir otra cosa que la oscuridad que se cernía a su alrededor. No se atrevió a encender la linterna y se fue acercando con suma precaución a la puerta, donde apoyó el oído contra la hoja de madera. Quienquiera que fuese el extraño que la había encerrado, se encontraba todavía en la cocina. Le oyó caminar apresuradamente sobre las baldosas rojas que la pavimentaban y luego trastear en algún objeto cercano que no llegó a identificar. Luego percibió nuevamente el sonido de sus pasos y el de la puerta de la cocina al abrirse y después al cerrarse. El intruso que la había seguido se acababa de marchar, seguro de que ella no conseguiría salir de la despensa por mucho que lo intentase, ya que el portón era muy sólido. ¿Pretendería dejarla allí encerrada para que se muriese de hambre? La casa más cercana se hallaba a más de un kilómetro de distancia. Nadie la oiría por mucho que gritara.

Esa aterrorizante conclusión la ayudó a acopiar el valor suficiente para encender la linterna. Esparcía una claridad tristona en torno de su portadora, pero era más que nada, ya que le permitió tantear la maciza hoja de madera y después abalanzarse con el hombro contra ella, como había visto hacer en las películas. Al ver que no cedía ni un ápice empezó a preocuparse seriamente. ¿Cómo podría salir de aquella oscura y maloliente despensa?

Dirigió el haz de luz hacia el fondo del recinto, sorteando los sacos que se apilaban por doquier entorpeciéndole el paso. Esquivó un par de ellos, saltó sobre un desvencijado brasero que utilizaba la abuela en invierno bajo las faldas de la camilla y se desolló una pierna al tropezar contra una balanza de hierro que insospechadamente encontró al paso. ¿Para qué guardaría la abuela en ese antro la romana con la que acababa de destrozarse la espinilla? Recordaba que con ese artilugio pesaban antaño las patatas, las cebollas y la fruta en general para comprobar que el tendero no las había timado. La diferencia que arrojaba el peso del tendero y el de la romana era siempre despreciable y podrían haberse ahorrado esa verificación, que practicaban a diario, nada más regresar de la compra ¿Por qué en lugar de la romana, de la que ya había quedado patente su inutilidad, no habrían guardado en la despensa una sierra afilada para que pudiese ella realizar un agujero en la puerta, que le permitiese escapar de allí?

A punto de llorar de impotencia tomó asiento en un taburete roto. Le faltaba una pata y estuvo a punto de caerse, pero lo mantuvo en equilibrio como pudo, mientras intentaba reflexionar intensamente. De pronto le vino a la mente una idea salvadora. ¿Cómo no se le habría ocurrido antes? Llamaría a Guillermo por el móvil que llevaba en el bolso. Se encontraría en esos momentos en Murcia presenciando la procesión, pero no tardaría más de una hora en llegar a la Azohía y durante el trayecto ella le iría explicando el camino que debía tomar al dejar atrás el puerto pequero y remontar el promontorio, para acceder al solitario edificio en el que se hallaba encerrada.

Más animada y con la ayuda de la linterna revolvió en las intrincadas profundidades de su bolso hasta que dio con su pequeño aparato telefónico y marcó el número de él en su agenda. Aún no sabía qué pensar de él. Pese a sus protestas de inocencia, no estaba convencida de que Guillermo no fuese un timador dispuesto a confabularse con los falsificadores de los cuadros que su prima pintaba, pero no la dejaría en la estacada. Acudiría en su ayuda y juntos buscarían después a Mandy por todas las habitaciones de la casa, aunque después su prima se enfadara con ella por haber hecho partícipe de su escondite a un extraño.

No llegó a oír un solo timbrazo que indicara que su móvil había establecido conexión telefónica con el de él. En su lugar, percibió con exasperante claridad la voz de la operadora indicándole que el aparato de Guillermo estaba apagado o fuera de cobertura. Se quedó anonadada mirando el suyo sin querérselo creer. ¿Por qué tendría el móvil apagado cuando ella le necesitaba imperiosamente? Hasta esa noche la había seguido a todas partes, cuando no le hacía a ella ninguna falta y precisamente ahora, cuando la habían encerrado en una pestilente despensa y no tenía forma alguna de escapar de allí, a él no se le había ocurrido otra cosa que contemplar de hito en hito la procesión del Miércoles Santo con el móvil silenciado. Seguramente estaría en esos momentos extasiado, admirando el paso del "gallo", como se denominaba popularmente en Murcia al de la negación de San Pedro, sin imaginar siquiera que Nico y sus secuaces habían dado con Mandy, a la que probablemente habrían atado y amordazado, encerrándola en alguna de las plantas superiores de la casa de la abuela y que a ella la habían confinado también en la despensa de esa casa para que exhalara allí su último suspiro.

Este último pensamiento la acongojó tanto que estuvo a punto de echarse a llorar. En su lugar, dio un sorbetón. Llorando no se arreglaba nada, se dijo. Tenía que encontrar la forma de salir de esa despensa sin la ayuda de nadie. Se puso en pie abandonando la banqueta y dirigió la luz de la linterna hacia los sacos. Quizás guardaran en su interior algo comestible que le permitiera sobrevivir hasta que a Guillermo se le ocurriera acudir en su busca. ¿Pero y si se había olvidado de ella y no se le pasaba esa idea por la cabeza? No estaba muy segura además de que conociera la existencia de esa casa y mucho menos la de su ubicación.

El contenido de los sacos no ayudó a levantarle el ánimo. Cerros de alubias, duras como pedernales, montañas de lentejas y de garbanzos, mohosos por el paso del tiempo y por la humedad ambiental. ¿Cuánto tiempo llevarían apilados allí, en la despensa? Probablemente tres años al menos, desde que murió la abuela, porque Mandy no se había preocupado nunca por las minucias domésticas ni por consumir los comestibles antes de que transcurriese su período de caducidad. Había podido constatarlo por el yogurt y por la ensalada que había encontrado en la nevera de su casa la tarde de su llegada. Seguramente ni tan siquiera había inspeccionado el contenido de la despensa desde entonces, porque la chica era incapaz de interesarse por algo que no guardara relación con sus pinceles.

Fue a tomar asiento de nuevo en la banqueta, pero no llegó a hacerlo. Se quedó a medias de realizar el movimiento, con las rodillas dobladas, como si en lugar de en el averiado taburete hubiese decidido sentarse en el aire. ¿A qué olía?

Aspiró los vapores que flotaban en el ambiente y luego abrió desmesuradamente los ojos. Ya sabía. Olía a gas. Rememoró los sonidos que había percibido en la estancia contigua a través de la puerta, instantes antes de que el desconocido se marchara dejándola encerrada. Comprendió en ese momento que sin duda había estado abriendo la botella de butano y las espitas de la anticuada cocina donde guisaba su abuela, sabiendo que el gas se filtraría hasta la despensa por debajo de la puerta y que ella moriría intoxicada al respirarlo.

Abrumada, se dejó caer en la banqueta, que gimió bajo su peso. ¿Cuánto tiempo le quedaría de vida? No tenía escapatoria posible y el gas no tardaría en expandirse por la despensa y en alcanzarla. Y probablemente se propagaría seguidamente por toda la casa y asfixiaría también a Mandy que, maniatada, se estaría preguntando por qué no acudía ella a salvarla. Alguien las encontraría a las dos más tarde, cuando hubiesen abandonado ya el mundo de los vivos. Quizás llamaran entonces a Enrique para que las identificara. Imaginó su sesudo semblante y su expresión de asombro al constatar, tal y como ella le había asegurado hasta el aburrimiento en múltiples ocasiones, que Mandy y ella eran dos chicas diferentes, aunque se pareciesen como dos gotas de agua.

Al recordar al psicólogo dio un respingo y el taburete se tambaleó peligrosamente sobre sus tres patas. ¿Y si le llamara a él? Con la parsimonia que derrochaba, tardaría un siglo en entender la situación en la que se hallaban las dos y otro siglo en llegar hasta la playa, pero merecía la pena intentarlo. ¿Qué podía perder? Lo más preciado que poseía era la vida y ésta estaba a punto de desvanecerse entre los vapores del gas que flotaba ya en el ambiente.

Marcó su número en la agenda de su móvil y escuchó nerviosísima media docena de timbrazos antes de que él se pusiera al aparato. Debía de encontrarse en una reunión en la que se estaba divirtiendo, porque el tono de su palabra denotaba el fastidio que le había supuesto el verse obligado a atender su llamada.

— ¿Enrique?

— ¿Sí?

— Soy Amanda, Amanda Urquiza.

— ¿Si?—repitió cansinamente él, denotando que estaba harto de que sus chalados pacientes le incordiasen a todas horas.

— Necesito urgentemente que vengas. De otro modo no te llamaría, ya que seguramente estarás presenciando la procesión. Es que me encuentro en un apuro muy grave.

No pareció que él se inmutara lo más mínimo, sino al contrario. Hasta le dio la impresión a Amanda de que bostezaba.

— ¿Muy grave, cómo de grave?

— Enrique— gritó exasperadísima— estoy en la Azohía, en casa de mi abuela. Bueno, ahora es mi casa, aunque siempre la ha usado Mandy, pero no se ha debido de preocupar mucho en mantenerla en condiciones, porque está sucísima.

— ¿Porque Mandy no la ha limpiado?— fingió interesarse Enrique, pese a que a la legua se advertía que le aburría soberanamente lo que ella le estaba refiriendo.

— Sí, pero eso da lo mismo ahora. No te llamo por ese motivo. Es que me han encerrado, ¿sabes? Necesito que vengas a sacarme de aquí.

Por primera vez le pareció que él sentía cierta curiosidad por lo que le estaba contando.

— ¿Te han encerrado?, ¿dónde?, ¿en qué psiquiátrico?

Respiró hondo Amanda para no obsequiarle con un epíteto malsonante, al tiempo que se cubría la nariz con un pañuelo, para evitar en lo posible respirar aquel aire envenenado.

— No estoy en un psiquiátrico. Ya te he dicho que estoy en la Azohía, en la casa de la playa de mi abuela, la que heredé yo. Estoy encerrada en la despensa.

Imaginó su desconcertado semblante y la decepción que seguidamente expresaría al enterarse de que se hallaba en un lugar tan prosaico como una despensa, en lugar de en un sugestivo centro de salud. Sin duda él lo conceptuaría como sugestivo.

— ¿En la despensa? ¿Y por qué estás encerrada en la despensa?

— Porque he venido a buscar a Mandy.

— ¿A tu prima?

— Sí. La casa estaba a oscuras cuando he llegado y he venido a la cocina a ver si se trataba de una avería de los plomos.

— ¿Sí?—repitió él por enésima vez.

— Sí— le remedó Amanda inquietísima empezando a toser por efecto de los efluvios gaseosos que se veía obligada a inhalar. Se contuvo inmediatamente para continuar en tono normal—: El caso es que he notado que alguien entraba entonces en la casa y me he escondido en la despensa. Ese tipo me ha encerrado dentro con llave y ha abierto la llave del gas, que ya se está expandiendo y que se está filtrando por debajo de la puerta.

Se hizo un silencio al otro lado de la línea. Un silencio relativo, porque se oían risas de otras personas que debían encontrarse cerca de su interlocutor. Éste debía de estar reflexionando intensamente.

— ¿Y eso, Mandy, desde cuando te sucede? Perdona — se corrigió— he querido decir Amanda. ¿Desde cuándo te sucede, Amanda?

Dejó escapar ella un resoplido.

— ¿Cómo que desde cuando me sucede? Desde que me han encerrado aquí, hace unos minutos. No me había ocurrido nunca anteriormente en Madrid.

— Pero desde que has llegado a Murcia, sí, ¿verdad? —insistió paternalmente él—. Debes tratar de controlar esa imaginación. No te persigue nadie ni te han encerrado en ninguna parte. ¿Estás sentada?

Esbozó ella un desesperado gesto de impotencia ante la incomprensión de su interlocutor.

— Sí, en una banqueta que solo tiene tres patas.

— ¿Y por qué?

— Porque está rota. Hace un momento he estado a punto de matarme.

La voz de Enrique denotó claramente su sobresalto.

— No, no, ni se te ocurra. ¿Por qué quieres matarte?

— ¿Yo? Yo no quiero matarme, todo lo contrario. Solo quiero salir de aquí.

— Pero acabas de decir…

— Que he estado a punto de matarme al sentarme en la banqueta, porque solo tiene tres patas.

Le pareció que él dejaba escapar un suspiro de alivio.

— ¡Ah, bueno!, menos mal. Y ahora escúchame con atención. Tienes que ponerte de pie.

— Vale— aprobó a la par que le obedecía, satisfecha de abandonar aquel peligroso asiento.

— ¿Estás de pie?

— Sí, sí, ya estoy de pie.

— Ahora tienes que salir de esa despensa.

Se apartó Amanda el móvil del oído y estuvo a punto de arrojarlo contra la pared, pero lo pensó mejor y se limitó a mascullar una imprecación.

— ¿Decías algo? — le preguntó solícito.

— Sí, decía que, aunque me he puesto de pie, no puedo salir de la despensa, porque me han encerrado con llave. No sufro un síndrome paranoico. Lo que te estoy contando es real. Nico, el novio o ex novio de mi prima, me ha encerrado y ha abierto la llave del gas. Estoy a punto de morir intoxicada, ¿No lo entiendes?

Por primera vez pareció que él caía del limbo particular en el que vivía y que comprendía lo que le estaba refiriendo.

— ¿Es eso cierto?

— Naturalmente.

— Pero es que creo que desvarías. ¿Por qué iba Nicomedes a abrir la llave del gas de la casa de tu abuela? Le conozco poco, pero me pareció un caballero, incapaz de un descuido tan imperdonable. Creo que lo que necesitas con urgencia es una nueva sesión de terapia en la que nos centremos en esa ansiedad que crees sentir. Estoy muy ocupado, pero quizás mañana por la mañana…

— Mañana por la mañana puede que asistas a mi entierro — le gritó furiosa—. Probablemente al entierro de las dos, porque Mandy se intoxicará lo mismo que yo, ya que debe de encontrarse también en la casa.

— ¿Encerrada también?

— Claro. Maniatada, amordazada y hasta puede que drogada.

Se hizo un nuevo silencio. Parecía que su interlocutor intentaba buscar la solución más expeditiva para la cuestión que le había planteado.

— Oye, ¿estás verdaderamente en esa casa de la playa? Me has hablado… perdona, Mandy me ha hablado mucho de esa casa.

— Por supuesto que estoy en la casa de la playa. Te he llamado para que vengas a sacarme de la despensa. Ya te lo he dicho más de mil veces.

Él emitió lo que a Amanda le sonó como un chasquido que acababa de hacer con la lengua.

— Pero es que estamos a cuarenta kilómetros de distancia y llegaría tarde con toda seguridad si, como me dices, Nicomedes se ha dejado abierta la llave del gas. ¿Por qué no llamas a Ramona?

De haberle tenido cerca, con gusto le habría pegado, pero como no le tenía cerca, hizo un nuevo esfuerzo por reprimirse, aunque no pudo evitar preguntarle a gritos:

— ¿A Ramona? ¿Y quién es Ramona?

— Es la mujer que le limpiaba la casa a tu abuela. Vive en el pueblo de pescadores, o sea, a pocos minutos. Tienes que recordarla, porque a veces se ocupaba de ti cuando eras niña.

Al oírle, buceó Amanda en sus recuerdos. Ramona debía ser aquella moza regordeta y coloradota que en verano acudía a diario a limpiar. Sin realizar el menor esfuerzo, su imagen fue dibujándose en su retina hasta tomar forma. Creyó verla en la entrada de la casa con un delantal y una fregona, a la par que levantaba un dedo para reñirle a Mandy que jugaba con un frasco que producía pompas de jabón. Ya sabía a quién se estaba refiriendo Enrique. ¿Y decía éste que se encontraba cerca del lugar en el que se hallaba ella en ese momento?

— Sí, sí me acuerdo de la Ramona. Entonces la llamábamos la Ramona, como todo el mundo. Pero no tengo su número de teléfono.

— Pero yo sí lo tengo—replicó triunfalmente él, aliviadísimo de haber encontrado el medio de quitársela de encima esa noche— Me lo diste… me lo dio Mandy cuando se lo pedí. Quería mantener una entrevista esa mujer, ya que me pareció conveniente hablar con alguien que te hubiera conocido… que hubiera conocido a Mandy cuando era niña, — se corrigió nuevamente.

— ¿Y qué?

— Que no vino a mi consulta, pero tengo su número de teléfono y te lo voy a dar. Apunta.

En el propio móvil lo fue anotando ella conforme se lo iba dictando.

— Gracias, Enrique. Voy a llamarla ahora mismo.

Le pareció que él vacilaba.

— Espera, Man… espera Amanda. Si cuando llegue Ramona, no logras salir de esa despensa con su ayuda, llámame. Estoy en la calle Platería con unos amigos viendo la procesión desde el balcón, pero… en fin, ya sabes, tú eres lo primero. Quizás con un ansiolítico…

¿Pensaría Enrique que con un tranquilizante iba a conseguir forzar la cerradura de la puerta de la despensa?, se preguntó indignada. Debía suponer que ella estaba irremediablemente chiflada y que imaginaba encontrarse en la Azohía. Hasta era posible que diera por sentado que no existía la banqueta de tres patas de la que había estado a punto de caerse.

Tosiendo al sentir en la garganta aquel gas tan irritante, pulsó la techa de llamada de su móvil e instantes más tarde escuchó una voz femenina con marcado acento murciano.

— Ramona, ¿es usted?

— Sí, claro, ¿quién iba a ser?— rezongó la otra, en tono más alto del necesario. Y luego, como si fuera ella un ejemplar único, repitió: — ¿Quién iba a ser?

— Escuche Ramona. Soy Amanda Urquiza. Estoy aquí, en la Azohía, en casa de mi abuela. Me han encerrado en la despensa y no puedo salir. Venga por favor.

— ¿A estas horas?— gruñó ella—. ¿Quiere que vaya a estas horas? ¿Por qué no puede salir de la despensa?

— Porque me han encerrado, ya se lo he dicho. Además, alguien ha abierto la llave del gas en la cocina.

Ante su sorpresa, Ramona emitió una estridente carcajada.

— Vale, pero por el gas no se preocupe, porque la Mandy no se molestó en cambiar la botella de butano al marcharse el verano pasado y la que dejó en la cocina está prácticamente vacía. Su contenido no intoxicaría ni tan siquiera a un canario.

Al oírla, inspiró Amanda varias veces el aire por la nariz comprobando aliviada que la intensidad del olor a gas que la había alertado había disminuido sensiblemente. Pese a ello insistió.

—Pero necesito que me ayude, Ramona. No puedo salir de aquí. ¿Es que no puede venir?

Se hizo un silencio al otro lado de la línea, pero duró solo un segundo.

— Claro que puedo y así, de paso, le devolveré la llave de la casa, porque, desde que murió su abuela, la Mandy solo me llama los veranos. Espéreme que salgo ahora mismo para allá.

Más tranquilizada, oyó Amanda como la otra cortaba la comunicación y se dejó caer nuevamente en la banqueta que se tambaleó peligrosamente en equilibrio inestable, aunque en su euforia ni tan siquiera lo advirtió. A la luz de la linterna consultó su reloj. ¿Cuánto podría tardar la Ramona en llegar a la casa? Si vivía en el pueblo de pescadores, tan solo unos minutos.

Esos minutos transcurrieron con tanta lentitud que le parecieron siglos. Se desgranaron lentos uno por uno, descomponiéndose previamente en un sinfín de interminables segundos, pero al fin, tras una eternidad, oyó sus pisadas en la cocina y a continuación cómo trasteaba en la cerradura de la despensa. Seguidamente, una mujer que portaba una linterna abrió la puerta y Amanda se abalanzó hacia ella.

— Ramona, ¿es usted?

No se parecía a la que recordaba. Aquella moza regordeta se había convertido con el paso de los años en una mujer de mediana edad, sumamente gruesa y con una oronda papada. Pese a ello, la identificó como su ángel de la guarda y la abrazó.

— Muchísimas gracias por haber venido a sacarme de aquí. Si no hubiera sido por usted…

A la luz de la linterna, la mujerona la observaba desconfiadamente con sus ojillos negrísimos.

— ¿Eres de verdad la Amanda? La Amanda se marchó hace muchos años con sus padres y no regresó más. ¿No eres la Mandy?

— No, no, soy Amanda.

— Pues seguís siendo exactamente iguales. Bueno, de pequeñas tú eras la única que utilizaba la sesera, porque tu prima…— Con un ademán abarcó la oscuridad que envolvía la cocina y se la señaló— ¿Ves? Ni siquiera se ha ocupado de pagar el recibo de la luz y la compañía la ha cortado.

— ¿No ha pagado el recibo? ¿Y por qué? Tengo entendido que le sobra el dinero.

Ramona se echó a reír como si hubiera dicho una cosa graciosísima.

— No es por eso, es porque está siempre en babia. Los temas domésticos le tienen sin cuidado.

— Pero…— Amanda se mordió los labios sin acabar la frase. Iba a decirle que Mandy llevaba tres días escondida en esa casa. Desde que el domingo anterior se marchara de su piso de Murcia llevándose consigo el cuadro del "sol poniente", para que Nico no se hiciera con él. ¿Cómo habría podido soportar la ausencia de electricidad, sin que consiguientemente funcionara la nevera, sin apenas gas en la botella de butano y sin acercarse al pueblo por miedo a que la reconocieran?

— ¿Cuánto hace que no ve a mi prima?—le preguntó en un tono que quiso ser intrascendente.

— Desde el verano pasado — repuso Ramona sin vacilar—. Apareció sin avisarme a primeros de junio con un mozo muy aparente con el que vivía. Cuando se marchó, dejé la casa recogida, igual que hacía en vida de tu abuela. Y por cierto, ¿por qué me llamas de usted? Nos conocemos desde que naciste.

— Claro, claro.

Ramona la observó con la cabeza ladeada.

— ¿Es que has venido a esta casa a visitarla? Ella no vive aquí. Vive en Murcia, en un ático muy lucido que se ha comprado.

— Claro, claro — repitió Amanda, a quien no se le ocurrió otra cosa que decir.

— Me alegro de haberte visto, pero tengo que marcharme, — siguió la otra iniciando la marcha hacia la entrada—. Tengo en casa a mis suegros que han venido a pasar la Semana Santa con nosotros. Me casé, ¿sabes? Roque y yo hemos tenido siete hijos y estábamos a punto de cenar todos juntos cuando has llamado—. Ya en el pasillo se volvió hacia ella—. ¿Quieres venir a cenar con nosotros? He cogido la furgoneta de Roque y…

— No, muchas gracias. Aún tengo que buscar…— Se interrumpió sin saber cómo seguir. No podía decirle que tenía que encontrar a Mandy, porque le había prometido a ésta guardar el secreto del lugar donde se escondía, aunque hubiera dado algo porque aquella mujerona la hubiera acompañado por las habitaciones de aquella casa tan oscura y hubiera participado en la búsqueda de su prima, Al fin continuó trabajosamente —: Es que ahora es mía, ¿sabes? La heredé de mi abuela.

— ¡Ah!, ¿sí? — se extrañó la mujerona—. Creía que le pertenecía a Mandy—. Arrugó el entrecejo al reflexionar—. Estoy segura de que ella me dijo cuando murió tu abuela que esta casa era ahora suya, pero no hay que hacerle mucho caso. Suele confundirlo todo.

Habían llegado a la oscura entrada y Ramona se volvió hacia ella para entregarle una llave.

— Toma. Me la dio tu abuela hace muchos años para que me ocupara de mantener limpia esta casa y en condiciones de ser habitada, ya que aparecíais por aquí sin avisar. Tampoco le hubiera resultado fácil comunicarme su llegada en cada ocasión, porque, como recordarás, por aquel entonces no se habían popularizado tanto los teléfonos móviles y en casa de mis padres no había teléfono de ninguna clase, ni fijo ni móvil. He conservado después esta llave, aunque a Mandy no le preocupa en absoluto el estado en que se la encuentra cuando viene, pero si ahora es tuya esta casa, no hay razón alguna para que no te la devuelva. ¿Piensas venir a veranear?

Ni tan siquiera se le había ocurrido a Amanda planteárselo, por lo que se encogió de hombros.

— Pues…

Ramona le sonrió amistosamente.

— Si te animas a volver por estos lugares en los que tan bien lo has pasado de pequeña, me alegraré mucho de verte de nuevo y de echarte una mano en las faenas domésticas. Hasta la vista.

Le plantó dos besos en las mejillas y abrió el portón. El bronco sonido del mar entró tras ella por el hueco de la puerta abierta, a la par que la brisa cargada de sal se expandía por la entrada y le alborotaba a Amanda su larga melena. A su paso se llevó también la húmeda fetidez a polvo, a casa abandonada. Olía ahora como entonces, como cuando de niñas regresaban ya de noche de visitar a alguna amiga de la abuela. Como en esos tiempos, la luna ascendía por un firmamento negro, iluminando a trechos los riscos y la torre de Santa Elena, a espaldas de la casa y más arriba del monte, pero únicamente era igual el escenario, no los personajes ni la situación.

Al cerrar el portón tras Ramona, se sintió abrumadoramente sola. Envuelta en la más absoluta oscuridad, se apresuró a echar las protectoras aldabas de hierro de las que disponía aquél y que su abuela se ocupaba de cerrar al oscurecer, cuando se quedaban solas. Aunque regresara el extraño que había pretendido intoxicarla con el gas de la bombona de butano y dispusiera de una llave, no podría entrar en la casa, se dijo. Se lo repitió luego para tranquilizarse. Respiró hondo al tiempo que encendía la linterna sintiendo que le temblaban las rodillas. Aquella casa parecía llevar bastante tiempo deshabitada, por lo que se preguntó si no se estaría arriesgando inútilmente, husmeando en su insondable oscuridad para localizar a su prima dentro de sus muros. No le parecía posible que Mandy hubiera permanecido tres días en ese inhóspito lugar sin luz. Frunció el ceño tratando de recordar las conversaciones que habían mantenido las dos por el móvil y logró rememorar con exactitud las palabras que su prima pronunciara la última vez. Estaba muy asustada, porque creía que alguien la seguía cuando salía de esa casa. Y después… después no había vuelto a atender a sus llamadas telefónicas y el cuadro del "sol poniente" había regresado a la galería de arte de Nico, tal como le había manifestado Fina. Tenía que haberla localizado su ex novio allí, en la Azohía. ¿Pero qué podría haberle hecho a su prima después de arrebatarle el cuadro?

Sudando de inquietud dirigió en torno el haz de luz. La entrada presentaba el mismo aspecto que antaño, con su mesa camilla, sus butacones, el cantarano adosado a la pared del fondo y las rojas tinajas, cercanas a la puerta. Igual que antaño, si se exceptuaba el polvo que cubría los muebles y las telarañas que colgaban de las esquinas de las paredes. A su derecha y por una puerta corredera de madera reseca, se accedía a un vetusto comedor que apenas utilizaban, porque las tres solían comer en la mesa camilla.

Descorrió de golpe esa puerta y paseó la linterna por la estancia. Permanecía igual a cómo lo recordaba. Solo la capa de polvo suponía una nota discordante en la imagen que conservaba en su retina, en la pulcritud de la larga mesa de caoba y de las sillas castellanas que su abuela y Ramona enceraban sin descanso.

Volvió sobre sus pasos y ya en la entrada se dirigió hacia la escalera, notando que las gotas de sudor le resbalaban por la frente. Asida a la barandilla de hierro, subió tres escalones y levantó el haz de luz hacia lo alto, hacia el descansillo de la primera planta, oscuro como boca de lobo. Ascendió otro peldaño, luchando por escudriñar algo entre las sombras. La fresca brisa marina le dio en el rostro y descendió hasta la entrada para aventar los tapetitos de crochet de los butacones que había confeccionado la abuela. Gemía como entonces, como cuando Mandy y ella se iban a la cama después de cenar y ese lamento se filtraba por las resecas maderas de la ventana de su cuarto y se paseaba después por la oscuridad de la casa.

Por un segundo estuvo tentada de salir corriendo. Mandy no podía encontrarse allí. El estado en el que había encontrado el edificio denotaba que éste no había sido habitado en mucho tiempo y ella estaba a punto de sufrir un ataque de pánico recorriéndolo a oscuras, con la ayuda de una linterna que proyectaba un miserable rayito de luz y a riesgo de que regresara Nico con otra bombona de butano o con otro instrumento más expeditivo.

Fue al remontar el primer tramo y encontrarse frente al largo pasillo donde se ubicaban los dormitorios, cuando oyó de nuevo aquel sonido. Algo como un lamento que le erizó el vello de los brazos y que la puso en guardia. ¿De dónde procedía? Consiguió rememorar el agudo quejido que el viento traía del mar cuando eran niñas y volvió a experimentar la misma sensación que entonces, el imperioso deseo de taparse la cabeza con las sábanas para acallarlo.

Pero no era ese gemido lo que estaba oyendo, se dijo. Era otro más real sin relación alguna con el viento, por lo que no podía dejarse vencer por el miedo. Tenía que averiguar quién se quejaba a pocos pasos de ella en una casa aparentemente deshabitada, y el motivo por el que sollozaba de aquella forma tan desgarradora.

Ante ella se extendía un corredor del que apenas si podía distinguir otra cosa que las sombras en las que se veía envuelto, pero que recordaba con claridad. El manchón negro de su derecha correspondía a la puerta del que había sido el dormitorio de su abuela y junto a la pared de ese cuarto comenzaba el tramo de escaleras por el que se subía a la tercera planta. El siguiente... el siguiente, frente al tramo que acababa de subir, daba acceso al cuarto que compartía con Mandy cuando eran niñas y de allí parecía arrancar el gemido que la había alertado provocándole un pánico casi irracional. Sigilosamente avanzó unos pasos y se detuvo frente a la puerta cerrada de esa alcoba. Con la mano en el pomo, aguzó el oído. Sí, alguien sollozaba en el interior de la habitación. Extremando la precaución, hizo girar el tirador y entreabrió la hoja unos centímetros. Ahora escuchó con toda claridad el quejido de alguien que debía encontrarse sobre la cama que de niña ocupaba Mandy, la que se hallaba adosada contra la pared. La que había sido de Amanda, estaba arrimada al paño contrario, bajo la ventana, con la mesilla de noche entre las dos.

Cautelosamente entró en la habitación y proyectó el haz de luz de la linterna sobre el bulto que adivinaba sobre el lecho y del que solo llegó a distinguir los mechones rubios que escapaban de la capucha que le cubría la cabeza. Era Mandy. La reconoció, pese a la mordaza que le tapaba medio rostro. Estaba llorando. Lloraba siempre que no acertaba con la decisión que debía adoptar y, por supuesto, cuando estaba asustada como en ese momento. También lo estaba Amanda, pero ésta lo único que experimentó al reconocerla fue un alivio inmenso, por lo que se apresuró a liberarla de la mordaza y a continuación de las ligaduras con las que le habían atado las manos a la espalda y trabado ambos tobillos. Cuando pudo moverse libremente, Mandy se le abrazó hipando.

— He llegado a creer... he llegado a creer que... que no ibas a venir nunca a buscarme.

Amanda la acunó como si fuese una niña

— ¿Quién ha sido? — le preguntó acariciándole la melena—. ¿Ha sido Nico?

Sin dejar de sollozar, la otra afirmó con la cabeza.

— Sí…, sí…, ha sido él.

— ¿Y te ha quitado el cuadro?

— Sí…, sí.

— Bueno, eso ya lo resolveremos más adelante. Lo importante es que estás bien—. Trató de distinguir su expresión a la luz de la linterna. Churretes oscuros le resbalaban a la muchacha por el rostro, pero éste no presentaba moratones ni heridas de mayor importancia. Más tranquilizada, procuró limpiárselos con su pañuelo mientras le preguntaba —: ¿Cómo te encuentras?

La chica tardó en contestarle. Con la cabeza apoyada contra su hombro parecía estar preguntándoselo a sí misma.

— Tengo miedo — susurró con un nuevo hipido.

A Amanda también le temblaban las piernas y las manos. Le temblaba todo el cuerpo, pero se esforzó en que a su rostro no aflorasen los sentimientos que experimentaba, que no se diferenciaban de los que su prima había reconocido padecer.

— Bueno, sí, yo también, pero eso no es lo importante ahora. Lo importante es que te he encontrado sana y salva y que nos vamos a marchar de esta casa ahora mismo. Cuando he llegado, hace ya un buen rato, tu ex novio me ha encerrado abajo, en la despensa, y ha abierto la bombona del gas y las espitas de la cocina para enviarme directamente al otro mundo. Por eso he tardado tanto en encontrarte.

A la amarillenta claridad de la linterna vio cómo su prima abría desmesuradamente sus ojos azules, idénticos a los de ella, para mirarla horrorizada.

— ¿Y cómo has conseguido salir viva de la despensa?

Estuvo a punto de referirle lo angustiosamente que había subsistido durante la media hora que había permanecido allí encerrada, olfateando el gas que se filtraba por debajo de la puerta y la estúpida conversación que había mantenido con el psicólogo que la trataba. Aún le irritaba recordarla, pero pensó que convenía dejar ese relato para más adelante y que lo que urgía en ese momento era salir huyendo de allí. Por esa razón, se limitó a encogerse de hombros con fingida despreocupación.

— He llamado a Ramona, ya sabes, la mujer que realizaba las faenas domésticas cuando vivía la abuela y que te ayuda a ti también cuando pasas temporadas aquí. Tenía una llave y ha venido a abrirme la puerta de la despensa. Además, y por fortuna, dejaste prácticamente vacía la bombona de butano la última vez que habitaste esta casa, así que solo se ha expandido por la cocina y por la despensa un miserable miligramo de gas.

— ¿Un miligramo?

Amanda volvió a encogerse de hombros.

— No sé si podía pesar un miligramo lo que quedaba en la bombona. No tengo ni idea de cómo se mide el gas. Lo que quiero decirte es que apenas si quedaba el suficiente para llegar a conseguir la defunción de un canario.

Su prima la observaba con la boca abierta y le preguntó:

— ¿Tenías el número de teléfono de Ramona?

— No, me lo ha dado tu psicólogo, que te lo pidió hace tiempo para mantener una entrevista con esa mujer. Dice que no se presentó en su consulta. ¿Sabes tú cuál fue el motivo?

La chica bajó la cabeza hacia sus manos como si estuviera meditando sobre la cuestión, pero terminó por encogerse de hombros.

— Se me olvidó decírselo.

— ¿Se te olvidó?

— Sí, Enrique a veces se pone muy pesado. Quería que Ramona le hablara de nuestra infancia y…

— Y se te olvidó.

— Sí, no me pareció importante

Rememoró Amanda las ocasiones en las que se había encontrado con el psicólogo y su empeño en no dar crédito a los datos que sobre su identidad constaban en el documento que le había mostrado.

— Pues a mí me ha parecido que ese hombre está como una cabra— refunfuñó—. No sé qué le habrás contado en tus sesiones de terapia, pero está convencido de que tú y yo somos la misma persona y que tú sufres un desdoblamiento de personalidad o algo parecido. ¿Qué es lo que le has contado?

Mandy pestañeó perpleja.

— ¿Cree que tú y yo somos la misma persona? Yo no le he contado eso. Le he hablado, sí, de nuestra infancia. De que tú decidías por las dos y que te examinabas por mí en el colegio cuando a mí me suspendían en alguna asignatura. De que vivíamos las dos con la abuela desde que nacimos y que luego tú te marchaste.

Había en el tono de su voz un matiz acusatorio que a Amanda no le pasó desapercibido. Parecía culparla de haber trasladado su residencia a Madrid como si esa circunstancia se hubiera producido por una decisión suya. Dudó en explicarle una vez más que ella tenía entonces quince años y que regresó con sus padres cuando estos acudieron a casa de la abuela a recogerla, por lo que en ningún caso hubiera podido negarse a acompañarles. Se preguntó si Mandy lo entendería y como decidió que no, obvió ese tema y le preguntó:

— ¿Y le has dicho alguna vez que en ocasiones crees ser periodista y trabajar en un periódico de Madrid?

Pareció que la chica reflexionaba intensamente, pero terminó por menear negativamente la cabeza.

— Yo… yo creo que no.

— Pues es lo que piensa.

— ¿De verdad?

— Y tan de verdad.

Frunció el ceño Mandy como si no acabara de entenderlo y estuviera a punto de echarse a llorar de nuevo.

— Yo… no comprendo nada. Imaginaba que era un buen profesional y que quería ayudarme. Cuando me enteré por Nico de que la gente no compraba mis cuadros porque le gustaran, sino porque los consideraban originales desconocidos de otros pintores famosos, sufrí una depresión. Por esa razón comencé a ir a su consulta y…

Amanda se apresuró a cortar lo que presagiaba ser una buena llantina.

— Bueno, bueno, no es importante lo que ese hombre piense. Ya le demostraremos que somos dos chicas distintas y que no te has desdoblado a ratos en tu prima de Madrid. Le demostraremos que existo realmente.

— ¿Y dices que tenía él el número de teléfono de Ramona?

— Sí, ya te he dicho que se lo diste para que pudiera concertar una entrevista con él. Me has contestado que se te olvidó comunicárselo a ella.

Mandy parpadeó perpleja.

— Sí, tienes razón. Es que estoy tan asustada que no sé lo que digo.

— Vale, es igual. Lo importante es que he salido de mi encierro gracias a ella y que el cretinazo de tu ex novio se va a llevar un chasco. Sin duda, tenía proyectado mandarnos al otro barrio intoxicándonos a las dos con el gas de la cocina. Con esa finalidad me ha encerrado a mí en la despensa y a ti en este dormitorio. ¿Cuánto tiempo llevas aquí atada?

Mandy emitió un nuevo hipido.

— Desde... desde el último día que hablamos tú y yo por teléfono.

— O sea, desde ayer. ¿Y no has comido nada desde entonces?

— No. Me encontró Nico en la alcoba en la que dormía la abuela, cuando acababa de despertarme y me obligó a decirle donde había escondido el cuadro. Para que me soltara tuve que explicarle que lo había metido dentro del arcón en el que ella guardaba la ropa que se nos iba quedando pequeña e incluso le precedí por la escalera hasta la tercera planta. Él subió detrás, farfullando toda clase de amenazas.

— ¿Lo habías escondido en la tercera planta, la que está bajo el tejado?

— Sí.

— ¿Y se lo diste?

— ¿Qué otra cosa podía hacer?

— Claro, claro. Y luego bajasteis hasta este cuarto y aquí te ató y te amordazó, ¿no es eso?

— Sí, me dijo que tenía un comprador del cuadro y que yo no le iba a estropear esa venta.

Se apartó pensativamente Amanda la melena de su rostro, intentando reflexionar, pero notaba la mente tan espesa como si la hubiera invadido una nube de algodón.

— ¿Te precisó quién era el comprador?

— Sí, una señora que parecía extranjera, aunque hablaba correctamente español.

Pensó Amanda que esa habría sido la descripción que le había facilitado Fina a Nico de ella, con su peluca, sus gafas y su bufanda y de pronto sintió unas incontenibles ganas de reír.

— ¿Una señora con el pelo negro?

— Sí, ¿por qué?, ¿la conoces?

— Sí, bastante.

— ¿Y ha comprado el cuadro ya?

— No, todavía no.

Mandy dio un sorbetón.

— Yo no sabía lo que tramaba Nico ni el trapicheo que había organizado a costa de los cuadros que pintaba yo. Creía que los vendía caros porque valían la pena y… pensaba que a la gente le gustaban.

Había esbozado un nuevo puchero y dos lagrimones le resbalaron por las mejillas. Se asemejaba a una niña desconsolada que con aquella chaqueta con capucha de color rojo se hubiera disfrazado de caperucita roja. Se la señaló Amanda.

— ¿Cuánto tiempo hace que tienes esa chaqueta? Pareces la protagonista de un cuento.

Palpó Mandy la capucha con la que cubría su cabeza y luego sonrió como disculpándose.

— Me la regaló Nico hace tiempo y a él le gustaba mucho vérmela puesta. Me vine de casa con esta chaqueta, porque pensé que tapándome la cabeza con la capucha no me reconocería nadie si tenía que salir de la casa a comprar algo para comer.

— ¿Y te reconoció alguien?

Mandy se la quedó mirando fijamente, antes de que su atractivo semblante reflejara la confusión que le producía su pregunta.

— No, porque no he llegado a acercarme al pueblo. Nico me encontró antes. Ya te he dicho que había escondido el cuadro en ese arcón y se lo llevó.

Meneó Amanda la cabeza para disipar su aturdimiento y tratar de entender el inconexo relato de su prima.

— En cuanto te dejó en este dormitorio bien atada.

— Sí, eso es.

Se dijo Amanda que algo faltaba o algo sobraba en la narración de su prima. Le pareció que algún detalle de la historia no encajaba, pero no era de extrañar. Mandy era así. Como una niña irreflexiva que trocara en cuentos absurdos la realidad que vivían los demás. Como, por el contrario, ella era una persona absolutamente práctica, la ayudó a abandonar el lecho y a ponerse en pie.

— Ahora tenemos que marcharnos, Mandy. He venido en tu coche, en el Audi rojo que me ofreciste, y vamos a volver inmediatamente a tu casa. Es más que probable que Nico regrese a comprobar si su plan ha salido bien. O sea, a constatar que hemos abandonado las dos este mundo para siempre. Tenemos que denunciarle a él y a sus compinches a la policía, con lo cual se acabarán todos nuestros problemas.

Asustadísima, la retuvo la otra por un brazo.

— No, no podemos volver esta noche.

— ¿No?, ¿por qué no?

— Porque no. Sé que él y sus cómplices pretenden huir al extranjero en cuanto vendan el cuadro y entonces dejaremos las dos de estar en peligro. No volveremos a verles. Pero mientras esa señora que tiene pinta de extranjera no remate la operación, debemos permanecer aquí escondidas. ¿No lo entiendes? Nico cree que estamos muertas, así que no se molestará en volver a esta casa.

— Eso es una tontería — protestó Amanda—. No tengo la menor intención de esconderme aquí, sin luz, sin gas y entre nubes de polvo y de telarañas.

La otra dejó escapar un estentóreo hipido.

— Tú no conoces a Nico. Si le conocieras me darías la razón. Te lo pido por favor, Amanda. Solo esta noche. Por lo visto, esa señora estaba muy acatarrada, pero Nico cree que regresará mañana a formalizar la venta. Tenemos que esperar a que lo haga y a que él se marche de España. Entonces podremos regresar las dos a Murcia sin correr ningún peligro.

Como cuando eran niñas, Amanda se la quedó mirando de hito en hito y, aunque intentó disimularlo, a su semblante afloró la opinión que los argumentos de su prima le merecían. Ésta captó lo que pasaba por la mente de la otra.

— ¿Por qué piensas que soy completamente tonta? — se enfadó—. Me parece estúpido que nos arriesguemos las dos a que Nico nos rebane el pescuezo, cuando todo puede solucionarse si permanecemos en esta casa unas horas más, ¿no lo entiendes?

— Claro que lo entiendo — replicó Amanda en un tono paternalista que no hubiera mejorado el psicólogo que trataba a su prima—. Eres tú la que partes de una premisa errónea. No existe esa compradora de tu cuadro. Esa señora española con pinta de extranjera acatarrada era yo. Me compré una peluca de pelo muy oscuro, porque lo más característico de la fisonomía de las dos es nuestra melena rubia. Con unas gafas oscuras y una bufanda al cuello estaba irreconocible y fui a la galería de arte de Nico para saber quién era él. Ya te dije por teléfono que resultó ser el mismo que, vestido de nazareno, me defendió del ataque de otro que pretendió secuestrarme durante la procesión del Lunes Santo. Y supongo que también lo intentó ayer el mismo tipo en el Malecón, aunque no llegó a alcanzarme, porque eché a correr y Nico apareció oportunamente y le atizó un par de mandobles. He salido con él en unas cuantas ocasiones. Imagino que el interés que demostraba obedecía a que pretendía averiguar dónde te habías escondido.

— ¿La compradora eras tú?—le preguntó sorprendida Mandy, que no parecía haber escuchado el resto del relato y la miraba con los ojos desmesuradamente abiertos.

— Sí, ya te lo dije por teléfono.

— Que habías ido a la galería de arte de él, sí, pero no que hubieras fingido querer comprar mi cuadro.

— Yo no fingí nada. Fue la empleada de Nico, esa tal Fina, la que se empeñó en que volviera por la tarde para que él

313

me enseñara tu cuadro. Me aseguró que era un original de Monet de su última época. Regresé a eso de las cinco y cuando vi que Nico era el mismo hombre con el que me estaba citando y que me había dicho que se llamaba Adrián Fontes, me largué inmediatamente antes de que pudiera reconocerme.

A la luz de la linterna vio Amanda como su prima bajaba la cabeza para fijar la mirada en la punta de sus dedos. La melena, rubia y brillante, se deslizó sobre su rostro, ocultándoselo.

— Así que la supuesta compradora eras tú — musitó apenas.

Parecía anonadada y Amanda le levantó la barbilla para distinguir su expresión.

— Sí, ¿pero por qué te decepciona tanto que me caracterizara de la forma que te he contado? Ya te he dicho que quería evitar que Nico pudiera reconocerme.

Mandy se encogió de hombros con el mismo gesto que antaño, cuando decía o cometía una tontería y notaba por la expresión de su prima que ésta la había conceptuado como una simpleza.

— No me decepciona que te disfrazaras — musitó en un susurro—. Lo que me preocupa muchísimo es que no haya aparecido por el momento nadie dispuesto a adquirir el "sol poniente", porque me temo que Nico no se largue al extranjero hasta que consiga venderlo y que, como consecuencia, trate de eliminarnos a las dos en cuanto tenga conocimiento de que seguimos vivas.

Como de costumbre, Amanda encontró el razonamiento de Mandy falto de fundamento.

— Eso es una tontería. ¿Por qué no vende el cuadro fuera de España? Si la policía o ese perito de arte, Guillermo Elizalde, están sobre aviso y andan pisándole los talones, lo natural sería que pusiera pies en polvorosa, en lugar de entretenerse en tratar de liquidarnos a las dos.

Un desafiante destello brilló durante una décima de segundo en los ojos de la chica, como si los papeles que siempre habían representado las dos se hubieran invertido.

— Cómo se nota, Amanda, que no te has visto nunca envuelta en una confabulación de esta envergadura ni tienes la menor idea de cómo se las gasta esta gente. A mí me costó entenderlo. No podía imaginar que para poder manipularme Nico me hiciera creer que me quería y que por esa razón se viniera a vivir conmigo. Él elegía al pintor, cuya técnica debía yo imitar, y el motivo que debería plasmar en el lienzo. Luego, cuando estaba acabado, se lo llevaba a su galería y al cabo de un tiempo me traía un fajo de billetes. Supongo que él se quedaría también con otro más abultado. Todo iba bien y yo no hubiera llegado a sospechar lo que había detrás de todo eso de no haber aparecido Guillermo Elizalde a acusarnos de falsificadores y a advertirme del peligro que corríamos. Y a pedir una parte del pastel — terminó sarcásticamente.

— ¿Guillermo? Él me ha dicho que eso es falso.

Mandy curvó los labios en un gesto desdeñoso.

— Claro, no te iba a confesar que ha sido él el que ha maquinado la operación. Pero hay más gente involucrada.

— ¿Quiénes? El día de mi llegada me dijiste que había dos tipos más y que eran más feos que Nico.

— Sí, bueno, en realidad son tres contando a Nico. Uno de ellos debe de ser el nazareno que trató de secuestrarte durante la procesión del Lunes Santo.

Entrecerró Amanda los ojos luchando por precisar los detalles del frustrado atentado de que había sido objeto. Ahora sabía, por haberle visto cuando la persiguió por el Malecón, que era un tipo de estatura mediana, fornido y algo rechoncho. Pero el detalle más característico de ese hombre era su cojera. Al recordar el episodio que había padecido esa noche y a la mañana siguiente sintió un escalofrío.

— ¿Y por qué me defendió Nico si estaba compinchado con él?

— No lo sé, porque no le había vuelto a ver hasta que me ha encontrado en esta casa y no se lo he preguntado.

— ¿Y el otro?

— A ese otro no le conozco. No lo he visto nunca, pero Nico me habló de él cuando aún vivíamos juntos.

Se había dejado caer sentada sobre el lecho y Amanda la imitó, acomodándose a su lado. Se apartó la melena de su rostro como si con ese gesto pretendiera aclarar sus confusas ideas y clavó su mirada en el semblante de su prima,

— No lo entiendo — dijo al fin.

— ¿Qué es lo que no entiendes?

— Nada, no entiendo nada. Supongo que Nico, durante la procesión del Lunes Santo, simuló que el nazareno cojo pretendía secuestrarme para asustarme, porque él sabía que soy tu prima, no tú.

— Sí, claro.

— Imagino también que la finalidad de ese secuestro era obligarme a decirles donde te habías escondido. ¿Pero por qué me defendió del gordo?

Mandy se encogió de hombros.

— Probablemente cambió de plan en el último momento. Ganándose tu confianza esperaría poder sonsacarte mi paradero con mayor facilidad.

Meneando dubitativamente la cabeza, Amanda le dio a entender que no estaba totalmente de acuerdo con su razonamiento.

— Si hubiera sido esa su intención, no habría repetido al día siguiente en el Malecón la misma escena. ¿Para qué hacernos correr al gordo y a mí casi un kilómetro con ese objeto? Salió del bar y nos vio cuando el cojo estaba a punto de alcanzarme y entonces le persiguió y le dio una tunda monumental.

— Sí, no parece que tenga mucho sentido.

— Pero lo más absurdo ha tenido lugar esta tarde, durante la procesión de "los coloraos." A esas horas ya te había encontrado a ti y había recuperado el cuadro en cuestión y sin embargo ha intentado de nuevo atentar contra mí.

— ¿Quién? ¿Nico?

— Creo que sí. Eran dos hombres disfrazados de nazarenos y no les he visto la cara, pero el más bajo era el cojo, por lo que supongo que el otro era tu ex novio.

Clavó Mandy en el rostro de su prima sus claros ojos azules y emitió un hipido.

— ¡Qué... qué horror! ¡Y yo que creía... creía que era una buena persona y que me quería...! Tampoco... tampoco lo entiendo yo

— Bueno, bueno, no te pongas ahora a lloriquear, que no me dejas pensar.

Como si hubiera recibido una orden inapelable, se sonó la nariz con un pañuelo, mientras Amanda seguía hilando sus inconexas ideas.

— Y para colmo, esta noche, sabiendo que tú estabas aquí arriba, en este dormitorio y bien atada, ha intentado liquidarme con el gas de la bombona de butano. ¿Para qué? ¿Por qué le estorbo tanto a tu ex novio?

Levantó Mandy su rostro hacia ella, con los ojos cuajados de lagrimones.

— Me parece, Amanda, que partes de una idea equivocada. Nico es un vividor, pero le considero incapaz de hacerle daño a nadie. Creo que el instigador de todo lo que te está sucediendo es otra persona.

— ¿Otra persona?, ¿quién?

Inclinó Mandy la cabeza para fijar la mirada en la sábana de la cama, cuyas flores del embozo recorrió con la punta de sus dedos. A la luz de la linterna Amanda la vio vacilar, como si no se atreviera a exponer lo que estaba pensando.

— Les oí, ¿sabes?— murmuró casi sin voz—. Ellos dos estaban en el vestíbulo y les oí desde lo alto de la escalera. Lo estaban planeando todo. Estaban planeando como desaparecer sin dejar rastro la misma tarde en la que llegaste tú.

— ¿Quiénes? ¿No me has repetido hasta el aburrimiento que cuando me presenté en tu casa hacía tiempo ya que habías terminado con Nico?

Mandy afirmó vigorosamente con la cabeza.

— Sí, pero había venido esa tarde a recoger unas cosas que había olvidado.

— O sea, que desde lo alto de la escalera le oíste hablar con otra persona y a los dos maquinar como esfumarse sin dejar testigos, ¿no es así?

— Sí.

— ¿Y quién era el otro con el que Nico estaba urdiendo esa estrategia?

Vaciló nuevamente su prima. Cuando levantó la mirada leyó en sus ojos Amanda un sinfín de sentimientos encontrados en los que predominaba el miedo.

— El otro hombre que hablaba con Nico era Guillermo Elizalde — musitó en un inaudible susurro—. Él lo ha planeado todo.

TÍTULO XIV

La había escuchado, pero no entendió lo que le decía. Al menos no llegó a asimilar el significado de sus palabras. ¿Que había sido Guillermo quien había urdido aquella conspiración de desatinos? No era posible. No podía ser él el desalmado que había intentado gasearla en dos ocasiones y secuestrarla en otras tantas. Ahora entendía que la persiguiera en cuanto salía a la calle con unas intenciones que no resultaban ya muy difíciles de adivinar. Le había asegurado que las distinguía perfectamente a las dos y sabía que ella no era Mandy, que era su prima, y que no tardaría en regresar a Madrid, una ciudad demasiado grande para volver a encontrársela en su vida. ¿Por qué entonces ese afán por quitarla de en medio?

Rememoró su rostro tostado por el sol y su guasona sonrisa mientras le explicaba retazos del pasado de la ciudad y de improviso sintió unas ganas de llorar enormes. Ella que se creía tan lista, había llegado a pensar que se hacía el encontradizo en cualquier lugar al que se dirigiese, porque le gustaba su compañía. Lo más probable sería que la hubiese estado siguiendo porque no acababa de encontrar el medio de simular un accidente, con el que mandarla definitivamente al otro mundo.

Mandy parecía seguir el hilo de sus pensamientos, porque le propinó unas cariñosas palmaditas en la espalda.

— Vaya, siento haberte dado un disgusto y entiendo que te guste él, porque es un tipo muy atractivo. También me gustó a mí… al principio, cuando le conocí en París, en el museo Marmottan. Después, cuando me lo encontré en la galería de arte de Nico el día de su llegada y caí en la cuenta de cuáles eran sus intenciones, traté de poner tierra por medio, pero ya era tarde. Para entonces había embaucado a Nico y organizado la trama de la que acabas de tener conocimiento.

Aturdida, se pasó Amanda una mano por la frente, a la par que rebobinaba las conversaciones que había mantenido con él y llegó a la conclusión de que en todas ellas se había referido a Mandy con cierta ternura, y que la consideraba una infeliz, explotada por el aprovechado de su novio. ¿Cómo era posible que hubiese sido capaz de fingir tan bien y que la hubiera engañado hasta el extremo de hacerle creer en su ética profesional y en el interés que manifestaba por la seguridad de su prima? No era más que un farsante sin escrúpulos.

— ¿Ha sido Guillermo entonces el que abrió la llave del gas en tu casa la primera noche que dormí en ella? Él sabía que tú te habías marchado ya, porque se lo dije yo cuando me lo encontré en tu estudio.

— Sí, fue él.

— ¿Y por qué?

— Le dijo a Nico que suponías un peligro para todos. Que yo, como era medio tonta, sería manejable, pero que tú eras un caso bien distinto.

— ¿Se lo oíste decir desde lo alto de la escalera?

— Sí.

— ¿Y qué le contestó Nico?

— Que se ocupara él, que hiciera lo que le pareciera más conveniente.

— Ya, — musitó Amanda.

Incapaz de reconocer ante su prima lo mucho que le había afectado lo que acababa de referirle, logró que su semblante reflejara la indiferencia más absoluta. Por la fuerza de la costumbre de controlar los sentimientos que experimentaba y de permanecer absolutamente impasible ante cualquier contrariedad, nadie hubiera adivinado en ese momento al contemplarla lo que sentía. Había además en el relato de su prima algo que no encajaba, pero que no lo conseguía desglosar del resto. ¿Cuándo había tenido lugar ese encuentro de los dos hombres en el vestíbulo y cómo sabían que ella podía constituir un peligro para la estafa que habían montado si no había llegado todavía al piso y no la conocían? Había algo que faltaba o que sobraba en esa historia.

— Pues no lo entiendo, Mandy, no entiendo la amenaza que podía suponer yo para Guillermo, por muy lista que me conceptuara— consiguió articular con una voz sin inflexiones—. ¿Qué podía haber hecho yo? No sé además cuándo sucedió eso que me has contado. Tú saliste de tu casa huyendo con el cuadro que representaba el quid de la cuestión en cuanto llegué y…

— Podías haber acudido a la policía—la interrumpió su prima—. Yo nunca me hubiera atrevido por miedo a Guillermo y por miedo también a que se me considerara cómplice de la estafa que estaban cometiendo. ¿No lo entiendes?

Anonada, se dejó caer de nuevo sobre la cama. Repasó mentalmente todo lo que le había ocurrido desde que llegara al piso de su prima y la explicación que acababa de darle ésta a todos esos percances y agachó la cabeza para que no se diera cuenta de que tenía los ojos cuajados de lágrimas. Le pareció injusto en ese momento que Mandy no la hubiese advertido sobre lo que tramaban los dos hombres y, por consiguiente, del peligro que corría permaneciendo en su casa. Solo se había preocupado de sí misma y de poner a salvo su cuadro. Pero no podía extrañarle, se dijo. Siempre había sido así. Desde que podía recordar, su prima, con el egoísmo propio de los niños, había esperado que la sacara de cualquier dificultad sin valorar el esfuerzo o la responsabilidad que podía acarrearle a ella. Como su madre le había manifestado en múltiples ocasiones, ella había nacido para percha y Mandy para ropa, por lo que a ésta última le parecía natural ese reparto de papeles y no se había preocupado nunca de preguntarse si era justo.

— ¿Por qué me hiciste prometer que no acudiría a la policía? — le preguntó en voz muy baja.

— ¿Qué por qué?—repitió su prima en tono agudo— Ya veo que no has entendido nada de lo que te he contado. Me habían amenazado con matarme si lo hacía.

— Y optaste porque me mataran a mí—replicó irónicamente Amanda—. Te viniste a esconder a esta casa y me dejaste a mí en tu piso para que me confundieran contigo.

Se la quedó mirando Mandy con sus ojos azules muy abiertos.

— No, claro que no. ¿Cómo puedes pensar eso? Yo no sabía nada. Cuando llegaste y me llamó Nico por teléfono amenazándome con matarme si no le entregaba el cuadro, no se me ocurrió que tú pudieras correr peligro. Solo pensé en escapar y en poner a salvo el "sol poniente". Fue luego, cuando hablamos tú y yo por el móvil y me hiciste ver que por el parecido que tenemos podían tomarte por mí.

Aturdida como estaba, intentó Amanda inútilmente ordenar sus ideas. Se sentía tan confusa que apenas si conseguía barajarlas en su mente para poner cada pieza en su lugar. Pero seguía habiendo algo que no encajaba. Algo que había dicho Mandy que no guardaba relación en el puzle que intentaba recomponer en su mente. ¿Pero qué era?

— ¿Lo pensaste después?

— Sí, claro.

— Pero también después insististe en que no fuera a la policía. ¿Por qué?

Su prima se encogió de hombros, con el mismo gesto que cuando eran niñas y le preguntaban la lección en el colegio le daba a entender a la profesora que no se la había estudiado.

— No lo sé. Tenía miedo.

Amanda sin echó a reír sin ganas.

— ¿Por tí o por mí?

— Por las dos.

Volvió a reírse Amanda.

— Me parece que tanto Guillermo como tú me consideráis más lista de lo que soy en realidad. Cuando le conocí, no sospeché ni por lo más remoto que fuera el capo de una banda de falsificadores y si lo sé ahora es porque me lo has dicho tú, no porque yo lo haya averiguado. No, tiene que haber otra razón para que haya sufrido desde mi llegada los atentados que me han acaecido.

Mandy volvió a encogerse de hombros.

— Bueno, vamos a dejarlo. Deberíamos pensar en cenar, antes de irnos a la cama. ¿Sabes si hay algo comestible en la nevera o en la despensa?

Le irritó la simpleza de su prima, de la misma forma que le irritaban sus tonterías cuando ambas eran niñas.

— ¿Cómo voy a saber si hay algo comestible en la nevera?—se enfadó levantando la voz—. Soy yo la que acaba de llegar a esta casa, no tú. ¿Trajiste algo cuando te viniste hace tres días o lo has comprado después? Además, como no funciona la luz eléctrica porque olvidaste pagar el recibo, la nevera tampoco funciona.

Sin ofenderse por la recriminación de que estaba siendo objeto, Mandy hizo un mohín de disgusto.

— ¡Pues vaya por Dios!, porque tengo un hambre horrible.

— He traído un paquete de galletas y una botella de leche, — recordó Amanda—. Podemos tomarnos ahora el desayuno que reservaba para cuando nos levantáramos mañana y regresaremos a Murcia a primera hora a presentar una denuncia en la policía. Luego nos encerraremos en tu piso hasta que estemos seguras de que les han cogido o de que se han largado ya al extranjero, ¿qué te parece?

Con las pupilas dilatadas, su prima hizo un aterrorizado gesto de asentimiento.

— Lo que tú digas. Lo importante es que no nos encuentren esta noche.

— ¿Por qué?—insistió Amanda—. No veo qué diferencia hay entre esta noche y mañana a efectos de presentar esa denuncia. Me parece que no es más que una cabezonería tuya ese empeño en que nos quedemos a dormir en esta casa, sin nada para cenar, sin luz y con tantísimo polvo. Podías haber limpiado un poco durante los tres días que has estado aquí. ¿Qué es lo que has estado haciendo para matar las horas?

No le contestó la otra. Parecía haber ascendido a ese limbo donde se aislaba del resto de los mortales con su paleta y sus pinceles. Se limitó a ponerse en pie.

— ¿Dónde están las galletas? — le preguntó.

— Abajo, en la entrada, en una bolsa que he cogido de tu casa. La he dejado junto a la camilla cuando he ido a la cocina para tratar de arreglar la avería de la luz.

— Pues déjame la linterna que voy a bajar a buscar esa bolsa.

Le extrañó a Amanda el valor que demostraba su prima al ofrecerse a buscar la bolsa por una casa envuelta en la oscuridad más absoluta, teniendo en cuenta que siempre había sido extremadamente miedosa, por lo que meneó negativamente la cabeza y se puso en pie a su vez.

— No, déjalo. Bajaré yo.

Mandy dirigió una mirada en derredor, escrutando las tinieblas del dormitorio en el que se hallaban y en el que apenas si se distinguían la una a la otra.

— No, no — musitó con voz temblona—. Iremos las dos. No quiero quedarme sola en esta habitación. Prefiero acompañarte.

Juntas salieron al pasillo y descendieron la escalera. El silencio era ahora absoluto. Ni tan siquiera se oía en esos momentos con el portón cerrado el monótono sonido del mar ni el ulular del viento filtrándose por las rendijas de las ventanas. Alumbrándose con el haz de luz de la linterna que portaba Amanda, localizaron la bolsa que había llevado ésta y poco después daban cuenta en la mesa camilla de su exiguo contenido.

— Ahora debemos subir a acostarnos— propuso Mandy, haciendo intención de levantarse y de dejar su taza sucia sobre la mesa—. Mañana, con la luz de día, las fregaremos antes de marcharnos. ¿Te parece?

— Por supuesto— replicó Amanda, que tampoco tenía intención de dirigirse a la cocina a realizar ese cometido con la luz de la linterna por toda iluminación—. Al cabo de los años ocuparemos nuevamente nuestro dormitorio, como cuando éramos unas chiquillas.

Vaciló su prima. Amanda la precedía con la linterna en una mano y la bolsa en la otra e iba ya a poner el pie en el primer peldaño de la escalera cuando captó su indecisión, por lo que se volvió hacia ella para iluminar su semblante.

— ¿Pasa algo?

— No, nada — repuso forzadamente la otra—. Es solo que yo no duermo ya en esa habitación. Desde que murió la abuela me mudé a su cuarto, que es más grande y que tiene una estupenda cama de matrimonio que compartía con Nico. Tú puedes ocupar el nuestro de entonces. ¿No te importa, verdad?

Le extrañó a Amanda que su prima, tan miedosa, prefiriese la alcoba de su abuela, inmensa y oscura incluso de día, pero no puso objeción.

— No, claro que no. Veo que con los años no eres ya tan asustadiza y me alegro.

Notó nuevamente la vacilación de la muchacha.

— Yo… bueno… si no te molesta, quería pedirte que me dejaras la linterna esta noche. Duermo siempre con algo de luz en el cuarto, porque a oscuras…

Seguía siendo, por tanto, tan miedosa como antaño, se dijo Amanda. Le extrañaba no obstante que no hubiera necesitado esa linterna las tres noches anteriores.

— Vale, de acuerdo, te quedarás tú con la linterna, pero no me parece que la hayas necesitado hasta ahora desde que llegaste a esta casa.

— He dormido con las maderas del balcón abiertas y había luna, ¿sabes? Por ese motivo me despertaba al amanecer.

— Bueno, es igual.

Acababan de remontar el último tramo de escalones y ya en el pasillo de la planta superior Amanda le entregó la linterna.

— Toma, ilumíname el camino hasta nuestro cuarto… hasta el que era nuestro cuarto, porque no quiero tropezar — le dijo a media voz.

— ¿Estarás bien a oscuras?— le preguntó su prima compungida. Seguramente y aunque no solía captar esos pormenores, sentía remordimientos por haberse apropiado de la única iluminación de la que disponían las dos.

— Estaré… estaré todo lo bien que se puede estar sin luz—repuso festivamente— Buenas noches y hasta mañana.

Palpando la pared, se encaminó Amanda hacia su dormitorio y una vez en su interior se dirigió en línea recta hacia el balcón descorriendo sus maderas. La azulada claridad de la luna se adueñó de la habitación y trazó una estela brillante sobre la superficie del mar que, tras los cristales, se veía como un manchón negro e inmóvil. Deseó en ese instante asomarse a contemplarlo. Había transcurrido tanto tiempo desde la última vez que lo mirara desde ese balcón… Tanto, que casi había llegado a olvidar su olor, su acompasado sonido.

Sin detenerse a meditarlo abrió las puertas de cristales y salió al exterior, apoyándose en la barandilla de hierro para escrutar el panorama que podía atisbar a la luz de la luna. La negrura del agua que adivinaba se fundía a lo lejos con un firmamento del mismo color, clareado a trechos por la luminosidad que aquélla irradiaba. Aunque no alcanzaba a distinguir el oleaje, sí llegaba nítido a sus oídos su bronco rugir contra las rocas del promontorio y olvidó por unos segundos los percances que estaba padeciendo para respirar a pleno pulmón el aire salino.

Fue solo un segundo. El timbre de su móvil resonó estridentemente en el silencio de la noche y lo extrajo del bolsillo de su pantalón vaquero, luchando inútilmente en aquella insondable oscuridad por ver en el visor el número de la persona que la llamaba y la identidad de ésta. Como no logró distinguir una cosa ni la otra, se lo llevó al oído y reconoció la voz de Guillermo.

— Amanda, ¿me has llamado?

Claro que le había llamado. Había intentado comunicar con él para pedirle ayuda cuando se encontraba encerrada en la despensa. Entonces no sabía que había sido él el responsable de todos los atentados que había sufrido ni el inspirador de la maquinación que habían tenido que padecer Mandy y ella. ¿Debería contestar a su pregunta o colgarle directamente? Se decidió por lo primero y repuso glacialmente:

— Sí, he sido yo, pero afortunadamente ya no te necesito para nada, así que…

— Espera — la interrumpió—. ¿Qué te sucede? No he oído tu llamada, porque había silenciado el móvil mientras presenciaba la procesión. Y por cierto, ¿dónde te has metido? Tus colegas andaban locos buscándote hace un momento. El más alto profería toda clase de venablos y el desgreñado, con un ojo morado, le ha explicado que se te han llevado en volandas dos nazarenos. ¿Es eso verdad?

— Eso tú sabrás — replicó hiriente—. Es una lástima que no te hayan preguntado a ti, porque podrías haberles aclarado todo este embrollo y lo listo que has demostrado ser organizándolo.

Se hizo un silencio al otro lado del hilo. Un silencio relativo, porque Amanda pudo oír el rumor de conversación y los comentarios de la gente que comentaban la procesión que habían presenciado y regresaban ahora a sus casas. Solo Guillermo parecía haberse quedado mudo. Imaginó su expresión de sorpresa al verse descubierto, pero no acertó en sus conjeturas. Su voz, cuando volvió a emitirla, denotó efectivamente asombro, aunque únicamente eso.

— ¿Por lo listo que he demostrado ser?— repitió en tono interrogante como si no entendiera el significado de la frase—. ¿A qué te refieres? Nunca me he considerado tonto, pero no sé a qué vienen en este momento esos epítetos tan elogiosos.

Se lo decía en guasa, como siempre, y con gusto le hubiera arrojado el móvil a la cabeza de haberle tenido a tiro. Como se encontraba a muchos kilómetros de distancia, se limitó a mascullar con voz helada:

— ¿No lo sabes? Puedo asegurarte que no he disfrutado nada con el gas. Además he estado a punto de caerme de la banqueta.

— ¿De la banqueta?, ¿de qué banqueta?

No parecía comprender nada de lo que ella decía, pero estaba más que harta de tanto fingimiento, por lo que repuso muy digna:

— De la banqueta de la despensa. Solo tiene tres patas.

— Y has estado a punto de caerte cuando te has subido a esa banqueta para... ¿para qué te has subido? — intentó adivinar él.

— No me he subido, me he sentado a esperar a que llegase la Ramona.

Se hizo otro silencio en la línea telefónica. Luego, la voz de él le sonó a Amanda como si, atónito, no acabara de explicarse de qué le estaba hablando, pero, pese a ello, intentara seguir el hilo de lo que le estaba refiriendo.

— Claro, la Ramona. ¿Y ha llegado?

— Por supuesto. Estoy segura que no contabas conque me sacara ella de la despensa. ¿A que no lo esperabas?

Tardó Guillermo en contestarle y cuando lo hizo le pareció que había desistido de continuar con la deshilvanada conversación que estaban manteniendo y que tenía prisa por concretar su paradero.

—Oye, ¿dónde estás? Necesito verte urgentemente para aclararte un asunto del que he tenido conocimiento recientemente y que es de suma importancia.

— Pues puedes decírmelo ahora por teléfono— sugirió ella petulantemente.

— No, no, tengo que decírtelo cara a cara.

Dejó escapar Amanda una risita sarcástica.

— ¿Para qué?, ¿quieres encerrarme de nuevo en la despensa o me vas a mandar otros dos nazarenos para que me líe a guantazos con ellos? Ya habrás visto que al pobre Saúl le han puesto un ojo negro.

— Pero Amanda...— empezó él.

No le dio oportunidad de que siguiese ensartando más embustes. En realidad no había llegado él a idear ninguna mentira convincente, porque se había limitado a tratar de descifrar lo que ella le decía como si fuese ajeno a todas esas peripecias, pero le daba igual. Le colgó y luego silenció el móvil para no oírlo si se empeñaba en llamarla de nuevo. Por fortuna, no sospechaba Guillermo ni por lo más remoto dónde se encontraba ella en esos momentos ni que a la mañana siguiente la denuncia que iba a presentar iba a acabar de una vez por todas con el lucrativo negocio que había montado él.

Inspiró el aire con olor a yodo una vez más y entró
nuevamente en el dormitorio cerrando la puerta de cristales del
balcón. Fue entonces cuando oyó el sonido del motor de un
coche que se aproximaba a la casa y que se detenía frente al
portón. En el silencio de aquel lugar tan aislado cualquier
ruido, por insignificante que fuese, se amplificaba. Aguzó el
oído para localizar su procedencia con mayor exactitud,
pensando que se había equivocado. Pero no. Había escuchado
ahora como una portezuela se abría y se cerraba a
continuación. Las habían localizado.

Silenciosamente se encaminó de puntillas hacia la
puerta de la habitación y la entreabrió con sumo cuidado.
¿Sería Guillermo? ¿Sería él el conductor del coche que
acababa de aparcar frente al portón? Sin duda acababa de
regresar a la casa al constatar que las dos seguían estando
vivas para rematar lo que dejara inacabado, aunque… ¿Dónde
se encontraba él entonces cuando había efectuado la llamada?
Por el ruido de fondo había podido deducir que se hallaba en
Murcia y que acababa de terminar la procesión y desde
entonces no habían transcurrido más que unos pocos minutos.
No podía ser él entonces.

Terminó de abrir la puerta, pero no llegó a salir al
pasillo. Desde el umbral y totalmente a oscuras, vio avanzar en
su dirección un haz de luz. En un primer momento la
deslumbró. Avanzaba en su dirección, dejando atrás el
dormitorio que había sido el de la abuela pero luego, al llegar a
la altura de la alcoba que ocupaba ella, la portadora de la
linterna se desvió de su trayectoria para aproximarse a la
escalera. Era Mandy. Estaba vestida, como si no hubiera
llegado a acostarse y se encaminaba cautelosamente hacia el
tramo por el que se bajaba a la entrada. Sin duda había oído
llegar el coche, lo mismo que ella, y trataba ahora de averiguar
quién era el inoportuno visitante.

La chica descendía ahora los peldaños cuidando de
enfocar con la linterna donde ponía los pies, pero no parecía
asustada, por lo que Amanda se decidió a salir también al
corredor para advertirla de que no debían hacer el menor ruido
ninguna de las dos. El conductor de ese coche, quienquiera que

fuese, no podría entrar en la casa aunque dispusiera de una llave, pues ya se había cuidado ella de echar todas las aldabas de la puerta.

Desde lo alto del rellano y asida a la barandilla de la escalera intentó llamar la atención de su prima para indicarle por señas que regresara a su dormitorio, pero ésta no pareció percatarse de su presencia. Ante su sorpresa, la vio encaminarse directamente hacia el portón y descorrer las aldabas con las que ella lo había asegurado. Luego lo abrió para dejarle paso a un hombre que penetró en la entrada acompañado de una ráfaga de aire cargada del olor del puerto. Amanda pudo distinguir su rostro a la luz de la linterna que portaba Mandy. Le conocía demasiado bien. Era Adrián. O Nico, como le llamaba aquélla, que la empujó dentro de la estancia cerrando la puerta a continuación.

— ¿Dónde está? — le preguntó él.

— Arriba, en el dormitorio de las dos. El que ocupábamos cuando éramos niñas. Debe de estar dormida como un tronco.

Levantó él la mirada hacia el pasillo de la planta superior desde el que se dominaba el vestíbulo y Amanda reculó instintivamente, aunque en la oscuridad que lo envolvía era imposible que la viese.

— ¿Cómo ha podido salir viva de la despensa?— inquirió él en poco más que en un susurro—. Tu prima es como los gatos. Tiene más de siete vidas.

Adivinó que Mandy se encogió de hombros por el vaivén de la luz de la linterna que portaba.

— Ha llamado a Ramona y ella le ha abierto. Olvidé decirte además que apenas si le quedaba gas a la bombona de butano. No nos ocupamos de cambiarla cuando nos marchamos de aquí el verano pasado.

Al oírles, sintió Amanda algo muy similar a un mazazo en el estómago. Eso fue al menos lo que creyó sentir en un primer momento, pero después ese mazazo se fue convirtiendo en algo muy amargo que además de oprimirle dentro del pecho le ascendía hasta los ojos. Se quedó inmóvil, sin conseguir reaccionar. Fue como si de pronto se quedase sin pasado, como si no hubiese existido nunca la prima de la que había tenido que cuidar. Como intermitentes fogonazos pasaron por su mente en el lapso de un segundo imágenes de algunos de los momentos que habían compartido. Las dos recogiendo caracolas en la playa mientras la abuela las vigilaba desde la sombrilla bajo la que estaba sentada. Luego se vio a sí misma correteando con ella por los abandonados fortines del Cabo Tiñoso, riéndose a carcajadas. Y después, abriendo los paquetes que les habían dejado los Reyes Magos al pie del árbol de Navidad y caminando juntas hacia el colegio desde la plaza de Santo Domingo…, y tantos y tantos más.

¿Cómo era posible?, se preguntó. ¿Aquella chiquilla que había desempeñado un papel preponderante en su infancia no había existido nunca? Su carta pidiéndole ayuda obedecía a un plan premeditado, cuyo objetivo era sin duda conseguir que abandonara este mundo para siempre. ¿Pero por qué o para qué? No tenía dinero ni poseía nada que a la otra le pudiese interesar.

Y eso no era todo, por increíble que pudiera parecerle. Lo peor era que ella, que se consideraba tan lista, había acudido como una estúpida en su ayuda, cuando lo que pretendía la otra era quitarla de en medio. Aunque quizás no hubiese sido esa la finalidad que perseguía cuando le escribió y lo había ido modificando sobre la marcha, se dijo para consolarse. Quizás se hubiera sentido presionada por Nico o por Guillermo para que no denunciase la trama en la que estaban implicados.

¿Lo estaría éste último en realidad?, se preguntó. Ya no estaba tan segura. Ya no sabía si debía creer algo de lo que su prima le había contado o si todo lo que le había referido había sido una patraña. Rememoró su huida de la casa en la que vivía unos minutos después de que llegara ella, dejándola sola en el piso. ¿Habría pretendido quizás que ocupara su lugar? Cualquiera las confundiría. Así le había sucedido a Enrique al encontrársela en la escalera, el portero y quizás a los nazarenos que la habían atacado. Habían creído que era Mandy, porque eran prácticamente idénticas y ella había aparecido en el momento en el que desaparecía la otra.

Pero no podía perder el tiempo en hacer cábalas. Nico había levantado la cabeza hacia lo alto de la escalera y parecía escudriñar las sombras que la envolvían. No tardarían en subir los dos en su busca y ella tenía que encontrar el medio de escapar de la casa. En el garaje había dejado el coche que Mandy le había prestado. Tenía que conseguir llegar hasta ese vehículo sin que la vieran y regresar a toda velocidad a Madrid esa misma noche. Aunque no podría volver de momento a su casa. Mandy sabía dónde vivía y allí tampoco estaría segura.

Nico se dirigía ahora hacia la escalera, portando la linterna que le había quitado a la otra, que le seguía asida al cinturón de su pantalón, y Amanda retrocedió de puntillas hacia su dormitorio. Había dejado abiertas las maderas del balcón y la pálida luz de la luna que se filtraba a través de los cristales le permitió distinguir donde había dejado su bolso con las llaves del coche dentro, las del piso de Mandy, las de su casa de Madrid y el escaso dinero de que disponía. Se lo echó al hombro y salió nuevamente al pasillo. ¿Hacia dónde podría dirigirse para esconderse? Por el crujido de los peldaños dedujo que los otros dos estaban subiendo la escalera y que en pocos segundos alcanzarían el rellano para dirigirse al dormitorio que había ocupado poco antes y que acababa de abandonar. Cuando comprobaran que no estaba en esa habitación, pasarían a inspeccionar los restantes dormitorios de la planta, cuatro en total y un cuarto de baño. Sudando de angustia, se deslizó hacia la alcoba de la abuela. Sería la última donde la buscaran y era además la que se encontraba más cerca del tramo de la escalera por la que se accedía a la planta superior.

Por la claridad que esparcía la linterna, comprendió que sus perseguidores iban a doblar de un momento a otro el último recodo de escalones, por lo que sin hacer el menor ruido se introdujo de costado por el hueco de la puerta entreabierta y se agazapó detrás de ésta conteniendo la respiración. Les oyó pasar de largo y entrar instantes después en su dormitorio. Escuchó casi inmediatamente la exclamación de sorpresa de su prima. Seguramente había enfocado Nico la cama con la linterna y la extrañeza de la chica obedecía a que había esperado encontrarla durmiendo. Mientras Amanda salía cautelosamente al pasillo, percibió el ruido del armario de ese cuarto al abrirse. Debían de estar buscándola dentro. Después oyó el de la puerta de esa habitación. Salían de nuevo al pasillo, por lo que no tenía tiempo de alcanzar el tramo de escalones por el que se descendía hasta la entrada, que se hallaba unos metros más allá, aunque sí por el que se accedía hasta la tercera planta. Agradeció en ese momento que la casa se encontrara en completa oscuridad y con la espalda contra la pared fue escabulléndose hasta tantear con el pie el inicio de los peldaños por los que se ascendía a los dormitorios cuyas ventanas se abrían en el tejado.

Sin hacer el menor ruido, subió un escalón y luego otro. Nico y Mandy inspeccionaban ahora la alcoba contigua a la que había ocupado ella. Les oía discutir y a él pronunciar de cuando en cuando alguna palabra malsonante. Al llegar al descansillo percibió distintamente la voz de su prima.

— Baja y búscala en la cocina y en la despensa. Puede que haya salido al patio.

— ¿Y tú?, ¿qué vas a hacer tú aquí, a oscuras?— replicó él.

— Me quedaré vigilando por si hubiera subido Amanda a la tercera planta. Si ha sido así y pretendiera escapar de la casa, tendría que pasar forzosamente por este pasillo para tomar el otro tramo de la escalera, el que lleva hasta la entrada. Si la encuentras abajo, avísame.

El timbre de la voz que oía era el de Mandy, pero no parecía pertenecerle aquél matiz tan frío, tan calculador. Por primera vez se preguntó si sería tan tonta ésta como parecía, como siempre la habían considerado en el colegio, su abuela, ella y todo el mundo. Nuevamente la sintió como una extraña y, angustiada, continuó su silencioso ascenso escaleras arriba sin distinguir más que tinieblas en torno suyo.

La ventana redonda y enrejada que se abría a media altura entre las dos plantas le permitió distinguir que estaba a punto de alcanzar el rellano, largo y con el techo más bajo que el de las plantas inferiores. Al llegar arriba, se quedó indecisa. A la incierta claridad que entraba por esa ventana creyó ver un pasillo con puertas a ambos lados y tanteando la pared abrió la que encontró más cerca. Tropezó entonces con algo metálico que no llegó a distinguir, pero que resonó con estrépito, tintineando después como si se tratara de los platillos de una orquesta. El ruido se expandió por la habitación, salió al pasillo, bajó por la escalera y conmovió los cimientos de la casa. A duras penas logró acallar Amanda el agudo repiqueteo del instrumento musical cuando lo localizó y lo reconoció al tacto. Efectivamente era lo que había supuesto. Pudo comprobarlo cuando logró descorrer el store que cubría la claraboya del techo. La luna estaba en lo más alto e iluminó con su luz incierta y azulada los platillos que tenía en la mano y una estancia abarrotada de chismes. Distinguió un somier con los muelles rotos sobre el que colocó cuidadosamente los platillos que tenía en la mano, junto a lo que parecían ser los instrumentos de una orquesta. Un tambor, un clarinete, una trompeta y hasta una guitarra sin cuerdas. En la pared contraria a la del somier y adosado a ésta, se erguía un piano rezumando telarañas y apoyado en la pared del fondo de la habitación creyó ver un enorme contrabajo.

¿Para qué guardaría la abuela todos esos bártulos inútiles?, se preguntó. Quizás hubiera pertenecido alguno a su madre que, al igual que su marido, vivía para la música y solo para la música. Quizás hubieran tocado los dos el piano astroso que adivinaba a su izquierda, ¿pero para qué los habría conservado la abuela cuando evidentemente no servían ya para nada?

Cogió el clarinete y se quedó sosteniéndolo con la mano en el aire al oír un sonido que la alertó. Alguien subía. Podía percibir con claridad el crujido de los peldaños bajo sus pies y ella no tenía donde esconderse, porque no podía agazaparse bajo el somier ya que se amontonaban allí los artilugios más diversos. Al tacto reconoció una caña de pescar, varios cestos de esparto, los restos de lo que había sido una cocina de gas y hasta un botijo. Fue a volverse para correr el store sobre la claraboya, con la intención de que la habitación volviese a quedar a oscuras para que su perseguidor no pudiese verla si entraba en esa habitación, cuando se abrió la puerta que había dejado cerrada, y entró Mandy. Una claridad incierta se filtraba a través del polvoriento cristal de la ventana y pudo distinguir su melena rubia y la chaqueta roja con capucha que llevaba. La chica se detuvo a unos pasos de ella con una sonrisa extraña en su agraciado semblante.

— Será mejor que no intentes escapar, Amanda, porque es inútil — le dijo con aquel tono tan frío que no le conocía.

Se quedó quieta, con el clarinete en la mano, intentando reaccionar.

— De acuerdo— musitó impasible, luchando porque a su rostro no aflorase el miedo que sentía, mientras su mente trabajaba a toda velocidad—. Pero creo que me debes una explicación.

Entre las sombras que las envolvían creyó verla hacer un gesto de asentimiento.

— Tienes razón y créeme que lo siento, pero no tengo otra salida.

— ¿Qué quieres decir?

— Quiero decir que tu Guillermo no nos ha dejado otra escapatoria.

— ¿Mi Guillermo?

— Sí. Todo iba de maravilla. Mis cuadros se vendían por unas cifras astronómicas y tuve la mala fortuna de encontrármelo en Paris, en el museo Marmottan, donde estaba copiando la técnica de Monet para aprendérmela. No sabía yo que era un especialista en falsificación de cuadros de pintores impresionistas y mantuve una cierta relación con él. Quiero decir que cenamos juntos un par de veces.

— Sí, todo eso ya lo sé—replicó Amanda— ¿Y qué?

— Que reapareció en Murcia hará unos quince días. Un extranjero había visto en la galería de arte de Nico mi cuadro del "sol poniente" y quería cerciorarse de su autenticidad antes de comprarlo, por lo que le llamó a Madrid para encargarle ese cometido.

— Y Guillermo vino a peritarlo.

— Sí, y descubrió que el cuadro que se vendía como original de Monet en la galería de Nico era el que me había visto pintar a mí en el museo de París.

— Y descubrió la trama de falsificaciones que habíais montado Nico y tú— continuó Amanda—. Todo eso ya lo sé. Lo que no sé es cómo encajo yo en esa historia.

— ¿Que cómo?

Fue a apoyarse Mandy de espaldas contra la puerta como si con ese ademán quisiera indicarle que no iba a poder salir de la habitación en la que se encontraban las dos y continuó:

— Nico, sus dos socios y yo nos estábamos jugando la cárcel, por lo que decidimos desaparecer sin dejar rastro y organizar el mismo negocio en otro país. Por eso te escribí, para que vinieras a suplantarme. Nos parecemos tanto que todo el mundo te confundiría conmigo.

— Ya — musitó Amanda—. ¿Y qué más?

— Vendimos los muebles del piso, que por cierto me habían costado carísimos, conservando solamente los imprescindibles para que cuando tú llegaras pudieras sentarte en el salón y acostarte en la cama. Para que no te encontraras con una casa completamente vacía.

— Sí, y me dijiste que el piso lo había decorado así Nico, a quien le gustaba el estilo minimalista—la interrumpió con sorna Amanda—. Te olvidaste de la palmera del vestíbulo—le recordó irónicamente—. Que habían desaparecido los muebles de la casa unos días antes me lo dijo tu psicólogo cuando vino a buscarme a tu piso con la intención de obsequiarme con una sesión de terapia a domicilio.

Su prima no captó su tono de chanza y prosiguió como si no la hubiera oído:

— Lo teníamos todo planeado, pero nos lo has ido estropeando desde el mismo momento en que llegaste.

— ¿Lo planeaste todo con Nico desde esa misma tarde?

— No, no. Al menos una semana antes, cuando te escribí la carta pidiéndote ayuda. Nico temía que Guillermo estuviera atando cabos y entonces se me ocurrió a mí la idea.

— ¿A tí?

— Sí— replicó Mandy petulantemente—. No sé por qué me habéis considerado siempre una tonta, porque no lo soy. Puedo parecer distraída, pero razono por lo menos tan bien como tú. Tú ni sospechaste lo que había urdido, pero, pese a todo, y como ya te he dicho, has ido fastidiándolo todo desde el primer momento.

— Lo siento—farfulló Amanda con fingida compunción—. Debiste pedirme que cooperara. Te viniste a esta casa nada más llegar yo a la tuya y dejaste a Nico para que me intoxicara con el gas de la cocina. Lástima que tengo el sueño ligero y que me desperté a tiempo.

Su prima se echó a reír sarcásticamente.

— No me vine a esta casa — la corrigió —. Es lo que te dije, pero no era cierto. Hasta un tonto se hubiera dado cuenta de que lleva cerrada mucho tiempo por el olor, por el polvo que pulula por todas partes y por la ausencia de luz eléctrica. ¿Crees que hubiera podido soportar aquí mi enclaustramiento desde el domingo en las condiciones en las que se encuentra? Me fui a casa de Nico. Vive en la plaza de Santo Domingo, encima de la galería.

— ¿Te fuiste allí? ¿Has permanecido en Murcia todo este tiempo?

— Sí.

— Y cuando yo llegué de Madrid…

— Cuando tú llegaste, estaba yo con Guillermo Elizalde en mi estudio. Había venido esa tarde a advertirme que estaba involucrada sin saberlo en una red de falsificación de cuadros de pintores impresionistas. Dedujo que lo ignoraba yo, pero claro que lo sabía. En realidad fui yo la que lo organizó cuando me di cuenta de lo fácil que me resultaba pintar con la misma técnica que utilizaban los que se han considerado genios impresionistas.

— O sea, que primero me escribiste, simulando que necesitabas mi ayuda porque te sentías amenazada y en cuanto llegué te largaste a casa de Nico y me dejaste en tu piso después de recibir una llamada telefónica de… ¿de quién?

— De Nico, por supuesto. Fingió amenazarme para que le entregara el cuadro y yo fingí asustarme. ¿A que lo hice bien?—le preguntó con el mismo tono de voz que cuando, siendo niñas, le pedía su aprobación.

Probablemente también su gesto sería el mismo. Entonces solía levantar hacia ella sus ojos azules, en los que se veía reflejada como un ser superior, y con una expresión de absoluta ingenuidad aflorándole al rostro, como si esperase con ansiedad un veredicto inapelable. La oscuridad de la habitación en la que se hallaban le impidió a Amanda averiguarlo.

— Muy bien—admitió, evocando el semblante aterrorizado de su prima, tras recibir esa llamada y colocar nuevamente el auricular del aparato teléfono en su horquilla—. Eres una gran actriz y te puedes dedicar al teatro si te cansas de pintar. El caso es que te largaste y me dejaste en tu piso, sin nada comestible en la nevera y sin llaves.

— Claro, se trataba de que no pudieras salir para que no te viera nadie. Todo el mundo tenía que creer que la chica que se había quedado dentro de mi piso era yo misma.

— ¿Y pensaste que iba a resignarme a ayunar esa noche?

Tardó Mandy en contestarle. Imaginó ella su gesto de consternación al caer en la cuenta del fallo en el que había incurrido.

— Bueno, eso no se me ocurrió. Lo importante era que nadie pudiera saber que existías y que eras mi doble.

— Ya. Tampoco se te ocurrió al parecer que Pineda se haría con las llaves de tu piso que guarda el portero en un armarito y que yo me marcharía con él a tomar algo en una cafetería.

— No, no es fácil de imaginar que un reportero gráfico posea esas aptitudes tan pintorescas. Desde la calle, te vimos salir a cenar con él, con ese tipo con cara de amargado con el que retransmites las procesiones y luego, cuando volviste a mi casa, por la luz de las ventanas supimos que te había acostado a dormir.

— Y entonces Nico entró en el piso con tu llave y abrió el gas— se le anticipó Amanda.

Mandy meneó negativamente la cabeza. En la semioscuridad Amanda distinguió el brillo de su larga melena rubia al agitarse cadenciosamente.

— No, no fue Nico. Fui yo. Entré por el estudio para no hacer ruido y bajé hasta la cocina. El plan era perfecto. No te conocía nadie y aparecerías muerta en mi cama al día siguiente, con lo que todo el mundo pensaría que era yo la que había muerto intoxicada por el gas, que por un descuido habría dejado abierto.

— Así que lo que pretendías era matarme la misma noche en la que llegué para que la policía creyera que eras tú la que había muerto— dedujo boquiabierta.

— Eso es.

— Pero me desperté y abrí todas las ventanas, cerrando la llave del gas a continuación.

— Sí, supongo que es lo que hiciste, porque al día siguiente, cuando Nico subió al piso esperando encontrarte en mi cuarto, ya sin vida, se llevó la gran sorpresa.

— ¡Vaya por Dios!—se burló Amanda—. ¡Qué decepción os llevaríais! En esos momentos me había ido a desayunar con Guillermo y me estaba tomando una mona de pascua sensacional. De haberlo sabido…

— No tiene gracia— la interrumpió la otra—. Nada de lo que ha sucedido la ha tenido.

— No, a mí tampoco me han parecido graciosos los atentados vuestros de que he sido objeto. Imagino que, como lo del gas no os dio resultado, a la noche siguiente, mientras informaba sobre la procesión del Lunes Santo en la plaza de San Antolín, me enviasteis un nazareno cojo para que me secuestrara.

En esa ocasión volvió Mandy a menear la cabeza, pero esa vez afirmativamente

— Sí. La intención era liquidarte, pero fuera de la ciudad, donde nadie pudiera relacionarte con la periodista que retransmitía la procesión. Lo estropeó todo el imbécil de Guillermo. Desde que llegaste a Murcia, te seguía a todas partes, seguramente porque pensó que por medio de ti me encontraría. El caso es que se encontraba a tu espalda cuando Hilario cargó contigo arrastrándote hacia el callejón de las Angustias y echó a correr detrás de él. Tuvo que intervenir Nico que también se había disfrazado de nazareno, aunque él no sale en esa procesión ni en ninguna otra. Fingió pelearse con Hilario y así pudo ganarse tu confianza, porque no llegaste a ver ni a enterarte de la intervención de Guillermo—. Hizo un gesto vago con la mano antes de continuar—. Creo que en repetidas ocasiones te ha propuesto Nico pasar el día en la playa. Los dos pensamos que la Azohía sería un buen lugar para mandarte al otro barrio, porque todo el mundo sabe que tengo una casa aquí. Esta casa que heredé de la abuela.

— Que la heredé yo— la corrigió Amanda—. Tú heredaste la de la plaza de Santo Domingo, donde las tres vivimos durante muchos años. Imagino que la vendiste para comprarte el piso de la Gran Vía.

— Bueno, sí— admitió con poca convicción— pero eso no hace al caso. Todos, incluso Ramona, creen que esta casa es mía.

— ¿Sí?, pues no. Es mía y pienso conservarla.

Adivinó el gesto sarcástico de Mandy, aunque no llegó a distinguirlo.

— Puedes conservarla… mientras vivas.

Como si no lo hubiera oído, obvió Amanda su siniestro comentario y agitó en el aire el clarinete que sostenía en su mano, en un ademán de fingida despreocupación, para apuntar:

— Y supongo que al día siguiente mandasteis al cojo. A ese que por lo visto se llama Hilario, a que me persiguiera por el Malecón. ¿También me iba a secuestrar?

— Sí. Nico tenía que fingir que entraba en un bar a comprar tabaco e Hilario tenía que aprovechar ese momento.

— Pero también salió mal el plan.

— Sí, porque corres mucho más que él.

— Bueno, sí, aunque llevaba zapatos de tacón, pero es que el pobre estaba cojo— se burló Amanda—. Debisteis mandar a otro menos gordo y más ágil—. Recordó en ese momento las sospechas que le habían inspirado Pineda y Saúl y consideró que era el momento de cerciorarse que no estaban también implicados en la trama, por lo que le preguntó —: Y por cierto, ¿Quién es el tercer facineroso?

— ¿El tercer facineroso?—repitió Mandy sin comprenderla y en tono interrogante.

— Sí, me dijiste que eran tres los implicados en las falsificaciones de los cuadros. Nico y otros dos más feos. ¿Era Pineda uno de ellos?

En la oscuridad adivinó la expresión desconcertada de su prima.

— ¿Pineda, quién es Pineda?

— Es el reportero gráfico. El de la cara de amargado. ¿Es él?

— No, claro que no. Es otro al que no sé si has llegado a conocer. Es un socio de Nico que tiene un bar en la plaza de las Flores.

Rememoró Amanda la imagen rechoncha y fornida del hombre que les atendió un par de noches antes en el atestado bar de esa plaza y el rudo abrazo en el que se fundió con Adrián.

— Ya — musitó.

Dio Mandy un paso hacia ella y durante una décima de segundo brilló algo que llevaba en la mano. Amanda la detuvo con un gesto.

— Espera. Has quedado en aclarármelo todo y aún no has terminado.

La otra se paró en seco.

— ¿Qué más quieres saber?

— Quiero saber quién era la persona que se paseaba por tu estudio, la que se llevaba los lienzos cochambrosos que guardabas en la habitación que utilizas de almacén y los tarros de pintura.

Mandy se echó a reír

— Era yo, naturalmente. Recordarás que me llevé todas las llaves.

— ¿Y para qué ibas a recoger esos viejísimos lienzos?

— Para pintar sobre ellos. Los compraba Nico a particulares que los habían heredado y en los que pintores desconocidos del siglo XIX habían plasmado sus obras. Casi todos, paisajes. Los tarros de pintura también los había elaborado Nico y el resultado era increíble. Incluso Guillermo llegó a dudar de la autenticidad del "sol poniente" y si llegó a la conclusión de que no era un original de Monet fue porque me vio copiarlo del "sol naciente" en el museo para aprender la técnica, aunque con las tonalidades propias del crepúsculo.

— Ya— musitó Amanda recordando la explicación que aquél le había dado sobre el mismo tema—. Llegué a pensar que era Enrique, tu vecino el psicólogo quien arramblaba con esos lienzos. Las terrazas de los dos áticos están separadas tan solo por un poyete e imaginé que saltaba de la una a la otra después de robártelos.

Creyó ver el gesto desdeñoso de su prima.

— ¿Y para qué iba a robarme Enrique mis lienzos antiguos? A él le gusta muchísimo como pinto, pero nunca se le ocurriría subir a mi estudio estando yo ausente para fisgarlo ni para quitarme nada.

Intentó Amanda escudriñar su expresión a la incierta claridad que penetraba por la claraboya, pero el rostro de su prima quedaba en sombras. Únicamente podía distinguir algún que otro mechón de su larga melena rubia brillando intermitentemente y durante una décima de segundo en la oscuridad.

— Pero le hiciste creer que yo no existo, ¿verdad? Que sufrías una disociación de personalidad y que como consecuencia imaginabas a ratos que eras una prima periodista que vivía en Madrid.

— Sí, claro. Esa sí que fue una idea genial y puse el plan en marcha en cuanto te escribí. Concerté con él unas sesiones de terapia haciéndole creer que a ratos creía ser tú, por lo que consiguientemente pensó que no existías. Así Enrique reconocería tu cadáver y afirmaría sin género de dudas que me pertenecía, con lo que ya nadie investigaría sobre mis supuestas actividades delictivas, ni la policía, ni Guillermo, ni nadie. Habría muerto para el mundo.

Había agitado su mano derecha, accionándola teatralmente al hablar y Amanda distinguió ahora lo que sostenía en ella. No era un cuchillo como había temido. Era un frasco de cristal. Su descubrimiento la relajó un tanto. Su prima era de su misma estatura y de similar complexión y, a diferencia de ella, no había frecuentado nunca un gimnasio ni practicado ninguna clase de deporte, por lo que en una pelea cuerpo a cuerpo probablemente sería ella la vencedora. La detuvo con un ademán cuando hizo intención de abalanzarse en su dirección.

— Espera. Aún tienes que contestarme a una pregunta. Quiero que me digas si Guillermo ha tenido algo que ver en el negocio que habíais montado. Si de alguna forma ha querido participar en ese negocio, si os ha pedido comisión o si cobraba por emitir certificados falsos.

Su prima se echó a reír.

— ¿Te lo has llegado a creer? Pensaba que eras más lista. Claro que no es cierto nada de lo que te hemos contado Nico y yo sobre él. Es un estúpido puritano, con una aburridísima ética, que nos ha dado muchos quebraderos de cabeza. ¿De verdad te lo has llegado a creer?

No estaba dispuesta Amanda a reconocerlo así, por lo que se limitó a encogerse de hombros.

— A ver si acierto con el resto de la historia— replicó, intentando identificar la naturaleza del frasco que su prima llevaba en la mano y que había relucido durante un instante al coincidir bajo la claridad que esparcía un rayo de la luna. Tenía que alargar como fuese aquel instante hasta que se le ocurriera la forma de escapar. Por esa razón continuó—: Esta tarde he ido a la galería de arte de Nico, con una peluca de pelo corto y negro, con la que no me ha reconocido. He fingido interesarme por tu cuadro y él ha debido llegar a la conclusión de que era el momento idóneo para quitarme a mí del medio, ya que había aparecido una compradora del "sol poniente". A continuación y una vez rematada la operación y con un buen fajo de billetes en el bolsillo desapareceríais los dos, como has dicho antes, sin dejar rastro. ¿No es así?

Ante el gesto afirmativo de la otra, continuó:

— Y la forma en la que habíais decidido desaparecer era haciendo creer a la gente que habías muerto cuando encontraran mi cuerpo, ¿verdad? A ese plan obedecen las tonterías que ha llegado a diagnosticar Enrique sobre tí. El hombre está convencido de que te desdoblas a ratos en una prima periodista, que no existe.

— Ya te he dicho que esa fue una idea genial— admitió Mandy accionando exageradamente, con lo que el objeto que llevaba en la mano brilló de nuevo en la oscuridad de la habitación.

— Pero me parece que te has olvidado de algo — objetó Amanda.

— No lo creo, ¿de qué?

— De que mañana, o mejor dicho esta noche, porque ya es de madrugada, debo retransmitir la procesión del Jueves Santo con Pineda y con Saúl, por lo que, si no me presento a tiempo a realizar mi trabajo, darán parte de mi desaparición. Tampoco habéis caído en la cuenta de que Guillermo sabe que existo. Consecuentemente, cuando encuentren mi cadáver pedirá una prueba de su ADN para determinar si efectivamente es el mío o el tuyo. Igualmente has olvidado que tengo padres que me escriben de cuando en cuando y amigos con los que salgo en Madrid ni has recordado que desempeño un puesto de trabajo en un periódico. Todos ellos investigarán lo ocurrido y averiguarán que tú sigues vivita y coleando, estafando en otro país a todo el que se deje.

Le sorprendió la carcajada histriónica con la que su prima acogió sus objeciones.

— ¡Qué poca imaginación tienes, Amanda! Y eso que por tu profesión estás acostumbrada a inventar embustes sensacionalistas para encandilar a tus lectores. Nada de eso va a suceder. Mañana o, como has dicho, esta próxima noche, Amanda Urquiza estará en su puesto retransmitiendo la procesión del silencio, la del Jueves Santo y el domingo volverá con tus dos compañeros a su piso de Madrid para desempeñar su trabajo el lunes siguiente en el periódico, del que se despedirá un par de días más tarde. Tus padres recibirán una carta tuya, en la que les comunicarás que te marchas al extranjero a trabajar en un diario importante que te ha contratado en unas condiciones muy buenas. Recibirán después una postal tuya de cuando en cuando.

Atónita, Amanda se quedó mirando sin pestañear la oscura silueta de su prima que apenas si lograba distinguir.

— Así que tienes previsto suplantarme.

— Sí, por el momento sí.

— ¿Y después?

— Después desapareceré definitivamente.

— ¿Y crees que vas a ser capaz de retransmitir las procesiones del jueves, del viernes y del domingo?

— Naturalmente. Las he presenciado durante años y me las sé de memoria. No pienses que hace falta ser un genio para trabajar en un periódico y menos aún para referir por un micrófono lo que estás viendo pasar ante tus ojos. No te preocupes por mí, que no eres mi niñera y estoy segura de hacerlo muy bien

Se lo decía en tono de chanza, como si se estuviera burlando de la actitud protectora que la otra había mantenido con ella durante años. Como fogonazos intermitentes acudieron a su memoria las mil ocasiones en las que siendo niñas había tenido que sacar a su prima de un aprieto. Aquella vez que en la playa se la llevó mar adentro la resaca y ella, que nadaba mucho mejor que la otra, la rescató a riesgo de su vida. El día en el que se subieron las dos a un árbol y tuvo que ayudarla a bajar al suelo, porque no se atrevía a soltarse de la rama en la que se había encaramado. La noche en la que, al salir de la catedral, se torció un tobillo en la Trapería y tuvo que cargar con ella y llevarla a cuestas hasta su casa… Y tantas y tantas ocasiones más.

Le costó reaccionar. Había dejado caer a lo largo del cuerpo el brazo en cuya mano aún sostenía el clarinete, como si fuera incapaz de soportar su peso. Se dio cuenta en ese momento de que tenía pocos amigos y de que probablemente no la echarían de menos cuando supieran que se había marchado lejos para no regresar en varios años. Sus padres se alegrarían cuando recibieran la postal que les enviaría Mandy, pero a continuación seguirían tocando el piano, extasiados con los acordes de la música que interpretaban, sin preocuparse por el tiempo que había transcurrido desde la última vez que la vieran. Como había sido siempre. En el periódico, incluso se sentirían satisfechos. Su rival, el sobrino del director, ganaría posiciones en el trabajo y su tío respiraría hondo, aliviado de perderla de vista sin la molestia de verse obligado a despedirla para promocionar a su pariente.

Pero quedaba Guillermo. Él no tardaría en advertir la suplantación de que había sido objeto por parte de Mandy en cuanto oyera hablar a ésta. Le había asegurado que las distinguiría en cuanto una de las dos abriera la boca.

—Te has olvidado de alguien—le manifestó glacialmente.

—¿Sí?, ¿de quién?

—De Guillermo. A él no lograrás engañarle.

Le pareció que se encogía desdeñosamente de hombros.

—Ya lo sé, pero de Guillermo se ocupará Nico mañana. Se reunirá contigo en el más allá—. Con otro ademán tan teatral como el anterior, dio por finalizada la explicación que Amanda le había pedido y añadió—: Creo que ya te he aclarado todas tus dudas y que ya está bien de cháchara.

Mientras pronunciaba esas últimas palabras y sin volverse, había entreabierto la puerta que tenía a su espalda para llamar a Nico a gritos. Un instante después se abalanzó sobre ella que la esquivó con un quiebro, por lo que su prima fue a estamparse contra el piano, que retembló con un terrible acorde. Se incorporó en el acto para arrojarse nuevamente contra Amanda que se apartó a su vez, con lo que siguió camino hacia el fondo de la habitación tropezando con el contrabajo, al que embistió con un tremendo cabezazo, derrumbándose seguidamente sobre el instrumento. El frasco que llevaba en la mano salió volando por los aires para estrellarse finalmente contra el suelo. Un olor dulzón fue expandiéndose por la habitación y Amanda se tapó la nariz con el borde de su jersey.

Su primera reacción fue acudir en socorro de su prima, pero luego lo pensó mejor. Lo que contenía el frasco que llevaba ésta y que se había derramado, era éter. Había percibido ese olor en las diversas entrevistas que había realizado en laboratorios y en otros centros de salud y sin duda le estaba destinado, por lo que procuró contener la respiración mientras se aproximaba al cuerpo inerte, aparatosamente abatido sobre el instrumento musical. Del golpe en la cabeza la chica había pedido la consciencia, aunque respiraba imperceptiblemente, con la melena esparcida en torno de su cabeza y la capucha de su chaqueta roja cubriéndole ésta. Su visión le dio una idea. Apresuradamente le quitó a su prima esa chaqueta y se la puso encima del jersey que llevaba ella. Ahora sí que podía pasar por la otra. Vestían las dos pantalones vaqueros azules y su restante indumentaria era similar. Lo que las había diferenciado hasta ese momento era la chaqueta roja con capucha de Mandy. Nico la confundiría con ésta y así podría escapar.

No lo pensó más. Tanteando la pared salió al pasillo y se encaminó hacia la escalera asiéndose a la barandilla de hierro para empezar a bajar a oscuras los empinados peldaños. Oyó las pisadas de Nico que subía apresuradamente y la claridad de la linterna que portaba, disipando en parte las tinieblas con su haz de luz conforme iba aproximándose.

— ¿La has encontrado?— le preguntó, un tramo de escalones más abajo.

Recordó a tiempo que el timbre de la voz de Mandy era ligeramente más agudo que el suyo y procuró imitarlo al responder:

— Sí, está aquí arriba, en la primera habitación del pasillo. La primera a la derecha. Le he dado un golpe en la cabeza y en este momento está inconsciente.

— ¿Le has dado un golpe? — se enfadó él—. Te he repetido hasta la saciedad que llevaras cuidado y que no le dejaras ningún tipo de señales. Tiene que parecer un suicidio, ¿no lo entiendes?

Ya doblaba la luz de la linterna el último recodo de la escalera y Amanda notó cómo un sudor frío le resbalaba por la espalda. ¿La reconocería él cuando se encontraran? Había mil gestos y expresiones que diferenciaban hasta a los gemelos más idénticos ¿Se daría cuenta él, que las conocía a ambas, de quién era ella en realidad?

Ahora subía Nico los peldaños que mediaban entre los dos, a la par que ella los bajaba. Ambos se detuvieron en el descansillo y él le enfocó el rostro con la linterna.

— ¿Dónde vas?

— Abajo— musitó apenas—. En la pelea se ha estrellado el frasco contra el suelo y se ha roto. Voy a buscar otro.

— De acuerdo, pero no tardes— refunfuñó él—. ¿Cómo puedes ser tan torpe?

No se entretuvo Amanda en explicarle que su prima, a la que suplantaba en esos momentos, siempre lo había sido. Aunque su destreza con los pinceles, con el carboncillo o con el lápiz fuera inigualable, resultaba ser extremadamente desmañada para todo lo demás. Nico parecía considerarlo así por la forma despectiva en que se le había dirigido, por lo que se limitó a emitir un sonido que no significaba nada y a continuar bajando a tientas la escalera.

— Oye, no tardes, ¿eh? — le oyó decir un tramo más arriba—. Tienes que ayudarme.

Con otro gruñido y sin soltar la barandilla de hierro continuó bajando hacia una oscuridad insondable en la que no llegaba a distinguir donde ponía los pies. Al recalar en la entrada se detuvo intentando orientarse en la oscuridad. Con el portón cerrado y los postigos de madera cubriendo los cristales de las ventanas, en esa estancia no distinguía nada a un palmo de distancia. Con los brazos extendidos y con suma precaución, avanzó un par de pasos hacia el lugar donde suponía que se encontraba la puerta. No debió acertar con la trayectoria que debía seguir, porque tropezó con una silla de la que no sospechara la existencia y luego con un cesto de mimbre que reconoció al tacto. Se había equivocado y había realizado un recorrido equivocado. Se estaba dirigiendo hacia la chimenea que se encontraba al fondo de la habitación, precisamente frente a la puerta.

Sudando de miedo, de inquietud y de consternación se dio cuenta en ese momento que no llevaba el bolso colgado del hombro. Lo había perdido arriba, en la habitación de los chismes, probablemente cuando había esquivado el ataque de su prima. ¿Qué iba a hacer ahora? Sin la llave del coche de Mandy no podría salir huyendo de allí y no se sentía con ánimos para arriesgarse a subir nuevamente la escalera y encontrarse en esa planta con Nico. Era más que posible que la otra hubiera recuperado la consciencia ya y que estuviera convenciéndole de que ella era la verdadera Mandy. Tenía que salir de la casa y ocultarse en cualquier lugar, aunque tuviera que pasar la noche al raso.

En ese instante oyó el ruido del motor de un coche que se aproximaba a la casa y luego el frenazo del automóvil frente al portón. ¿Sería alguno de los compinches de Nico que acudía para ayudarle a rematarla?

Dando traspiés llegó hasta el portón y se puso de puntillas para atisbar por la mirilla, al tiempo que oía a Nico llamándola desde arriba.

— Mandy, ¿quieres subir de una vez con el frasco de éter?— le gritó—. ¿Por qué no haces nunca lo que se te dice?

Despavorida volvió a mirar por la mirilla. El resplandor de los faros del coche le impedía distinguir el rostro del conductor, que estaba en ese momento descendiendo del vehículo, pero reconoció instantáneamente sus pantalones vaqueros al cruzar por delante del automóvil y también su manera de andar y de moverse.

Como una exhalación abrió la puerta y se precipitó fuera, tropezando con el recién llegado, al que estuvo a punto de derribar.

— Vámonos, Guillermo. Deprisa, vámonos.

CAPÍTULO XV

Dobló el automóvil el último recodo de la carretera vecinal que recorrían y salieron a la autopista. Sin dejar de mirar Amanda a su espalda por el espejo retrovisor, se retrepó a medias en el asiento que ocupaba.

—¿Cómo… cómo me has encontrado? — consiguió articular a duras penas, con el corazón latiéndole dentro del pecho como una máquina descompuesta.

Con la mirada fija en el oscuro panorama que se extendía ante ellos y del que apenas se distinguía otra cosa que el espacio de la calzada que iluminaban los faros del coche, Guillermo se echó a reír.

—No ha sido muy difícil. Cuando hace una hora, más o menos, hemos hablado por el móvil, se oía claramente y muy próximo el sonido del mar, por lo que he pensado que estabas en la Azohía, en la casa que heredó Mandy de vuestra abuela, donde se habría escondido ella, y he llegado a la conclusión de que habrías venido a buscarla.

Volvió nuevamente ella la cabeza para atisbar la carretera que iban dejando atrás, oscura como boca de lobo y absolutamente solitaria.

—¿Y cómo has dado con la casa?

Se encogió él imperceptiblemente de hombros con un ademán que parecía indicar que la respuesta resultaba obvia.

—En París, Mandy me describió su ubicación con todo lujo de detalles. Estaba muy satisfecha de poseerla y no se cansaba de contarme anécdotas sobre los veranos y los fines de semana que pasabais allí.

Olvidó durante un instante la inquietante sensación de pánico que aún experimentaba para puntualizarle secamente:

— Esa casa la heredé yo, no ella.

— ¿Sí?, pues Mandy parecía creer todo lo contrario.

— No es de extrañar, porque solía confundirlo todo.

Evocó Amanda su expresión a la luz de la linterna cuando la encontró en el dormitorio que había sido de las dos y después su imprecisa silueta cuando entró a oscuras buscándola en la habitación abarrotada de enredos donde había pretendido agredirla. A duras penas reprimió un estremecimiento.

— Tú no sabes…— empezó entrecortadamente—. Nunca hubiera podido imaginar que ella… Hemos sido como dos hermanas mientras vivimos juntas, pero ha cambiado tanto que se ha convertido en otra persona. Fría…, calculadora…. sin sentimientos y…

— Y capaz de todo— terminó Guillermo por ella— También me ha engañado a mí. Cuando la conocí en París, pensé que era una chiquilla ingenua. Con ese aire frágil y esa expresión tan cándida, da la impresión de habitar en este mundo solo por casualidad. De estar por encima de las bajezas humanas. Por eso creí al llegar a Murcia hace unos días que era una víctima de su novio, pero luego he ido atando cabos y esta misma tarde he llegado al convencimiento de que en realidad es tan culpable como él. Quería decírtelo cuando terminara la procesión, pero has desaparecido de repente. De improviso te he perdido de vista y…

— ¿Es lo que me has anunciado por teléfono que querías referirme?

— Sí.

— ¿Y por qué no me lo has dicho entonces? De haberlo sabido, habría salido a escape de la casa y me hubiera ahorrado unos momentos angustiosos. Me he librado de milagro.

— ¿Me habrías creído?

Lo consideró Amanda con el ceño fruncido.

— No— repuso al fin.

— Pues por eso precisamente quería explicártelo cara a cara. Aclararte todas las dudas que me pudieras plantear y…

— ¿Y cómo lo has averiguado?— le interrumpió.

— Pues de casualidad. Después de comer, cuando te he dejado en casa de tu prima esta tarde, me la he encontrado.

— ¿A Mandy?

— Sí.

— ¿Dónde?

—En la plaza de Santa Isabel. En un primer momento he creído que eras tú.

— ¿Has creído que era yo?

— Sí, de lejos os parecéis mucho y te he visto a menudo con el desaprensivo de su novio. Ayer, sin ir más lejos, os vi paseando por el Malecón.

Plegó ella los labios con disgusto al recordar el desagradable incidente que había tenido que soportar, cuando Nico la dejó en el paseo para entrar en un bar con la excusa de comprar tabaco.

— Querrás decir, corriendo por el Malecón. Corriendo delante de un tipo gordo y cojo, que afortunadamente no me alcanzó, aunque llevaba los zapatos nuevos. Incluso con tacones corro mucho— terminó con afectada petulancia.

Le dirigió él una rápida mirada de soslayo con expresión de no haber entendido sus palabras

— ¿Corrías?, ¿y por qué corrías?

Se encogió Amanda de hombros con impaciencia.

— Eso da igual ahora. ¿Por qué has dicho que Mandy y yo nos parecemos mucho de lejos? Todo el mundo nos confunde.

— ¿Sí?, pues no me lo explico. Puede que vuestras facciones sean similares, pero no lo es vuestra imagen ni vuestra manera de moveros ni vuestros gestos. En realidad, sois completamente distintas.

— Se lo comentaré a Enrique— murmuró ella con guasa, relegando momentáneamente a un rincón ignoto de su ánimo la angustia que sentía unos segundos antes—. O mejor, explícaselo tú y a lo mejor así le convences.

— ¿Quién es Enrique?—le preguntó frunciendo el ceño.

— Un vecino de Mandy que es psicólogo y que la está tratando por un trauma disociativo. Ella le ha contado que cree ser yo en ocasiones y él está convencido de que no existo.

Volvió Guillermo a fruncir el ceño cada vez más confuso.

— ¿Cómo que no existes? ¿No os ha visto juntas nunca?

— No, Mandy se marchó de su casa unos minutos después de que llegara yo. Ese vecino, el portero y no sé si alguien más, cree que las dos somos la misma persona y que ella continúa en su piso. Pero te has quedado a medias al contarme lo que has averiguado al encontrártela esta tarde con Nico.

— Sí, salía del portal contiguo a la galería de arte de su novio, — continuó él retomando el hilo de la narración—. Debían de haber quedado, porque han ido a sentarse en un banco de la plaza y yo me he aproximado a ellos por detrás, sin que me vieran. Así he oído lo que estaban maquinando.

Desvió Amanda la mirada hacia el semblante de él. Un pliegue hondo había surgido en su frente como si estuviera reflexionando sobre algo que le desazonaba profundamente.

— ¿Y qué decían?

—Estaban planeando poner pies en polvorosa esta misma noche. Nico esperaba que durante la tarde apareciera en la galería una turista con pinta de extranjera que esa mañana se había interesado por el "sol poniente". Esperaba rematar la venta en unas horas y a continuación se iba a ocupar de recoger los cuadros de la galería, que un tal Hilario se llevaría después en su furgoneta para embalarlos convenientemente y con los que saldría más tarde camino de Francia.

Se mordió ella los labios sin decidirse a indagar sobre lo que más le inquietaba en ese momento, pero al fin optó por formularle la pregunta.

— ¿Y les oíste hablar sobre mí?

— Sí, pero no he llegado a entender lo que decían. ¿Por qué? ¿Es importante?

Sintió de improviso Amanda unas enormes ganas de llorar. Resultaba tan patético su caso... Absolutamente lamentable e incluso ridículo que, creyéndose obligada a proteger a su prima del peligro que corría, hubiese acudido en su ayuda, cuando lo único que pretendía ésta era fingir su propia muerte aprovechándose del parecido entre ambas. Era como para morirse de risa. Lástima que no tuviera ganas de reírse. Sintió, por el contrario, tanta pena de sí misma que sin poderlo evitar dejó escapar un hipido al tiempo que las lágrimas se le desbordaban por los ojos.

Al oírla, Guillermo dio un respingo y, consternado, le dirigió una rápida mirada.

— ¿Te... te pasa algo?

Un sollozo fue la única respuesta, lo que motivó que se rebullera inquieto en su asiento y que con la mano que le dejaba libre el volante le propinara unas torpes palmaditas en la espalda.

— Vale, vale criatura. No creo que sea para tanto. Ahora no puedo detener el coche. Cuando salgamos de la autopista...

Se sonó Amanda sonoramente con el pañuelo que extrajo el bolsillo de su pantalón y luego intentó referirle incoherentemente todo lo que le había ido sucediendo en la casa de la playa desde que aparcara el coche de su prima frente al portón, unas horas antes. No se le debía haber ocurrido a Guillermo que entrara en el plan de los otros dos deshacerse de Amanda, porque le costó entenderlo.

— ¿Estás segura de que lo que pretendían era enviarte al otro mundo para que te encontraran mañana flotando en el mar?

— Completamente segura. Tenían proyectado que Enrique y Nico reconocieran el cadáver. El primero no sabe que existo y al segundo le interesa que todos lo creyeran así. Mandy Arévalo habría desparecido del mundo de los vivos y se habría librado de ese modo de la segura imputación de un delito de estafa y consecuentemente de unos cuantos años de cárcel. Una vez libre de cualquier investigación policial, podría recomenzar en París, en Londres o en cualquier otro país, donde montaría el mismo negocio con Nico, que se habría reunido con ella. No estaba tan mal pensado.

A Guillermo no debió parecérselo así, porque meneó incrédulamente la cabeza.

— Pero la prueba del ADN... Esa prueba demostraría que la fallecida eras tú, no ella.

— Sí, pero no la practican siempre. Cuando un allegado reconoce indubitadamente el cadáver, la policía suele dar por bueno ese reconocimiento.

— Pero esos dos que retransmiten contigo las procesiones..., — empezó Guillermo a objetar—. Tus padres, tus amigos, tus compañeros del periódico, incluso tu jefe, denunciarían tu desaparición.

— No, si una chica idéntica ocupaba el puesto que había dejado libre yo en este mundo. Mandy tenía previsto retransmitir esta noche la procesión del Jueves Santo con Pineda y con Saúl, que seguramente no notarían ninguna diferencia entre ella y yo, porque nunca me han dirigido dos miradas seguidas. Informaría igualmente por el micrófono sobre las procesiones del viernes y del domingo y a continuación regresaría en la furgoneta de Pineda a Madrid, donde se instalaría en el piso en el que vivo. Tenía previsto presentarse el lunes próximo en el periódico en el que trabajo para despedirse, contándole al director el cuento de que la habían contratado en otro periódico, en el extranjero. A mis padres y a mis amigos iba a referirles la misma historia y a mandarles postales de cuando en cuando. Como verás, habían pensado en todo.

Se quedaron los dos callados, Guillermo asimilando su relato y Amanda con los ojos clavados en el oscuro paisaje que solo podía adivinar, ya que apenas si podía distinguirlo a través del cristal de la ventanilla, mientras rememoraba cada uno de los segundos que había vivido dentro de la casa, las palabras de su prima, sus movimientos en la oscuridad de la habitación de la tercera planta donde la había encontrado, el brillo intermitente del cristal del frasco que llevaba en la mano... Interrumpió él sus pensamientos con una voz que le sonó ronca.

— ¿Y a mí?, ¿qué habían planeado decirme a mí?

— Pues…

— No me hubiera conformado con el reconocimiento que hubieran realizado esos dos. Os distinguiría a Mandy a ti en cualquier circunstancia.

Sintió Amanda que otro sollozo le ascendía hasta la garganta y se apresuró a extraer nuevamente el pañuelo de su bolsillo.

— A tí… de tí se iba a ocupar Nico esta noche, después de que me arrojara al mar a mí. ¿Qué vamos a hacer ahora? No puedo volver a casa de Mandy, porque las llaves se han quedado dentro de mi bolso y he perdido éste en una habitación de la tercera planta de la casa, atestada de trastos. Además, en el piso de mi prima sería el primer lugar en el que me buscaría Nico, en cuanto compruebe que la chica que ha aplastado el contrabajo no soy yo.

— ¿Que ha aplastado el contrabajo?, ¿quién lo ha aplastado y de qué me estás hablando?—le preguntó desconcertado, sin comprender a qué se estaba refiriendo.

Se apresuró a explicárselo de nuevo.

— Mandy, lo ha aplastado Mandy. Se ha abalanzado sobre mí, pero yo la he esquivado y entonces ha aterrizado sobre un contrabajo que estaba apoyado contra la pared. Es que en esa habitación había una orquesta entera.

Enarcó él las cejas, absolutamente confuso.

— ¿Una orquesta? ¿Pues no me has dicho antes que os habéis enfrentado las dos en ese cuarto, que Nico te andaba buscando en la cocina y que estabais solas? ¿Qué orquesta era esa?

— No sé por qué no entiendes lo que te digo— refunfuñó ella, plenamente convencida de que se lo había explicado con toda claridad—. Estoy hablando de los instrumentos musicales de una orquesta. No sé por qué o para qué los guardaba mi abuela pero en esa habitación estaban amontonados los necesarios para una buena sonata, aunque estaban inservibles.

— ¿Y piensas que Nico no se va a dar cuenta de que esa chica es Mandy?

— Sí, ¿no te darías cuenta tú?

— Yo sí, pero él no lo sé. Si en la casa no funciona la electricidad y está oscura como boca de lobo…

Ya se veían a lo lejos las primeras casas de la ciudad y más allá, emergiendo sobre los tejados de los edificios, la torre de la catedral, destacando iluminada sobre un firmamento negro, clareado a trechos por la luz de la luna. Amanda se la señaló.

— ¿Te gusta la catedral?

Él hizo un gesto afirmativo.

— Mucho. Es uno de los mejores ejemplos del barroco español y no comprendo por qué es tan poco conocida. Pero estábamos hablando de lo que íbamos a hacer ahora tú y yo. Creo que lo primero es presentar una denuncia ante la policía.

— ¿Contra Nico?

— Y contra Mandy. También contra ese al que has llamado Hilario y que debe ser el nazareno que se te llevó a rastras durante la procesión del Lunes Santo.

— Sí, es el cojo que corrió detrás de mí por el Malecón, mientras Nico fingía comprar tabaco—recordó rencorosamente Amanda achicando los ojos con desprecio— Por fortuna, frecuento un gimnasio y además he corrido siempre como un gamo. Estoy en forma — continuó orgullosamente—. Le dejé jadeando como un perro por la carrera y después se debió de quedar destrozado con la tunda que le atizó Adrián, bueno— se corrigió— me refería a Nicomedes, que es como se llama en realidad.

— ¿Y hay alguien más?

— Sí, un tipo que es dueño de un bar en la plaza de las Flores. Nos proporcionó una mesa una noche que cenamos allí Adrián y yo.

— Sí, ya os vi — masculló Guillermo entre dientes.

— ¿Nos viste?, ¿dónde estabas tú?

— Al otro lado de la plaza. Delante de la iglesia de San Pedro.

Recordó Amanda la mirada que sintió a su espalda esa noche, en la que no llegó a distinguir a su dueño entre la multitud que se apiñaba en la plaza. Había sentido como si alguien hubiera encendido detrás de ella un fuego, similar al de una hoguera.

— Entonces, ¿eras tú? — musitó confusa.

— Sí, ya te lo he dicho.

— ¿Me estabas vigilando?

— Sí, también.

— ¿Qué quieres decir con ese "también"? ¿Qué más estabas haciendo?

— Te miraba también, porque me gustas—replicó riéndose, con la desfachatez que le caracterizaba—. Mirar algo agradable es un derecho de todas las personas. ¿O no?

Se rebulló nerviosa en el asiento del copiloto rememorando esa noche y el miedo que había experimentado al sentirse observada desde el otro extremo de la plaza después de haber estado a punto de ser secuestrada durante la procesión del día anterior por un nazareno. Como la inquietud que experimentaba le impedía razonar con claridad, dijo la primera tontería que se le ocurrió.

— Pero me dijiste que Mandy no era tu tipo — adujo con la mirada fija en la oscuridad que les precedía y que apenas si los faros del coche lograban disipar.

— Sí, y no lo es, ¿por qué?

— Porque si ella no es tu tipo, tampoco puedo serlo yo. Somos prácticamente iguales.

— A mí no me lo parece— replicó sin necesidad de meditarlo—. Ella es… es como una niña simple y egoísta. Aunque sea un genio con los pinceles, en lo demás no parece haber madurado y ha permanecido en un estadio de infantilismo agudo, que a mí me irrita. En cambio tú…— se interrumpió con los ojos entrecerrados como si estuviera hablando en alto para sí mismo y no acabara de encontrar las palabras oportunas—. Tú eres todo lo contrario. Segura de ti misma, responsable, valiente y extremadamente generosa. No sé cómo tuviste la paciencia durante tu infancia y parte de tu adolescencia de cargar con ella y con sus problemas, de examinarte por ella en el colegio, de asumir en su lugar todo lo desagradable que tiene la vida.

— Tampoco ha sido para tanto — le interrumpió.

Él continuó como si no la hubiera oído.

— Y ahora… y ahora, cuando al cabo de diez años de no veros te ha llamado para que acudas a salvarla de unos peligros que se inventó, no has dudado en arriesgar tu vida por ella permaneciendo al pie del cañón, pese a que nada más llegar a su casa te dejó sola para que te las apañaras con los tipos que la amenazaban y encima intentó intoxicarte abriendo la llave del gas de la cocina.

— Pero es que yo no sabía nada de eso — objetó con voz temblona rememorando el pánico que también sintió al ser amenazada por teléfono por el hombre que parecía un energúmeno—. No podía suponer que fuera falso lo que me contó y que el miedo que parecía inspirarle el hombre que la llamó por teléfono al poco de llegar yo fuera fingido.

Desvió rápidamente Guillermo los ojos hacia ella con una guasona sonrisa en su tostado semblante.

— Como quieras, pero no puede extrañarte que me guste mirarte, aún en las ocasiones en la que nos separe una distancia tan grande como la de aquella noche en la Plaza de las Flores.

No se le ocurrió a Amanda ningún argumento con el que rebatirle sus apreciaciones y se quedó callada, mirando cómo se iban aproximando ya a los primeros edificios del barrio del Carmen.

— ¡Ah!, se me olvidaba decirte una cosa—le dijo Guillermo de pronto.

— ¿Qué cosa?

— Se me olvidaba decirte que sí eres mi tipo. Desde la punta del pelo hasta esos zapatones tan horribles que llevas para retransmitir las procesiones. Porque son horrorosos. Y ya ves, con tus pies dentro hasta me parecen bonitos.

CAPÍTULO XVI

A la procesión del Jueves Santo le llaman en Murcia "la del silencio" o la de "los moraos", por el color negro y morado de las túnicas de los nazarenos y desfila, como lo indica el nombre por el que es conocida, con el único sonido de la música que le acompaña y el redoble de los tambores.

Amanda agradeció desde el fondo de su alma no verse obligada a pronunciar a su paso más que unas pocas palabras, puesto que apenas si había tenido tiempo ni posibilidad de documentarse sobre esa procesión, de la que solo sabía lo que le había comentado Guillermo durante las agotadoras horas precedentes.

Al llegar a Murcia la noche anterior, ya de madrugada, habían presentado una denuncia en la comisaría de la plaza de Ceballos donde habían permanecido hasta que se había hecho de día. Una larguísima noche que Amanda pasó sentada en un banco de madera dando cabezadas y que Guillermo dejó transcurrir dormitando a ratos y a ratos paseando como un león enjaulado. Tanto Mandy como Nico parecían haber desaparecido, lo mismo que Hilario y que el dueño del bar de la plaza de las Flores que ahora estaba cerrado. También la galería de arte de la plaza de Santa Isabel había sido clausurada, según les comunicó la policía, que vigilaba también la casa de la playa de la Azohía. Por esa última razón se decidieron Guillermo y ella a regresar a esa casa a la mañana siguiente para recuperar el bolso de Amanda. Lo había perdido durante su reyerta con Mandy y le era imprescindible, pues contenía, además de mil objetos heterogéneos, su documentación, el dinero del que disponía y las llaves del piso y las del coche de su prima, así como las de su vivienda de Madrid.

El edificio parecía distinto con las primeras luces del día. Se erguía sobre los riscos del promontorio contra un firmamento aún blanquecino, con el acompasado sonido del mar rompiendo un silencio que de otro modo hubiese resultado demasiado denso. Uno de los dos policías que les habían acompañado entró en la casa tras ellos y Amanda pudo comprobar que también su interior parecía diferente. La entrada, con sus tinajas, con el cantarano y con sus butacones, era la de antaño, la de siempre. Solo los platos sucios sobre la mesa camilla permanecían como testigos mudos de la última cena que había compartido con Mandy, antes de llegar a tener conocimiento de cómo era su prima en realidad. Se los señaló a Guillermo.

—Ahí cenamos anoche lo que había traído yo para desayunar esta mañana. En la casa, por supuesto, no había nada comestible, lo que no tiene nada de extraño porque ha estado desocupada desde el verano pasado y Mandy llegó aquí después que yo.

Con el semblante ensombrecido, Guillermo observaba pensativamente la mesa camilla como si estuviera imaginando los sucesos que habían tenido lugar en ese escenario la noche anterior, pero al oírla se echó a reír.

—¿Conociendo a tu prima habías llegado a pensar que tendría algo comestible en la nevera?—apuntó con sorna—. En París me invitó una vez a tomar algo en el piso que había alquilado y al final tuvimos que salir a la calle y buscar una cafetería, porque no encontramos en el apartamento nada más que una manzana y un yogurt.

—¿Caducado?— se interesó Amanda, recordando que había sido lo único que halló ella en la nevera de su casa la tarde de su llegada.

Enarcó él las cejas sin comprender.

—No lo sé.

—¿No lo sabes?

— No, no me fijé, pero es igual. En cualquier caso no me pareció lo más apetecible después de cenar en un bistroquet. Además solo tenía uno.

— Claro, claro—convino distraídamente ella, que seguía mirando la mesa camilla con sus platos sucios, rememorando la expresión de Mandy durante la cena, mezcla de temor y de admiración por su prima menor. No cabía duda de que era una magnífica actriz y que la había engañado desde el primer momento. Parecía tan vulnerable... tan aterrorizada... Como le dolía su propia credulidad, intentó alejarla de su mente con un comentario intrascendente y murmuró—: No recordé esa faceta de su carácter y supuse que se habría aprovisionado con lo más elemental para sobrevivir y que por lo tanto dispondría de algo con lo que cenar anoche, puesto que me había dicho que se había venido a vivir a esta casa el domingo por la tarde, nada más llegar yo a su piso. Mi primera sorpresa al entrar fue el olor a cerrado y el polvo y las telarañas que invadían la entrada.

Paseó él la mirada por la estancia con el ceño fruncido, como si pudiera ver a Amanda penetrando a oscuras en esa habitación y recorrerla después buscando una linterna, con el monótono rumor del mar como único sonido. Una chispita de algo que ella no supo interpretar brilló en sus ojos durante una décima de segundo, pero no dijo nada. Se limitó a seguirla hacia la escalera, al igual que el policía, que no había abierto la boca hasta ese momento y que comenzó a subir los peldaños detrás de los dos.

También esa escalera parecía otra. Aunque la electricidad de la casa aún no había sido restablecida, el sol penetraba a raudales por los ventanales de la entrada y ascendía hasta el descansillo de la planta de los dormitorios impregnando el ambiente con la impresión de alegre inocuidad que presta a los lugares costeros el verano.

Amanda recorrió incrédulamente con los ojos la meseta de la planta superior al alcanzarla. Había recobrado milagrosamente y en unas pocas horas el aspecto con el que la recordaba. El de siempre. Flotaba ahora en el aire el eco de sus risas infantiles, de sus carreras por el pasillo, de las protestas de la abuela lamentándose de lo desobedientes que eran las dos. Imposible imaginar por cualquiera que no lo hubiera vivido, el pánico que experimentó en ese pasillo al atisbar desde allí, asida a la barandilla de hierro que lo remataba, la llegada de Adrián. O de Nicomedes, daba igual como se llamara en realidad. De sorpresa, de terror, de decepción y de muchos sentimientos más que no llegó a deslindar con claridad. Aún podía notar en su interior el miedo y el temblor que había conmovido todo su cuerpo al verle llegar y, sobre todo, al ver la acogida con la que le dispensaba Mandy cuando descorrió las aldabas de la puerta y le permitió entrar. Y después, al oírles comentar cómo pensaban deshacerse de ella, que, como una estúpida, había acudido a la casa a liberarla del secuestro del que suponía haber sido objeto por parte de sus acosadores. Deseando apartar de su mente aquellos recuerdos, le indicó a Guillermo la puerta de su dormitorio.

—Al oír el ruido del motor de un coche, salí al pasillo — le explicó—. Entonces vi a Mandy que venía de la alcoba de la abuela iluminándose con la linterna. Sólo teníamos una y se la quedó ella.

— Muy natural — comentó él con sorna—. Si alguna de las dos tenía que caminar a oscuras y dando tropezones, lo natural era que fueses tú, ¿verdad?

Se encogió Amanda de hombros al no encontrar un argumento con el que rebatirle la apreciación que acababa de manifestar y que no podía ser más acertada, por lo que se limitó a señalarle nuevamente la puerta de su cuarto.

— Me dejé dentro la bolsa de viaje que había traído con lo imprescindible para pasar la noche aquí. La necesito también.

Entró delante de él y recorrió la estancia con la mirada. Todavía estaban abiertas las contraventanas del balcón al que había salido la noche anterior para contemplar el mar, sin imaginar siquiera el peligro que la aguardaba y que se materializaría minutos después, en cuanto Nico llegó a la casa.

— Estabas ahí fuera cuando te llamé al móvil— dedujo él señalando el balcón—. Se oía el ruido del mar con bastante claridad y eso me sirvió para localizarte, porque no quisiste decirme donde te encontrabas.

No le contestó, ¿para qué? ¿Para qué decirle que había creído a Mandy cuando ésta le había asegurado que había sido él el organizador de la trama de la falsificación de los cuadros y el que había planeado matarlas a las dos? Le parecería ridículo o se reiría de ella y no se sentía con ánimos de afrontar ninguna de esas dos posibles reacciones, por lo que recuperó la bolsa y salió al pasillo, desde donde le indicó el tramo de la escalera que comenzaba junto a la puerta del dormitorio de la abuela.

— Por ahí se sube a los dormitorios abuhardillados que se ubican bajo el tejado. Eché a correr escaleras arriba para esconderme cuando llegó Nico y allí he debido perder el bolso.

Hizo intención de comenzar a ascender los peldaños, pero en esa ocasión les precedió el policía, que aún no había dicho una palabra y que no parecía sentirse impresionado por los sucesos que habían tenido lugar en esa casa. No era de extrañar, porque nada de inquietante quedaba ya en el ambiente del que flotara en el mismo escenario unas horas antes. La habitación en la que se había escondido ella, ahora con el store descorrido y con los rayos del sol filtrándose por la claraboya y caldeándola, aparentaba ser tan solo un trastero mugriento en el que alguien había guardado un sinfín de instrumentos musicales en unión de otros chismes, igualmente deteriorados. El piano continuaba en el mismo lugar, con la tapa levantada, mostrando sus polvorientas teclas, y el bolso de Amanda apareció junto al astillado contrabajo contra el que había ido a estamparse Mandy. En el suelo y partido en varios trozos, constituía el único vestigio del ataque del que había sido objeto por parte de su prima y de la aparatosa caída de ésta sobre el instrumento musical, porque ella ya no estaba. Amanda lo observó en silencio durante unos segundos debatiéndose entre los sentimientos encontrados que experimentaba y luego salió al pasillo para acercarse al policía y preguntarle:

— ¿Saben algo de ella? Me refiero a Mandy Arévalo.

El hombre meneó negativamente la cabeza.

— No. La casa estaba vacía cuando llegamos y nadie en el pueblo la ha visto, pero la encontraremos, no se preocupe.

Era un buen consejo recomendarle que no se preocupara, pero no conseguía evitarlo. No podía dejar de darle vueltas en la cabeza a cada uno de los inquietantes sucesos que había vivido en esa casa la noche anterior ni reprimir la acongojante sensación de haber perdido algo que hasta entonces y aún en la distancia que las separaba había constituido una parte fundamental de su existencia. Era extraño no poder recordar ya ningún pasaje de su niñez sin ver, o mejor adivinar, porque la noche anterior no llegó a distinguir su rostro con claridad, la fría y hermética expresión de su semblante en la oscuridad de esa habitación y el amenazador sonido de sus palabras.

También apareció en esa habitación su móvil, debajo del somier que, con los muelles rotos, soportaba un sinfín de inservibles instrumentos musicales. Hasta ese momento no lo había echado de menos, pero lo recordó de pronto, por lo que volvió a entrar en ese cuarto para gatear por el suelo hasta que dio con él. Lo recuperó como si hubiera perdido algo muy querido y entrañable, pese a las telarañas que tenía adheridas y al polvo que lo impregnaba, constatando que tenía varias llamadas perdidas de Pineda.

Deseando olvidarse del escenario donde su prima la había acorralado, salió nuevamente al pasillo. ¿Dónde podría encontrarse ésta en esos momentos? Quizás se hubiese recuperado del trauma que había sufrido al estamparse de cabeza contra el contrabajo y estuviese escondida en algún rincón, vigilándoles y esperando su oportunidad.

La buscó también con la mirada entre los riscos del promontorio cuando poco después descendieron hasta la entrada y salieron al exterior. El mar estaba en calma y se agitaba cadenciosamente hacia la playa luciendo un azul intenso, lo mismo que el firmamento con el que se fundía a lo lejos. El viento agitó su melena en todas direcciones trayendo el mismo olor de otros tiempos y lo aspiró con nostalgia diciéndose que nada podría ser lo mismo ya, que ni siquiera ella era ya la misma. Pero esa añorante desazón de haber perdido algo muy querido se desvaneció enseguida. El estridente sonido de su móvil la obligó a regresar al presente. Era Pineda y su voz sonaba extrañamente alegre cuando se llevó el aparato al oído.

— Amanda, ¿eres tú? ¿Qué te ha sucedido? Saúl me dijo anoche que unos nazarenos, que aparecieron de pronto en el jardín de Floridablanca, os habían agredido y que él pensaba que se trataba de unos activistas que nos la tenían jurada a nosotros, a los periodistas. ¿Te han hecho algo?

Le costó a ella entenderle.

— ¿Los activistas? No eran activistas. Eran una panda de falsificadores indeseables.

En el tono de él podía adivinarse claramente su desconcierto.

— ¿De falsificadores? ¿De falsificadores de qué? ¿Qué tienes tú que ver con esa panda de falsificadores?

Sin saber por qué le entraron a Amanda unas ganas enormes de reír.

— Yo, nada, pero no te preocupes que estoy perfectamente. Esta noche…

— ¿Vas a poder retransmitir la procesión de esta noche?—se interesó Pineda, emitiendo un sonido que Amanda interpretó como un suspiro de alivio—. No sabes lo que me alegro. Anoche tuvo que sustituirte Saúl y la actuación del pobre fue lamentable. Tartamudeó, balbuceó incoherencias y repitió más de trescientas veces—: "Esta procesión… esta procesión es muy bonita, pero que muy bonita."

Imaginó ella al lacónico y desgreñado muchacho supliéndola, intentando exponer lo más sobresaliente del desfile con el micrófono en la mano, y se olvidó de la melancolía que experimentaba segundos antes para dejar escapar una carcajada. Era además tan gratificante sentirse valorada por el hosco reportero… Éste seguía intrigado, tratando de averiguar el motivo por el que los desconocidos nazarenos les habían asaltado a Saúl y a ella, como pudo deducir por lo que le preguntó a continuación:

—¿Y te dijeron esos falsificadores por qué les molestábamos en el jardín? Elegí el lugar en el que nos situamos precisamente por lo apartado que estaba de las sillas que habían alquilado los espectadores que presenciaban la procesión.

Ya había tenido ocasión de comprobar que para Pineda el mundo parecía girar en torno al trabajo que realizaban los tres y que no podía imaginar que nadie pudiera agredirles por un motivo ajeno a ese trabajo, pero en esa ocasión no le irritó constatarlo, sino al contrario.

—No, no me dijeron nada, porque no me alcanzaron. Eché a correr por la calle hacia el Puente Viejo y me escondí. Estuvieron buscándome y cuando desaparecieron de mi vista era ya muy tarde para reencontrarme con vosotros, por lo que me fui a mi casa a lavarme. Estaba perdida de barro.

La respuesta del reportero la dejó perpleja y sumamente gratificada.

—Hiciste muy bien. Desde que desapareciste hasta que terminó la procesión, te llamé varias veces al móvil para averiguar qué te había sucedido. No recibí respuesta por tu parte, por lo que fui a la comisaría a presentar una denuncia. Esta mañana te he vuelto a llamar por teléfono con el mismo resultado negativo, lo que he puesto en conocimiento del director de tu periódico, que me ha dicho…

Sintió Amanda un aldabonazo dentro del pecho al oír su último comentario. ¿Le habría respondido éste que iba a despedirla por no cumplir con el cometido que le había sido encomendado y haber puesto pies en polvorosa a media procesión?

—¿Qué?, ¿qué te ha dicho?

—Me ha dicho que te buscáramos por todas partes. Que eras una periodista insustituible y que tiene pensado ascenderte a tu regreso, porque has demostrado lo mucho que vales, no solo por tus comentarios sobre las procesiones a su paso por las calles, sino también por los profundos conocimientos de que has hecho gala sobre la historia de la ciudad. Que se nota que has preparado a conciencia el trabajo que estamos realizando.

— ¿Te ha dicho eso? — insistió incrédulamente ella, deseando que le repitiera esas inesperadas y gratificantes opiniones de su jefe.

— Sí, al parecer, el programa de las procesiones que retransmitimos ha tenido un éxito tremendo en la televisión que se lo había contratado a tu periódico. Su audiencia está siendo extraordinaria. Somos estupendos, ¿no crees?

La euforia que la noticia le produjo borró momentáneamente de su mente todos los contradictorios pensamientos que había ido barajando y padeciendo esa mañana. Con una sensación de triunfo que experimentaba por primera vez desde que comenzara a ejercer su profesión, inspiró el aire salino reprimiendo el deseo de brincar. Le pareció de improviso que el sol brillaba con mayor intensidad que unos segundos antes y que la inmensidad del mar se tornaba más azul al deslizarse hacia la arena dorada de la playa. Necesitaba compartir con alguien la nueva que acababa de comunicarle Pineda y se dirigió a Guillermo, que había ido a apoyarse contra la carrocería del coche policía que les había llevado hasta allí, mientras ella hablaba por teléfono, y que la contemplaba con las manos en los bolsillos de su pantalón vaquero. También él le pareció más alto, más moreno y más atractivo que nunca.

— Me van a ascender, Guillermo—le anunció optimistamente, olvidando que instantes antes de recibir la llamada de Pineda se sentía hundida en la más negra depresión—. El director de mi periódico me va a ascender por lo bien que he realizado mi trabajo sobre las procesiones de Semana Santa y por los conocimientos que he demostrado sobre la historia de Murcia y de sus calles. ¿No es fenomenal?

Sonrió él con cierta ironía.

— Sí que lo es. Tenemos que celebrarlo.

Aunque de su gesto no cabía deducir nada, cayó Amanda en la cuenta de que le debía a él parte de los parabienes de su jefe y se sintió obligada a reconocerlo así.

— Bueno, la mitad de la felicitación te corresponde a ti, así que te la transmito.

—Pues muchas gracias, me siento la mar de honrado—replicó con guasa—. Me alegro muchísimo de que los rollazos históricos con los que me he explayado te hayan servido para algo. Me parece que ese jefe que tienes no es tan inútil como pensabas. ¿Has preparado ya el informe sobre la procesión de esta noche?

Parpadeó, perpleja ante su pregunta. ¿En qué momento cabía suponer que hubiera podido dedicarle un mínimo de atención?, se preguntó. Desde que escapara con Guillermo de la casa ante la que se encontraba, no había hecho otra cosa que dormitar a ratos en un durísimo banco de madera de la comisaría, además de referirle detalladamente al policía que les había atendido los puntos más esenciales de su denuncia. Aún no había podido acceder a su ordenador para documentarse sobre esa procesión, ya que había quedado éste sobre la mesa de cristal del salón del piso de Mandy y notaba además un sueño horroroso después de la noche en blanco en la que apenas si había conseguido dar alguna que obra cabezada. Pero ahora más que nunca deseaba estar a la altura de lo que se esperaba de ella, por lo que, inquieta ante la perspectiva que se avecinaba, replicó:

—¿Cuándo piensas que he tenido ocasión de prepararla? ¿Mientras corría por la casa de mi abuela huyendo de Mandy y de Nico? Perdón — se corrigió a sí misma—. Por la casa que ahora es mía. Comprenderás que bastante he tenido con salir ilesa de la trampa que me habían tendido los dos y en la que he caído como una estúpida. Opinarás también tú que soy una estúpida ¿verdad?

Acababan de introducirse los dos en el asiento posterior del coche de la policía que les había llevado hasta allí y él meneó negativamente la cabeza.

—No, ¿por qué había de pensar que eres una estúpida? No resultaba fácil imaginar que tu prima, con esa expresión tan cándida que tiene, con la imagen infantil y un poco simple que trasluce, fuera en realidad una arpía sin escrúpulos.

—¿Pero qué voy a hacer durante la procesión de esta noche?—se lamentó ella—. No tengo tiempo ni la cabeza lo suficientemente despejada para estudiármela. Noto la mente embotada y me está llamando a gritos una cama.

— Por supuesto—convino él—. En cuanto lleguemos a Murcia buscaremos un hotel para que duermas hasta la hora en la que comienza la procesión.

— ¿Y cuando voy a documentarme sobre sus Pasos y sus cofradías?— insistió angustiada, con la misma sensación con la que en la facultad de periodismo se presentaba a un examen sin haber preparado la materia—. No tengo la menor idea de cómo se llama la iglesia de la que sale, ni de dónde se enclava ésta. ¿Sobre qué voy a perorar durante horas? No puedo permitirme el lujo de acostarme a dormir esta tarde.

— Claro que puedes—la interrumpió él—. Afortunadamente la de esta noche es la del silencio y sale a las diez de la noche. Vas a tener tiempo de dormir a pierna suelta y de camino hacia la iglesia te contaré yo lo más significativo de esa procesión. Vas a dejar a tu jefe pasmado con tu mucha sabiduría.

Y así lo habían hecho. Por suerte habían encontrado una habitación libre en el hotel en el que estaba alojado él, enclavado en un agradable paseo frente a El Segura, y se había despertado justo a tiempo para cenar y para que Guillermo la acompañase hasta la iglesia de San Lorenzo, donde ya la esperaban Pineda y Saúl. Los dos demostraron la alegría que sentían al reencontrársela sana y salva. Saúl hasta emitió un par de gruñidos en su honor y el hosco semblante del reportero gráfico se distendió en una sonrisa de bienvenida que la emocionó por lo inusual e inesperada.

Se abismó seguidamente él en la tarea de situar la cámara sobre el trípode, mientras Amanda le observaba con disimulo, rememorando las sospechas que le había inspirado desde que tuvo conocimiento del método del que se había valido para obtener las llaves del piso de Mandy. Había llegado incluso a preguntarse si no podría tratarse del ex novio de su prima, que las hubiera conservado al romper con ésta. Se contraponía a esa suposición el hecho de que no era bien parecido, pero como ignoraba su nombre de pila y además, los gustos de los artistas no solían coincidir con los del resto de los mortales había llegado a planteárselo. De todas formas y aunque ya sabía que el recelo que había albergado respecto de él carecía de fundamento, sentía cierta curiosidad, por lo que se le acercó con aire despreocupado, interrumpiendo el cometido que estaba realizando.

— Oye, quería preguntarte…

Levantó él la mirada de su amado aparato para fijarla en su rostro.

— ¿Qué?

— Quería preguntarte cuál es tu nombre. Me resulta curioso ignorarlo a estas alturas y que me dirija a ti por el apellido.

Sonrió él algo embarazado.

— ¿Mi nombre? No te va a gustar.

— ¿Cómo lo sabes? ¿Tan feo es?

Hizo él un gesto ambiguo.

— No sé si es feo, pero si es un poco cómico. Me llamo Moisés.

— ¿Moisés?

—Sí, como los cestos de los bebés. Por eso procuro que todo el mundo me conozca por el apellido, ¿comprendes?

Le sonrió Amanda mientras tomaba de sus manos el micrófono y retrocedía hasta la acera contraria de la calle Alejandro Seiquer, enfrente de la iglesia de San Lorenzo, tratando de recordar todo lo que Guillermo le había explicado mientras cenaban sobre la cofradía que desfilaba esa noche y sobre la iglesia que tenía frente a ella. Se trataba de un templo de estilo neoclásico con elementos barrocos, obra de Ventura Rodríguez, que había diseñado igualmente el remate en forma de cúpula de la torre de la catedral, que desde allí no podía distinguirse.

Guillermo había ido a apoyarse contra la fachada de la casa que tenía tras él. Aunque parecía haber adoptado el papel de su guardaespaldas y una pareja de policías vestidos de paisano la vigilaban discretamente, dirigía ella constantes e inquietas miradas a su alrededor temiendo ver aparecer por cualquier esquina de la calle a Nico, a Mandy o a cualquiera de sus secuaces.

Sin embargo y aunque no llegó a explicárselo, se olvidó momentáneamente de ellos cuando a las diez en punto comenzó el redoble de dos tambores, que iniciaban el recorrido desde las puertas de la iglesia, seguidos del pendón y del estandarte de la cofradía. Se apagaron las luces de las calles. En absoluta oscuridad y en un silencio sepulcral se alinearon dos filas de nazarenos con túnicas negras y moradas portando sus cirios, únicos puntos de luz que podían distinguirse en la negrura de la noche, avanzando en dirección a la calle de la Merced.

Sabía Amanda, porque se lo había dicho Guillermo, que esos nazarenos, desde el momento en el que se cubrían la cabeza con el capuz o capuchón, cumplían con la promesa de no pronunciar una sola palabra, hasta que se despojaban de él al regresar de nuevo a sus casas al término de la procesión y en ese momento les envidió. No podía ella hacer lo mismo, por lo que en apenas un susurro y para no turbar las reglas que imperaban esa noche, empezó a referirse a los orígenes del templo, una de las seis mezquitas existentes en la ciudad, además de la mezquita mayor, cuando se produjo la dominación cristiana. A su posterior destrucción y a su reedificación durante la guerra de la independencia para pasar a convertirse en residencia de refugiados durante la guerra civil española, en la que sufrió graves desperfectos, pues solo quedó sin destruir la imagen del Cristo llamado de El Refugio. A su imagen, existente en la sacristía de la iglesia, a la que se habían encomendado durante la guerra civil los que se habían cobijado en el templo durante una terrible tormenta, sin que sufrieran el menor percance.

En el silencio más absoluto únicamente podía percibirse el canto de loa auroros en honor del Crucificado, por lo que Amanda procuró no perturbar con su voz la magia que se respiraba en el ambiente al ver salir de la iglesia al único paso de la procesión, con la imagen del Cristo, iluminada por los faroles que se bamboleaban con su avance, y las flores que se arracimaban sobre el trono y que impregnaban el aire con su aroma.

La peculiaridad fundamental de la procesión de esa noche le permitió permanecer callada durante un buen rato, aunque con el micrófono abierto para que pudieran escucharse los cánticos corales y el ya muy lejano redoble de los tambores. Volvió a tomar la palabra cuando el cortejo, ya de retirada, fue regresando hacia la iglesia. Pineda grababa con su cámara a los nazarenos, que ahora de rodillas en la calle, permanecían aguardando la llegada del Paso del Cristo del Refugio hasta que los treinta y dos estantes que portaban el trono lo introdujeron dentro del templo.

Experimentó ella una emoción inmensa al presenciar la recogida de ese Paso, acompañado por el redoble de los dos tambores que cerraban el cortejo, cuya sostenida repercusión parecía arrancar ecos de las esquinas de las calles del casco antiguo de la ciudad. Se sintió transportada al pasado. A los siglos ya lejanos en las que el cortejo que acababa de presenciar desfilaba por el mismo escenario portando el mismo Paso e iguales o similares cirios, en un silencio sepulcral.

Intentó transmitir a Guillermo algo de las sensaciones que experimentaba, mientras Pineda recogía su cámara y Saúl le quitaba de la mano el micrófono.

— ¿Te ha gustado?—le preguntó— A mí me ha parecido…—No encontró la palabra oportuna que lo calificara, por lo que él acudió en su ayuda.

— ¿Mágica?

Se apresuró Amanda a corroborar esa apreciación.

— Sí, eso es. Es una procesión tan… tan sentida… tan conmovedora….

Les interrumpió Pineda, prosaico como siempre, que, después de dirigir a Guillermo una mirada recelosa, se le aproximó.

— Oye, Saúl y yo nos vamos al hotel a dormir y tú deberías hacer lo mismo. La próxima procesión comienza a las ocho y…

— ¿A las ocho de la tarde? — le interrumpió ella.

— No, no, a las ocho de la mañana. O sea, dentro de un rato — puntualizó el cámara con voz lúgubre—

— ¡Qué horror!—se condolió Amanda—. Estoy hecha polvo. Aunque he dormido esta tarde, me estoy cayendo de sueño y no tengo tiempo además de preparar mi informe.

Esbozó Pineda un ademán desdeñoso, como quitándole importancia a la preocupación que experimentaba.

— ¡Bah!, saldrás perfectamente del paso, porque para eso eres mujer y capaz por tanto de hablar y hablar durante horas, aunque no sepas lo que dices.

Probablemente pretendía con su comentario tranquilizarla, pero se sintió infravalorada, por lo que levantó retadoramente la barbilla.

— A lo mejor te crees que es tan fácil. Permanecer de plantón como un poste, deslumbrada por un foco y comentando un espectáculo interminable no tiene nada de sencillo. Claro que, siempre podría emular a Saúl y repetir mañana como un loro amaestrado: "Qué bonita, pero qué bonita es esta procesión".

Asustado ante su previsible enfado, el hombre se apresuró a contemporizar.

— Por supuesto, por supuesto que no es tan fácil, no vamos a discutir ahora por una tontería. Lo que intento decirte es que no debes preocuparte porque lo harás muy bien y que no tenemos tiempo que perder, porque mañana debemos darnos un buen madrugón. He pensado…

— ¿Qué, qué has pensado?

— Que la procesión sale mañana a la ocho de la iglesia de Jesús, pero que podríamos retransmitirla desde otro lugar por el que transite más tarde.

— ¿Más tarde?

— Sí, ¿qué te parece?

Por primera vez desde que le conocía le estaba pidiendo su opinión, lo que la hizo sentirse importante y accedió magnánimamente a su sugerencia.

— Me parece bien. ¿Dónde quieres que quedemos?

— Pues… calculo que por la plaza del Cardenal Belluga, frente a la puerta de la catedral, pasará a eso de las diez. ¿Te viene bien?

Rememoró ella esa plaza, tan bonita o más que la de Santa Catalina y que además se encontraba relativamente cerca de su hotel, por lo que aceptó su propuesta sin vacilar.

— De acuerdo. A las diez os esperaré allí. Hasta mañana.

Sin pérdida de tiempo se alejaron Guillermo y ella por la calle Alejandro Seiquer hacia la plaza de Cetina y atravesando ésta tomaron la de Isidoro de la Cierva para recalar en la plaza de San Juan a través del Arco del mismo nombre. La noche era fresca y Amanda se arrebujó en el chaquetón rojo de Mandy.

— Tengo que volver al piso de mi prima a por mis cosas— le comunicó a Guillermo—. No tengo nada que ponerme, pero no sé si será prudente. ¿Qué te parece a ti?

— Que no, que prudente no es. ¿No podrías esperar un par de días, hasta que la policía dé con ellos?

Dejó escapar ella un resignado suspiro.

— Si no hay más remedio, esperaré. Estoy deseando que todo esto pase de una vez. ¿Tú no?

No llegó a oír lo que le respondió él. Como en tantas ocasiones anteriores sintió de improviso algo a su espalda. Los inaudibles pasos de alguien que apenas si se percibían tras ellos en cuanto se ponían en movimiento. Pero esta vez no podía ser Guillermo, porque lo llevaba a su lado. ¿Sería Mandy…o…?

Inquietísima giró la cabeza. Acababan de dejar atrás la plaza de San Juan y caminaban ahora por la calle del General San Martín en dirección al Paseo de Garay. El hotel se encontraba ya a pocos pasos. Le dio un codazo a él para que la mirara y poder así indicarle que alguien les seguía, pero no pareció notarlo, porque continuó andando pausadamente, con los ojos bajos, cargados de sueño. Repitió Amanda el intento con el mismo resultado infructuoso y al fin se decidió a sugerirle:

— ¿Por qué no echamos a correr? Estoy deseando meterme en la cama y este trayecto se me está haciendo interminable.

Parpadeó Guillermo al mirarla como si su proposición le pareciese insólita. Se dio cuenta ella entonces del cansancio que le afloraba al rostro donde ya le apuntaba la barba, y de las ojeras que le circundaban sus ojos claros. Pese a ello, le contestó en tono festivo:

— De acuerdo. ¿Quieres que echemos una carrera?

— Sí, sí — admitió ella.

— Pero no te enfades si te gano.

— No, no me enfadaré, vamos.

Echaron a correr al mismo tiempo y no tardaron en doblar la esquina de la calle y desembocar en el Paseo de Garay donde se ubicaba su hotel. Aunque Guillermo la había adelantado, la esperó al pie de la escalera del edificio riéndose a carcajadas.

— Bueno, creo que te he ganado, ¿no?

Sin contestarle le tomó ella del brazo para hacerle subir los escalones y ya en el vestíbulo del hotel se puso de puntillas para susurrarle al oído.

— ¿No lo has oído? Nos ha seguido alguien.

Por primera vez desde que le conocía reflejó el semblante de él algo parecido a la alarma.

— ¿Estás segura?

— Sí, claro que lo estoy.

— ¿Por eso me has propuesto echar a correr?

— Sí, quería hacértelo notar, pero no me hacías caso.

Preocupado, se acarició Guillermo la barbilla, produciendo un sonido similar al de un papel de lija.

— Pues cierra esta noche tu habitación con pestillo y deja tu móvil en la mesilla. Si intentara entrar alguien, me avisas sin pérdida de tiempo. Afortunadamente mi cuarto está enfrente del tuyo.

Pero no necesitó llamarle. La noche transcurrió en un soplo y sin que se produjera la menor incidencia.

Fue a la mañana siguiente cuando se enteró por el periódico de la noticia. Se encontraba éste en el vestíbulo del hotel sobre la mesita de madera blanca que el sofá en el que se había dejado caer tenía delante Se había retrepado en él para esperar a Guillermo, con el que había quedado cinco minutos más tarde y tomó distraídamente el diario en sus manos. Al pasear su mirada por la portada para matar el tiempo de espera, su corazón sufrió un vuelco al reconocer a Mandy en la fotografía. Se la veía retratada en algún punto de la costa con su larga melena rubia agitada por el viento, con una sonrisa cándida en su agraciado semblante y con sus ojos azules fijos en la cámara. Bajo la fotografía y en grandes caracteres pudo leer la siguiente reseña:

"Un pescador encuentra ahogada a la prestigiosa pintora murciana Mandy Arévalo en la playa de la Azohía. La policía sospecha que puede tratarse un suicidio."

Lo releyó sin acabar de entenderlo con la sensación de que la oprimía por dentro un puño de hierro. ¿Qué le había sucedido a su prima después de que ella escapara de la casa con su chaqueta roja con capucha? Se la había puesto sobre su jersey azul para que Nico, al encontrársela por la escalera, la confundiera con la otra y eso le permitiera salir huyendo de la casa, como así había ocurrido. Él habría continuado subiendo apresuradamente esa escalera y al llegar a la tercera planta y entrar en el cuarto de los chismes que ella acababa de abandonar habría encontrado a Mandy en el suelo sin conocimiento, con los vapores del frasco de éter flotando en derredor suyo. ¿La habría tomado por ella misma en la oscuridad que reinaba en la habitación y en toda la casa y que no permitía distinguir nada a un palmo de distancia?

Le vislumbró en su mente cargando con la chica y bajando por la escalera hasta el vestíbulo, sin otra iluminación que la de la linterna que portaba. Y luego, al salir al exterior, le vio caminando hacia la playa envuelta en tinieblas, con su prima a cuestas, pero no fue capaz de imaginar cómo la había ahogado. Le dolía demasiado lo que sentía dentro, aunque no terminaba de entenderlo. La muchacha que había pretendido agredirla en el cuarto de los chismes no parecía guardar punto de contacto alguno con la niña con la que había crecido y a la que tanto había querido. En ese momento la había sentido como una extraña. ¿Por qué entonces lamentaba tanto su pérdida, recordando solo a la prima con la que había compartido su niñez?

Intentó explicárselo a Guillermo cuando éste se le reunió poco después, aunque no fue capaz de darle la noticia y se limitó a entregarle el periódico y a señalarle la reseña. Él levantó después los ojos hasta su rostro con las cejas enarcadas.

— Bueno, sí, era previsible lo que le ha sucedido. Os parecéis mucho y la casa estaba a oscuras. No es de extrañar que la confundiera contigo.

— Y por eso la mató — concluyó Amanda ahogando un sollozo— Tengo yo la culpa.

Reprimió Guillermo un gesto de impaciencia, mientras le pasaba un brazo sobre los hombros.

— ¿De qué tienes la culpa? No tienes la culpa de nada. Los dos habían planeado matarte a ti y tú te has defendido. Si como consecuencia de que no había luz en la casa ese tipo no se ha fijado en los rasgos que os diferencian y se ha cargado a tu prima, el único culpable es él.

— Pero es que yo le quité a Mandy su chaqueta roja con capucha y me la puse para hacerme pasar por ella. Por eso Nico me dejó seguir bajando la escalera— alegó ella casi sin voz.

— ¿Y qué hubieras preferido? ¿Qué te hubiera reconocido, te hubiera atizado un mandoble y a continuación te hubiera metido la cabeza en el mar hasta que exhalaras el último suspiro? No seas absurda y no te empeñes en creer que la prima que encontraste al regresar a Murcia era la misma que la que dejaste muchos años atrás.

— Pero…

— Pero nada. Era un mal bicho, aunque daba el pego y aparentaba ser una chiquilla inocente. Estafó con sus cuadros a todo el que se le puso a tiro y pretendía deshacerse de ti para ocupar tu lugar en este mundo y poder desaparecer después sin dejar rastro.

Hundida a su lado en el sofá, lo consideró Amanda con el ceño fruncido.

—Bueno, sí, pero no tenía la culpa de no haber nacido más lista. Estoy segura de que Nico la convenció de que era un plan brillante. Ella no tenía criterio alguno ni distinguía lo que estaba bien de lo que estaba mal.

—Todo el mundo sabe que matar a otro está mal —refunfuñó él—. Hasta los más tontos. Además, tú no le has hecho nada a Mandy. Ha sido el imbécil de Nicomedes el que se ha confundido y del único que nos debemos preocupar mientras ande suelto por ahí. No le des más vueltas y vamos a desayunar a la cafetería. Tenemos el tiempo justo para reunirnos con tus dos colegas antes de que la procesión llegue a la plaza del cardenal Belluga.

Se resistió Amanda a levantarse del sofá.

—No creo que sea capaz de desayunar— alegó con la sensación de que las piernas le pesaban como el plomo—. Ni de desayunar, ni de hablar por el micrófono ni de hacer nada.

—Ya verás como sí—le aseguró él tirando de su brazo para lograr ponerla en pie— Vas a tomar un café y una mona ahora mismo y luego vamos a echar una carrera hasta la plaza en la que has quedado con esos dos. Estoy seguro de que te ganaré.

Algo del optimismo que derrochaba él se le fue contagiando y hasta llegó a aparcar la noticia que acababa de leer en el periódico en algún rincón ignoto de su mente, mientras corrían poco después por las calles que mediaban entre el hotel y la plaza a la que se dirigían. Allí, jadeantes, encontraron a Pineda y a Saúl preparando sus instrumentos de trabajo.

Cientos de espectadores aguardaban en las sillas que habían alquilado la llegada del cortejo, que ya se percibía cercano y fueron a situarse los tres a espaldas de ellos, junto al murete del edificio nuevo del Ayuntamiento. El redoble de los tambores se iba aproximando por la calle del Arenal, procedente de la Glorieta, y Amanda tomó de Saúl el micrófono con una inquietud creciente. El foco que éste manejaba habitualmente era innecesario a esas horas de la mañana, en las que un sol resplandeciente ascendía por un firmamento intensamente azul, sin una sola nube que agrisara la tonalidad de su colorido. Lo había previsto ella y extrajo de su bolso las gafas oscuras con las que cubrió sus ojos para que el astro rey no la deslumbrara. Pese a ello corría una brisa fresca, por lo que agradeció la chaquetilla roja de Mandy que llevaba puesta y que era la única prenda de abrigo de que disponía por el momento, pues el chaquetón de espiguilla con el que se había dirigido a la casa de la Azohía dos noches antes se había quedado en el asiento posterior del Audi de su prima, bajo el toldo anexo al edificio, donde había aparcado el vehículo.

Ya podían verse los carros tuba doblando la esquina de la calle del Arenal e irrumpiendo en la plaza. Los nazarenos que, con la cabeza descubierta, los manejaban, emitían ahora el sonido, bronco y agudo al mismo tiempo, de la llamada "burla" al tiempo que el redoble de los tambores que les seguían se extendía por la plaza presidida por la catedral que se erguía al fondo de la misma, con su altísima torre levantándose hacia el cielo. Pasaron por delante de su barroca fachada y continuaron camino luego por la calle del Escultor Salzillo, corta y estrecha, que se abría a su izquierda.

El acompasado estruendo de los tambores fue alejándose, a la par que dos hileras de nazarenos con túnica morada atravesaba ordenadamente la plaza, siguiendo al estandarte de la cofradía, y tras ellos el primer Paso de la procesión, el de la Cena, con su lujosa vajilla sobre la mesa a la que aparecían sentadas las imágenes de Jesús y de sus doce apóstoles. Describió Amanda por el micrófono las viandas que en bien decoradas fuentes podía ver sobre esa mesa y que no eran simuladas. Sabía, porque se lo había dicho Guillermo mientras desayunaban, que el cordero era real, así como las verduras y el postre que los responsables de la cofradía habían preparado para el acontecimiento y de la que darían cuenta al término de la procesión los estantes que lo portaban.

Le seguía el Paso de la Oración del Huerto, una de las obras más geniales de Francisco Salzillo, y a éste el del Prendimiento, todos ellos de una maestría insuperable y sobre los que pudo explayarse.

Fue cuando empezaba a sentirse eufórica al notar que era capaz de improvisar sobre la marcha sin demasiado esfuerzo sobre lo que desfilaba ante sus ojos, cuando sintió algo a su espalda. En un primer momento notó algo similar al calor de una hoguera que hubieran encendido en lugar inapropiado y giró la cabeza en esa dirección para localizar su procedencia. No distinguió a nadie conocido entre la multitud que se arracimaba al comienzo de la calle Puxmarina, junto al lateral del edificio nuevo del Ayuntamiento. Guillermo había ido a apoyarse en el poyete, a su derecha y unos metros más allá, por lo que no podía ser él el autor de la mirada que parecía despedir fuego. Localizó, ya en la calle Puxmarina, a un tipo de mediana estatura, con una barba negrísima y gafas oscuras, que se había adelantado unos pasos, destacándose del gentío. Cubría su cabeza con una gorra, bajo la que se le escapaban por el cogote sus rizos color azabache y el corazón le dio un vuelco. Pese a lo insólito de la indumentaria que vestía y a los aditamentos que había añadido a su imagen habitual, le identificó inmediatamente y sin género de dudas. Era Nico.

Intentó llamar la atención de Guillermo que, sin advertir los guiños con los que pretendía atraer su atención, observaba complacido la talla de Judas en el Paso del Prendimiento. Pineda filmaba ese Paso con los cinco sentidos puestos en el cometido que estaba realizando y, a su lado, Saúl observaba atentamente el beso que el apóstol le daba al Maestro en la mejilla, ajenos por completo a la presencia del asesino que ella tenía a su espalda y del que ignoraba sus intenciones. ¿Habría caído en la cuenta ya de que se había confundido y que había ahogado equivocadamente a Mandy en lugar de a ella?

No tardó en aclarar sus dudas. Por el sonido de sus pasos, advirtió como se le iba aproximando y luego oyó su voz en apenas un susurro junto a su oído.

—Vámonos, Mandy. Tenemos que escapar.

Había vuelto a confundirla con su prima, pese a que un sol resplandeciente iluminaba hasta los rincones más recónditos de la plaza en la que se hallaba y por supuesto su rostro. Cayó en la cuenta en ese momento de que las gafas oscuras con las que cubría sus ojos lo ocultaban en parte y que además llevaba puesta la chaqueta roja de su prima. Se rebulló inquietísima y buscó nuevamente la mirada de Guillermo, que seguía observando fijamente el Paso del Prendimiento. Intentó dar un paso hacia Saúl, que unos metros más adelante contemplaba el derroche de colorido de las flores del Paso. ¿Por qué no se daban cuenta de la situación en la que se encontraba en ese momento, con el asesino de su prima susurrándole al oído que huyera con él?

Hizo un nuevo intento de apartarse de Nico y de avanzar hacia Saúl, pero no se lo permitió. Notaba los músculos del cuello atirantados y el corazón latiéndole desbocado dentro del pecho. Tenía que contestarle algo, ¿pero qué podía decirle? Afinando la voz para asemejarla lo más posible a la de Mandy, repuso sin volver la cabeza:

— Ahora no puedo, Nico. Debo retransmitir la procesión como lo hubiera hecho ella de continuar viva ¿No lo recuerdas?

A su espalda, el cuchicheo de él le sonó impaciente.

— Ha habido un cambio de planes. Tenemos que salir a escape hacia la frontera para pasar a Francia antes de que nos detenga la policía. No tenemos tiempo de más.

Sintió húmeda de sudor la mano con la que sostenía el micrófono. Algo acuoso le chorreaba también por la espalda, mientras buscaba la voz que había perdido en la garganta. Guillermo seguía pendiente del Paso y sus dos colegas grababan la procesión como si les fuera la vida en ello sin percatarse de que un tipo con aire agitanado la aferraba por detrás y que le estaba cuchicheando algo al oído. ¿Qué debería decirle? Al fin, sin lograr mover el cuello ni encontrar su propia voz, musitó con voz temblona:

— Espérame en tu coche que me reuniré contigo en cuanto llegue a la plaza el próximo Paso. Todo el mundo estará pendiente de él y no se darán cuenta de que me he largado. ¿Dónde lo has aparcado?

Como si no la hubiera oído, la tomó él rudamente del brazo.

—No, te vas a venir conmigo ahora mismo. ¿No comprendes que tenemos a la policía pisándonos los talones?

El miedo que sentía Amanda se entremezcló con su aturdimiento y se desprendió de él con un manotazo.

—No, no, déjame. Márchate tú.

No era eso lo que debía haber dicho ni tampoco debería haber emitido esas palabras con su tono de voz, sino con el más atiplado de Mandy. Se dio cuenta en el acto de que Nico la había reconocido. La observaba fijamente con cierta perplejidad como si aún le cupiera alguna duda y deseara haber cometido un error al identificarla.

—¿Amanda? ¿Eres Amanda?

Aunque no había vuelto la cabeza hacia él y seguía mirando el Paso que se alejaba ya por la calle del Pintor Salzillo, percibió la angustiosa desazón de Nico en la que fue trocándose la incertidumbre contra la que se debatía, al alcanzar la certeza de haber ahogado equivocadamente a Mandy en lugar de a ella. Luego captó la rabia sorda que le bullía en su interior. Como si aún le cupiera alguna esperanza, repitió la pregunta en un ahogado susurro:

—No me has contestado. ¿Eres Amanda?

¿Qué podía responderle y por qué Guillermo seguía mirando cómo se alejaba el Paso del Prendimiento hacia la plaza de la Cruz sin percatarse de lo que le estaba sucediendo? ¿Y dónde estaban los dos policías que les vigilaban vestidos de paisano?

De improviso sintió que el brazo de Nico le rodeaba el cuello y que con la otra mano le tapaba la boca, al tiempo que la arrastraba disimuladamente de espaldas entre el gentío hacia la calle Puxmarina, junto al lateral del moderno edificio del Ayuntamiento, frontero a la catedral. Medio asfixiada, se dio cuenta de que otros dos hombres colaboraban con él, rodeándola como si se hubiera mareado. Buscó desesperadamente con los ojos a Guillermo, que estaba absorto ahora en la contemplación del Paso de los Azotes. Discurría éste pausadamente por la plaza entre una silenciosa expectación, con todas las miradas clavadas en las imágenes de Salzillo, sin que nadie se fijara en el grupito de tres hombres que retrocedían de espaldas, en el extremo opuesto de la plaza y entre un gentío que contemplaba de pie la procesión, llevando a cuestas a una chica que parecía haberse indispuesto. No era inusual que el calor y los apretones de la multitud afectara a alguno de los espectadores, por lo que a nadie le extrañó. Solo una señora bajita, estrujada entre otros asistentes de mayor estatura, que se ponía de puntillas para alcanzar a distinguir el cortejo que desfilaba ante la catedral, reparó en el aparente desmayo de la chica y se abrió paso hacia ella a fuerza de empujones.

— ¿Qué le ha pasado a esta muchacha? Tienen que darle aire, no agobiarla más entre los tres. ¿Es que no han visto nunca un desvanecimiento?

Nico intentó quitársela de encima de un empujón mientras, tirando de Amanda seguía retrocediendo de espaldas hacia la calle Puxmarina, pero la señora reaccionó como un energúmeno.

— Oiga usted, ¿qué se ha creído? Es un animal y un maleducado. Me ha clavado el codo en las costillas. Y quítele a la chica la mano de la boca. ¿Es que quiere ahogarla o es que es usted idiota?

Ante el griterío que se armó a continuación, pues a las protestas de la señora bajita se unieron las de otras muchas que probablemente habrían recibido también algún que otro empellón o que simplemente pertenecían al gremio de las que siempre se hacen eco de las algazaras callejeras, la plaza entera sufrió una conmoción. Guillermo fue el primero que cayó en la cuenta de lo que estaba sucediendo y abriéndose paso a empellón limpio entre el gentío, consiguió alcanzar a los tres, ya en la esquina de la calle Puxmarina. Se le adelantaron los dos policías que aparecieron de repente y a éstos les siguió Pineda que se olvidó heroicamente de su amada cámara de vídeo para abandonarla sobre su trípode. Saúl llegó tarde al rescate. Al verse acorralado, Nico había soltado a Amanda, que se cayó sentada al suelo, e intentó echar a correr, junto con los otros dos, hacia la calle Madre de Dios, lo que impidieron los dos policías, que les detuvieron en el acto y que se los llevaron a empujones entre una multitud que les vitoreaba.

— Eso es lo que se merece ese malnacido por intentar abusar de una chica guapa — vociferaba una señora gorda que llevaba una mantilla en la cabeza.

— Porque el mundo está lleno de machistas y de acosadores—gritaba otra—. Hay que acabar con la violencia de género.

— Pues a ese tipo se le van a quitar las ganas de reincidir—pronosticaba la mujer bajita que poseía una voz potentísima—. ¿Habéis visto cómo pretendía aprovecharse de la muchacha? Así aprenderá.

Y entre voces y chirigotas fueran regresando todos a sus sillas y a los puestos que ocupaban antes. Solo Amanda continuó junto al murete del edificio del Ayuntamiento llorando como una Magdalena, con Guillermo que intentaba infructuosamente consolarla. Cuando se convenció él de que no le iba a resultar fácil conseguirlo, se volvió hacia los dos colegas de ella.

— Continuad vosotros con la retransmisión, porque me parece que Amanda no se encuentra ya en condiciones de seguir informando sobre la procesión de los Salzillos.

— Pero… — empezó a objetar Saúl, viendo que Pineda le alargaba el micrófono con la evidente intención de que siguiera describiendo el cortejo que discurría por la plaza.

— Que sí hombre, que sí— le animó Guillermo—. Hazle ese favor a Amanda, que necesita recuperarse del susto.

Acabó el chico por coger desganadamente el aparato y Guillermo condujo suavemente a Amanda hacia la calle del Arenal para, sorteando nazarenos, acceder a la Glorieta. Antes de llegar a la primera de esas calles oyeron ya a Saúl iniciando sus comentarios sobre el desfile:

— Esta procesión de los Salzillos es muy bonita, pero qué muy bonita.

epilogo

El alegre repiqueteo de las campanas de la catedral despertó a Amanda que se levantó soñolienta de la cama para acercarse a la ventana de la habitación del hotel en el que se alojaba y atisbar el exterior a través de los cristales. Un sol resplandeciente iba ascendiendo por el firmamento, caldeando el paseo que podía ver a sus pies y por el que caminaban algunos transeúntes en mangas de camisa. Algo más allá, el río se desperezaba también entre juncos y cañaverales. ¿Qué hora sería?

Al consultar su reloj dio un respingo, sobresaltada. Era tardísimo. Tenía el tiempo justo para arreglarse y llegar hasta la plaza de Santa Catalina, donde había quedado con Pineda y con Saúl para retransmitir la procesión del Domingo de Resurrección, la última de la Semana Santa. Después cerraría el micrófono, se lo entregaría a Pineda, y regresaría a Madrid tratando de olvidar la pesadilla que había vivido desde que arribara a la casa de Mandy una semana antes. ¿Conseguiría borrar de su mente el desgraciado final de su prima?

La tarde anterior había acudido en compañía de Guillermo al Instituto Anatómico Forense a reconocer el cadáver, lo que, según le comunicó la policía, ya había realizado Enrique Cárceles. Le dolió verla, le dolió que hubiera dejado de existir, aunque se repitió a sí misma que había recibido lo que se merecía y que, de no ser por una serie de circunstancias que la habían favorecido, sería ella la que ocuparía su lugar y reposaría rígida y descolorida sobre la dura camilla, con su dorada melena esparcida alrededor de su cabeza.

Intentó apartarla de su mente mientras se dirigía hacia el cuarto de baño para darse una ducha, pero siguió camino hasta la puerta de la habitación cuando oyó los golpecitos que Guillermo propinaba con los nudillos sobre la hoja.

— Amanda, ¿sabes la hora qué es?

— Sí, sí, voy ahora mismo. Espérame en la cafetería y pídeme un café.

Minutos después se reunía con él en el bar, sito en la planta baja del hotel, y ambos salieron a la calle a continuación. Inexplicablemente, bajo el sol que brillaba en el firmamento y el repiqueteo de las campanas de las iglesias, se olvidó ella de Mandy mientras, con un optimismo nuevo, se dirigía con Guillermo hacia la plaza de Santa Catalina, desde donde Pineda tenía previsto retransmitir la procesión. Era una sensación estimulante, que Amanda había olvidado, poder caminar tranquilamente por el paseo y desviarse hacia las estrechas callejuelas del centro de la ciudad para acceder a esa plaza sin el temor de sentirse seguida

También la ciudad parecía distinta. Y no porque en los días anteriores, en los que se conmemoraba la pasión de Cristo trasluciera la tristeza o el abatimiento con el que en otras ciudades castellanas solemnizaban esas procesiones. En Murcia, cualquier celebración iba unida al alegre bullicio que la presencia de un sol radiante en toda época del año confiere a la región.

Pero el alborozo que se percibía por doquier esa mañana era especial, como lo era la procesión de "los blancos" que irrumpió poco después de que recalaran los dos en la plaza de Santa Catalina y con la que se glorificaba la resurrección de Cristo. Se aproximaba desde la calle del mismo nombre y la atravesó para dirigirse después a la plaza de las Flores. A diferencia de las que habían desfilado por la ciudad en los días precedentes, la de ese domingo podía parangonarse con una marcha triunfal. Nazarenos con túnicas blancas y doradas y con la cara descubierta, cubriendo sus cabezas con turbantes hebreos en vez del capuz y portando cetros de plata en sus manos. Soldados romanos acompañados del estrépito de tracas y cohetes... Una explosión de júbilo que podía percibirse por doquier en aquel desfile alegre y colorido en el que la presencia del "demonio" que la encabezaba ponía también una nota distintiva. Venía encadenado por unos niños vestidos de ángeles y con unas enormes alas negras a la espalda, del mismo color que su indumentaria y que su rostro, y avanzaba con una pose muy teatral de "malo, malísimo", simbolizando el triunfo de la luz sobre las tinieblas de la muerte. Los espectadores le abucheaban a su paso, los bebés lloraban aterrados ante aquella siniestra figura que soportaba resignadamente el apedreamiento de caramelos y de habas. Los recibía sin inmutarse y aguantaba asimismo impertérrito los silbidos de los chiquillos y las imprecaciones de las mujeres.

— Vete al infierno— le chillaba una—. Vete y no vuelvas a salir.

— Eso— vociferaba otra— que eres un asqueroso. Un demonio asqueroso y paticorto.

Pineda le grabó desde que apareció en la plaza, con el rostro negro como el carbón, hasta que desapareció en la plaza contigua, la de las Flores, que se distinguía perfectamente desde el lugar en el que se hallaban. Había ubicado su trípode, junto al monolito que le servía de pedestal a la Virgen de la Concepción, probable emplazamiento, según le había dicho Guillermo a Amanda, del cadalso que levantaban en la Edad Media para ajusticiar a los delincuentes o a los que la barbarie de la época consideraba que lo eran.

No pudo evitar ella reír a carcajadas al paso del demonio, preguntándose cómo tendría el hombre que se disfrazaba de esa guisa para representar a ese siniestro personaje el estoicismo de repetir año tras año su actuación. Pero le gustó. Le gustó la alegría que se manifestaba por doquier y los once Pasos que desfilaron por la plaza. Cerraba el cortejo el de la Virgen Gloriosa, precedida por muchachas que portaban ramos de flores y al que le seguía la banda de música, cuyos ecos pudieron percibir hasta bastante después de que se perdiera de su vista, camino ya de la iglesia de

Santa Eulalia, enclavada en la plaza del mismo nombre. Donde, según le había comentado Guillermo, se había ubicado la judería de Murcia siglos atrás.

Aunque había deseado que llegara ese momento, en el que cerró el micrófono y se lo entregó a Pineda, lo sintió. Sintió que se hubieran acabado aquellos días tan peculiares, tan distintos. Sabía que el día siguiente comenzaban las tradicionales "Fiestas de la Primavera", pero ella ya no estaría allí para presenciarlas. No recordaba en ese momento los plantones de varias horas que había tenido que soportar al paso de los desfiles ni el miedo que la había acompañado desde que llegara a casa de su prima, una semana antes. Evocó tan solo la oscuridad del pequeño piso en el que vivía en Madrid, un primero en una calle estrecha, y el hastío de su trabajo en el periódico, consistente en escribir una columna diaria sobre moda y sobre los acontecimientos que se referían a la jet. La aburridísima vida que tanto había añorado en los días precedentes y que de improviso se le antojó tediosa, por lo que reprimió un desalentado suspiro. Guillermo se despediría ahora de ella y probablemente no volvería a verle más. Le sintió a su lado en ese momento.

— Bueno, se acabó. ¿Nos vamos?

Ya venía Pineda tirando de su cámara, seguido de Saúl que transportaba el trípode y que se les dirigió con una expresión de regocijo en su cetrino semblante, inusual en él.

— Ha sido estupendo, ¿verdad? El tipo que hacía de demonio merece un monumento, ¿no os parece?

Hasta Saúl, que nunca abría la boca, se sintió contagiado por la alegría general y se aventuró a realizar un comentario.

— A mí me ha parecido sensacional.

No había pronunciado esa palabra. Había dicho otra más fea, pero que significaba lo mismo y Amanda le sonrió con simpatía. Aún ostentaba el chico un moratón tremendo en su ojo izquierdo y ni siquiera se había quejado. Aunque fuera un progre desgreñado con absoluta ausencia de modales, lamentaba perderle de vista.

Pineda se despedía ahora de Guillermo.

— Nosotros tres nos marchamos ya. Tomaremos algo en un bar y saldremos a continuación para Madrid, en cuanto recojamos las cosas de Amanda. En esta época anochece pronto y prefiero viajar de día. Espero verte en el futuro.

Con las manos en los bolsillos de su pantalón vaquero, Guillermo meneó negativamente la cabeza. A ella le recordó más que nunca a un vaquero de película que se dispusiese a recontar las redes de su rancho.

— No, Amanda se viene conmigo. Tenemos aún que resolver unas cuantas cosas.

Les observó alternativamente el cámara, con la sorpresa reflejada en su enjuto semblante, pero no se atrevió a realizar el menor comentario.

— Como queráis. Me despediré entonces de los dos.

— Y yo — le coreó Saúl.

Les vio ir ella con cierta añoranza cuando instantes después se alejaron en dirección a la plaza de las Flores. Guillermo y ella se encaminaron hacia la calle de Santa Catalina y les perdieron enseguida de vista.

— ¿A dónde vamos? — le preguntó a él que parecía distraído, como si estuviese pensando en algo que acaparaba su atención por completo. Al oírla, inclinó la cabeza para mirarla.

— ¿A dónde? A casa de tu prima. Tenemos que recoger tu ropa y tus cosas antes de marcharnos.

Evocó ella la noche del Miércoles Santo, en la que salió camino de la playa de la Azohía dejando en la casa su ropa y su ordenador. Afortunadamente en la bolsa que había llevado a esa casa y que había recogido el día anterior había metido un camisón con el que había podido dormir, pero en cambio no se había podido mudar ni dejar de utilizar la chaquetita roja de Mandy, porque no disponía de ninguna otra prenda de abrigo.

— Sí, tienes razón. ¿Pero qué va a pensar el portero cuando me vea? No llegó a enterarse de que existo. ¿Creerá que soy el fantasma de Mandy?

Guillermo se echó a reír.

—Es posible, pero bastará con que le aclares el parentesco que tenías con ella.

Por fortuna no le encontraron en el portal, lo que no era extraño pues los domingos no trabajaba, y tomaron el ascensor sin tropezarse con ninguno de los vecinos. Incomprensiblemente notó Amanda que le temblaba la mano cuando metió la llave en la cerradura de la puerta del piso. La empujó a continuación y entraron los dos en el enorme vestíbulo, presidido por la solitaria palmera. Ahora entendía la ausencia de mobiliario de la vivienda, que la asemejaba al escenario de un teatro al finalizar la temporada de representaciones y que no obedecía a las pretensiones minimalistas de Nico, como Mandy le había manifestado. Comprendía ahora que tenían previsto marcharse los dos al extranjero el día siguiente al de su llegada, en cuanto el gas, cuya llave había abierto aquélla en la cocina, produjera el efecto deseado. Por esa razón había vendido Mandy los muebles poco antes, dejando en el piso solo los imprescindibles. ¿Y aún le dolía que la chica hubiera dejado de existir?, se preguntó, mientras recorría la estancia con los ojos.

Guillermo parecía seguir el hilo de sus pensamientos, porque la animó a resolver de inmediato lo que habían ido a hacer allí.

—¿Dónde está el dormitorio que ocupabas? Es mejor que no nos entretengamos demasiado.

La siguió por el pasillo y la ayudó a meter su ropa en la maleta. De vuelta en el vestíbulo los dos levantaron a la vez la mirada hasta el estudio, ahora silencioso.

—¿Quieres que subamos?— le preguntó ella en un susurro.

—No, ¿para qué? Vámonos.

Salieron los dos al descansillo, al tiempo que se abría la puerta de enfrente y aparecía Enrique. Se quedó inmóvil al verla, con la boca abierta y los ojos desorbitados. Recordó a tiempo Amanda que había sido él el que había reconocido en primer término el cadáver de su prima en el Instituto Anatómico Forense y se le aproximó para despedirse.

— Me marcho, Enrique. He terminado ya mi trabajo aquí y vuelvo a Madrid.

Leyó la estupefacción más absoluta en el semblante de él.

— Pero si… ¿Cómo es posible? ¿Ha habido un error? Me llamaron ayer para que te reconociera en el Anatómico y… ¿Cómo pude equivocarme hasta ese extremo?

Adoptando la actitud paternalista que acostumbraba a adoptar él, quizás por mimetismo, esbozó Amanda un gesto displicente.

— Bueno, no tiene nada de particular. A todos nos ocurre alguna vez.

Se echó mano Enrique al nudo de la corbata intentando infructuosamente aflojárselo.

— ¿Tú crees? Yo hubiera asegurado…

— ¿Qué era yo la chica que viste allí? No, ya te dije cuando te conocí que me llamo Amanda, que no sé pintar y que soy periodista. ¿No te acuerdas?

A espaldas de ella y con las cejas enarcadas, asistía Guillermo al intercambio de deshilvanados comentarios de los dos, sin comprender de qué estaban hablando. Enrique seguía mirándola de hito en hito.

— Ya, ya. Lo recuerdo perfectamente. Y ahora te marchas a Madrid, porque vives en la capital, ¿verdad?

— Sí, claro, ya te lo dije cuando llegué. Y por cierto, gracias por haberme dado el teléfono de la Ramona cuando me quedé encerrada en la despensa. De otra forma no hubiera podido salir.

Notó como la nuez le subía y le bajaba a él por la garganta.

— Claro… claro— balbuceó—. La despensa en la que te quedaste encerrada el Miércoles Santo. Sucedió la noche en la que, según me comunicaste por el móvil, estuviste a punto de matarte.

Sin captar el proceso mental de él, se apresuró ella a asentir.

— Sí, porque la banqueta solo tenía tres patas.

— Claro, claro — volvió a balbucear Enrique—. ¿Y cómo habías planeado matarte?

— ¿Yo? No lo había planeado. ¿Por qué habría de querer matarme? Fue Mandy la que lo intentó.

Tras los cristales de sus gafas de concha los ojos de él brillaron intrigados. Sin duda rebuscaba en su mente el diagnóstico adecuado que cabía aplicar al trastorno mental de su vecina, porque insistió:

— ¿Mandy intentó matarte con una banqueta?

Amanda meneó enérgicamente la cabeza en sentido negativo.

— No, no. Lo que hizo fue abrir la llave del gas de la cocina sin recordar que la botella de butano estaba prácticamente vacía, ¿comprendes?

— Y entonces cogió ella la banqueta y…

— No, no sé quién le rompió la pata—le interrumpió Amanda—. Probablemente el paso del tiempo y la humedad ambiental. Tengo entendido que es muy perjudicial para la madera.

— Sí, muy perjudicial—repitió Enrique como un autómata—. Y ahora te marchas a Madrid. ¿Cuándo piensas regresar?

Le observó ella con los ojos muy abiertos.

— ¿Yo? No lo he previsto. Bueno, sí, volveré, porque tengo una casa en la playa, aunque aún no he decidido lo qué haré con ella. La heredé de mi abuela, ¿sabes?

— Claro que la recuerdo, porque ya me has hablado de esa casa. Es la de la banqueta, ¿verdad?

— Sí y la misma de la bombona de butano.

Se llevó nuevamente Enrique la mano a la corbata como si le estuviese asfixiando, antes de dirigirse a Guillermo que les escuchaba en silencio.

— ¿Es usted pariente de ella?

Hizo él un gesto evasivo.

— No, no exactamente.

— Es que yo… bueno, quisiera recomendarle que no permita que deje Mandy sus sesiones de terapia, porque…

Sonrió Guillermo con algo de ironía, señalándola.

— Ella no es Mandy, es su prima Amanda. Mandy se ahogó en el mar hace unos días y usted ha reconocido su cadáver.

Un sinfín de emociones encontradas cruzaron por el semblante de Enrique.

— ¿Ella no es Mandy?

— No, es su prima. Se parecían mucho, o eso dice la gente, porque yo creo que son completamente distintas.

Examinó atentamente el psicólogo el rostro de la muchacha que tenía enfrente.

— ¿De veras? ¿De veras las encuentra distintas?

— Sí, completamente.

— Pues yo diría…

Le interrumpió Amanda tendiéndole la mano para despedirse, pero luego cambió de opinión y se le aproximó para darle un beso en la mejilla.

— Ya nos vamos, Enrique. Yo… quería darte las gracias por todo y espero… espero que nos volvamos a ver.

— Sí, sí, yo también lo espero.

A Guillermo le estrechó la mano y se les quedó mirando mientras los dos se dirigían a tomar el ascensor con el ceño fruncido y expresión de absoluta perplejidad.

Lo comentaron después por la carretera cuando, ya en el coche de él, iniciaron el camino de regreso. Amanda intentó explicárselo.

— Es que Mandy le hizo creer que en ocasiones creía ser yo. Formaba parte del plan que había ideado Nico y su finalidad era conseguir que Enrique le diagnosticara un trastorno disociativo de personalidad, y que atestiguara cuando me encontraran a mí ahogada en el mar que era ella la que había muerto, ¿comprendes?

— Sí, pero me parece increíble que ese hombre os confundiera.

— También me confundió Nico con ella— recordó Amanda a media voz—. Desvió la mirada hacia la ventanilla para no pensar en ello y cambiar de conversación—. Y por cierto — comenzó a decir con esa intención— ¿por qué le has contestado a Enrique que no eras exactamente pariente mío cuando te ha hecho esa pregunta?

Le dirigió él una rápida mirada de soslayo.

— Porque espero que lleguemos a ser algo más que parientes.

— ¿Algo más?

— Sí, aún no me has contestado.

Se rebulló Amanda en el asiento del vehículo.

— ¿A qué?

— Te dije el otro día que eras mi tipo, que de ti me gustaba todo. Hasta esos horribles zapatones que te pones para aguantar de pie varias horas el paso de las procesiones, pero no me contestaste tú si era yo el tuyo. ¿Lo has averiguado ya?

Buscó ella en su desordenada mente las palabras oportunas.

— Bueno, sí. A mí también me gusta esa pinta de vaquero del oeste que tienes. A veces he tenido que reprimirme para no preguntarte por las reses de tu rancho.

Enarcó Guillermo las cejas por el esfuerzo de entenderla.

— ¿Mi rancho? No tengo rancho ni tampoco reses. Lo que te estoy preguntando es si…

Le interrumpió sin dejarle terminar.

— Y yo te estoy contestando que me gusta estar contigo, que por nada del mundo me gustaría perderte de vista, que quisiera pasar contigo el resto de mi vida y que me pareces el vaquero del oeste más maravilloso que existe.